Corona de sangre

CORONA DE SANGRE

José Luis Corral

Papel certificado por el Forest Stewardship Council®

Primera edición: octubre de 2022

Printed in Spain – Impreso en España

ISBN: 978-84-666-7274-0
Depósito legal: B-13875-2022

Compuesto en Llibresimes

Impreso en Rotoprint by Domingo, S. L.

BS 7 2 7 4 0

En la primavera de 1350, mientras asediaba la ciudad de Gibraltar, murió de peste el rey Alfonso XI de Castilla y de León. Había llegado al trono siendo un niño de apenas un año de edad y tuvo que lidiar con una larga minoría repleta de conflictos, intrigas y conjuras.

Se había casado con María de Portugal, con la que había tenido a su heredero Pedro, pero había vivido toda su vida de adulto con su amante Leonor de Guzmán, a la que hizo diez hijos, conocidos como los Trastámara.

Cuando Pedro I se convirtió en rey, puso en marcha una serie de terribles venganzas que desató una cruenta guerra civil y una despiadada lucha por el poder entre el monarca y su medio hermano el conde Enrique de Trastámara, y un largo conflicto con la Corona de Aragón.

En los veinte años del reinado de Pedro I (1350-1369), «el Cruel» para unos y «el Justiciero» para otros, se desencadenó tal oleada de violencia, odio, guerras y masacres que determinó el destino de los reinos de Castilla y León, de Portugal, de Granada y de la Corona de Aragón.

La época de conjuraciones e intrigas del reinado de Alfonso XI continuó con mayor virulencia y derramamiento de sangre durante el de su hijo Pedro I; y, de nuevo, varias mujeres, como María de Portugal, Leonor de Castilla o María de Padilla, fueron protagonistas esenciales de aquellos dramáticos sucesos.

Corona de sangre es la continuación de *Matar al rey*; con esta segunda novela culmina la bilogía dedicada a un tiempo tumultuoso y brutal que marcó el devenir de los reinos hispanos medievales, varios de los cuales configurarán siglos después la actual España.

Así ocurrió esta trágica historia...

1

La sucesión
1350-1353

1

Leonor volvió la vista atrás un instante. La roca de Gibraltar le pareció entonces una colosal lápida fúnebre, como las que se colocaban sobre las tumbas de algunos musulmanes.

Delante de ella traqueteaba sobre los baches del camino la carreta que portaba el ataúd con el cuerpo embalsamado de su amante, el rey don Alfonso, el hombre a quien tanto había amado, el hombre que tanto la había querido.

—Señora —Juan Núñez de Lara se acercó a Leonor de Guzmán—, el rey don Pedro ordena que llevemos el cadáver de don Alfonso a Sevilla y que os conduzcamos a su presencia.

—Don Alfonso quiso ser enterrado en Córdoba, junto a su padre el rey don Fernando —alegó «la Favorita».

—Las instrucciones de don Pedro son tajantes. Tenemos que ir a Sevilla.

—No era esa la intención de don Alfonso. ¿Acaso no van a respetar su último deseo?

—Ahora es don Pedro quien decide, señora, y no podemos contravenir sus órdenes.

—¿Qué va a ser de mí y de mis hijos? —preguntó Leonor.

—Lo ignoro, señora. Lo único que nos ha ordenado el rey es que os llevemos ante él.

—Temo por nuestras vidas.

—Don Pedro solo tiene quince años y medio...

—Pero ha vivido todo ese tiempo educado en el odio hacia nosotros.

María de Portugal, reina de Castilla y León, viuda de Alfonso XI, había pasado veinte años sumida en el odio a Leonor de Guzmán, el cual había transmitido a su hijo don Pedro. Desde que el heredero tuvo uso de razón, su madre, despechada, tantas veces humillada y engañada por su esposo, no había dejado ni un solo día de cultivar la semilla de la ira en el alma de don Pedro.

Y ahora, al fin, había llegado el momento de la venganza.

El ejército castellano abandonaba en orden el sitio de Gibraltar, pero sin descuidar la guardia por si se producía un ataque de los musulmanes aprovechando la retirada.

Sin embargo, los de Gibraltar y los granadinos que habían acudido en su ayuda se limitaban a observar en la distancia y en silencio cómo los castellanos se alejaban de su ciudad camino de Sevilla, tras el cadáver de su rey.

Detrás de la mula parda que montaba Leonor de Guzmán formaban los principales nobles que habían acudido al asedio: Juan Núñez de Lara, Juan Alfonso de Alburquerque, Fernando de Villena, los infantes Juan y Fernando de Aragón y los dos hijos mayores de la Favorita, los bastardos reales Enrique y Fadrique.

—Hermano, tenemos que escapar —le propuso Enrique a su gemelo Fadrique.

—¿Por qué dices eso?

—Nuestro medio hermano el rey don Pedro nos matará si no lo hacemos.

—No, no lo hará —asentó Enrique.

—¿Cómo puedes estar tan seguro?

—Porque nos necesita.

—Pero su madre no ha dejado de sembrar cizaña contra nosotros...

—Nos necesita, hermano. Poseemos los ricos señoríos y las abundantes tierras y feudos que nos otorgó nuestro padre. Todos juntos somos más fuertes y más poderosos que nuestro hermano el rey. Supongo que es consciente de que si va contra nosotros y estalla una guerra, podemos derrocarlo de su trono.

—¿Eso crees?

—Más de la mitad de la nobleza de Castilla y casi toda la de

León y Galicia se pondría de nuestro lado si nos enfrentáramos a don Pedro.

—No estoy seguro —dudó Fadrique.

—Tendríamos el apoyo del señor de Vizcaya y el de nuestros primos los infantes de Aragón.

—Tal vez, pero, en caso de un conflicto, el rey de Portugal apoyaría a don Pedro.

—Portugal solo envió mil jinetes a la guerra contra los musulmanes. No podría aportar muchos más si su rey decidiera ayudar a su nieto. Nuestro padre venció a los portugueses con facilidad en la frontera de Badajoz y nosotros volveríamos a hacerlo.

Al llegar a Medina Sidonia, que era señorío de Leonor, la comitiva fúnebre comenzó a desperdigarse.

Los partidarios de Leonor de Guzmán, familiares y nobles que habían recibido notables privilegios de Alfonso XI, tuvieron miedo a las represalias y se marcharon a sus feudos confiando en que don Pedro se olvidara de ellos.

El primero en huir despavorido fue Gil Álvarez de Albornoz. El arzobispo de Toledo sabía que él sería el primero en ser ejecutado si caía en manos de la reina María, quien le había jurado odio eterno, pues había consentido, justificado e incluso bendecido los amores adúlteros de Alfonso XI e Isabel de Guzmán. Albornoz salió de Castilla como si lo persiguieran mil demonios y buscó refugio en Aviñón, la sede donde residían los papas desde hacía ya cuarenta años tras haber abandonado Roma.

En Medina Sidonia, Leonor de Guzmán citó al conde de Luna, que regresaba a su tierra tras haber acudido al sitio de Gibraltar como embajador de Pedro IV de Aragón, con el encargo de pactar una alianza con Alfonso XI de Castilla.

Los temores de la Favorita fueron creciendo y las sospechas de que don Pedro y su madre la reina doña María no tendrían piedad de ella se acrecentaron.

—Señor conde, os he llamado para pediros un inmenso favor.

—Sabéis bien que, si está en mi mano, lo cumpliré con gusto.

—Mi vida corre peligro.

—Señora...

—Dejad que os explique lo que ocurre. La reina doña María

pretende vengarse de mí y a fe que lo hará si me captura. Don Juan Núñez ha recibido la orden de llevarme a Sevilla, donde me espera, como poco, la prisión, si no algo mucho peor. Esa mujer nunca perdonó que don Alfonso me amara a mí por encima de todas las cosas y ha estado esperando todos estos años para desatar su venganza.

—¿Qué puedo hacer por vos?

—Hay espías del rey y de su madre por todas partes, de manera que no puedo escribir una carta al rey de Aragón con todo lo que me gustaría contarle porque podrían intervenirla. Por eso os pido que se la llevéis vos, pero también un mensaje mi parte.

—¿Una carta? Pero si decís que pueden interceptarla...

—No os voy a poner en semejante compromiso. La carta será inocente, pero os daré además un mensaje de viva voz y os pido que lo memoricéis y se lo transmitáis al rey de Aragón tal cual yo os lo diga.

—Así lo haré.

—Esto es lo que he escrito en la carta —Leonor sacó un pergamino y leyó—: «Señor, tras la muerte por pestilencia de mi rey y señor don Alfonso, oscuros presagios se ciernen sobre mí. Ahora me siento desventurada y me encuentro sola y abatida, sin nadie que me consuele ni me ayude. No tengo otra esperanza que encomendarme a vuestra merced».

—¿Solo eso?

—Esas son las letras; ahora escuchad atentamente mis palabras y repetídselas al rey de Aragón. ¿Lo haréis, señor conde?

—Letra a letra, señora.

—Muchos nobles y caballeros, que anteayer me adulaban y buscaban para que mediara en la concesión de favores reales para ellos y sus familiares, se han marchado despavoridos dejándome desamparada. Unos se han refugiado en sus señoríos, esperando pasar desapercibidos y que el rey don Pedro no tome represalias contra ellos; otros se han precipitado a transmitirle su fidelidad y homenaje, traicionando la palabra dada a mí y al rey don Alfonso. Muchos de aquellos en los que yo confiaba y a los que favorecí con mercedes y prebendas me han abandonado y traicionado. Mi vida corre gravísimo peligro. Sé que doña María le ha dicho a su hijo el rey que debe ejecutarme. No dudo de que lo hará en cuanto tenga oportunidad. Por eso os ruego que, como rey de Aragón, me otorguéis amparo y protección.

—¿Solicitáis de mi rey que se enfrente al de Castilla por vos? Supongo que sois consciente de que eso supondría una declaración de guerra —dijo el conde de Luna.

—Si es necesario... Decidle también a vuestro rey que si se desatara una guerra con Castilla, muchos nobles se pondrían de mi lado, y también lo haría mi padre el rey de Portugal.

—¿Qué ganaría mi señor en esa guerra?

—El reino de Murcia. Hace tiempo que Aragón anhela incorporar a su Corona las tierras de Murcia; pues bien, ha llegado ese momento.

El conde de Luna no dejaba de asombrarse por la capacidad de maniobrar que desplegaba Leonor de Guzmán, una mujer tan inteligente como bella.

—Cumpliré vuestro encargo, señora.

—Debéis daros prisa; el tiempo corre en mi contra.

Leonor alegó que estaba enferma para no seguir camino de Sevilla y se refugió en la villa de Medina Sidonia, donde tenía muchos partidarios y de la cual era señora. Con ella se quedó el cadáver del rey Alfonso, del que la Favorita no quería desprenderse, como si se tratara de un macabro talismán que garantizara su seguridad.

En realidad, lo que pretendía era ganar tiempo para que el rey de Aragón respondiera a su demanda de auxilio. La respuesta de Pedro IV llegó mediado el mes de mayo y fue descorazonadora. El monarca aragonés, que ya tenía fama de diletante, le daba largas y no le prometía ninguna ayuda inmediata.

—Señora, el rey reclama vuestra inmediata presencia en Sevilla y ordena que llevéis con vos el cadáver de don Alfonso. Ha prometido que garantiza vuestra seguridad y que no sufriréis daño alguno —le dijo Juan Alfonso de Alburquerque.

Leonor de Guzmán se encontraba en el alcázar de Medina Sidonia, acompañada por su hijo Enrique.

—Madre, creo que debes ir a Sevilla —le aconsejó Enrique.

—¿Y entregarme a esa mujer y a su hijo? Me matarán. Te matarán. Nos matarán a todos.

—El rey ha dado su palabra de que estaréis segura —dijo Alburquerque.

—No me fío de ese mozalbete, y mucho menos de su madre.

—Señora —porfió Alburquerque—, si no obedecéis la orden del rey, seréis acusada de traición y don Pedro ordenará atacar esta ciudad alegando que encabezáis una rebelión.

—Don Juan tiene razón. Ve a Sevilla, madre.

—No tenéis otra alternativa, señora.

—De acuerdo, me presentaré ante don Pedro. Espero que no estéis equivocados con respecto a sus verdaderas intenciones —aceptó Leonor, aunque sabía que se dirigía a la boca del lobo.

—Os albergaréis en las casas de la colación de Santa María.

—Siempre he vivido en el alcázar real.

—Es lo que ha dispuesto el rey.

Juan Alfonso de Alburquerque le había aconsejado al rey don Pedro que le prometiera total seguridad a Leonor de Guzmán, para que esta accediera a acudir a Sevilla sin resistirse, pero que, una vez allí, la encerrara en prisión. Alburquerque transmitió el engaño y lo hizo con tal convicción que Leonor lo creyó.

La comitiva fúnebre, que encabezaba Leonor como si siguiera siendo la amante real, llegó a Sevilla al final de la mañana de aquel día de mediados del mes de junio.

Un escuadrón de caballería formaba en el Arenal, listo para escoltar el féretro con los restos de don Alfonso hasta la gran mezquita de los moros, consagrada como catedral cristiana tras la conquista del rey don Fernando. Al frente de los jinetes, que enarbolaban las banderas reales de Castilla y León, se encontraban el rey don Pedro y la reina viuda.

—¿Qué quieres que haga con esos bastardos? —preguntó el rey a su madre al ver acercarse a la comitiva.

—Deja que se confíen.

—¿No quieres que ordene a mis soldados que acaben con ellos ahora mismo? —El rey ceceaba ligeramente al hablar.

—Espera, hijo, espera. Los bastardos todavía cuentan con numerosos apoyos entre la nobleza y en los concejos de algunas ciudades. Si los eliminas ahora, es probable que parte de la nobleza se subleve contra ti y tu trono peligraría. Tienes que hacerte más fuerte y aguardar a que llegue el momento oportuno para desatar toda la venganza que tanto tiempo llevamos planeando.

—¿Por qué no ahora, que los tenemos a nuestro alcance? Este es el momento que tanto hemos esperado.

—Podemos esperar un poco más. La venganza es más dulce y placentera cuanto más tiempo se saborea su ejecución. Tienes que ser prudente. Los bastardos disponen de numerosos aliados, muchos de esos nobles que tanto medraron por los privilegios que tu padre les concedió gracias a la intercesión de esa ramera.

—¿Cómo debo mostrarme ante ellos, madre?

—Debes parecer un monarca condescendiente; permite que se confíen y que bajen la guardia, y, cuando se relajen y menos lo esperen, destrúyelos y aplástalos como si fueran insectos.

—¿Y con Leonor, con esa mala mujer?

—Deja que yo me encargue de ella. Veinte años llevo esperando a que llegue este momento, y ya está aquí.

Un jinete enviado por don Pedro se acercó a la cabecera de la comitiva. Le dio instrucciones para que Leonor de Guzmán no fuera llevada a las casas de Santa María, como estaba previsto, sino al alcázar, pero no a la zona palaciega, sino a un calabozo, y que el cadáver del rey Alfonso se trasladara a la capilla de los Reyes, donde sería depositado junto al del rey don Fernando.

Los hijos de Leonor de Guzmán quedaron en libertad, pero con la orden de no salir de Sevilla sin el permiso expreso del rey don Pedro.

2

—Señora, por orden del rey quedaréis recluida en el alcázar real de Sevilla —anunció Juan Núñez de Lara a Leonor de Guzmán.

—Me prometió que estaría segura, por eso deje mi ciudad de Medina Sidonia y vine a Sevilla. ¿Acaso ya no vale nada la palabra de un rey?

—Se os prometió seguridad, y segura vais a estar.

—¿En una prisión?

—No es una cárcel donde vais —dijo el señor de Alburquerque, muñidor de aquel engaño.

—¿Sabéis qué destino me espera?

—No, señora, pero el rey don Pedro no desea haceros ningún daño.

—¿Y a mis hijos?

—Tampoco. Está dispuesto a congraciarse con ellos. Hoy mismo he oído cómo se refería a ellos como «mis hermanos».

—¿Estáis seguro?

—No me suele fallar el oído; así es como lo he escuchado de los labios del rey.

—¿Sabéis algo de mis parientes? ¿Qué ha sido de ellos?

—Todos se han marchado a sus señoríos sin sufrir ninguna represalia.

—Esto es desconcertante.

—El rey ha nombrado a nuevos consejeros, entre ellos a varios que no pertenecen a la alta nobleza.

—Eso no gustará a los grandes de Castilla y León —comentó Leonor.

—En el consejo real habrá artesanos y comerciantes.

—Los tiempos están cambiando muy deprisa.

—Sí, corren nuevos aires en Castilla y León —sonrió Alburquerque.

Pedro I de Castilla y León mantenía demasiados frentes abiertos. Alburquerque le aconsejó que cerrara algunos de ellos. Lo más urgente era acordar un tratado de paz con los musulmanes de Granada.

Tras varios años de enfrentamientos con Castilla, el rey Yusuf I deseaba ardientemente la paz para dedicarse como mecenas al fomento de la literatura y el arte y para dotar a su reino de seguridad y prosperidad. Por ello, aceptó de muy buen grado la propuesta de Pedro I y firmó la paz, que se extendería hasta el 1 de enero del año 1357.

Logrado ese acuerdo, el rey don Pedro confiscó todos los bienes de Leonor de Guzmán y los incorporó a su corona, pero dejó que los hijos que había tenido con Alfonso XI, a los que algunos ya llamaban con el nombre de los Trastámara, por el condado gallego que ostentaba Enrique, mantuvieran sus propiedades y sus títulos.

El desconcierto cundió entre los partidarios de Leonor y de sus hijos. Muchos de ellos habían esperado una durísima y cruel represalia, pero el rey Pedro se mostraba magnánimo y no había hecho otra cosa que encarcelar a la Favorita y despojarla de sus bienes, dejando a sus hijos la plena posesión de sus feudos y señoríos.

La venganza se estaba cocinando a fuego lento.

Recluida en el alcázar de Sevilla, Leonor de Guzmán aguardaba su destino.

No hacía mucho tiempo ella era la verdadera señora de aquellos palacios. En sus salones había celebrado banquetes sentada a la derecha de don Alfonso, en sus aposentos había sido amada por el rey como la más deseada de las mujeres, bajo sus techos de yeserías y maderas multicolores su amante real le había prometido amor eterno, le había leído poemas propios y la había tratado como a la reina que nunca pudo llegar a ser.

Leonor recordaba aquel tiempo en el que ella y solo ella era la mayor y más brillante estrella de un reino gobernado por un monarca que la amaba tanto como nadie había amado jamás.

Sin embargo, como le había dicho el señor de Alburquerque, los tiempos estaban cambiando. En realidad ya habían cambiado, y mucho. Allí estaba ella, hasta hace unos pocos meses todopoderosa señora, capaz de modelar a su capricho la voluntad de un rey y el destino de miles de súbditos, encerrada en una prisión del que había sido su palacio en su propia ciudad, la Sevilla que tanto amaba, e indefensa y expuesta a lo que decidiera la reina María, la portuguesa a la que tanto había humillado.

Solo podía esperar, sin saber qué le sucedería mañana, viviendo cada día inmersa en la zozobra de qué decisión se tomaría sobre su futuro.

—Deberíamos matarla ya —dijo el rey mientras degustaba un pedazo de carnero asado y aromatizado con hierbas en uno de los salones del Real Alcázar de Sevilla.

—No seas impaciente, Pedro. Yo he esperado durante veinte años a que llegara este momento. Puedo aguardar un poco más. Disfrutemos del sabor de la venganza.

—Esa mujer te ha hecho sufrir, madre. Desde que tengo recuerdo, me has hablado de su maldad, de cómo engatusó a mi padre para rendir su voluntad y para que le concediera todos los caprichos que deseaba. Pronto cumpliré dieciséis años; todos ellos los he pasado encerrado contigo donde la maldita Leonor quería que estuviéramos presos, como vulgares ladrones. Apenas conocí a mi padre, con el que solo hablé en un par de ocasiones, mientras los bastardos de esa ramera disfrutaban de su cariño y de los honores y los bienes que me pertenecían. Matemos a esa ralea de alimañas cuanto antes.

—Hijo mío, una de las principales virtudes de un soberano es la paciencia. Sé paciente y espera a que se presente el momento más oportuno, y entonces desata todo tu furor.

—Está bien, aguardaré hasta que tú consideres que ha llegado la hora de eliminarla.

—Entre tanto, saborea cada instante del tiempo que falta para nuestro desquite definitivo, porque hay ocasiones en las que merece la pena alargar los prolegómenos hasta la ejecución de un deseo. Esos momentos de espera lo convierten en algo mucho más placentero.

—Dejaré que Leonor viva el tiempo que tú desees, pero quiero que ese tiempo que le queda en este mundo sea para ella un permanente sufrimiento, y que también lo sufran sus bastardos; que todos ellos sientan la zozobra y la angustia de quien sabe que la muerte le ronda, pero que desconoce cuándo llegará el momento preciso de dejar este mundo.

Pedro I había acordado con sus medio hermanos un pacto, pero no era sino una estratagema ideada por Alburquerque para que se confiaran antes de acabar con ellos.

Pese a las garantías que les había prometido don Pedro, los hijos de Leonor de Guzmán estaban aterrados.

El rey les había perdonado la vida, por el momento, pero los había conminado a que permanecieran en Sevilla mientras permitía que sus aliados, muchos de ellos familiares de Leonor de Guzmán que habían prosperado a la sombra de la Favorita, se marcharan a sus dominios y abandonaran a su suerte a los Trastámara.

Enrique y su gemelo Fadrique escribieron a su medio hermano el rey mostrándole su sumisión y aceptando su autoridad. Enrique, que había asumido la jefatura de la prole de Leonor, solicitó autorización del rey para poder ver a su madre.

—El bastardo Enrique me ruega que le deje visitar a Leonor, ¿crees que debo autorizarlo? —le preguntó el rey a doña María.

—Hazlo.

—¿No sería mejor prohibirlo? Una madre sufre más si no puede ver a sus hijos.

—Deja que se encuentren, porque el dolor de la separación será mucho mayor.

Leonor de Guzmán fue acusada formalmente de instigar la rebelión contra el rey legítimo y de conspirar para que sus hijos se levantaran contra don Pedro. La acusación implicaba la orden de prisión inmediata en los calabozos del alcázar de Sevilla. No podía salir, pero gozaba de ciertas comodidades y de la compañía de algunas damas, entre ellas la joven Juana, una de las hijas del infante don Juan Manuel, y de recibir algunas visitas previa autorización real.

Enrique de Trastámara suspiró aliviado al recibir el permiso del rey para visitar a su madre.

Unos meses mayor que su medio hermano el rey Pedro, el conde de Trastámara era un joven decidido y sagaz. Gemelo de Fadrique, era el tercero de los diez hijos que Alfonso XI había tenido con Leonor de Guzmán. Fallecidos los dos mayores, Pedro y Sancho Alfonso, se había convertido en el cabeza del nuevo linaje formado por la prole de bastardos reales, integrada por siete varones y una hembra.

—Mi querido Enrique, ¡cómo me alegra verte! —Leonor abrazó a su hijo.

—¿Estás bien, madre?

—Por el momento no me tratan mal. Me dan de comer, permiten que esté acompañada y ahora dejan que me visites.

—Cuando recibí autorización del rey para verte, dudé en venir, pues pensé que tal vez me tendieran una trampa, pero es posible que mi hermano el rey no sea tan cruel y vengativo como se supone.

—Tú deberías ser el rey —dijo Leonor—. Tu padre te prefería a ti. ¿Sabes que en más de una ocasión me dijo que quería repudiar a su esposa la reina doña María y tomarme a mí como esposa legítima?

—¿Y por qué no lo hizo? —demandó Enrique.

—Porque se hubiera desatado una guerra que habría puesto en peligro su reinado.

—Pero de haberlo hecho, tú serías la reina y yo..., yo sería ahora rey de Castilla y León, y no nos veríamos en este apuro.

—Fui yo quien se negó a que don Alfonso tomara esa decisión.

—¡Tú! ¿Por qué?

—Quise mucho a tu padre y sé que él me amó como ningún hombre ha amado jamás a mujer alguna; por eso me negué a que se expusiera a una guerra por mi causa. Si hubiera repudiado a doña María, más de la mitad de la nobleza, buena parte de las universidades y concejos y casi toda la Iglesia de Castilla y León se hubieran levantado contra él. El rey de Portugal, padre de doña María, y el de Aragón se hubieran unido a los enemigos de tu padre. Además, el papa jamás hubiera anulado su matrimonio, de modo que tampoco hubiéramos podido casarnos ante los ojos de Dios.

»Castilla y León habrían ardido en una guerra en la que tu padre quizá hubiera perdido el trono, y tal vez la vida. Además, Portugal habría reclamado Galicia, Aragón se habría apoderado del reino de Murcia y todavía los granadinos habrían aprovechado esa guerra para recuperar algunas de las plazas que tu padre les ganó con las armas.

—¿Renunciaste a ser reina de Castilla por amor a mi padre?

—Y por amor a vosotros, hijos míos. Si hubiera estallado esa guerra por mi causa y tu padre la hubiera perdido, que entonces parecía lo más probable, os hubieran matado a todos.

Unas lágrimas rodaron por las mejillas de Leonor, que abrazó a su hijo desconsolada.

En ese momento entró Juana Manuel en la estancia de la prisión donde madre e hijo conversaban.

Hija del infante don Juan Manuel y de doña Blanca Núñez, su tercera esposa, todavía no había cumplido los doce años. Era una jovencita hermosa y dulce, bisnieta por partida doble del rey Alfonso X el Sabio, pues era nieta de dos de sus hijos, el infante Manuel y el infante Fernando de la Cerda, aquel que pudo ser rey si no hubiera muerto tan joven.

—Mi querida niña... —Leonor cogió de la mano a Juana Manuel—. Esta jovencita es Juana, mi principal consuelo en este encierro.

—Eres muy hermosa. —Enrique miró a la muchachita, que enrojeció.

Entonces, una repentina luz se encendió en la cabeza de Leonor.

—¡Claro! ¡Eso es! —exclamó sonriente.

—¿Qué ocurre, madre?

—¡Os vais a casar! —asentó Leonor.

—¡Qué! ¿Quién se va a casar?

—Vosotros dos: Enrique de Castilla y Juana Manuel de Castilla.

—¿Nosotros...? —Juana estaba sorprendida y azorada.

—Vosotros, sí. Tú, Enrique, eres hijo y nieto de reyes, y tú, Juana, tienes sangre real en tus venas y eres hija de uno de los nobles más altos que en Castilla han sido.

—Todavía no he cumplido doce años —balbuceó Juana.

—Ya tienes el menstruo. Puedes ser esposa y madre. Sí, os casaréis inmediatamente. Prepararemos la boda aquí mismo, en este alcázar.

—Madre, para eso tenemos que pedir permiso al rey —dijo Enrique.

—No lo consentiría. Os casaréis sin necesidad de la licencia real.

—¿Estás segura de lo que haces?

—Venid. —Leonor cogió las manos de los dos jóvenes y las entrelazó—. Tu padre —se dirigió a Juana— era el hombre más inteligente que he conocido. Incluso estuvo a punto de convencerme en un par de ocasiones para que pugnara por convertirme en la reina de Castilla y León. Entonces no le hice caso, pero quizá me equivoqué. Don Juan Manuel pudo ser rey y tenía dotes de sobra para serlo. Se enfrentó con mi..., con el rey don Alfonso, pero, tras varios años de enemistad, se hicieron buenos amigos y se comportaron como fieles aliados. Él no pudo reinar, pero le gustaría saber que uno de sus nietos tal vez pueda sentarse algún día en el trono que tanto deseaba. Ese rey, querida niña, podría ser tu hijo; y el tuyo, Enrique, y el tuyo.

»Escuchad. Todos los días me visita un sacerdote con el que me confieso y comulgo. Tiene toda mi confianza. Si le pido que os case con la ley de Dios, lo hará. Vuestro matrimonio será válido ante la Iglesia y nadie podrá revocarlo.

»Enrique, pide permiso de nuevo al rey para volver a verme la semana que viene. Dile que quieres despedirte de mí.

—¿Y si no me lo concede?

—Engáñalo. Don Pedro no tiene muchas luces. Siendo niño

tuvo problemas de salud y, además..., bueno, hay quien dice que no es hijo del rey don Alfonso.

—¿Insinúas que es un... bastardo?

—Eso comentan algunos. Hace un tiempo corrió un rumor que sostenía que el padre de don Pedro era unos de los médicos judíos que trataban a la reina doña María, a la que consolaba en su soledad.

—¡El rey, hijo de un judío! —se sorprendió Enrique.

—Quizá solo sean habladurías, pero seguro que han llegado hasta sus oídos.

El hijo de Leonor no olvidaría nunca aquel rumor que insinuaba la bastardía del rey.

3

Enrique de Trastámara convenció a su medio hermano para que le dejara volver a ver a su madre.

Alegó que quería despedirse de ella, pues tenía la intención, siempre que el rey se lo permitiera, de retirarse a sus dominios de Galicia, para desde allí, le dijo a don Pedro, servirlo fiel y lealmente. Las palabras de Enrique parecían sinceras.

En los calabozos del real alcázar de Sevilla todo estaba preparado para la boda secreta de Enrique de Trastámara y Juana Manuel. El sacerdote había sido avisado y a los guardias del rey que custodiaban a Leonor de Guzmán les habían dicho que madre e hijo iban a celebrar una misa juntos y que deseaban hacerlo en la intimidad.

—¿Estáis preparados? —les preguntó Leonor a los dos novios.

—Lo estoy, madre.

—Yo también —musitó Juana Manuel, a la que Leonor había estado aleccionando para que asumiera su boda con Enrique como algo natural.

—Vamos. El cura espera.

En una dependencia de la prisión se había colocado una mesa a modo de altar, con un cáliz y una patena con varias hostias.

—Sed bienvenidos a la...

—Dejaos de circunloquios e id a lo esencial —le ordenó Leonor al sacerdote—. Casad a esta pareja cuanto antes.

El cura celebró la misa nupcial con toda celeridad.

—En el día de hoy, martes 27 de julio del año del Señor de 1350, por la facultad que me otorga nuestra santa madre Iglesia, declaro que don Enrique de Castilla y doña Juana Manuel de Villena han contraído sagrado matrimonio y son ya legítimos esposos; así lo confirmo ante los ojos de Dios y de los hombres. Yo os bendigo...

—Bien, ya estáis casados —dijo Leonor.

—Señora, para que el matrimonio sea plenamente válido es necesaria la consumación del mismo, pero doña Juana todavía no tiene cumplidos los doce años, de manera que no...

—Claro que los tiene; precisamente los cumplió ayer —interrumpió Leonor al sacerdote—. ¿No es así, mi niña?

—Sí, ayer cumplí doce años —mintió Juana, tal cual le habían dicho que hiciera.

—En ese caso, el matrimonio debe consumarse para que sea plenamente legal y válido —precisó el cura.

—Vamos, Enrique, ve con tu esposa y haced lo que es preciso.

—¿Ahora? —El conde de Trastámara estaba confuso.

—¡Ahora mismo! Ya lo habéis oído: el matrimonio no será plenamente válido hasta que no lo consuméis. Os hemos preparado una cama en el cuarto donde duermo en esta prisión. Vamos, yaced juntos como los esposos que ya sois.

—Yo no sé... —dudó Enrique.

—Claro que sabes. Mira a tu esposa: es una joven dulce y preciosa. Meteos los dos en la cama, desnudos, y la naturaleza hará el resto. Vamos, disponéis de muy poco tiempo.

Juana María solo tenía once años y Enrique había cumplido los dieciséis en enero, pero su edad no impidió que el marido la desflorara.

Todo ocurrió demasiado deprisa.

—Ya está.

Enrique salió del aposento de la prisión donde le había hecho el amor a su jovencísima esposa.

—Veamos si has cumplido como un hombre.

Leonor entró en la improvisada alcoba nupcial. Juana permanecía tumbada en la cama. Estaba callada y parecía tranquila.

—Mi pequeña, ¿estás bien?

Juana Manuel asintió con la cabeza, a la vez que se tapaba la cara con la sábana.

—Me ha dolido un poco —dijo la niña.

—La primera vez es normal. A mí también me dolió, pero ya verás qué placentero resulta que te tome tu esposo cada noche.

Leonor ayudó a Juana a incorporarse. En la sábana vio la mancha de sangre que certificaba la pérdida de la virginidad de la niña.

Todas las vidas están llenas de paradojas y las de los poderosos mucho más.

Hacía ya varios años que don Juan Manuel había intentado engañar a Leonor de Guzmán para que esta a su vez convenciera a su amante el rey Alfonso XI para que se separara de María de Portugal, lo que hubiera abocado a Castilla a una guerra y, sin duda, al desastre.

Además, el ya fallecido infante de Castilla y príncipe de Villena había calificado en más de una ocasión a Leonor como «una hija de mala mujer». Habían sido enemigos mortales, aunque en los últimos años de su vida don Juan Manuel se había reconciliado con su pariente el rey Alfonso y por ende con la Favorita, a la que había odiado y admirado a la vez.

El destino, tan caprichoso como inesperado, había querido que los hijos de los antaño enemigos se unieran en matrimonio y que los intereses de la casa de Villena, ahora encabezada por Fernando, el hermano de Juana Manuel, y el linaje de Leonor de Guzmán mezclaran sus sangres.

El rey don Pedro y su madre la reina doña María estaban enfurecidos. Se acababan de enterar del matrimonio secreto preparado por Leonor de Guzmán y se sentían burlados.

—Esa perra de Leonor nos la ha jugado. Anularé esa boda —dijo don Pedro.

—Es demasiado tarde. La ceremonia nupcial la ofició un sacerdote y el matrimonio se consumó, según declararon dos testigos. Solo la Iglesia puede anularlo.

—Se han casado sin mi consentimiento.

—Que no es necesario.

—¡Es mi hermano!, y yo soy su rey. Tenía el deber de solicitar mi autorización.

—Sí, tenéis el mismo padre, pero no olvides que doña Juana es hermana de don Fernando de Villena, quien ha consentido que se celebre la boda.

—Esa sucia ramera se ha aprovechado de mi magnanimidad para engañarme. Debería ir ahora mismo a su calabozo y estrangularla con mis propias manos. ¡Maldita sea su alma! —clamó el rey.

—Odio a esa mujer, siempre la he odiado, pero nunca ha dejado de sorprenderme. Tiene una especial habilidad para la intriga y una gran capacidad para la seducción y el engaño, y, con el tiempo, incluso las ha mejorado.

—Por como hablas de ella, pareciera que la admiras.

—Me robó a mi esposo, logró que pasara veinte años encerrada y a punto estuvo de ocupar mi puesto en el trono. Es una mujer temible, que despierta tanto odio como afecto.

—La mataré.

—Hijo mío, deja que sea yo quien decida cómo y cuándo debe morir. Es ese un placer que me corresponde.

—De acuerdo, dejaré que siga viva, por el momento, pero ordenaré hoy mismo que se endurezcan las condiciones de su prisión. No recibirá más visitas, no tendrá compañía y se reducirá su comida hasta lo mínimo indispensable para que no muera de hambre hasta que tú lo decidas, madre.

Pedro I ordenó a los carceleros que Leonor de Guzmán fuera tratada como un preso más y le retiró todos los privilegios de los que había disfrutado cuando la confinó en alcázar.

Uno de los agentes que Enrique tenía infiltrados en la corte real le informó a él y a sus hermanos del plan del rey para apresarlos y encerrarlos, como había hecho con Leonor.

Muchos de los partidarios de los Trastámara ya se habían marchado, alejándose del rey para tratar de sortear sus posibles represalias, pero otros muchos seguían fieles a Leonor y a sus hijos y les ayudaron a escapar de Sevilla.

Enrique pudo huir aprovechando la noche y la connivencia de varios hombres del rey, que permitieron que saliera de la ciudad con una pequeña escolta y con su hermano Fernando, apenas un año menor. Con el rostro oculto por una máscara de cuero para evitar ser reconocido, Enrique llegó a Morón de la Frontera, que era posesión de Pedro Ponce de León, primo de Leonor de Guzmán.

La boda de Fernando Alfonso con María, hija de Pedro Ponce, se celebró en Morón, pero el quinto hijo de Alfonso XI y Leonor de Guzmán falleció al día siguiente de oficiarse la ceremonia nupcial, sin siquiera llegar a consumar el matrimonio. Todavía no había cumplido los dieciséis años.

Enterado de la huida de sus medio hermanos, Pedro I ordenó que los persiguieran y los encarcelaran; pero cuando los soldados del rey llegaron a Morón, Fernando ya estaba muerto y Enrique había desaparecido.

Dos noches antes había salido de Morón en dirección a Portugal, de nuevo con el rostro tapado con la careta de cuero.

Si se daba prisa y viajaba hacia el oeste sin detenerse salvo para mínimos descansos, podría llegar a la frontera en tres o cuatro días a lo sumo. El rey de Portugal era el padre de la reina doña María, pero Enrique sabría persuadir a los portugueses para que no tomaran represalias contra él y le permitieran seguir camino hacia sus tierras en Galicia y Asturias. Una buena bolsa de monedas de oro y la promesa de una nueva entrega si llegaba a sus dominios del norte serían argumentos más que convincentes para ello.

—¿Cómo que no lo encontráis? ¡Maldito hatajo de inútiles! ¡Buscadlo y traedlo a mi presencia enseguida!

El rey Pedro bramaba como un toro herido cuando le dijeron que no habían podido localizar a Enrique de Trastámara, que ya no se encontraba en Morón.

—Si ha escapado de Morón, supongo que se habrá dirigido hacia la costa. En Portugal reina mi padre, de modo que ese bastardo no se arriesgaría a caer en sus manos —alegó la reina viuda.

—Id tras él —ordenó don Pedro a su mayordomo—, buscadlo y traedlo aquí. Lo quiero vivo.

—No sabemos hacia dónde se ha dirigido, señor —se excusó el oficial de la corte.

—Ya habéis oído a mi madre. Id en su busca hacia la costa, por el camino más corto; y no vengáis sin él. Enviad a la flota para que bloquee la bahía de Algeciras y detenga a cualquier galera que pretenda salir del puerto.

—Nos lleva dos o tres días de ventaja. Si se ha dirigido a la costa, a estas horas ya estará embarcado en alguna galera aragonesa rumbo a Valencia, donde esperará ser acogido por el rey de Aragón. Es lo que yo hubiera hecho en su caso —dijo doña María.

—¡Estoy rodeado de inútiles y de traidores! Ejecutaré a todos los que han permitido que ese bastardo haya podido salir de Sevilla. ¡A todos!

Las venas del cuello y de las sienes del rey se hincharon, su rostro enrojeció de ira y su corazón se aceleró como un caballo al galope. De pronto sintió un pinchazo en la sien, como si le clavaran un punzón en la cabeza. Se echó las manos a la cara, se inclinó hacia delante y cayó al suelo como una talega de harina.

—¡Hijo, hijo! —exclamó doña María al ver a su hijo golpearse con la cabeza en el suelo—. ¡Llamad al físico, deprisa! —ordenó la reina a la vez que intentaba levantar a don Pedro, en cuya frente se había abierto una profunda brecha por la que sangraba con profusión.

El golpe contra las losas del suelo de la sala de las Naranjas había sido tremendo.

—El rey está muy grave, señora, no sé si podrá salvar la vida —le dijo el médico judío a la reina.

—Haced cuanto esté en vuestra mano. El rey no puede morir.

—Le he curado la brecha en la cabeza y le he aplicado unos ungüentos para evitar la gangrena. Su alteza es joven y fuerte, pero la herida es profunda y ha afectado al hueso.

Durante varios días, el rey don Pedro se debatió entre la vida y la muerte. Tuvo fiebre altísima, deliró y perdió mucho peso. Casi nadie en la corte esperaba que saliera vivo.

La noticia de la enfermedad del rey se conoció pronto en cada rincón de sus reinos. Si don Pedro moría, y a falta de un heredero, nadie dudaba de que se desataría una guerra por conseguir el trono de Castilla y León.

Muchos eran los nobles que aspiraban a sentarse en él y esperaban el momento oportuno para conseguir el poder. Cada día se reunían varios de ellos para intrigar sobre quién sería el sucesor en el caso, bastante probable, de que falleciera el rey.

Unos decían que la corona le correspondía al infante Fernando de Aragón. Hijo de Leonor de Castilla y del que fuera su esposo, Alfonso IV de Aragón, era uno de los candidatos favoritos. Los letrados de las Cortes alegaban que era el pretendiente que poseía más derechos, al ser hijo de la hermana de don Alfonso XI, a la que correspondía la corona si faltaba don Pedro. Tenía en su contra haberse enemistado con su medio hermano, el actual rey de Aragón, pues en caso de llegar al trono podría desencadenarse una guerra con ese reino. La reina Leonor había hecho todo lo posible por encumbrar a su hijo Fernando en el trono de Alfonso IV en detrimento del heredero Pedro IV, y este no se lo perdonaba.

Además, la voluntad de Alfonso XI así lo avalaba. Poco antes de morir en el sitio de Gibraltar a causa de la pestilencia, este rey había dictado en su testamento que, en caso de fallecer su hijo Pedro sin descendientes, la corona de Castilla y León debía pasar a la cabeza de su sobrino el infante don Fernando de Aragón.

—Don Fernando no puede ser el rey de Castilla —alegó Juan Núñez de Lara.

—En el orden dinástico que siempre se ha seguido en estos reinos, y según la ley de las *Siete Partidas* y el testamento de don Alfonso, es quien tiene más derechos para sentarse en el trono —intervino Juan Alfonso de Alburquerque.

Los dos principales y más poderosos nobles del reino hablaban dando ya por hecho que la muerte de don Pedro era inminente.

—Ese testamento era una locura. Don Alfonso no estaba en sus cabales cuando lo redactó. Sabes bien que tenía sus facultades alteradas por la calentura y su voluntad dominada por la Favorita —alegó Juan Núñez.

Señor de Vizcaya por su matrimonio con María Díaz de Haro, era bisnieto de Alfonso X y tenía al alcance de su mano la posibilidad de convertirse en rey.

—Don Alfonso lo dejó muy claro en su última voluntad. Si muere don Pedro, el rey será don Fernando —asentó Alburquerque.

—Es un aragonés, un extranjero. Castilla y León no pueden ser gobernados por el hijo de un rey de Aragón.

—Es quien tiene más derecho.

—Yo soy quien debe sentarse en el trono —dijo el señor de Vizcaya.

—Don Alfonso amaba a su sobrino don Fernando. Siendo un

niño lo protegió y lo acogió cuando el rey don Pedro de Aragón pretendía matarlo a él, a su hermano don Juan y a su madre la reina doña Leonor.

—¡Qué importa eso ahora!

—Sabes igual que yo, porque también estabas en el campamento de Gibraltar, que el rey Alfonso quiso que el infante don Fernando se casara con su propia esposa cuando esta quedara viuda.

—Una perversión más de las muchas que cometió don Alfonso. Si propuso que a su muerte su viuda se casara con su propio sobrino, no fue por ningún deseo de mantener su linaje real en el trono de Castilla, sino para humillar, otra vez más, a doña María. Además, para que ese matrimonio hubiera sido posible, habría sido necesaria una bula papal y ningún papa en su sano juicio firmaría la autorización de la boda de una reina de Castilla con el sobrino del que fue su esposo.

—Mi mujer, doña María Díaz de Haro, murió hace dos años, de manera que estoy viudo. Tengo treinta y seis años, creo que la misma edad que la reina doña María...

—¿Qué estás pensando?

—Su esposo el rey don Alfonso la despreciaba y la humillaba, pese a ser tan bella como Leonor de Guzmán. Lo sigue siendo. Sería una buena esposa para mí. Escucha: si me ayudas casarme con doña María y a conseguir la corona de Castilla, te convertiré en el hombre más rico y poderoso de estos reinos.

—¿Ya das por muerto a don Pedro?

—Ese muchacho es un cadáver.

—Que todavía respira —dijo Alburquerque.

—Ese inconveniente puede solucionarse. Eres el mayordomo de Castilla. Ante la indisposición del rey tienes el sello real y el poder.

—Lo que estás proponiendo es alta traición.

—Lo que te estoy planteando es que me ayudes a ser rey y yo te daré riqueza y poder. La corona estará sobre mis sienes, pero tú y yo compartiremos la fortuna y la gloria.

Los ojos del señor de Vizcaya brillaban de ambición. Una palabra de Juan Alfonso de Alburquerque a favor de su propuesta y el trono de don Alfonso el Sabio sería suyo.

—El rey vive.

—Tú tienes acceso a su alcoba.

—¿Qué me estás proponiendo, que mate a nuestro rey?

—Don Pedro es hombre muerto; solo te pido que acortes su agonía.

—No.

—Estas tierras no pueden seguir con esta permanente inquietud. Castilla necesita un rey fuerte, seguro y justo. Aunque don Pedro sanara de su enfermedad, cosa harto improbable tal cual diagnostican los médicos, ¿qué futuro aguarda a estos reinos? Conoces a ese muchacho, sabes bien que es débil de mente y veleidoso de comportamiento. Carece de sentido del gobierno y no tiene las virtudes que se requieren para ser un buen rey. En tus manos está que Castilla y León sufran el gobierno despótico de don Pedro, si llegara a recuperarse, o instaurar un reinado próspero si quien gobierna esta tierra soy yo. Piénsalo, Juan, piénsalo.

El señor de Vizcaya extendió la mano hacia Juan Alfonso de Alburquerque a la vez que le lanzaba una leve sonrisa y una mirada cómplice. El mayordomo real no la aceptó. Apretó los dientes, dio media vuelta y se marchó dando largos y apresurados pasos.

Juan Núñez apretó los puños. Supo que había perdido el envite. Sin el apoyo de Alburquerque, sus posibilidades de ser rey se habían esfumado.

Nada más podía hacer en Sevilla, de modo que reunió a sus caballeros y salió de la ciudad rumbo a Burgos. Al frente de su hueste ondeaba su pendón señorial, en cuyo centro lucía el escudo de su linaje, cuatro cuarteles con los castillos y los leones de la herencia real de parte de su bisabuelo el rey Alfonso X de Castilla y las flores de lis de otro de sus bisabuelos, el rey Luis IX de Francia.

4

Parecía un milagro.

A finales de agosto nadie suponía que el rey Pedro se recuperaría, pero el día 25 desapareció la fiebre y mediado septiembre ya se encontró fuera peligro. La herida en la parte superior de la frente había cicatrizado bien, y la fiebre y los dolores de cabeza habían desaparecido. Había perdido mucho peso y estaba tan flaco que parecía un saco de piel y huesos, pero estaba vivo.

Un verdadero milagro.

La cancillería real expidió varios documentos anunciando la total recuperación de don Pedro, a la vez que demandaba a los concejos de las ciudades de todos sus reinos que organizaran procesiones, celebraran misas y dieran limosnas como muestra de acción de gracias.

El infante Enrique de Trastámara, acompañado por sus fieles caballeros Pedro Carrillo y Rodrigo de Sanabria, había atravesado Portugal de sur a norte sin encontrar el menor inconveniente. Enterado de la recuperación de su medio hermano en Sevilla, no se atrevió a entrar en Galicia hasta que recibió garantías de que no sufriría represalias.

Cuando supo que el rey lo había perdonado, pasó la frontera por la villa de Verín, una próspera población al abrigo del fortísimo castillo de Monterrey, que se consideraba la llave del sur de Galicia, aunque ya no volvió a colocarse la careta de cuero.

Atravesó toda y Galicia se dirigió a Asturias, donde conservaba algunos señoríos y fieles siervos, que sentían al rey como un personaje lejano y ajeno; desde allí envió una carta a su hermano el rey ofreciéndole su sumisión y declarándose su vasallo.

Los pactos que los Trastámara habían acordado con don Pedro a los pocos días de la muerte de Alfonso XI se mantuvieron a duras penas. Enrique se hizo fuerte en Asturias, donde se sentía protegido, y se asentó en Gijón, pues en caso de ser atacado podía huir y ponerse a salvo gracias a la seguridad que le proporcionaba su puerto, en tanto el resto de sus hermanos trataban de mantener sus feudos como fuera, aun a costa de humillarse.

Juan Núñez de Lara, una vez fracasada su tentativa de convertirse en el nuevo monarca, aunque nunca tuvo la menor oportunidad de lograrlo, se marchó de Sevilla y se refugió en Burgos, desde donde pretendía organizar una revuelta contra Pedro I, esperanzado en que algunos nobles lo seguirían y quizá lo proclamarían rey. Fracasó. El señor de Vizcaya, que un día soñara con sentarse en el trono, falleció mediado el otoño, lo que supuso un notable alivio para el rey, pues se libraba de uno de sus más rocosos enemigos.

Recuperado de su grave dolencia, con todos los Trastámara sometidos a su autoridad, al menos de momento, y con el señor de Vizcaya muerto y enterrado, Pedro I se sintió fuerte y poderoso. Ratificó como mayordomo y hombre de su máxima confianza a

Juan Alfonso de Alburquerque, que le había salvado el trono, depuso a todos los familiares de Leonor de Guzmán de cuantos cargos ocupaban en la corte y nombró nuevos consejeros entre los caballeros de su absoluta fidelidad.

Los nombramientos de algunos importantes oficios cortesanos recayeron en enemigos declarados de los Guzmán y de los Ponce de León, que perdieron toda la influencia que hasta entonces habían tenido gracias a la protección que les había ofrecido la Favorita.

—Leonor es un estorbo. ¿Qué hacemos con ella? —le preguntó Pedro a su madre.

—No quiero que esa zorra viva en el mismo lugar donde residimos nosotros. Envíala fuera de aquí, a un lugar fortificado donde esté bien custodiada y del que no pueda escapar. Solo pensar que ella está a unos pocos pasos de mí, me provoca náuseas.

—¿Conoces algún castillo seguro donde podamos encerrarla?

—Envíala a Carmona. Está a una jornada de camino de Sevilla y posee un alcázar fortísimo. Si algunos de sus sicarios tuvieran la tentación de acudir a liberarla, los muros de Carmona resistirían el tiempo suficiente hasta que acudieras con tu ejército.

—Bien. Quedará encerrada en Carmona hasta que decidas qué hacer con esa...

—Ramera, hijo, esa mujer es una ramera.

—En cualquier caso, habrá que tener cuidado y estar vigilantes. No me fío de ningún miembro de la nobleza —le confesó don Pedro a su madre.

—¿Ni siquiera de Alburquerque?

—Bueno, de ese, sí; es el único que me ha demostrado absoluta fidelidad desde que murió mi padre, por eso lo he ratificado como mayordomo real, lo he hecho mi principal consejero y lo he nombrado canciller de Castilla.

—Hijo mío, los nobles de Castilla y León son egoístas y altaneros. Ojalá no existieran, pero están ahí, como los ríos y las montañas, y no podrás gobernar estos reinos sin el apoyo de la nobleza, al menos de buena parte de ella —le aconsejó doña María.

—Los nobles rebosan ambición. Todos ellos serían capaces de cualquier cosa por aumentar sus señoríos y sus privilegios. Su voracidad es inmensa. Alardean de su dignidad de sangre y de cuna, pero hay mucha más nobleza en algunos hombres libres de los concejos, e incluso entre los judíos, que en la mayoría de la aristocracia de abolengo.

El joven rey estaba desengañado con la actitud de los magnates del reino. Los consideraba avariciosos sin medida, conspiradores compulsivos y de poco fiar. Apenas llevaba nueve meses en el trono y ya había decidido que sus principales apoyos serían los hombres de las ciudades y grandes villas, artesanos y comerciantes en los que basaría la solidez de su trono, y que confiaría a los judíos la administración del tesoro y de la hacienda real.

Ante las decisiones que iba adoptando el joven rey, un miedo cerval se extendió entre los nobles de Castilla y León, que veían amenazados sus privilegios y sus haciendas. Los que conocían a don Pedro o sabían de él, lo consideraban veleidoso y cruel, caprichoso y violento. Criado por su madre la reina María en el odio a sus medio hermanos, sabían que estaba dispuesto a cualquier cosa para mantener la corona sobre su cabeza y que no le importarían los medios que tuviera que utilizar o a quién tuviera que quitarse de en medio, ni de qué manera para asentar su poder como monarca.

La contundencia y la determinación con las que había actuado el rey en sus primeros meses al frente de sus reinos hicieron que a lo largo del otoño de 1350 muchos nobles, que dudaban sobre sus verdaderas intenciones y aún se mantenían fieles a Leonor de Guzmán en la creencia de que una rebelión de la nobleza podría destronar a don Pedro, abandonaran sus reticencias a admitir la autoridad real, dejaran de lado sus recelos y le juraran fidelidad eterna. Consideraron que tal vez actuaría como correspondía al más alto representante de la nobleza y que se comportaría como uno más de ellos. No en vano, muchos de los magnates se pavoneaban de tener en sus venas tanta sangre noble como el rey y en sus blasones, su misma nobleza.

No tardarían demasiado tiempo en darse cuenta de que se habían equivocado.

Juan Alfonso de Alburquerque, que supo manejarse con extraordinaria habilidad política, tuvo mucho que ver en el cambio de actitud de buena parte de la nobleza, a la que persuadió para que optara a renunciar a una pequeña parte de su poder y de su riqueza antes que perderlo todo, incluso la vida. Semejantes argumentos convencieron a la mayoría.

Se necesitaba una causa común que uniera a todos los castellanos y leoneses en torno a la persona del rey, y Alburquerque la encontró. El canciller le aconsejó a don Pedro que reivindicara para Castilla la recuperación de los territorios perdidos en Alicante, Orihuela y Elche que el rey de Aragón Jaime II le había arrebatado en 1304 a su abuelo Fernando IV, aprovechando la juventud, la inexperiencia y la debilidad del monarca castellano debido a las disputas sucesorias.

Alburquerque, que era quien en realidad gobernaba y quien aconsejaba al rey sobre lo que debía hacer, lo convenció de que si libraba una guerra contra la Corona de Aragón, saldría victorioso. Alegó para ello que Castilla y León tenían mucha más población, disponían de muchos más soldados y de muchos más recursos financieros y humanos. Además, en el caso de que estallase la guerra, el rey de Castilla y León tendría la ayuda de sus primos, los infantes don Fernando y don Juan de Aragón, que eran señores de los territorios en Alicante que reclamaba Pedro I y que ahora estaban en manos de su rival, el monarca aragonés. Si apoyaba a Fernando, el mayor de ellos, como candidato al trono de Aragón, quizá parte de la nobleza catalana y aragonesa y la mayoría de las villas y ciudades de los reinos de Valencia y de Aragón se rebelarían contra Pedro IV y proclamarían rey al infante Fernando. Y si eso se producía, Castilla recuperaría toda la tierra desde Alicante hasta Cartagena.

Enterado de las intenciones del rey de Castilla y de sus medio hermanos los infantes Fernando y Juan, el soberano de Aragón no se quedó quieto: reclamó para sí el dominio de todo el reino de Murcia, alegando que había sido una conquista de Jaime I de Aragón, que se lo había regalado a su yerno don Alfonso el Sabio pero que tenía que reintegrarse a su Corona; pidió la posesión de Cuenca, aduciendo que se conquistó gracias a la ayuda prestada por el monarca aragonés Alfonso II; y demandó la posesión del señorío de Molina, invocando los derechos de conquista y presentando cartas en las que se demostraba que fue el rey aragonés Alfonso el Batallador quien la ganó a los moros y que, por tanto, le correspondía en derecho, y aun Soria, Sigüenza y Medinaceli.

A finales de 1350 la guerra entre las Coronas de Castilla y de Aragón parecía inevitable e inminente. En sus dominios, Pedro I de Castilla contaba con el apoyo de la mayoría de la baja nobleza, de la totalidad de los mercaderes y artesanos de las ciudades, de todos los judíos de todos sus reinos y de buena parte de la Iglesia, además de con la alianza con los infantes Fernando y Juan de Aragón. Por su parte, Pedro IV de Aragón sumaba el apoyo de la mayor parte de los nobles de sus dominios, de todas las ciudades y universidades de su Corona y del papa de Aviñón; además, suponía que, en el caso de que estallara la guerra, los Trastámara y sus vasallos en Castilla y León y buena parte de la alta nobleza se rebelarían contra don Pedro y combatirían en favor del lado aragonés para derrocar a su medio hermano el rey de Castilla, al que tantos odiaban.

El taimado monarca aragonés, menudo de cuerpo pero dotado de una notable perspicacia para la política, estimaba que toda la cristiandad estaría de su lado si se declaraba la guerra. De la actitud del papado de Aviñón no tenía duda, pues allí estaba refugiado desde hacía meses el arzobispo Gil de Albornoz, al que el papa había acogido y al que iba a promover a la categoría de cardenal. Albornoz era un declarado enemigo del rey castellano y uno de los principales interesados en su derrocamiento.

En cuanto a los reinos de Francia e Inglaterra, aunque estaban enfrentados entre ellos desde hacía años, Pedro IV estaba convencido de que ambos apoyarían a la Corona de Aragón. Inglaterra lo haría porque quería liquidar la influencia castellana en el lucrativo comercio de la lana con Flandes, y, de hecho, ese mismo verano una escuadra inglesa había derrotado en las costas de Winchelsea a un convoy de la flota castellana lanera que regresaba del puerto de Brujas tras haber descargado allí un cuantioso cargamento de lana. Y Francia también se pondría del lado de Aragón porque pretendía reclamar la posesión del reino de Navarra, que los castellanos ambicionaban desde hacía tiempo.

De todos los reinos cristianos de occidente, solo el de Portugal parecía dispuesto a ponerse del lado de Castilla. Su rey era el abuelo de Pedro I, pero pretendía mantener buenas relaciones con Inglaterra y con Aragón. En cualquier caso, Portugal no pasaba por un buen momento. Alfonso IV estaba enemistado con su propio hijo y heredero don Pedro que, tras quedarse viudo de Constanza, hija del infante don Juan Manuel, mantenía una intensa y escandalosa relación amorosa con la hermosísima gallega Inés de Castro, que había sido dama de compañía de Constanza y que ahora era amante del príncipe viudo, que quería casarse con ella pese a la opinión contraria de su padre el rey.

En aquella vorágine de relaciones en la que primaban las traiciones, los engaños y las mentiras, en el único grupo en el que confiaba don Pedro era en el de los judíos.

La mayoría de los castellanos, nobles o plebeyos, campesinos o comerciantes, recelaba de ellos. Los llamaban «raza de víboras», «seres abominables», «cerdos» y «perros», y solían ser objeto cotidiano de burla y escarnio en las ciudades donde abundaban, pero también eran envidiados por su prosperidad y sus riquezas.

Pedro I eligió a varios judíos como consejeros, sobre todo para llevar el control de las cuentas del reino, vigilar el tesoro y supervisar la recaudación de impuestos, lo que todavía provocó mayor rechazo de la gente hacia ellos.

—Samuel Leví será mi tesorero. Ese judío toledano sabe más de cuentas y números que ningún otro hombre de estos reinos, y es lo suficientemente rico como para no meter la mano en la caja.

—Lo conozco bien, señor, ambos somos toledanos. Es un hombre eficaz, pero...

El rey hablaba con Pedro Suárez, recién nombrado camarero mayor.

—Pero es judío... ¿Eso es lo que queríais decir?

—Señor, los judíos tienen mala fama y están mal vistos por vuestros súbditos cristianos; ni siquiera vuestros vasallos moros los tienen en estima.

—Leví es rico, muy rico, y ha demostrado valía y eficacia. Eso es lo que me importa. Sabed, Suárez, que prefiero tener a mi lado a un judío honrado que a cien cristianos ladrones. Mi padre tuvo tesoreros cristianos que le robaron todo cuanto pudieron. Yo no cometeré el mismo error.

—Si me permitís, alteza, os diré que para manteneros en el trono necesitaréis a la alta nobleza, y ya sabéis que los magnates de Castilla son acérrimos enemigos de los judíos.

—Los nobles son egoístas y traidores, y cuanta más alta es su cuna, mayor suele ser su bajeza. Mi reinado se apoyará en hombres leales y justos, sean judíos, moros, hidalgos o gentes del común.

—Señor, debéis andar con cuidado en estos asuntos.

—Dios me ha otorgado su gracia y el derecho para gobernar estos reinos. ¿Acaso no habéis visto mis nuevas monedas?: «Pedro, rey de Castilla y León por la gracia de Dios». Por la gracia de Dios, que nadie lo olvide.

—Así es, pero tened en cuenta que los judíos fueron quienes asesinaron en la cruz a su hijo Jesucristo y que son una raza perversa y malvada.

—Dios es comprensivo y justo, y Jesucristo ya los perdonó. ¿No os han enseñado eso?

—Lo es —asintió el camarero—, pero...

—Escuchadme. Deseo que cuando yo muera, las gentes de estas tierras me recuerden como un monarca justo y ecuánime, igual que lo fue mi padre. Convocaré Cortes en Valladolid para dar a conocer lo que pretendo para estos reinos. Todos mis súbditos sabrán quién es su rey.

5

El rey salió de Sevilla a finales del invierno de 1351, camino de Extremadura.

Había convocado Cortes en Valladolid, pero antes quería visitar la villa de Llerena y cazar en aquellas extensas dehesas con sus halcones, su afición favorita. Envió a un escuadrón de caballería para que recogiera a Leonor de Guzmán en Carmona y la condujera presa hasta Llerena, donde había citado a su medio hermano Fadrique, que seguía siendo maestre de la Orden de Santiago.

La bellísima Leonor parecía un espectro. Los duros meses de prisión, la escasa alimentación que le habían proporcionado y las malas condiciones de su aposento en el alcázar de Carmona, donde ni siquiera había dispuesto de un pequeño fuego para calentarse en aquel invierno, la habían ajado tanto que semejaba que en vez de unos pocos meses habían pasado por ella varios años.

—¡Cuánto me gustaría que tu padre pudiera contemplar ahora a su amante! —masculló la reina María con toda su rabia contenida durante dos décadas.

—Nadie la reconocería con ese aspecto —sonrió el rey.

—Mírala. ¿Dónde están ahora su altivez, su belleza legendaria y su tan celebrada hermosura?

—Se perdieron en el tiempo.

Leonor de Guzmán permanecía de pie, en el centro del patio de la casona de Llerena donde se alojaban el rey don Pedro y su madre, un inmueble propiedad de Juan Alfonso de Alburquerque que disponía de un calabozo para que la Favorita siguiera encerrada.

María de Portugal se acercó a Leonor y se detuvo a tres pasos de distancia.

La que había sido considerada como la mujer más bella de Castilla estaba sucia y desnutrida; su cabello, antaño brillante y como de seda, estaba quebrado y greñoso; sus ojos habían perdido el brillo que los caracterizaba y los rodeaban una ojeras amoratadas y venosas; los labios, antes rojos y tersos como ciruelas maduras, se veían agrietados y con restos de saliva seca en las comisuras; su rostro, tan luminoso y limpio, palidecía manchado de cercos oscuros; vagaba la mirada perdida en el suelo, las manos temblorosas y huesudas, los hombros caídos y la espalda encorvada. La figura de Leonor semejaba una visión sombría.

—No tienes buen aspecto —le dijo doña María a Leonor—; y apestas como una letrina.

—Vuestros carceleros no me han tratado bien. No me permitieron lavarme ni una sola vez en Carmona y tampoco en el viaje desde allí hasta este lugar...

—Estás en Llerena. Mi hijo, el rey, ha querido que vinieras hasta aquí.

—¿Me vais a matar?

—Eso lo sabrás a su debido tiempo.

—¡Madre! —sonó con fuerza la voz del rey, que se mantenía a cierta distancia.

—Mi hijo me llama.

Doña María hizo ademán de alejarse, pero don Pedro le indicó que se detuviera con un gesto de su mano y se acercó hasta el centro del patio donde conversaban las dos mujeres.

—Estáis muy delgada —comentó el rey.

—En las últimas semanas apenas he comido, señor —dijo Leonor.

—Y sucia, y maloliente. Nadie diría que hubo un tiempo en que morasteis en palacios reales, vestisteis ricas ropas y lucisteis lujosas joyas.

—Tampoco he podido lavarme ni asearme.

El rey ordenó a uno de sus criados que se acercara.

—Prepara un baño para esta mujer y que le den de comer lo que ella quiera. ¿Te parece bien, madre?

—Sí, es justo.

—Mañana permitiré que os visite vuestro hijo don Fadrique.

—¿Vas a consentir que vuelvan a engañarte? —advirtió doña María.

—En esta ocasión no estarán solos. Lo de Sevilla no volverá a repetirse.

—Os lo agradezco, alteza —musitó Leonor.

—Nos habéis hecho mucho daño a mi madre y a mí, más del que pudierais imaginar; pero vuestros hijos, aunque bastardos, también lo son de mi padre y llevan sangre real en sus venas. Dios sabrá por qué permitió que eso ocurriera, pero lo hecho, hecho está y nadie lo puede cambiar

—Enrique, Fadrique, Fernando, Tello y mis otros hijos son vuestros hermanos —bisbisó Leonor, que apenas tenía fuerza para hablar.

—Mis medios hermanos.

—Unos bastardos —terció la reina María.

Fadrique se arrodilló ante su hermano el rey Pedro.

—Levántate —le ordenó el rey.

—Señor, os agradezco que me permitáis visitar a mi madre.

—Nuestro padre lo hubiera querido así.

—Os juro lealtad como rey y señor.

—Mientras cumplas ese juramento seguirás siendo maestre de la Orden de Santiago, pero no olvides nunca que me debes este cargo.

—No lo olvidaré, alteza.

—Puedes ir a ver a tu madre, mas no se te ocurra conjurar con ella contra mí y tratar de engañarme u ordenaré que te arranquen la piel a tiras, la tuya y la de tu madre.

Fadrique besó las manos de su medio hermano y se dirigió al calabozo donde Leonor de Guzmán estaba encerrada bajo fuerte custodia.

—¡Madre! —Fadrique se echó en los brazos de Leonor.

—Hijo mío...

Ambos lloraron en el reencuentro, y se mantuvieron un largo rato abrazados.

—No te han tratado bien; tienes muy mal aspecto.

—He pasado el invierno presa en el alcázar de Carmona. Apenas me han dado de comer otra cosa que caldo de huesos y sobras de los criados. Mira mis manos, mis brazos, mis piernas..., no son sino un montón de huesos, tendones y piel; aunque lo peor es que no sé qué van a hacer conmigo.

—Estás viva. Si el rey hubiera deseado tu muerte, ya te habría asesinado.

—Tu hermano hará lo que le diga doña María, y esa mujer tiene el odio hacia mí enraizado en sus entrañas. Ya veo que tú estás bien. ¿Y tus hermanos? No sé nada de ellos desde que me enviaron de Sevilla a Carmona y me encerraron en la prisión.

—Viven todos. Mantenemos buenas relaciones con el rey, aunque Enrique dice que se trata de una estratagema de don Pedro para que nos confiemos, descuidemos la guardia y así pueda asesinarnos con facilidad cuando lo encuentre oportuno.

—¡Dios santo!

—Yo he jurado lealtad a don Pedro, le he besado las manos y le he mostrado vasallaje. ¿Qué otra cosa podía hacer? O eso o la muerte.

Leonor acarició el rostro de Fadrique. Algo le decía en su interior que nunca más volvería a verlo, ni a él ni a ninguno de sus otros hijos.

Las extensas llanuras de Llerena, interrumpidas por algunas suaves colinas cubiertas de encinas y matorrales de jara, romero y tomillo, transmitían una serena tranquilidad.

Aquellas amplias extensiones eran los dominios de la Orden de Santiago y de otros grandes señores que habían heredado tierras y señoríos que sus antepasados conquistaron a los moros en tiempos del rey Fernando III. Uno de ellos era Juan Alfonso de Alburquerque. El mayordomo real era hijo del primogénito, aunque bastardo, del rey Dionisio de Portugal, y primo de la reina María. Se había ocupado de la educación del rey Pedro desde que este era muy pequeño, y desde la muerte de Alfonso XI se había convertido en el hombre más poderoso de Castilla y León.

Tanto la reina doña María como su hijo el rey don Pedro confiaban ciegamente en él. Educado en Lisboa durante su infancia y juventud, había hecho fortuna en la corte de Castilla ayudando a Alfonso XI, aunque siempre a la sombra de su prima la reina María, sobre la que ejercía una gran influencia.

Aquella mañana don Pedro y don Juan habían salido a cazar con halcones en una de las dehesas cercanas a Llerena. Los monteros de la villa los habían llevado a unas colinas sobre las que volaban las torcaces. La caza había resultado abundante y los dos señores regresaban alegres a Llerena.

—Mi señor —habló Alburquerque—, estos reinos necesitan de un rey fuerte y decidido, y vos lo sois, pero son muchos los enemigos que acechan y que estarían dispuestos a ir contra vuestra alteza. Ahora están divididos y así no son demasiado peligrosos, pero hay una mujer que podría reunirlos a todos y crear un gravísimo problema.

—¿Os referís a Leonor de Guzmán?

—En efecto. Solo ella puede concitar que los nobles que conspiran contra vos se unan en una alianza.

—¿Qué me aconsejáis que haga con esa mujer?

—No podéis cargar con ella por todas vuestras tierras. Os recomiendo que la enviéis a Talavera.

—¿Por qué a esa ciudad?

—Porque es un feudo de vuestra madre y porque el alcaide de su castillo es uno de vuestros más fieles vasallos.

—¿Quién es ese hombre?

—Gutierre Fernández de Toledo; os será leal hasta la muerte. Lo garantizo.

—Está bien. Ordenad que envíen a Leonor a Talavera y que quede bajo custodia de ese caballero, que responderá con su vida de su guarda.

—Descuidad, señor, no hay mejor carcelero en estas tierras que Gutierre Fernández.

—¿Habéis hablado de esto con mi madre?

—Sí, mi señor, y está de acuerdo.

Leonor de Guzmán fue enviada a Talavera custodiada por una fuerte escolta. En una mazmorra de su alcázar aguardaría su destino.

A mediados de abril los rayos del sol caían como un manto de cálida seda sobre los campos de la Extremadura leonesa. La comitiva real había salido de Plasencia y ascendía el camino por la ribera del valle del Jerte. Conforme iba ganando altura, la temperatura se hacía más fresca, pero las empinadas cuestas hacían el paso menos llevadero.

Se detuvieron para dormir en el pueblo de Jerte, donde el rey fue agasajado con regalos por la aljama de judíos, cuyos oficiales querían agradecer el buen trato que don Pedro estaba otorgando a su comunidad.

A la mañana siguiente retomaron el camino poco antes de la salida del sol. Querían llegar a la cima del puerto de Tornavacas antes de mediodía y comenzar el suave descenso hacia El Barco para llegar a esa localidad antes del anochecer.

Desde que tuviera aquella caída en Sevilla y se desatara la enfermedad que casi acaba con su vida, el rey don Pedro sufría algunos días de fuertes dolores de cabeza que lo ponían de mal humor y lo soliviantaban. Su carácter se había vuelto mucho más agresivo, sobre todo cuando le sobrevenían repentinos ataques de cólera que no podía evitar.

En lo más alto del puerto, justo donde cambia la vertiente del río Jerte hacia la del Tormes, el rey sintió un fuerte pinchazo en la frente, como si le hubiera atravesado la cabeza una saeta rusiente.

La comitiva tuvo que detenerse para atender al monarca, que casi no podía soportar el dolor. El físico judío le aplicó paños de agua fría y le hizo beber una infusión de hierbas, pero el dolor apenas aminoró.

Juan Alfonso de Alburquerque se acercó a la reina doña María, que se mantenía atenta a los cuidados que estaban dispensando a su hijo en un pabellón improvisado a un lado del camino, y le susurró al oído:

—Señora, este es el momento.

—¿A qué os referís, don Juan?

—A ordenar la muerte de la ramera.

Doña María contempló los ojos del mayordomo; estaban llenos de ambición y saña.

Con un gesto, la reina indicó a Alburquerque que la acompañara fuera del pabellón. Se alejaron unos pasos buscando la sombra de unos árboles.

—¿Qué es eso de matar a la ramera?

—Señora, Leonor de Guzmán debe morir, y cuanto antes se produzca su muerte, mucho mejor para todos.

—Mi hijo prefiere la concordia con sus hermanos. Ha logrado que Fadrique le jure fidelidad en Llerena y quiere hacer lo mismo con los demás bastardos. Enrique anda refugiado en sus dominios de Asturias, Fernando no supone ninguna amenaza y Tello solo tiene catorce años. Los demás, Juan, Juana, Sancho y Pedro, son demasiado pequeños como para presentar algún inconveniente.

—Mientras viva Leonor, sus hijos y sus vasallos tendrán en ella una esperanza, pero si desapareciera esa mujer...

—La muerte de esa furcia podría provocar un levantamiento de buena parte de la nobleza; sobre todo si es el rey quien decide que muera.

—Señora, hace ya un año que Leonor es vuestra prisionera y nadie ha movido un solo dedo en todo este tiempo para liberarla. Decidle a vuestro hijo que ordene su ejecución y se acabará el problema.

—Hace veinte años que anhelo la muerte de esa mujer.

—Pues cumplid ahora vuestro deseo. Este es el momento oportuno para acabar con ella —dijo Alburquerque.

—No puedo dar esa orden; es preciso que la ratifique mi hijo el rey.

Un par de horas después de sufrir el ataque, el rey se encontraba mejor y se ordenó seguir camino hacia El Barco.

Don Pedro había dejado el caballo y viajaba en la carreta de su madre, entre suaves almohadas de seda y plumas que mitigaban el constante y molesto traqueteo que provocaban las irregularidades de la calzada.

—La ramera debe morir —sentenció doña María.

—¿Por qué ahora? —preguntó don Pedro.

—Porque ha llegado el momento de ejecutar nuestra venganza. Esa mujer ha sido la causante de todas nuestras desdichas. Debe morir antes de que sus partidarios se rebelen y se unan bajo su mando.

—Eso no ocurrirá, madre.

—Ordena que la ejecuten, haz justicia y dame cumplida revancha.

El rey contempló los ojos de doña María, cuya mirada era la viva imagen del odio.

—Está bien, esa mujer morirá —asentó don Pedro.

—Deja que sea yo quien me encargue de su muerte. Es mi venganza, mi desquite.

—Haz lo que estimes oportuno.

Un jinete escoltado por media docena de soldados de la guardia real salió a todo galope camino de Talavera. En un estuche de cuero portaba un pergamino donde estaba escrita la sentencia de muerte de Leonor de Guzmán.

El escribano Alfonso Fernández de Olmedo se presentó tres días después ante las puertas del alcázar de Talavera, donde fue recibido por su alcaide.

—Habéis viajado deprisa. Estábamos al tanto de vuestra llegada; recibimos ayer un mensaje a través de las señales de las atalayas —le dijo Gutierre Fernández de Toledo.

—Supongo que desconocéis el motivo de mi visita.

—El mensaje solo decía que os acoja y que me ponga a vuestras órdenes.

—¿Dónde está... esa mujer?

—Leonor de Guzmán está custodiada en una mazmorra, como se me ordenó.

—Tengo que verla.

—Acompañadme.

El alcázar de Talavera, del que se decía que había sido construido en tiempo de los califas cordobeses, era un castillo rectangular dotado de sólidos muros y grandes torreones de piedra labrada. Se había edificado junto al tramo de la muralla que cerraba el recinto murado de la ciudad por el lado del río Tajo.

Leonor estaba encerrada en un oscuro calabozo soterrado en una esquina del alcázar, al que se accedía por una angosta escalera. Excavado en la tierra, carecía de ventanas y solo se ventilaba por la estrecha puerta de gruesos tablones de madera. La proximidad del río provocaba filtraciones de agua que empapaban de humedad las paredes y el suelo de la celda.

A la orden del alcaide, el carcelero abrió la sólida puerta. En un rincón de la estancia, alumbrada por un pequeño candil alimentado con sebo, permanecía sentada la otrora todopoderosa Leonor de Guzmán, la mujer a la que tanto había amado Alfonso de Castilla, la madre de diez de sus hijos, la Favorita.

Alfonso Fernández de Olmedo se acercó hasta ella y ordenó a uno de los dos soldados que lo escoltaban que la iluminara con el farol que portaba.

—Es ella —se limitó a comentar el escribano enviado por doña María tras contemplar el rostro de la Favorita.

—¿Qué queréis de mí? —demandó Leonor intentando mantener cierta pose de dignidad.

Fernández de Olmedo la ignoró, dio media vuelta y se dirigió al alcaide, que lo acompañaba.

—Salgamos.

Fuera del calabozo, a la luz del día, Olmedo sacó del estuche de cuero el pergamino que contenía y lo desenrolló.

—¿Qué es ese documento? —preguntó el alcaide Gutierre Fernández.

—La sentencia de muerte de Leonor de Guzmán. Escuchad: «Don Pedro, por la gracia de Dios rey de Castilla, de Toledo, de León...».

Tras leer el diploma firmado por el rey y con su sello pendiente, Fernández de Olmedo echó mano al mango de un cuchillo que llevaba al cinto.

—¿Quién va a ejecutar la sentencia? —preguntó el alcaide.

—Yo mismo.

—¿Es necesario derramar la sangre de esa mujer? —El alcaide miró el cuchillo de Olmedo.

—No. Lo haré con mis propias manos. Esperad aquí.

Olmedo realizó una indicación al carcelero para que lo siguiera, lo que hizo tras la aprobación del alcaide.

La puerta del calabozo volvió a abrirse.

—Habéis tardado muy poco en volver —dijo Leonor de Guzmán, que se incorporó temiendo lo que le iba a suceder.

Fernández de Olmedo era un hombre alto y muy fuerte, de hombros anchos, brazos musculados y manos como tenazas.

—Habéis sido acusada de alta traición. Su alteza el rey don Pedro os ha condenado a morir.

—Y supongo que vos sois el verdugo.

La luz del candil iluminaba con tenuidad el calabozo. Las sombras de las dos figuras se recortaban sobre la pared como dos fantasmales espectros.

Olmedo apretó los dientes, se acercó a Leonor, la sujetó con sus poderosas manos por el cuello y apretó su garganta, apretó, apretó...

La Favorita ni siquiera pudo gritar. De sus labios solo surgió un leve quejido mientras Olmedo la estrangulaba hasta que la hermosa sevillana se desplomó sobre el suelo de losas húmedas.

—La sentencia se ha cumplido —dijo Olmedo cuando salió del calabozo.

—¿Qué hacemos con el cadáver de esa mujer? —demandó el alcaide.

—Enterradla en este alcázar.

—Hay una capilla bajo la advocación de San Juan Bautista donde podríamos depositar su cuerpo.

—Esa mujer era una pecadora.

—Supongo que ese dictamen queda ya en manos de Nuestro Señor.

—Está bien, depositad su cuerpo en la capilla. Dios ya decidirá qué hacer con su alma. ¡Ah!, y que no se sepa nada de esta ejecución hasta que lo ordene el rey don Pedro. Responderéis de ello con vuestra vida.

—Guardaré el más absoluto silencio.

—Y procurad que vuestros hombres mantengan la boca cerrada. Si alguno se va de la lengua, se la cortaré yo mismo, y luego le rebanaré el cuello. ¿Entendido?

—El carcelero es el único que os ha visto ejecutarla y os aseguro que no hablará. Es mudo.

Aquel día una mano anónima escribió un epitafio en el interior del ataúd de madera donde se depositó el cadáver de Leonor de Guzmán: «Año 1351 de Nuestro Señor Jesucristo, 1389 de la era hispana, 735 de la hégira mahomética, 5111 del tiempo de los hebreos, murió doña Leonor de Guzmán, la mujer más bella que jamás en el mundo hubo, amó a un rey, la amó un rey, fue madre de muchos hijos de sangre real, murió en esta ciudad de Talavera. Dios la acoja en su seno».

6

La prisión de Leonor de Guzmán había amedrentado a sus hijos, que procuraban, cada uno por su cuenta, llevarse bien con el rey. Desconocían la muerte de su madre y no sabían qué había sido de ella desde que se despidiera en Llerena de Fadrique.

Solo Enrique mantenía ciertas reticencias y se resistía a someterse, amparado en sus fortalezas de Asturias. Fadrique ya le había prometido fidelidad en Llerena, Fernando no suponía ninguna amenaza y Tello, de catorce años, le había escrito una carta en la que le mostraba su sumisión. Los demás hijos de Leonor ni siquiera tenían edad para plantear problema alguno.

Tello, que se había refugiado en su villa de Palenzuela, temeroso de las represalias del rey, recibió la respuesta a su demanda de celebrar una entrevista. Se la llevó el caballero Juan García Manrique, a quien Pedro I había encargado la mediación con sus medio hermanos.

El encuentro tuvo lugar en la villa de Celada, cerca de Burgos.

—Señor y rey, recibid mi sumisión y vasallaje —dijo Tello, arrodillado delante del monarca.

—Y yo las acepto. Es hora de la reconciliación. Se ha vertido ya demasiada sangre. Esta tierra necesita paz y concordia —asentó el rey ofreciendo su mano a su medio hermano.

Tello las tomó entre las suyas y las besó; seguía sin conocer la muerte de su madre.

—Señor, sois mi hermano y rey, prometo serviros con total lealtad.

—¿En cualquier circunstancia? —le preguntó don Pedro.

—Pase lo que pase.

—En ese caso, tienes que saber que tu madre ha muerto.

Tello miró a los ojos a su hermano y no le cupo duda de que él había sido el asesino. Estuvo a punto de derrumbarse, pero sacó fuerzas de donde no las tenía, agachó la cabeza sumiso y dijo:

—Señor, yo no tengo otro padre ni otra madre que vuestra merced.

—Incorpórate. —Don Pedro ayudó a Tello, que seguía de rodillas, a ponerse en pie—. Así es como habla un hombre leal. Si permaneces fiel a mi lado, te colmaré de honores y te haré uno de los más hombres más poderosos y ricos de mis reinos.

—Contad con mi lealtad eterna, señor.

—Me alegro mucho de tu respuesta. Confío en ti y en que convenzas a tus hermanos para que sigan tu camino.

—Así lo haré.

—Convence sobre todo a Enrique. Si lo consigues, tendrás todo mi agradecimiento y te concederé títulos, dominios y honores.

Pedro I mentía. En absoluto se fiaba de Tello, ni de ninguno de los demás miembros de su linaje. Lo único que pretendía era ganar tiempo y, a ser posible, dividir a sus medio hermanos sembrando entre ellos el recelo, la envidia y la duda.

Los nobles que acompañaban al rey y a su madre doña María celebraron el encuentro amistoso entre los dos medio hermanos, pero enseguida comenzaron las disputas entre ellos.

Pedro I tuvo que intervenir para calmar los ánimos entre los nobles. Unos eran partidarios de aceptar a los Trastámara entre ellos, pero otros consideraban que los hijos de Leonor de Guzmán y sus parientes habían gozado de demasiados privilegios en tiempos de Alfonso XI y que había llegado la hora de que las grandes familias del reino fueran las verdaderas beneficiadas de su estatus. Creían merecerlo por derecho de sangre.

La tensión aumentaba día a día. El control de la situación podía escaparse de las manos del rey en cualquier momento. Muchos nobles comentaban que el joven rey carecía de experiencia de gobierno y que era un mero títere en manos de Juan Alfonso de Alburquerque, al que acusaban de ser el verdadero dueño de Castilla y León, y hacían conjuras entre ellos para tratar de minar el poder del mayordomo real.

El valido se enteró de algunas de aquellas conjuras y preparó una estratagema para acabar con sus opositores.

Conforme la comitiva real se acercaba a Burgos, varios miembros del concejo de la ciudad recelaron de las intenciones del rey y de su mayordomo. Se habían enterado de que Alburquerque pretendía acabar con la vida de Garci Laso, al que acusaba de haber ayudado al ya fallecido Juan Núñez de Lara en sus pretensiones de convertirse en rey a la muerte de Alfonso XI, y enviaron a unos nuncios para decirle al monarca que no dejara entrar a Alburquerque en su ciudad, que no era bienvenido y que se quedara en alguna de las localidades cercanas.

—Los miembros del concejo de Burgos no desean que me acompañéis mañana en mi entrada en esa ciudad —le dijo el rey.

—Es una trampa, señor. La han urdido los partidarios de aquel traidor que fue Juan Núñez de Lara, el que quiso arrebataros el trono. Pretenden derrocaros y su principal cabecilla es Garci Laso, que ya intentó que perdierais la corona en favor del de Lara. Es una encerrona, una traición, no caigáis en ella, alteza.

Juan Alfonso de Alburquerque parecía convincente y don Pedro confiaba ciegamente en su mayordomo.

—¿Qué me recomendáis?

—Que acabéis con la vida de Laso.

—¿Olvidáis que ese hombre es el Adelantado de Castilla?

—También es un traidor que ha conspirado contra vuestra merced. Laso debe morir —asentó Alburquerque.

Tras su entrada en Burgos a comienzos de mayo, Pedro I se instaló en el palacio del obispo y envió recado a Garci Laso para que se presentara ante él sin dilación. Laso receló y temió que aquella cita se tratara de una emboscada, pero la reina María le envió otra carta invitándolo a que compareciera ante su presencia el domingo por la mañana, a la vez que le aseguraba que no corría peligro.

Laso se confió y acudió a la llamada de la reina, pero receló cuando observó que había algunos hombres armados a la entrada y muchos más repartidos por todas las zonas del palacio.

Su temor fue en aumento cuando vio a Juan Alfonso de Alburquerque sonriendo al lado del rey. Entonces supo que estaba acabado.

—Ballesteros —ordenó el rey—, prended a don Garci Laso.

Viéndose perdido, Laso miró al rey, no opuso ninguna resistencia y dijo:

—Ruego a vuestra merced que me envíe a un clérigo con el que pueda confesar. —Y ante la sorpresa de todos, se dirigió a uno de los que lo acompañaban y le dijo—: Ve a mi casa y pídele a mi mujer que te entregue una carta de absolución que me envió el papa.

—Señor, ordenad ya que se haga lo que hay que hacer con ese hombre. Está intentando ganar tiempo y confundirnos —le susurró Alburquerque al rey.

—Antes, permitiré que un cura lo confiese. Está en su derecho de pedir confesión —asentó el rey.

Y mandó traer a un sacerdote que se apartó a una esquina del patio y allí confesó a Garci Laso, el cual cacheó al cura para ver si llevaba algún cuchillo oculto con el que pudiera quitarse la vida, pues temía que antes de ejecutarlo lo torturaran.

—No demoréis más esta ejecución. Ordenad su muerte ya —aconsejó Alburquerque.

—Matad a ese hombre —ordenó el rey a los tres ballesteros.

—¿Ahora, señor? —preguntó uno de ellos.

—Ahora y aquí mismo —indicó el rey ante la atenta mirada de Alburquerque.

Los tres ballesteros sacaron dos porras y un hacha y se dirigieron hacia el rincón donde estaba Garci Laso, que suplicaba al sacerdote que le diera la extremaunción.

Uno de ellos apartó al cura y golpeó a Laso con la maza en la cabeza, haciendo que se tambaleara como un borracho. Otro le lanzó un hachazo al cuello, que le provocó una gran herida y una abundante efusión de sangre. Laso cayó de rodillas sangrando y gritando de dolor. El tercero de los ballesteros le propinó otro hachazo en la espalda que lo hizo caer de bruces. Ya en el suelo, más golpes de porra y nuevos hachazos llovieron sobre el condenado, que acabó muerto en medio de un charco de sangre.

—¿Qué hacemos con el cuerpo, alteza? —preguntó uno de los escuderos, con las manos y el rostro salpicados de sangre y trozos de piel y carne del ejecutado.

—Arrojadlo a la calle cuando pasen los toros —ordenó el rey.

Ese día era domingo. Burgos celebraba la visita de su rey con festejos entre los que destacaba una corrida de toros por las calles que rodeaban la catedral, entre la plaza del Sarmental y el palacio del obispo.

Los tres escuderos cogieron en volandas el cuerpo sanguinolento y lo colocaron en el suelo en medio de la plaza poco antes de que pasaran los toros.

Desde la ventana del palacio episcopal, el rey don Pedro observó cómo los astados corneaban y pisoteaban el cadáver de Garci Laso hasta convertirlo en un amasijo de carne, piel y huesos.

Los despojos del Adelantado de Castilla fueron recogidos con palas y colocados sobre un estrado de madera para que los burgaleses contemplaran de qué manera tan contundente se manifestaba la justicia de su rey. Durante varias semanas quedaron expuestos a la intemperie en la plaza de Comparanda, junto a los muros de la ciudad, para que lo vieran burgaleses y visitantes, y para escarmiento de cualquiera que pretendiera atentar contra la autoridad del soberano.

En los días siguientes, aconsejado por Alburquerque, don Pedro ordenó que fueran perseguidos, capturados y ejecutados los hombres fieles a Garci Laso, incluida su propia esposa.

El pánico se extendió por la ciudad. Varios criados leales a Laso pudieron rescatar a su hijo y salieron de noche con el muchacho escapando de las represalias. Se dirigieron hacia Asturias, donde esperaban que Enrique de Trastámara los acogiera y defendiera del acoso del rey.

La matanza de Burgos desencadenó todavía más miedos. Nobles, plebeyos e incluso algunos clérigos huyeron despavoridos y buscaron refugio en las montañas de Vizcaya, a donde escapó Nuño de Lara, el hijo y heredero de Juan Núñez de Lara, que pretendía defenderse de los ataques del rey desde el señorío de Vizcaya, ahora heredado por María, hija de Juan el Tuerto, aquel infante de Castilla al que el rey Alfonso XI mandó matar en Toro unos años antes. Pedro I envió a un caballero con varios soldados para perseguir a Nuño y apresarlo, pero no pudieron dar con él.

Lo sucedido en Burgos se conoció enseguida por toda la tierra.

Lejos de sentir el menor remordimiento o la mínima sensación de caridad y misericordia, el rey don Pedro alardeó de su contundente y brutal manera de impartir justicia, y aun celebró aquellas muertes con las grandes fiestas y alegrías que organizó en Burgos para festejar la llegada del rey Carlos de Navarra y de su hermano Felipe, que acudieron a esa ciudad para entrevistarse con el rey de Castilla y acordar un tratado de paz y de alianza entre sus respectivos reinos.

Los salvajes actos cometidos por don Pedro fueron calificados por algunos como acciones de extrema crueldad, en tanto otros los consideraron una prueba de la autoridad y del sentido de la justicia del rey.

Los hijos de Leonor de Guzmán se atemorizaron. Enterados ya de la muerte de su madre, aunque no sabían bien ni cómo ni cuándo se había producido, hablaron entre ellos y convinieron que los próximos en morir serían ellos y que no tenían otra alternativa que pedir ayuda al rey Pedro IV de Aragón. Confiaban en que el monarca aragonés, enemigo de Pedro I y del infante don Fernando de Aragón, que seguía reclamando su derecho al trono de esa corona, los apoyaría para derrocar a don Pedro y eliminarlo al frente de la monarquía castellana y leonesa.

Sin embargo, si pretendían lograrlo, antes tenían que conseguir atraer a la mayor parte de la nobleza de Castilla y León.

Fueron muchos los nobles que se encastillaron en sus fortalezas, donde aguardaron la imprevisible reacción del rey. Ejecutada Leonor de Guzmán, todos los que tenían intención de rebelarse miraban hacia su hijo Enrique de Trastámara, al que consideraban el único señor que podía unir a la nobleza rebelde y encabezar una revuelta que triunfara en un enfrentamiento entre los nobles y el rey.

Las Cortes se reunieron en Valladolid a finales del verano de 1351. Todas las gentes de los reinos de don Pedro confiaban en que en esa reunión el rey, los nobles, las ciudades y la Iglesia llegaran a acuerdos que pacificaran la tierra y pusieran fin a tantos años de enfrentamientos y guerras señoriales.

—Hay demasiados conflictos y numerosísimos problemas que afrontar en estas Cortes, y el rey carece de capacidad y de recursos para atender a tantos frentes —comentó Juan Alfonso de Alburquerque al infante Fernando de Aragón.

—Andad con cuidado, don Juan; si mi primo el rey os escuchara decir eso, podría ordenar que os encarcelaran por traidor y vuestra cabeza no valdría un maravedí.

—He sido el más leal servidor de don Pedro desde que era un niño y permanecía encerrado con su madre en Burgos o en cualquier otro lugar que decidiera su padre el rey Alfonso. Lo he criado casi como a un hijo, lo he educado como el rey que ya es y le he enseñado cuanto sabe, pero la naturaleza...

—¿La naturaleza...?

—O Dios, o el capricho del destino, o las fuerzas ocultas, o los profundos arcanos que rigen nuestras vidas, quién sabe, han hecho que el rey sea un hombre caprichoso, imprevisible y voluble. Nació con serios problemas de salud y deformidades en la cabeza, y sobrevivió de milagro a su infancia. En Sevilla sufrió una importante lesión y una gravísima enfermedad, y también las superó de manera milagrosa. Ha tenido mucha suerte al salvar la vida.

—¿Qué pretendéis, señor?

—Don Pedro no está capacitado para reinar. No tiene ni las cualidades ni el temple de su padre, ni el valor y el arrojo de su bisabuelo don Sancho. Nunca será el gran monarca que se requiere para gobernar en estos tiempos tan convulsos.

—¡Sois el mayordomo real! ¿Cómo os atrevéis a hablar así de nuestro señor?

—Porque deseo lo mejor para Castilla y León.

—Lo que estáis diciendo es una traición.

—Vamos, don Fernando, no seáis ingenuo. Vos habéis sufrido la persecución de vuestro hermano el rey de Aragón, que a punto estuvo de mataros si no hubierais huido a tiempo con vuestra madre y vuestro hermano de esa tierra y no os hubiera acogido y protegido en Castilla vuestro tío don Alfonso —le recordó Alburquerque—. La vida en este mundo consiste en una permanente lucha. Matar o morir. Lo sabéis mejor que nadie.

—Don Pedro es el rey legítimo. No hay ninguna alternativa a su reinado.

—Hace un año estuvo a punto de fallecer en Sevilla. ¿Lo recordáis? Las semanas en las que se debatió entre la vida y la muerte fueron terribles. Si don Pedro hubiera muerto entonces, estos reinos se hubieran roto en mil pedazos y quizá ya ni siquiera existiría ninguno de ellos. El rey no tiene un hijo que lo herede y si volviera a darse una situación similar a la que ocurrió en Sevilla y falleciera, Castilla y León arderían como la yesca seca con la chispa del pedernal. A menos que...

—¿Qué estáis tramando?

—A menos que hubiera alguien con la sangre real de Castilla y León en sus venas que pudiera ser ese heredero. Vuestra merced, por ejemplo.

—¿Yo?

—¿Quién sino vos, don Fernando? Sois el hijo legítimo y primogénito de doña Leonor, hija legítima del rey don Fernando de Castilla y León, aquel al que llamaron «el Emplazado», y también tenéis en vuestras venas la sangre real del linaje de los reyes de Aragón. Vos, don Fernando, podríais ser el soberano que uniera todas las coronas de la cristiandad hispana y que hiciera posible un viejo sueño nunca cumplido: Castilla y León, Aragón, Portugal y Navarra juntos bajo un mismo y único monarca, el que ganaría además Granada a los moros y unificaría todas las tierras de España. Vos, don Fernando, vos.

»Si don Pedro muriera sin hijos, la heredera del trono castellano y leonés sería vuestra madre, y luego, vos. ¿Os imagináis? Rey de Castilla, de León, de Aragón, de Valencia, de Sevilla, de...

—¡Alto ahí, don Juan! No soy ningún felón. He jurado lealtad a mi primo el rey don Pedro, y pienso cumplir mi juramento de caballero.

—¿Cuántos años tenéis, veintitrés, veinticuatro?

—Veintidós —respondió el infante de Aragón.

—Veintidós, cinco más que el rey. El tiempo pasa muy deprisa y una oportunidad como esta solo se cruza una vez en la vida. Una vez. Con la sangre que lleváis en vuestras venas y vuestro alto linaje, ¿os conformaréis con vivir y morir siendo tan solo el Adelantado de la frontera pudiendo haber sido el rey? Si no dais ahora este paso, puede que lleguéis a viejo en la tranquilidad que da la sumisión y la renuncia, pero estoy seguro de que entonces os arrepentiréis de no haber luchado por todas estas coronas y lo lamentaréis el resto de vuestra vida.

7

Las sesiones de las Cortes de Valladolid estaban siendo mucho más tranquilas de lo que algunos esperaban. Las tensiones por el tradicional antagonismo entre los señores y sus campesinos habían disminuido a causa de que en muchas de las aldeas había remitido la hambruna debido a que había menos gente que alimentar por las numerosas muertes provocadas por la peste.

En las ciudades, que también habían perdido mucha población, se dirimían algunos conflictos desencadenados por la escasez de mano de obra, lo que había propiciado que los jornaleros de los talleres y los siervos del campo demandaran un mayor salario, lo que conllevaba un alza de precios que los procuradores en Cortes pretendían evitar.

En esa situación eran los judíos los que salían beneficiados. Dueños de importantes capitales, eran los únicos que podían prestar considerables sumas de dinero al rey, a los nobles y a los concejos de las ciudades, a cambio de intereses elevados y abusivos, que en ocasiones superaban el veinticinco por ciento anual. Fueron muchos los procuradores que plantearon al rey que prohibiera que los judíos realizaran préstamos con usura, pero don Pedro se llevaba muy bien con las comunidades judías, a las que protegía y amparaba, y se negó. Además, la hacienda de Castilla estaba en manos de judíos. El tesorero Samuel Leví monopolizaba los asuntos referentes a la hacienda real y contaba con el apoyo incondicional del rey y del todopoderoso Juan Alfonso de Alburquerque. Los banqueros judíos de Toledo y Burgos eran los principales arrendadores de las rentas reales y de los censales de ciudades, villas e incluso monasterios, y su influencia en todas las cuestiones referentes a la economía de la corona era absoluta.

Los moros que vivían en territorio cristiano también estaban contentos con el gobierno de don Pedro. Aplaudían las paces firmadas entre Castilla y Granada y se congratulaban de las facilidades que tenían para seguir practicando su religión y sus costumbres.

Una de las sesiones más intensas de aquellas Cortes fue la que se dedicó a dirimir el espinoso asunto de las behetrías. Los nuncios de las universidades de Castilla y León alegaban que los campesinos de sus merindades tenían el derecho ancestral de elegir como señor a aquel que más conviniera a sus intereses. El rey solía tomar partido en favor de los más débiles, como eran los campesinos y los artesanos, lo que lo colocaba permanentemente en contra de los nobles, que ansiaban regresar a los años de la minoría de los reyes Fernando IV y Alfonso XI, cuando aprovechaban la ausencia de un poder fuerte para hacer lo que les venía en gana al carecer de un rey que se entrometiera en sus asuntos y les coartara sus privilegios.

La sesión de Cortes de aquel día de octubre discurría tranquila hasta que estalló una disputa entre los nuncios de las ciudades de

Burgos y de Toledo. Como ya ocurriera en las Cortes de Alcalá, en las que ambas ciudades pretendieron ostentar la primacía en las Cortes alegando sus méritos, sus privilegios y su historia, en las de Valladolid volvieron a presentar las mismas reivindicaciones.

—Burgos es la cabeza de Castilla —alegó el nuncio de esa ciudad—. En Burgos nació el reino que da nombre a esta corona y por ello debe ser la primera ciudad y con asiento preferente en el estamento de las universidades de estas Cortes. Aquí forjó el conde Fernán González la semilla de la grandeza de estos reinos. Burgos ha de ser la ciudad que encabece las Cortes de Castilla y León.

—Dice su nuncio que Burgos es la cabeza de Castilla, pero Toledo es la ciudad más noble y antigua de España. En Toledo tuvieron su sede los reyes godos, de los que somos deudores, y en Toledo está la sede primada de la Iglesia. El rey don Alfonso, que conquistó nuestra ciudad a los moros, nombró a Rodrigo Díaz de Vivar alcaide de su alcázar, y si le concedió ese honor al más noble de los caballeros que en el mundo han sido, lo hizo porque así destacaba la primacía de nuestra ciudad sobre todas las demás. El Cid dejó en Toledo a su fiel caballero Alvar Yáñez Minaya y se hizo construir una casa que ahora es la sede de los caballeros de San Juan. Toledo es la ciudad más antigua y noble, y por ello merece y debe ser la primera de las ciudades de estos reinos y la que ostente la preeminencia en estas Cortes.

—Señores —alzó su voz el rey, que asistía divertido al enfrentamiento entre los delegados en Cortes de Burgos y Toledo—, hace ahora tres años mi padre el rey don Alfonso, de recordada memoria, celebró Cortes en la villa de Alcalá de Henares. Acudieron a esas vistas nuncios de Burgos y de Toledo, quizá estabais allí alguno de vosotros, y esta misma discusión surgió igual que ahora. Mi padre el rey dejó claro que por Castilla y León solo hablaba él. Y nadie más. Pues bien, yo ordeno en estas Cortes de Valladolid que los de Toledo hagan lo que yo les mande, y que los de Burgos hablen solo por Burgos.

»Os recuerdo a todos, por si alguien lo ha olvidado, que el poder de los reyes de Castilla y León proviene de Dios, y que solo ante Dios debo responder por el poder que me ha otorgado con su divina gracia.

Tras escuchar las palabras de don Pedro, se hizo un silencio espeso, pero tras unos instantes, los nuncios de Segovia y Palencia comenzaron a aplaudir y enseguida se sumaron los de Salamanca, Ávila y demás ciudades presentes en las Cortes, incluidos los toledanos y los burgaleses.

Todos quedaron contentos con las palabras del rey, que a sus diecisiete años no parecía tan torpe como algunos pretendían presentarlo.

Las Cortes de Valladolid se cerraron con un notable éxito para el rey, pero los aragoneses aprovecharon para provocar algunos altercados en la frontera. No llegó a estallar una guerra entre ambos reinos, pero se produjeron algunas escaramuzas y bandas armadas de ambos lados recorrieron la frontera ocasionando algunos enfrentamientos y llevando a cabo saqueos y rapiñas de ganado y de otros bienes.

Los espías castellanos en la corte de Aragón le hicieron saber a don Pedro que el monarca aragonés seguía muy molesto por la protección que Castilla brindaba a sus medio hermanos los infantes Fernando y Juan y a su madre la reina Leonor, madrastra de Pedro IV, a la cual consideraba como la principal instigadora de las conjuras que en la Corona de Aragón se maquinaban contra él.

Pedro IV estaba convencido de que doña Leonor andaba de conjuración en conjuración para soliviantar a los nobles aragoneses, catalanes y valencianos, levantarlos contra su rey y procurar su destitución para colocar en el trono de Aragón a su hijo mayor el infante don Fernando.

—El pequeño aragonés está muy molesto, señor. Me temo que en cualquier momento pude declararnos la guerra. Por eso es tan importante llegar a un acuerdo con Portugal. Sendas guerras a la vez en las dos fronteras nos causarían muchos problemas, y quizá se animaran los granadinos a romper las treguas y atacarnos por el sur y los navarros, por el norte —comentó Juan Alfonso de Alburquerque, que acompañaba al rey don Pedro a una entrevista que se había acordado con el rey Alfonso IV de Portugal en la localidad leonesa de Ciudad Rodrigo, apenas a una jornada de camino de la frontera con ese reino.

—Lo sé, don Juan, lo sé —se limitó a decir Pedro I.

—Ahí llega vuestro abuelo. Manteneos firme y demostradle de

quién sois hijo. Recordad que vuestro padre don Alfonso lo derrotó dos veces —le comentó Alburquerque.

El rey de Portugal acababa de cumplir sesenta años y era un hombre experimentado y cauto. Padre de la reina doña María, era por tanto el abuelo materno de Pedro I, a quien había ayudado de niño a defender su derecho al trono, tantas veces cuestionado por la nobleza castellana.

Los dos monarcas, abuelo y nieto, se abrazaron y se besaron en la puerta de la catedral de Santa María, ante los vítores de los miembros de las dos delegaciones.

—Ya eres todo un hombre y tienes el porte de un rey —saludó Alfonso IV a su nieto.

Pedro I era grande de cuerpo, de cabellos rubios oscuros y blanco de piel. Había superado todas las enfermedades y a sus diecisiete años rebosaba energía y vitalidad.

—Llevo vuestra sangre, señor —dijo Pedro I, ceceando como solía hacerlo desde que aprendió a hablar.

—Hija mía..., me alegra volver a verte.

—Padre. —La reina María, a pesar de su condición real, saludó con una ligera genuflexión a su padre el rey portugués.

Ya dentro de la catedral, y tras asistir a un tedeum oficiado por el obispo don Alonso, abuelo y nieto se sentaron en dos sillones y junto a ellos, en un escabel, lo hizo la reina María.

—Señor, os agradezco lo que hicisteis por mí y por mi madre. Sé que, en buena medida, os debo mi trono —comenzó hablando Pedro I.

—Tu padre no trató a mi hija ni con el respeto ni con la consideración que se debe a una esposa y a una reina, pero ha valido la pena tanta resistencia y tan larga espera. Aquí estáis los dos, mi hija, la reina, y mi nieto, el rey de Castilla y León, y ojalá que también lo fueras de Portugal.

—El heredero es vuestro hijo don Pedro.

—Mi hermano —terció doña María.

—Mi hijo no está haciendo las cosas bien. Se casó con Constanza Manuel, pero se amancebó con Inés de Castro, esa joven que vino de Castilla como doncella de Constanza, que lo engatusó, con la que ahora vive en pecado y que le ha dado varios bastardos. Mi nuera murió en el parto de mi nieto don Fernando, que será el rey de Portugal tras su padre don Pedro, si así lo quiere Dios, pero mi corazón no está tranquilo mientras viva esa Inés —masculló Alfonso IV, que estaba muy dolido con el comportamiento de su hijo.

—¿Pensáis repudiar a vuestro propio hijo y heredero? —le preguntó Pedro I.

—Debería hacerlo y traspasar su derecho al trono de Portugal a mi nieto don Fernando, pero eso desencadenaría una guerra. Mi hijo tiene muchos seguidores que no dudarían en tomar las armas y ponerse a su lado si decidiera luchar contra mí. ¡Maldita Inés! —masculló Alfonso IV.

Tras conversar sobre los asuntos familiares que lo atormentaban, el rey de Portugal aceptó el acuerdo de paz que le proponía su nieto el rey Castilla, y se comprometió a no hacerle la guerra ni a aliarse con el rey de Aragón.

De regreso a Valladolid, doña María habló con su hijo sobre la necesidad de que se casara pronto y engendrara un heredero. Por su propia experiencia, sabía que la estabilidad de su reinado, además de por aplacar a los nobles y mantener la paz con sus vecinos portugueses y aragoneses, pasaba por asentar su linaje en el trono, y eso solo sería posible con un heredero legítimo.

—Hijo, ya has cumplido diecisiete años. Tu padre tenía esa misma edad cuando me casé con él. Va siendo hora de que busques una esposa. Tus reinos necesitan un heredero.

—Quiero ser yo quien elija a mi esposa —dijo el rey.

—Los reyes no siempre podemos decidir con quién nos casamos. Los matrimonios reales no son cuestión de amor, querido Pedro, sino de conveniencia. Un rey ha de casarse con la mujer que más convenga a los intereses de su reino.

—¿Y atarme el resto de mi vida a una mujer a la que no amo?

—El amor —doña María bajó la cabeza al recordar el desprecio y la humillación a los que la sometió su esposo el rey Alfonso XI— no puede condicionar el gobierno de un reino. No nos debemos al amor, sino al trono.

—Quiero casarme con una mujer a la que yo ame.

—No. No puedes hacerlo si esa mujer no conviene a Castilla.

—Supongo, por lo que dices, que ya has pensado en una esposa para mí. ¿Acierto?

—Lo he hablado con Alburquerque, sí. Hemos pensado enviar una embajada a Francia para pedir la mano de una de las hijas del duque de Borbón, el primo del rey francés.

—¿Francia, por qué Francia?

—Francia e Inglaterra libran una guerra en la que ambos reinos se están desangrando. Reforzar nuestra alianza con Francia pondría a Castilla en una excelente disposición para ganar el reino de Navarra, ahora gobernado por la reina Juana. Esa mujer era la esposa del rey Felipe, que murió el año pasado y del cual estaba embarazada. Alburquerque pensó que sería una buena idea que te casaras con ella, así te convertirías en rey de Navarra, pero Juana, a la que también llaman Blanca, se ha negado a esa boda alegando que es costumbre que las reinas viudas de Navarra no vuelvan a casarse.

—¿Me queríais casar con una viuda que ya ha tenido hijos?

—Te queríamos casar con Navarra. La negativa de doña Juana nos ha hecho cambiar los planes.

—Entonces, me casaré con una hija de ese duque... de Borbón.

—El duque ha tenido siete hijas, de las que viven seis, todas ellas muy hermosas. Los embajadores que enviemos a Francia sabrán elegir a la mejor de las hermanas para que sea tu esposa y la futura reina.

—¿No me dejas opción, madre?

—El rey de Francia está de acuerdo con esta boda. El papa Clemente tiene algunas reticencias, pero hará lo que diga el rey francés. Hijo mío, debes casarte con una de las hijas del duque de Borbón y debes hacerlo por el bien de Castilla.

—De acuerdo, me casaré con una de las hijas de ese duque, y espero que sea la más bella de todas, pero amaré a la mujer que yo elija..., como hizo mi padre. —El rey cedió, pero lanzó una puñalada directa al corazón de su madre.

Aquellas palabras de don Pedro golpearon el pecho de la reina María como una maza de púas de hierro. Hasta su propio hijo hacía escarnio de su dolor y de su angustia por los malos tratos pasados.

Hasta ese momento, el rey ni siquiera había pensado en casarse. Hacía ya dos años, desde que cumpliera los quince, que mantenía relaciones sexuales esporádicas con algunas damas de la corte, e incluso con bellas criadas a las que llevaba a su cama para calmar sus ardores juveniles; y en sus viajes se había acostado con hermosas jóvenes en algunas de las ciudades en las que se había hospedado. Algunos nobles, para ganarse los favores reales, le habían ofrecido a sus propias hijas para que durmiera con ellas. Probablemente algunos pequeños bastardos reales ya berreaban en sus cunitas o estaban siendo gestados en los vientres de sus madres.

Unos gruesos leños de encina crepitaban en la chimenea del palacio real de Valladolid. La reina doña María y el mayordomo Juan Alfonso de Alburquerque estaban satisfechos. Habían logrado su propósito de que el rey aceptara casarse con una de las sobrinas del rey de Francia.

—Habéis sido muy persuasiva, señora. Creía que iba a ser más difícil convencer a vuestro hijo de la conveniencia de esta boda con la francesa.

—En un primer momento se mostró reticente. Me dijo que quería ser él quien eligiera a la que iba a ser su esposa, pero, al fin, comprendió que un rey se debe a su reino y que así ha de aceptarlo.

—Enviaremos a los embajadores inmediatamente a Francia. El rey don Juan está completamente de acuerdo con que se celebre esa boda, y el papa Clemente acabará aceptándola de buen grado.

—Ahora solo falta que nuestros embajadores elijan a una de las seis hijas del duque, y que acierten —dijo doña María.

—Cinco. Deberán elegir entre cinco. Juana, la mayor de las hijas del duque, se ha casado con don Carlos, el delfín de Francia —precisó Alburquerque.

—¿Delfín? ¿Qué significa eso?

—Es el título que le han dado al heredero al trono de Francia, al que su abuelo el rey Felipe le concedió el gobierno del principado de una región a la que llaman el Delfinado; de ahí el título de delfín.

—Cinco jóvenes entre las que elegir...

—Sabemos que la mayor de las cinco que todavía siguen solteras se llama Blanca. Tiene doce años, de modo que ya podría casarse con don Pedro y consumar el matrimonio de inmediato. Con cualquiera de las otra cuatro, habría que esperar al menos dos años.

Los embajadores castellanos viajaron a Francia aquel invierno.

Lo hicieron con cierta tranquilidad, pues el rey Eduardo de Inglaterra concedió permiso para que los barcos de Castilla pudieran navegar libremente por el Canal de la Mancha sin temor a un ataque de la escuadra inglesa.

Siguiendo las instrucciones de la reina María y del mayordomo Alburquerque, los embajadores castellanos eligieron a Blanca de Borbón como novia y futura esposa del rey don Pedro. La alianza matrimonial se celebró por palabras de futuro, y se escribió en un diploma firmado por don Pedro que los embajadores llevaron a Francia.

8

Acordado el matrimonio de don Pedro y elegida Blanca de Borbón como esposa, los detractores del monarca de Castilla y León comprendieron que un hijo nacido de ese matrimonio se convertiría inmediatamente en heredero al trono y todos los pretendientes verían cómo desaparecían sus aspiraciones de convertirse en rey.

Los hijos de Leonor de Guzmán fueron los primeros en reaccionar.

El conde de Trastámara aspiraba a ser, algún día, rey de Castilla y León. Era un bastardo y, según las leyes, no tenía ningún derecho a la corona, pero su condición legal no le importaba. A su círculo de caballeros más leales les decía que él era hijo del rey Alfonso, que llevaba en sus venas la sangre real, que era unos meses mayor que su medio hermano el rey y que tenía todo el derecho a sentarse en el trono. Alegaba que debía ser rey quien mereciera serlo y criticaba que don Pedro se comportara de manera cruel y vengativa, que su gobierno se basara en la ira y el odio y que su reinado se estuviera convirtiendo en una pesadilla, como demostraban las matanzas que había perpetrado en Burgos y la persecución y ejecución sangrienta de todos cuantos discutían sus decisiones y cuestionaban sus caprichos. Lo acusaba de no estar capacitado para gobernar, de ser veleidoso y de obrar como un ser diabólico.

Desde sus castillos y fortalezas de Asturias y del noreste de Galicia, Enrique de Trastámara seguía resistiendo. Su hermano Fadrique, que mantenía el maestrazgo de la Orden de Calatrava, se sometió al rey, pero Tello, que todavía no había cumplido los catorce años y ya se sentía con capacidad para actuar por su cuenta, hizo una cabalgada por tierras de Aranda de Duero y robó una recua de reses que unos ganaderos llevaban a la feria de Alcalá de Henares.

Enterado el rey de lo que había hecho Tello, envió a un escuadrón de soldados en su busca y captura. Tello huyó hacia Soria gracias a la ayuda de varios de sus caballeros y se refugió en Monteagudo, desde donde pidió perdón al rey por su acción. Consiguió llegar a la frontera de Aragón, donde solicitó la protección de su rey antes de que fuera apresado. La actitud de Tello molestó a don Pedro, pero el rey lo estimaba inofensivo. No dejaba de ser un joven rebelde cometiendo poco más que una travesura.

Por el contrario, a Enrique lo consideraba como el más peligroso de todos sus rivales. El conde de Trastámara era ambicioso y desde que se convirtió en el mayor de los hijos de Leonor y Alfonso XI y asumió el papel de cabeza del linaje bastardo de esa formidable pareja de amantes, ansiaba sentarse en el trono de Castilla y León y coronarse como su rey. No sería el primer caso de un bastardo que ocupara el trono de un reino cristiano. ¿Acaso no lo había hecho Guillermo el Conquistador en Inglaterra?

—Acabad con el conde.

La orden del rey a su mayordomo fue tajante.

—Alteza, don Enrique se ha fortalecido bien en sus castillos del norte, que ha abastecido con recursos y provisiones para resistir varios meses de asedio; será difícil llegar hasta él y más complicado aún someterlo —le dijo Juan Alfonso de Alburquerque—. Considero que sería mejor intentar llegar a un acuerdo con el conde que entablar una contienda que auguro larga y costosa.

—Convocad al ejército. Yo mismo iré a por él. —La determinación de don Pedro era firme.

—Señor, en las arcas del tesoro no hay dinero suficiente para pagar a los soldados que se requiere en una campaña como esta.

—Si dejo que el conde se haga fuerte y no respondo con toda contundencia a su rebelión, el resto de la nobleza entenderá que soy un rey débil y cobarde, y que cualquiera puede cuestionar mi autoridad y rebelarse contra mí sin sufrir las consecuencias de su traición. No voy a consentirlo. Convocad al ejército.

—Como ordenéis.

—El conde —el rey don Pedro siempre se refería de ese modo a su medio hermano Enrique— es un hombre acomplejado que nunca reconocerá su bastardía. Yo le haré saber quién es él y a quién se atreve a retar. Y os juro que se arrepentirá si no cede en su empeño y no se somete a mi autoridad.

La hueste real fue convocada en Valladolid. Los hombres del rey debían acudir en las últimas semanas del invierno de 1352 con pertrechos y bagajes para la campaña de Asturias contra Enrique de Trastámara.

La reina María contemplaba a su hijo, que comía una pierna de cordero asado y aromatizado con tomillo y romero. En un par de días saldría al frente del ejército.

—Ella es la causante de todos los males que aquejan a estos reinos —comentó doña María—. De no haber sido por esa ramera, tu padre no hubiera engendrado a esa sarta de bastardos y tú no tendrías que hacer frente a tantos problemas. Ella inculcó en sus bastardos la idea de que tenían derecho a llevar tu corona, y conminó a los nobles, a los que favoreció con tantos privilegios, a que se conjuraran y se rebelaran contra ti.

—Leonor ya está muerta, màdre.

—Sí, y bien muerta, pero sus malditos retoños siguen aquí, entre nosotros, emponzoñando con su veneno estos reinos. No habrá paz en Castilla y León hasta que haya desaparecido el último de esos infames bastardos. Prométeme, hijo mío, que pondrás todo tu empeño en acabar con ellos, con todos. No quiero morir sin antes ver cómo borras de la faz de la tierra a esa estirpe de serpientes.

—Lo haré —asintió el rey aunque sin demasiada convicción—, pero también debo ocupar parte de mi tiempo en gobernar estos reinos. La pestilencia ha dejado muy mermada a la población; en algunas aldeas no hay brazos suficientes para cultivar los campos y en las ciudades falta mano de obra para atender los talleres y los oficios. Los artesanos exigen más salario, los precios suben y el malestar por la carestía cunde por todas partes. A todo eso también debe atender un rey.

—¿Eso es lo que te ha dicho Alburquerque?

—No. Don Juan no se preocupa de esas cosas. Quien entiende de eso es mi tesorero, don Samuel.

—Es un judío y los judíos no son de fiar.

—Pues yo confío en Samuel Ha Leví. Es un hombre honrado y sabe cómo llevar las finanzas de la corona. Es el único de todos mis consejeros capaz de organizar el tesoro real. Los demás son unos inútiles que nada saben de cuentas.

—La nobleza de estos reinos odia a los judíos. Los acusan de haber asesinado a Nuestro Señor Jesús y de aprovecharse de que poseen mucho dinero para prestar con usura a los cristianos y ahogarlos con los intereses y las deudas.

—Los judíos son gentes laboriosas y diligentes. No reivindican ninguna tierra, no aspiran a conquistar mis dominios, no quieren ninguna corona; solo aspiran a vivir en paz.

—Y a acumular más y más dinero con los beneficios que producen sus abusivos préstamos.

—Necesito a los banqueros, a los mercaderes y a los médicos judíos, madre. Solo ellos saben hacer bien esos trabajos. Además, los bastardos de Leonor los odian, y eso me conviene.

—Hijo mío, defiendes a los judíos, los favoreces, has pactado con los moros de Granada y también proteges a los moros que viven en tus dominios; los nobles acabarán tildándote de beneficiar a los infieles en contra de los cristianos.

—Los magnates de Castilla y León son la verdadera pestilencia de esta tierra. Se consideran con la misma autoridad, o más aún en sus señoríos, que el mismo rey. No han dejado de conspirar contra mí, como ya lo hicieron contra mi padre, contra mi abuelo y contra otros reyes que nos precedieron. La monarquía no puede someterse a esos magnates. Ellos son la peor ponzoña de esta tierra.

—Pero no puedes tenerlos a todos en tu contra; son demasiado poderosos.

—Por eso quiero debilitarlos, para ser más fuerte. Me apoyaré en los infanzones y en los hidalgos, en los hombres libres de los concejos, en los campesinos dueños de pequeñas propiedades, en los hombres de leyes y en los que saben oficios. Para fortalecer el poder real, es necesario debilitar la fuerza de la alta nobleza.

—¿Quién te ha inculcado todas esas ideas?

—La propia vida, madre, la propia vida.

El ejército real estaba preparado para salir hacia el norte. La primavera avanzaba y los pasos de las montañas de León y de Galicia ya se encontraban transitables para los caballos y las carretas.

Juan Alfonso de Alburquerque formaba al frente de la caballería, al lado del pendón de Castilla y León que siempre acompañaba a don Pedro.

—Alteza, todos los hombres están listos para salir en cuanto deis la orden —le comunicó Alburquerque al rey.

—Entonces, vayamos a por ese traidor.

Estaba a punto de dar la señal de iniciar la marcha cuando doña María apareció en la explanada al otro lado del puente sobre el Pisuerga, donde estaba concentrado el ejército.

—Señor, es vuestra madre —le avisó Alburquerque.

El rey don Pedro se giró y vio a su madre montada sobre una mula; acudía a su encuentro escoltada por cuatro jinetes.

—Aguardad a ver qué sucede —dijo don Pedro.

Doña María llegó a la altura de su hijo y lo saludó.

—Creí que no llegaría a tiempo para darte la noticia.

—¿Qué ocurre, madre?

—Acabamos de recibir una carta de nuestros embajadores en Francia; confirman que el rey don Juan y el duque de Borbón han aceptado tu boda con doña Blanca y han aceptado el acuerdo matrimonial. El papa Clemente sigue con reticencias respecto a admitir este matrimonio, aunque eso no importa. Tu novia ya es tu esposa.

—Pero si todavía no nos hemos casado —se sorprendió el rey.

—Falta firmar las cláusulas matrimoniales y que consuméis el matrimonio, pero estáis casados por palabras de futuro. Todo está acordado y confirmado. Ya tienes esposa. Los franceses enviarán a fines de esta primavera a doña Blanca para que se celebre la ceremonia nupcial en Valladolid. De modo que anda con cuidado en esta campaña.

—¿Eso es todo? —demandó don Pedro.

—No. Tu esposa también traerá debajo del brazo un gran acuerdo con Francia.

9

El ejército real avanzaba por tierras gallegas sin encontrar resistencia alguna. Los partidarios de Enrique de Trastámara habían abandonado las posiciones más avanzadas y se habían hecho fuertes en varios castillos de las montañas del centro de Asturias y en la ciudad portuaria de Gijón, a orillas del mar de los cántabros.

En la aldea de San Fagundo esperaba al frente de su pequeña hueste el noble Juan Fernández de Hinestrosa.

—Señor, esperábamos vuestra llegada. —Lo saludó don Juan.

—¿Y los rebeldes?

—No hay rebeldes en esta zona, alteza. Cuando llegué con mis tropas, se marcharon hacia el norte. Nuestros oteadores indican que se han refugiado en la ciudad de Gijón, con don Enrique.

—El conde bastardo —precisó el rey.

—Hemos preparado un banquete para vuestra merced. Supongo que estaréis hambriento tras tan largo camino.

El rey y sus caballeros siguieron a Hinestrosa hasta un pabellón en el que se había preparado el banquete. Nada más entrar en el pabellón, el rey se fijó en una muchacha. Era bellísima, de cuerpo menudo pero muy bien proporcionado, cabellos sedosos, rostro risueño y hermosísimo.

—¿Quién es esa joven dama? —preguntó el rey a Hinestrosa.

—Mi sobrina: María de Padilla. Su padre, mi cuñado, murió el año pasado y yo me he hecho cargo de ella como tutor a instancias de mi hermana viuda.

—Presentádmela.

—Enseguida, alteza.

Juan Fernández fue en busca de la muchacha, le dijo algo al oído y la trajo ante el rey. Antes de que pudiera articular una sola palabra, el rey habló:

—Señora, permitid que me presente: soy Pedro, rey de Castilla, León, Toledo, Galicia, Sevilla, Córdoba, Murcia, Jaén y Algeciras, y señor de Molina.

—Mi sobrina doña María de Padilla —intervino Hinestrosa.

—¿Qué hace aquí una joven tan bella como vos? —le preguntó el rey.

—Soy dama de compañía de doña Isabel de Meneses.

—¡Dama de la esposa de don Juan Alfonso! ¿Cómo no os he visto hasta ahora? ¿Habéis estado escondida a mis ojos?

—No, alteza, quizá no os hayáis fijado en mí... hasta ahora.

—¡Alburquerque! —El rey llamó a su mayordomo.

—¿Señor...?

—¿Dónde teníais escondida a esta hermosa mujer?

—No estaba escondida, mi señor. Es una de las damas de mi esposa...

—Doña María comerá a mi derecha —ordenó el rey.

Hinestrosa sonrió. Su sobrina sería la llave que le abriría la puerta de la confianza del rey y su mejor aval para medrar en la corte.

Durante el banquete, el rey y la joven Padilla no dejaron de conversar. Se les veía alegres, riendo y mirándose a los ojos sin reparar en el resto de los comensales.

—Sois demasiado hermosa como para no haberme dado cuenta antes de vuestra presencia. ¿Os habéis ocultado de mí hasta ahora? —le dijo don Pedro.

—No, mi señor. Desde que murió mi padre y mi tío se hizo cargo de mí, he estado con doña Isabel, pero no he tenido oportunidad de conoceros, hasta hoy.

—¿Estáis comprometida?

—Mi tío se está encargando de buscarme un marido, pero no ha encontrado ninguno que me convenga, por ahora.

—¡Hinestrosa! —El rey llamó a don Juan y le indicó con un gesto que se acercara.

—Señor. —El tío de María se levantó raudo de su asiento y acudió al lado de don Pedro.

—Dejad de buscar un marido para doña María. ¿Entendido?

—Lo he comprendido, alteza.

—Bien. —Con otro gesto le indicó que se retirara.

—Si estabais comprometida con algún caballero, ya no lo estáis.

—No lo estoy, alteza, ya os he dicho que no tengo ningún pretendiente.

—Sois la mujer más bella que he visto jamás. ¿Os gustaría visitar mi alcoba esta noche?

—¡Oh!, todavía soy... doncella, pero cómo podría negarme a la voluntad de mi rey y señor.

Aquella noche María de Padilla perdió la virginidad entre los brazos del rey don Pedro, que quedó profundamente enamorado de la joven sevillana, cuya belleza era tan profunda como su entendimiento. El rey decidió que nunca se separaría de ella. Nunca.

Enrique de Trastámara esperaba la acometida del rey parapetado tras las murallas de Gijón, pero cuando sus oteadores le comunicaron que el ejército real se había reforzado en Galicia con nuevos contingentes, salió de la ciudad y se refugió en el castillo de Montejo, en las montañas de Asturias, un lugar inaccesible para cualquier ejército.

Los gijoneses tuvieron miedo de las represalias de don Pedro y solicitaron a Enrique que le pidiera perdón y que cediera en su revuelta. No le quedaba otro remedio, de modo que el conde consintió y admitió su derrota antes siquiera de haber librado una sola batalla.

Don Pedro consintió en firmar la paz y prometió que perdonaría a su medio hermano, pero en secreto dio la orden de que en cuanto estuviera al alcance, se diera muerte al conde.

Enrique de Trastámara supo de las verdaderas intenciones del rey por un espía que tenía infiltrado en la corte de don Pedro y, aunque accedió a firmar la paz para evitar represalias contra los de Gijón, decidió huir y refugiarse en Francia, donde pidió amparo a su rey Juan II, que aunque había acordado firmar una alianza con el rey de Castilla, necesitaba toda ayuda a causa de sus disputas en Navarra y de la guerra con el rey de Inglaterra.

Desde Francia, Enrique envió unos mensajeros al rey Pedro IV de Aragón ofreciéndole vasallaje si este le concedía auxilio y defensa ante las represalias con que lo amenazaba el rey de Castilla.

Pedro I regresó a Valladolid. Había logrado apaciguar la revuelta de Asturias, pero no había capturado a Enrique, que se había escabullido con todo el dinero que consiguió al enajenar las joyas que le entregó su madre Leonor de Guzmán en Sevilla, justo antes de que se endureciera su prisión. Con parte de ese dinero se había pagado a los mercenarios que formaban su hueste privada y que lo habían acompañado a Francia.

10

A comienzos de julio de 1352 el rey Juan II de Francia firmó el contrato matrimonial de Pedro de Castilla con Blanca de Borbón y un tratado de alianza entre ambos reinos.

La dote se su sobrina se acordó en trescientos mil florines de oro pagaderos en cinco años, a abonar por el rey de Francia, pero, a cambio, doña Blanca recibiría el señorío de las localidades castellanas y leonesas de Arévalo, Coca y Mayorga. La cantidad de la dote debería ser reembolsada a Francia si doña Blanca fallecía sin haber engendrado un hijo.

Blanca de Borbón no quería esa boda. Varias veces se negó a casarse con el rey de Castilla, pero tuvo que ceder porque así se lo exigían su padre y su rey, e incluso Juana, su hermana mayor, intervino para convencerla de que aceptara, aunque jamás tuvo la menor intención ni ganas algunas de viajar hasta aquel reino del sur, que le parecía lejano y bárbaro. Por lo que le habían comentado algunos embajadores, Castilla era un reino oscuro, gélido en invierno y tórrido en verano, habitado por gente rudas e incultas, labriegos ignorantes y artesanos zafios. No había palacios, salvo algunos de ladrillo y yeso al horrible estilo y gusto de los infieles mahometanos, ni estancias lujosas, ni se celebraban fiestas elegantes, ni se conocían artistas delicados y músicos excelentes, ni se sabía de la existencia de caballeros galantes y educados. Le habían dicho que la comida era propia de brutos, el pan negro, la carne grasienta, los guisos colmados de sebo rancio y los dulces duros y empalagosos.

Ella era feliz en los dominios de su padre, entre exquisitas veladas, festejos fulgurantes y deslumbrantes torneos con magníficos caballeros y opíparos banquetes y bailes amenizados por músicos excelentes y poetas excelsos.

Doña Blanca hubiera deseado casarse con un príncipe de Francia, de Borgoña o de Champaña, y vivir en la tierra donde había nacido y donde quería seguir siendo feliz, pero las hijas de los príncipes no decidían su destino. Nunca lo habían hecho. Nunca.

Mediado el mes de agosto, con el rey don Pedro ya de vuelta en Valladolid tras su campaña en Asturias, los embajadores castellanos regresaron de Francia con el documento de los acuerdos matrimoniales firmado por el rey Juan II.

—Señor —le informó Alburquerque—, el rey de Francia ya ha firmado el documento de esponsales; ahora debe hacerlo vuestra merced.

—Trescientos mil florines bien merecen una boda —comentó don Pedro.

—Se abonarán en cinco años; los primeros veinticinco mil no llegarán hasta Navidad.

—En ese caso, firmaré ese documento en Navidad.

—Pero...

—O cuando doña Blanca se encuentre en Castilla.

—Vuestra esposa tardará unas semanas en llegar, señor. Antes de venir al que va a ser su reino, desea visitar al papa Clemente en Aviñón. Ya sabéis que su santidad es el único que pone reticencias a vuestra boda con doña Blanca. Supongo que vuestra esposa querrá convencerlo de que acepte esta boda y no se oponga a ella.

En realidad, lo que Blanca de Borbón pretendía era retrasar al máximo su traslado a Castilla y ponía cuantas excusas se le ocurrían para viajar lo más tarde posible.

A comienzos de octubre Pedro I se desplazó hasta la frontera de Aragón. En la ciudad de Tarazona se reunió con Pedro IV. El taimado monarca aragonés, dos palmos más bajo que el castellano, sabía manejar muy bien los tiempos y los modos diplomáticos. Era consciente de que en una guerra abierta con Castilla, la Corona de Aragón no podría salir victoriosa, salvo, quizá, en la guerra en el mar, donde la flota de galeras de Barcelona y Valencia, ahora además sumadas las de Mallorca, era superior; sin embargo, el rey de Castilla era capaz de movilizar cinco caballeros y seis infantes por cada uno de los que pudiera armar el rey de Aragón.

El tratado firmado en Tarazona resultó satisfactorio para ambos reinos. Además de la paz, Pedro I se comprometió a tratar bien a los hermanos Trastámara, a reconocer sus propiedades, todas las que les había entregado su padre Alfonso XI, y a mantener a Fadrique como maestre de la Orden de Santiago; por su parte, el rey de Aragón aceptó devolver sus feudos a sus medio hermanos Fernando y Juan, los infantes de Aragón hijos de Leonor, tía de Pedro I y viuda del monarca aragonés Alfonso IV, a quienes con tanto empeño había perseguido y acosado hasta entonces.

A fines de octubre tuvo que hacer frente a una revuelta en Aguilar, cerca de Córdoba. Las tropas del rey acudieron a sofocarla, pero los de Aguilar les lanzaron piedras y quebraron el pendón real. El propio Pedro I acudió al asedio, pero tuvo que regresar a Castilla porque en Asturias volvían a producirse nuevos levantamientos que negaban su autoridad y acataban la de su medio hermano el conde de Trastámara.

Volvió a Aguilar, ya en diciembre, y dirigió personalmente el asedio. El primer día de enero de 1353 don Pedro dirigió el asalto decisivo a los muros de Aguilar, donde resistía Alonso Fernández Coronel, que había sido leal consejero de Alfonso XI y de Leonor de Guzmán.

Al ver lo que estaba a punto de sucederle, Coronel confesó a sus más allegados: «Esta es Castilla, que hace a los hombres y los gasta». Una vez ocupado Aguilar, algunos rebeldes fueron ejecutados y a otros les cortaron las manos. La mayoría de los bienes de Coronel quedaron enajenados y se entregaron a los parientes de María de Padilla.

A comienzos de 1353, y por primera vez en sus más de dos años de reinado, Pedro I se sintió moderadamente tranquilo. Había firmado un tratado de paz con Portugal y otro con Francia, había sometido la rebelión de Enrique de Trastámara, que había tenido que exiliarse, había sojuzgado al joven e impetuoso Tello y había logrado la sumisión incondicional de Fadrique; sus tres medio hermanos habían sido vencidos y los nobles que los apoyaban o se habían marchado de Castilla o estaban muertos.

Pedro de Castilla se arrepentía de haber aceptado casarse con Blanca de Borbón. Desde que conoció a María de Padilla no se había separado de ella, y se la había llevado con él a vivir a Valladolid. Si la hubiera conocido antes, solo un poco antes...

Blanca de Borbón retrasó su viaje hasta comienzos de 1353. Una excusa más, la última, fue la muerte del papa Clemente a principios de diciembre de 1352, rápidamente sustituido por el papa Inocencio, al que Blanca fue a visitar a Aviñón esas navidades, ya de camino hacia Castilla. El nuevo pontífice se convertiría en su principal apoyo.

La primera entrega de los trescientos mil florines de la dote llegó a Valladolid dos días antes de fin de año. La cantidad era la acordada; en los arcones de hierro que se abrieron en el palacio real de Valladolid había veinticinco mil. Ese mismo día se reclamó el resto.

Unos días después, mediado enero, doña Blanca llegó a Barcelona, donde fue agasajada por el rey de Aragón antes de escoltarla hasta la frontera con Castilla.

Junto a María de Padilla, el rey don Pedro era feliz, pero cada vez que le recordaban que tenía que celebrar su boda con doña Blanca, como estaba acordado, le mudaba la faz y se le ensombrecían los ojos.

—No quiero a esa mujer; te quiero a ti, deseo que tú seas mi esposa —le dijo el rey a María.

—Estás legalmente casado —le recordó su amante.

—Ni siquiera conozco a esa Blanca de Borbón.

—Legalmente es tu esposa.

—No.

—Lo es, Pedro, lo es. Firmaste el acuerdo de boda.

—Eso fue antes de conocerte. Haré que el papa anule este matrimonio.

—Vamos a tener un hijo. —María se tocó el vientre, que ya comenzaba a abultarse.

—No he consumado el matrimonio con la francesa ni lo haré. Eres tú la que lleva un hijo mío en las entrañas. Tú eres mi verdadera esposa. Además, el rey de Francia no ha cumplido con el acuerdo. Tenía que haber enviado noventa mil florines antes de fin de año y solo han llegado veinticinco mil. Ese es motivo más que suficiente para anular el matrimonio.

Blanca de Borbón llegó a Valladolid el 25 de febrero de 1353. La escolta que había acudido a recogerla a la frontera de Aragón estaba encabezada por Fadrique, el maestre de Santiago, el único de sus medio hermanos los Trastámara en quien el rey tenía cierta confianza.

Durante los diez días que duró el viaje a través de Castilla, Fadrique y Blanca mantuvieron una buena relación. Algunos de los que iban en la comitiva aseguraron que los habían visto en ciertas ocasiones sonriendo, cogidos de la mano e incluso abrazados.

Dos reinas estaban esperando a Blanca de Borbón en Valladolid. La reina María, madre de Pedro I, y la reina Leonor, reina viuda de Aragón y tía de don Pedro, la esperaban en la puerta del palacio real.

El que no estaba era el rey, que se había marchado a Torrijos, una localidad cercana a Toledo, con su amante María de Padilla.

Juan Alfonso de Alburquerque, que regresaba de un rápido viaje a Portugal, se dirigió a Torrijos por indicación de la reina doña María. Tenía instrucciones de convencer al rey para que abandonara a su amante y se dirigiera Valladolid para encontrarse con doña Blanca y celebrar la ceremonia nupcial.

Alburquerque se presentó ante el rey y observó que llevaba la mano derecha vendada.

—Señor, ¿qué os ha ocurrido?

—Me hirieron con la punta de una espada en un torneo; no es nada grave. Perdí bastante sangre, pero mi médico judío me ha curado bien. ¿Cómo es que estáis aquí?

—Vuestra madre me lo indicó. Regresaba de Portugal cuando me alcanzó un correo que me entregó una carta con la petición de que viniera a veros.

—Aquí estáis. ¿Y bien?

—Señor, debéis regresar a Valladolid y encontraros con vuestra esposa.

—Doña Blanca no es mi esposa.

—Vuestro matrimonio es legal. Estáis casado por palabras de futuro y se han firmado las cartas de esponsales. A los ojos de la Iglesia, de la ley y de Dios, doña Blanca de Borbón es vuestra esposa legítima.

—Según me han explicado, para que un matrimonio sea legal es necesario que se consume, y yo no le he tocado un pelo a esa mujer. Ni siquiera la conozco.

—Vuestro matrimonio está acordado, firmado y ratificado. No se puede romper. Debéis cumplir vuestra palabra. Sois el rey.

—Francia solo ha pagado una pequeña parte de la dote.

—El papa Inocencio ha enviado un requerimiento en el que os conmina a celebrar la boda con doña Blanca —dijo Alburquerque.

—Lo sé, y también sé que el rey de Francia no tiene el dinero que se comprometió a pagar para cubrir la dote de su sobrina. Si no paga, no hay boda. Decídselo así al papa, al rey de Francia y a quien sea menester.

—Señor, os suplico que vengáis conmigo a Valladolid, celebréis la boda con palabras ya de presente con doña Blanca y zanjéis de una vez esta cuestión.

—Mi verdadera esposa es doña María de Padilla; solo la quiero a ella.

—¿Ya no recordáis lo que os ocurrió hace dos años en Sevilla? Estuvisteis al borde de la muerte y de dejar sin rey a estos reinos. Habéis sido herido en un torneo, habéis perdido mucha sangre y podríais haber muerto. No puede volver a suceder algo así. Necesitáis un heredero legítimo. Castilla y León lo necesitan. Es vuestra obligación como rey y señor nuestro. Es vuestro deber. Si murierais, Dios no lo quiera, sin haber engendrado un hijo legítimo, los nobles se disputarían el poder y romperían esta tierra en pedazos que se repartirían según la fuerza de cada uno.

—«Esto es Castilla, que hace hombres y los gasta» —parafraseó el rey.

—¿Qué queréis decir? —preguntó Alburquerque.

—Es una sentencia que le he escuchado a uno de mis consejeros, y creo que tiene razón.

—Pues en vuestra mano está evitar que eso siga sucediendo, mi señor.

—¿Sabéis que doña María de Padilla está embarazada? Lleva un hijo mío en su vientre.

—Lo sé, alteza.

—Cuando nazca mi hijo, Castilla tendrá su heredero.

—Señor, para ser rey de Castilla y León hay que ser hijo... legítimo.

—En ese caso, me casaré con doña María.

Alburquerque suspiró hondo. No encontraba la manera de hacer entrar en razón a don Pedro.

—Señor, o acudís a Valladolid y os casáis por palabras de presente con doña Blanca o perderéis vuestros reinos. No me hagáis caso a mí, si así os parece, pero escuchad a vuestra madre, que sabe mucho de esta situación porque bien que sufrió algo similar hace algún tiempo. Hacedlo por ella, que sacrificó toda su vida y toda su felicidad para que vuestra merced pudiera ser rey.

»Y hay una segunda razón no menos importante: una vez casado, vuestros enemigos habrán perdido una de sus principales excusas para actuar contra vuestra merced.

Pedro I apretó los dientes. En un instante pasaron por su cabeza todos los años encerrado al lado de su madre, su largo sufrimiento, los desprecios y humillaciones a que había sido sometida por Alfonso XI, lo mucho que había luchado para defender el derecho al trono de su hijo, los enormes sacrificios a los que se había sometido durante más de veinte años...

—Iré a Valladolid.

—Es lo correcto —suspiró Alburquerque aliviado.

—Lo haré por mi madre. Celebraré la boda por palabras de presente con doña Blanca, pero ahí se acabará todo.

—Eso es lo mejor para vuestros reinos y vuestros súbditos.

Cuando los parientes de María de Padilla, a los que el rey estaba favoreciendo como su padre hizo con los de Leonor de Guzmán, supieron que don Pedro había decidido ir a Valladolid y celebrar su boda con la francesa, renegaron de Alburquerque, al que consideraron el máximo culpable de los privilegios que iban a perder.

Aquella noche, tras hacer el amor, don Pedro le explicó a su amante María de Padilla que había aceptado ir a Valladolid y casarse con Blanca de Borbón para dar satisfacción a su madre y evitar un conflicto con Francia y con el papa, pero le juró que era ella la mujer a la que amaba y que, tras casarse, volvería a su lado para estar con ella siempre. Siempre.

Ambos amantes tenían dieciocho años, hacía meses que vivían su amor con una pasión intensísima y esperaban su primer hijo. Tenían toda una vida por delante.

Durante la primavera, el rey Pedro aguardó a que llegara la dote prometida de su esposa, pero el rey de Francia daba largas y no la enviaba.

A pesar de ese incumplimiento, Pedro decidió que la boda con palabras de presente se celebraría en Valladolid a comienzos de junio.

No podía estar sin María así que volvió a su lado mientras su madre y su tía preparaban la boda en Valladolid. Les había dicho que quería que su amada María estuviera en Valladolid y que asistiera a la ceremonia, pero las dos reinas se lo desaconsejaron y lo convencieron para que evitara semejante escándalo. Pedro llevó entonces a María de Padilla a la Puebla de Montalbán, en cuyo castillo la dejó custodiada durante unas semanas, pero con la promesa de regresar a por ella en cuanto se hubiera celebrado la boda.

Consideró además que aquella sería una oportuna ocasión para invitar a sus medio hermanos, reconciliarse con ellos y abortar así cualquier intento de rebelión de la alta nobleza.

Tras cruzarse varias cartas, los hermanos acordaron encontrarse antes de la boda en la localidad de Cigales, a menos de una jornada de camino al norte de Valladolid.

Enrique y Tello acudieron a la cita, pero cada uno de ellos escoltados por una hueste de más de dos mil soldados cada uno. No se fiaban de las verdaderas intenciones del rey.

Los medio hermanos estaban frente a frente, sobre sus caballos. La tensión era tal que todo hacía pensar que se iba a desencadenar un combate de inmediato.

Alburquerque sabía que estaba perdiendo los favores del rey y que los parientes de María de Padilla aspiraban a ocupar cuanto antes su puesto en la corte; sobre todo Juan Fernández de Hinestrosa. Aquella podía ser su última oportunidad para no caer en desgracia. Se acercó al rey y le habló al oído.

—Señor, este es el momento de solucionar definitivamente las disputas con esos bastardos. Ordenad a las tropas que carguen y acaben con ellos o dejadme que sea yo mismo quien lo haga.

—No. Son mis invitados.

—Acabad con ellos, señor. Este es el momento. No dejéis que sigan creciendo o...

—Cerrad la boca, don Juan, y regresad a vuestro sitio —ordenó el rey.

En el otro lado del campo, Enrique le hizo una señal a Tello y ambos avanzaron solos hacia don Pedro, que aguardaba al frente de sus tropas junto a los infantes de Aragón y el mayordomo Alburquerque. Conforme se acercaban, el rey se adelantó con su caballo. Juan Alfonso de Alburquerque hizo ademán de seguirlo, pero don Pedro lo impidió con un gesto y acudió solo al encuentro de sus medio hermanos.

—Señor —lo saludó Enrique inclinando la cabeza.

—Hermanos —dijo don Pedro ante la sorpresa de los dos Trastámara.

Enrique le indicó a Tello que descendiera del caballo y él se dispuso a hacer lo mismo, pero don Pedro se lo impidió.

—¡No! Permaneced a caballo.

Enrique no hizo caso. Descendió, se acercó al rey y le besó las manos. Tello hizo inmediatamente lo mismo. Ambos le juraron vasallaje.

Los tres juntos se dirigieron a una pequeña ermita que había en un suave altozano y durante un buen rato estuvieron conversando.

Salieron tan sonrientes que parecían haber dirimido sus disputas y solventado sus diferencias. Alburquerque sabía que había perdido, pero ya mascullaba su venganza.

11

La mañana era luminosa y cálida en Valladolid aquel lunes 3 de junio de 1353.

A la puerta del palacio real, donde había pasado la noche Blanca de Borbón, aguardaba el rey don Pedro vestido con paños de oro forrados de seda. Su esposa doña Blanca vestía igual y ambos montaban caballos blancos. Tras ellos formaban Juan Alfonso de Alburquerque y Leonor de Aragón, que actuaban como padrinos de la boda, sobre un caballo y una mula. Enrique de Trastámara y Tello caminaban al lado de la reina y portaban las riendas de su montura. Detrás se situaban los grandes del reino, con la reina viuda doña María al frente, sobre una mula de la que llevaba las riendas el infante don Juan de Aragón.

A sus dieciséis años, Blanca de Borbón lucía como la más hermosa de las mujeres. Cabello rubio, ojos azulados, tez blanca y cuerpo de miembros bien proporcionados.

—No hay mujer más bella que doña Blanca. El rey se enamorará de ella como su padre lo hizo de Leonor de Guzmán —comentó Alburquerque con sonrisa irónica.

—No lo creo. El rey ama a mi hermana —replicó Diego García de Padilla, que asistía a la ceremonia ubicado entre los magnates del reino.

—El amor pasa, como las aves migratorias en el cielo de otoño.

—Don Pedro es como su padre: no ama a su reina, sino a la mujer que en verdad desea.

—Lo veremos —sonrió Alburquerque.

La boda por palabras de presente se celebró en la iglesia de Santa María la Nueva. Una vez acabada, doña Blanca regresó al palacio real, aunque don Pedro la acompañó.

Se celebraron justas, torneos y bailes, pero aquella noche, la recién casada durmió sola.

Al día siguiente Pedro I acudió a los aposentos de su esposa, que aguardaba seria y confusa sin saber a qué atenerse. La habían preparado para que esa noche perdiera la virginidad, pero pasó la madrugada y su virgo seguía intacto.

—Señora —le dijo en una mezcla de latín y castellano que la joven reina entendió perfectamente—, yo no quería casarme con vos. Me vi obligado a celebrar este matrimonio para cumplir unos acuerdos que otros pactaron por mí.

—Agradezco vuestra sinceridad, señor, y, si os sirve de consuelo, yo tampoco tenía la menor intención de celebrar esta boda.

—Me temo que ya no hay remedio para evitarla, pero nuestro enlace puede anularse. En Castilla, un matrimonio no es del todo pleno hasta que los esposos no lo consuman, y yo no pretendo consumarlo con vuestra gracia.

—¿No os agrado?

—Sois más bella de lo que había supuesto, pero vuestra fama...

—¿Mi fama...? ¿A qué fama os referís?

—Uno de los caballeros que os escoltó en vuestro viaje desde la frontera de Aragón a Valladolid me confesó que os sorprendió en varias ocasiones en actitud demasiado íntima con don Fadrique y que se os veía casi siempre juntos y muy sonrientes. No me gustaría acostarme con vos y descubrir que ya lleváis un bastardo en vuestro vientre.

—¡Cómo podéis imaginar siquiera semejante villanía!

—Una mujer joven y bella, varios días viajando por tierras desconocidas, un joven apuesto y galante que la recibe...

—Si pretendéis anular nuestro matrimonio, buscad una excusa honorable, que yo también la sostendré, pero no tratéis de calumniar mi nombre ni de manchar mi honestidad.

—¿Cómo sé que no sois virgen?

—Sois un malnacido —se enervó doña Blanca.

—Además —don Pedro ignoró aquel insulto—, vuestro tío el rey de Francia no ha cumplido con los plazos del pago de vuestra dote, que era uno de los pactos del acuerdo de boda. Hasta que no lo haga, la consideraré como no celebrada y no os haré entrega de las villas que se acordaron que recibiríais en los capítulos matrimoniales.

—¿No os basta con el rico ajuar y las carísimas joyas que he traído de Francia?

—No, no me basta.

—No os creía tan avaro. Quizá no lo seáis con esa dama a la que le habéis hecho un bastardo.

—¿Quién os lo ha dicho?

—Yo también tengo quien me informe de vuestras andanzas.

—Espero no volver a veros nunca más —sentenció don Pedro, que dio media vuelta y salió de la estancia.

Y así fue. Nunca más volvieron a verse los dos reales esposos. Nunca.

Juan Alfonso de Alburquerque daba vueltas por la sala bramando como un toro herido.

—Se ha ido. El rey ha dejado plantada a su esposa y se ha marchado de Valladolid para reunirse con..., con esa mujer —anunció Juan Alfonso de Alburquerque a las tres reinas, doña María, doña Leonor y doña Blanca, que lo escuchaban sentadas en sendos escabeles.

—Lo sabemos, don Juan —le dijo doña María.

—¿Saben, señoras, lo que semejante insensatez puede significar? La guerra con Francia. Lo único que nos faltaba entre tantos problemas para acabar de empeorar la situación.

—Calmaos, don Juan.

—Estoy calmado, señora, muy calmado, pero los enemigos de vuestro hijo ya disponen de la excusa necesaria para cuestionar su autoridad.

Alburquerque no se equivocaba. Él mismo era uno de los que estaban conspirando contra don Pedro. El que había sido su principal consejero y más leal amigo se estaba convirtiendo en su mayor detractor.

—¿De qué lado estáis vos, don Juan? —La reina María miró a Alburquerque con los ojos recelosos de una loba herida.

—Del vuestro, del mismo que siempre he estado, señora.

—Bien. María de Padilla es un demonio súcubo que se ha apoderado del espíritu de mi hijo. Conozco bien esta situación; yo misma la he sufrido durante veinte años. Aquella maldita Leonor de Guzmán me robó a mi esposo el rey don Alfonso, y mi hijo no ha aprendido nada de cuanto le enseñé en su infancia. Ahora es él quien está atrapado en las redes que ha tejido esa diabólica mujer.

—La supervivencia de estos reinos es lo más importante, y don Pedro la está poniendo en grave riesgo con su actitud hacia su esposa —añadió Alburquerque mirando alternativamente a las tres reinas presentes en la estancia.

—Sobre el cadáver de mi esposo, en Sevilla, juré que me vengaría de esa ramera de Leonor. Lo que nunca pude imaginar es que mi hijo fuera a comportarse de la misma manera como lo hizo mi esposo. La vida, don Juan, ofrece extrañas paradojas. Los hijos de la mujer a la que tanto odié pueden ser mis aliados contra mi propio hijo. ¡Santo cielo, qué hemos hecho para merecer semejante castigo de Dios!

El rey don Pedro salió de Valladolid como alma que lleva el diablo. No pensaba en otra cosa que en llegar cuanto antes junto a María, abrazarla, amarla y sentirse dichoso a su lado. En esos momentos, el futuro de sus reinos le importaba un bledo.

El escándalo del comportamiento del rey indignó a muchos nobles, que aguardaban una oportunidad como esa para cuestionar la responsabilidad del monarca, rebelarse contra él y alzarse en armas para deponerlo del trono.

Los Trastámara comprendieron que aquella podía ser la ocasión oportuna para hacer tambalear el trono de su medio hermano y, ¿quién sabe?, quizá hacerse con él.

Enrique y Tello, ya bastante bregados en las intrigas políticas pese a que todavía eran jóvenes, enviaron mensajes secretos a todos los magnates que consideraban contrarios al rey y se ofrecieron para encabezar un movimiento de resistencia y de oposición al que decían que era el peor gobierno que habían tenido Castilla y León. Denunciaban las arbitrariedades del rey, lo tildaban de caprichoso y despótico, de querer fortalecer el poder real debilitando a la nobleza y de comportarse con maldad y avaricia.

Lo acusaban de portarse de manera cruel con doña Blanca, a la que había enviado presa a Toledo, y de desencadenar un conflicto con el papado y con Francia al haber humillado a la sobrina de su rey de un modo tan vil; estaba al borde de desatar una guerra de consecuencias catastróficas.

12

Por el momento, la guerra con Francia no estalló, pero en el corazón de Castilla y León se desató una verdadera guerra civil. El comportamiento de don Pedro con doña Blanca de Borbón, que muchos nobles consideraron indigno de un monarca, fue el motivo principal que presentaron para rebelarse contra su rey. En realidad, la alta nobleza pretendía incrementar sus privilegios, acrecentar sus fortunas y fortalecer sus poderes, pero alegaron la excusa de que los nobles eran sobre todo caballeros, tal cual se relataba en algunos poemas y libros de caballerías, dispuestos a restituir el honor mancillado de una dama, en este caso, el de doña Blanca de Borbón.

Pese a las advertencias que le enviaron para que abandonara a María de Padilla y regresara con su esposa doña Blanca, el rey don Pedro se negó, mantuvo presa a la reina, como si fuera una vulgar delincuente y, ante el temor de que la liberaran, ordenó que la trasladaran a Medina Sidonia, lejos del centro de la revuelta nobiliaria.

María de Portugal había hecho todo lo posible para que su hijo pudiera mantenerse en el trono; incluso había ordenado el asesinato de Leonor de Guzmán, su gran rival, la mujer que le había robado el amor de su esposo el rey Alfonso XI y la había humillado durante veinte años, pero la actitud de su hijo hacia doña Blanca le recordaba todos aquellos años de desprecios y vejaciones que ella misma había sufrido en sus propias carnes y que la habían atormentado hasta corroerle lo más profundo de su alma. Parecía como si su turbulenta y amarga historia se repitiera con otros protagonistas: Doña Blanca era como ella misma, su hijo don Pedro, como su propio esposo don Alfonso y María de Padilla, un maléfico demonio súcubo, una reencarnación de Leonor de Guzmán.

Hubo incluso quien murmuró que el espíritu de Leonor de Guzmán había vuelto del inframundo para apoderarse del cuerpo de María de Padilla y vengarse así de sus asesinos utilizando las mismas armas que la Favorita había empleado en vida para enamorar hasta la locura y el delirio al rey Alfonso XI: la sublimación de una inmensa belleza, la irresistible pasión del amor carnal y la ardorosa pulsión del placer del sexo, que juntas las tres hacían perder la cabeza a los hombres y los convertían en meros títeres de esos demonios que adquirían las atractivas formas voluptuosas de la más bella mujer.

Las noches comenzaban a ser algo más frescas en aquellos días de mediados de agosto en Segovia. El relente del amanecer despertó a don Pedro, que miró a su lado derecho, donde dormía plácida María de Padilla en uno de los aposentos del alcázar real.

Hacía poco más de un mes que le había dado a su primer retoño, una niña a la que bautizaron con el nombre de Beatriz. Aquella noche habían hecho el amor por primera vez desde el parto y don Pedro, pleno de juventud y vigor, se había aplicado de tal manera y con tanta intensidad en el coito que había dejado a su amante exhausta.

Le acarició el cabello y descendió su mano hasta alcanzar la cadera de la joven, que se despertó al sentir el contacto de los dedos del rey en su piel.

—Buenos días.

—Eres la mujer más preciosa del mundo —le dijo don Pedro, cuya mano acariciaba las nalgas de María.

—Y tú el mejor amante.

—¿Cómo lo sabes, si no has tenido otro?

—Intuición femenina. Las mujeres podemos presentir sensaciones y tener sentimientos que los hombres ni siquiera podéis imaginar.

Los dos amantes se arrebujaron bajo las sábanas.

—Voy a hacerte el amor de nuevo.

—¿Pretendes dejarme embarazada otra vez?

—Un rey necesita hijos que perpetúen su linaje.

—Hijos legítimos...

—Haré que el papa anule mi matrimonio y luego me casaré contigo y reconoceré como legítimos a los hijos que tengamos.

—Tu padre no lo logró con los hijos de Leonor.

Don Pedro se incorporó como impulsado por un resorte.

—Mi padre no hizo las cosas bien.

—¿Sabes que hay quien va diciendo por ahí que tú estás haciendo conmigo lo mismo que hizo tu padre con doña Leonor de

Guzmán? Yo no quiero ser tu barragana, deseo ser tu esposa legítima.

—Lo serás. Te juro que lo serás. Hoy mismo ordenaré a mi cancillería que prepare la donación de Montalbán, Capilla, Burguillos, Mondéjar y Yuncos. Esas villas eran señoríos de don Alfonso Fernández Coronel, un traidor; desde hoy son tuyas.

La enajenación de bienes y feudos de la nobleza para donárselas a María de Padilla y a sus parientes fue el detonante definitivo para la revuelta nobiliaria contra el rey. El abandono de la reina Blanca se había alegado como una excusa, pero lo que realmente desató la rebelión de los nobles fue la amenaza de la pérdida de su patrimonio y de sus privilegios.

Alfonso Fernández, uno de los grandes perjudicados por Pedro I, promovió una gran revuelta en la región oriental de Andalucía. Varias villas de la frontera ubicadas al sur de Córdoba se alzaron contra el rey. Cabra y Lucena, que poseía Alfonso Fernández todavía en nombre de Leonor de Guzmán, se alzaron en rebelión. Don Pedro envió tropas para someterlas, derribó sus muros con cavas y con fuego y ordenó que se castigara a los rebeldes con toda dureza.

Lejos de apaciguar la revuelta, el malestar y la animadversión contra el rey se extendieron por todas sus tierras. La crueldad con que se comportaba don Pedro inundó de temor a muchos nobles, que se fueron pasando al bando de sus enemigos, encabezados por Enrique de Trastámara.

El propio Juan Alfonso de Alburquerque, otrora tan afecto a don Pedro, renegó del que había sido su pupilo y se alió con los Trastámara.

—Alburquerque me ha abandonado —le dijo don Pedro a María de Padilla.

—Pero si ese hombre era tu más leal consejero.

—Lo era, pero ha pesado más su ambición que su fidelidad hacia mí.

En realidad, Alburquerque había abandonado al rey porque Juan Fernández de Hinestrosa, el tío de María de Padilla, había ocupado su lugar como principal consejero real y lo había relegado a un puesto secundario en la corte.

Al darse cuenta de que estaba perdiendo el favor del monarca, Alburquerque trató de convencerlo para que abandonara a María de Padilla, se reconciliara con su esposa doña Blanca y se fuera a vivir con ella. Además, le insistió varias veces para que mandara ejecutar a sus medio hermanos Enrique y Tello. «O los matáis ya o esos dos bastardos crecerán, se harán fuertes y serán ellos quienes os matarán», le había aconsejado en varias ocasiones.

Hinestrosa no se quedaba atrás a la hora de lanzar insidias para medrar en la corte. Una y otra vez recordaba la condición de portugués de Alburquerque, nieto del rey Dionisio I de Portugal, lo que lo convertía en sospechoso de actuar como espía al servicio de ese reino. Por todo ello, Alburquerque perdió el favor real y fue sustituido en el gobierno de Castilla y León por los parientes de María de Padilla, sobre todo por Juan Fernández de Hinestrosa, que se convirtió en el nuevo privado de don Pedro.

Semana a semana el rey iba perdiendo apoyos, a la vez que los Trastámara recibían más y más adhesiones de nobles atemorizados que veían en los bastardos de Alfonso XI un seguro al que aferrarse para mantener sus privilegios.

La dignidad de Doña Blanca, a la que siempre acompañaba la reina madre doña María de Portugal, era la excusa de la revuelta nobiliaria. Para evitar que cayera en manos de los rebeldes y la convirtieran en la imagen de sus reivindicaciones, don Pedro había enviado a su esposa a Medina Sidonia, pero luego pensó que estaría mejor custodiada en el castillo de Arévalo, aunque una vez allí decidió que aún sería mejor retenerla en el alcázar de Toledo, al ser esa ciudad un bastión de la monarquía. No fue así.

Desde Toledo, doña Blanca, aconsejada por doña María de Portugal y por Juan Alfonso de Alburquerque, envió varias cartas al papa Inocencio VI, el que fuera su gran defensor, en las que le informaba de que su esposo el rey de Castilla la tenía sometida a grandes privaciones y de que la humillaba constantemente al vivir en pecado y de manera ostentosa con una barragana con la que ya había tenido una hija y a la que trataba como a su verdadera esposa, levantando en el reino grandes escándalos, enormes peligros y graves tumultos.

En alguna de esas cartas le decía al papa que el rey era amigo de los judíos, a los que privilegiaba en contra de los cristianos, y que también favorecía mucho a los moros que habitaban en sus reinos, y que incluso le gustaba comer, vestir y vivir a la manera de los infieles seguidores de la secta mahomética.

Desde la azotea de la torre más alta del alcázar de Córdoba se divisaba un amplio panorama del valle del Guadalquivir, de la sierra y de la campiña.

Pedro I, apoyado en las almenas, contemplaba la cinta plateada que semejaba la corriente del gran río. Acariciaba el vientre de María de Padilla, embarazada por segunda vez.

—Me están abandonando muchos nobles a los que consideraba fieles, pero que llevaban la semilla de la traición en sus entrañas —lamentó don Pedro.

—Mis familiares te serán leales hasta la muerte.

—Lo sé, pero esos bastardos que engendró mi padre están sumando muchos apoyos. Enrique es el más listo de todos ellos. ¿Sabes que antes de casarse con la hija de don Juan Manuel le pidió al rey de Aragón que le concediera como esposa a una de sus hijas?

—¿Y no accedió?

—No. El monarca aragonés es demasiado orgulloso como para aceptar que una de sus hijas legítimas se case con un bastardo. No lo consintió, pero sí pactó con Enrique un acuerdo que me puede causar algún daño. Hace tiempo que el rey de Aragón ambiciona ganar el reino de Murcia para incorporarlo a su Corona, y sé que el conde de Trastámara se lo entregaría sin dudar a cambio de su apoyo si con ello obtuviera mi trono.

—¿Sería capaz de hacer eso?

—Y mucho más. Esos hermanos bastardos no dudaron en vender a su propia madre a cambio de salvar el pellejo.

—¿En serio?

—Sí. Un día vino a verme Tello para suplicarme perdón y jurarme lealtad. ¿Sabes qué me dijo?

—Sorpréndeme.

—Que él no tenía otro padre ni otra madre que yo. El muy hipócrita... Debí haberlo estrangulado allí mismo con mis propias manos. Debí matarlos a todos ellos, a toda esa ralea de víboras, y no dejar que crecieran como lo han hecho: Enrique, Fadrique, Fernando, Tello y esos tres o cuatro hermanos más que son como serpientes con sus colmillos llenos de ponzoña.

Un consejero del rey apareció en el torreón del alcázar donde conversaban don Pedro y María de Padilla; se detuvo en la salida de la escalera que llevaba a la azotea en espera de recibir el permiso del rey para acercarse.

—¿Qué ocurre? —le preguntó don Pedro al verlo.

—Noticias urgentes de Toledo, mi señor.

—Acercaos.

—Agentes de vuestros enemigos han hecho público el contenido de alguna de las cartas que vuestra esposa ha enviado al papa. El pueblo de Toledo, al que se han unido nobles e infanzones de la ciudad, se ha rebelado contra vuestra alteza, ha tomado el alcázar y ha liberado a la reina.

—¿Dónde está ahora doña Blanca? —Don Pedro se resistía a denominar como «reina» a su legítima esposa.

—Se ha refugiado en la catedral y desde allí ha encabezado la revuelta.

El rey de Castilla apretó los puños. Todo parecía desmoronarse. Tenía que actuar y hacerlo con contundencia o perdería sus reinos.

—Retiraos —le dijo al mensajero, que inclinó la cabeza y salió de la azotea.

—¿Es grave? —le preguntó María de Padilla.

—Sí, pero todavía soy el rey. Iremos a Sevilla; desde allí planearé cómo solucionar esta situación.

2

Las otras bodas del rey
1354-1355

1

El alcázar de Sevilla había sido mudo testigo, años atrás, de los apasionados amores de Leonor de Guzmán y Alfonso XI, y ahora lo era de los de Pedro I y María de Padilla. Parecía que la historia del padre se repetía en el hijo.

Samuel Ha Leví, el tesorero judío, estaba dando cuentas al rey de la situación de las finanzas de la corona.

—Por lo que decís, don Samuel, hay dinero suficiente en las arcas para construir ese palacio en Astudillo.

—Lo hay, señor, pero habrá que moderar los gastos.

—Doña María desea ese palacio, y lo tendrá. Se construirá al estilo de este alcázar de Sevilla, con un patio central, una alberca y decoraciones y arcos como estos. —Don Pedro señaló las arcadas de traza moruna y las yeserías policromadas de los techos y de las paredes del alcázar sevillano.

—Señor, en cuanto a nuevas construcciones se refiere, quiero pediros un gran favor.

—Vos diréis.

—Deseo construir a mis expensas una gran sinagoga en Toledo.

—Las leyes del rey Sabio permiten que los judíos celebréis vuestros cultos en las sinagogas que ya fueron erigidas en su día, pero prohíben que se levanten nuevos templos en estos reinos. Me estáis pidiendo que conculque la ley.

—Alteza, en esa misma ley también se considera que el rey

puede hacer una excepción por causas extraordinarias y permitir que se levante una nueva sinagoga.

—¿Y dónde queréis fundarla?

—En mi ciudad natal, en Toledo.

—Mis detractores me acusan de favorecer a los judíos, y ya conocéis la animadversión e incluso el odio que vuestra comunidad despierta en algunos de mis súbditos.

—Mi señor, los judíos de Castilla y León hemos sido y seguimos siendo leales súbditos de vuestra alteza, como lo fuimos de vuestro padre el recordado rey don Alfonso el Justo. Somos gentes pacíficas y laboriosas que solo pretendemos vivir en paz de acuerdo con nuestras creencias y nuestras tradiciones. Ni hemos sido, ni somos, ni seremos un problema o una amenaza para vuestra merced o para vuestros súbditos cristianos.

—Y yo os he correspondido con mi amistad. Vos, don Samuel, sois el mejor ejemplo: os he nombrado mi tesorero, pese a la opinión contraria de algunos de mis consejeros, que de ninguna manera querían ver a un judío manejando la hacienda real.

—Y yo os lo agradezco, señor. Todos los judíos estamos en deuda con vuestra alteza. Aquí tengo —Samuel Ha Leví mostró un libro encuadernado en piel— una obra que el rabino de Soria me acaba de enviar.

—¿Qué libro es ese?

—Lo ha escrito Sem Tob, uno de los sabios más preclaros de nuestra comunidad y un gran experto en las sagradas escrituras de nuestra Torá. Lo ha titulado *Proverbios morales* y lo dedica a vuestra alteza.

—¿Quién es ese hombre tan sabio?

—Es un judío nacido en la villa de Carrión de los Condes, que ahora ejerce como rabino en la sinagoga de Soria. Ocupó un puesto en la oficina del tesoro de vuestro padre don Alfonso, que le tenía gran estima.

—Sem Tob...

—Esas palabras significan «Hombre bueno» en nuestra lengua hebrea y os aseguro que Sem Tob lo es. Si leéis su obra, comprobaréis enseguida la bondad de este rabino.

—Dejadme ese libro.

Samuel Ha Leví se lo entregó al rey, que lo abrió por la mitad.

—Está escrito en lengua hebrea.

—Si me permitís, alteza, os leeré y traduciré una estrofa en donde habla de las virtudes que han de adornar a un rey justo.

—Sí, hacedlo. —Don Pedro le devolvió el libro al tesorero.

—«Al rey solo conviene usar de la franqueza, que seguridad ya tiene de no venir a la pobreza» —leyó Samuel Ha Leví—. El libro está dedicado a vuestra alteza y se inspira en la figura de vuestro padre don Alfonso.

—Dadle las gracias de mi parte a ese rabino y contad con mi permiso para edificar esa nueva sinagoga en Toledo, que, por cierto, supongo que sufragaréis vos mismo.

—Sí, mi señor. Ya os he dicho que yo correré con todos los costes de la edificación de mi propia hacienda.

—Bien que podéis hacerlo. Sois un hombre muy rico; pero recordad que Nuestro Señor Jesucristo condenó la riqueza y puso muy difícil que los ricos entren en el reino de los cielos —ironizó el rey.

—Eso lo dijo para los cristianos, y yo no lo soy. Además, creo recordar que uno de los papas de la Iglesia condenó el elogio de la pobreza hace unos años...

—El papa Juan, sí, el segundo de la sede de Aviñón —precisó Pedro I—; lo recuerdo bien porque uno de los maestros que tuve siendo niño en Valladolid me lo recordaba de vez en cuando.

Los campos de los alrededores de Sevilla olían a azahar; aquel año se había adelantado unos días la floración de los naranjos.

María de Padilla descansaba en el pabellón de fieltro que se había levantado en el naranjal, mientras don Pedro cazaba con halcón en un altozano al oeste de Sevilla. El médico Abrahán ibn Zarzal, otro de los judíos al servicio de la corte, le había recomendado a la amante del rey que no hiciera grandes esfuerzos, pero que diera algunos paseos, pues le convenía dado su estado.

—¡Qué pájaro tan magnífico! Los cetreros granadinos son los mejores entrenando a los halcones —comentó don Pedro, satisfecho al llegar ante María, que lo esperaba tras un par de horas cazando.

—Has tenido buena caza, a lo que veo.

—Magnífica mañana. Estoy hambriento.

En la tienda, los criados del rey habían colocado una mesa sobre la que había quesos, pan, huevos cocidos, tajadas de tocino curado, embutidos y jamón. El rey dio buena cuenta de una rebanada de pan y de un buen pedazo de queso.

—Me gusta Sevilla —dijo Leonor—; su calor, este aroma a las flores del naranjo, los palacios del alcázar...

—Voy a nombrarte señora de Huelva. Es una pequeña ciudad a dos o tres días de camino hacia el oeste que conquistó mi tatarabuelo el rey Sabio, pero que desde hace tres años ya disfruta del rango de ciudad importante gracias a los privilegios que le concedió mi padre.

—¡Oh!, gracias.

—Es un regalo de agradecimiento por el nuevo hijo que pronto me vas a dar. —Don Pedro acarició el vientre de María.

—Deseo que nuestro segundo hijo sea un varón.

—Lo será, y ojalá que algún día pueda ser rey.

—Para eso debería ser hijo... legítimo.

—Voy a repudiar a doña Blanca y pediré al papa Inocencio que anule ese matrimonio. Te prometo que tú serás mi esposa y la reina.

—¿Qué vas a alegar para conseguir la nulidad?

—Que mi matrimonio no se ha consumado. Una vez tenga concedida la anulación por parte de la Iglesia, me casaré contigo y refrendaré que nuestros dos hijos, Beatriz y el que llegará pronto, son hijos legítimos.

—Alfonso, se llamará Alfonso.

—Alfonso, sí.

—Como tu padre y tu tatarabuelo.

—Y será un rey tan grande y justo como ellos.

Conforme iban llegando noticias a Sevilla de los nobles que lo abandonaban para pasarse al bando de los Trastámara, el rey don Pedro respondía incrementando las donaciones y los privilegios a los parientes de María de Padilla.

Juan Alfonso de Alburquerque hizo un último intento por convencer a Pedro I para que abandonara a su amante y viviera con doña Blanca, pero todas sus tentativas resultaron inútiles. En una carta le comunicó al rey que había logrado evitar por el momento una guerra con la Corona de Aragón, pero que no podría garantizar una paz duradera mientras mantuviera su relación con María de Padilla.

—¡Maldito sea Alburquerque! —clamó don Pedro tras leer la misiva—. Le he dado poder, honor y riqueza, y me paga con esta traición.

—Nunca debiste fiarte de ese hombre —le dijo María.

—No debí fiarme de nadie. He estado rodeado de traidores que intrigaban a mis espaldas para arrebatarme el trono. Sobre todo ese canalla de Albornoz, un felón que humilló a mi madre. ¡Maldita sea su alma!

Pedro I se refería a Gil Álvarez de Albornoz, arzobispo de Toledo, que había huido de Castilla a la muerte de Alfonso XI y se había refugiado en Aviñón, bajo el cobijo del papa, que lo había enaltecido nombrándolo cardenal. Albornoz había justificado los amores adúlteros de Alfonso XI y Leonor de Guzmán, pero ahora, desde la seguridad de la sede papal en Aviñón, tildaba de pecaminosos y adulterinos los de Pedro I y María de Padilla y asesoraba al papa para que los condenara.

—Ese arzobispo es un hipócrita —dijo María.

—Acabaré con él y con todos esos traidores —sentenció don Pedro.

Y, sin dilación, se puso manos a la obra.

Juan Núñez, maestre de la Orden de Calatrava que había huido a Alcañiz, en Aragón, fue apresado y asesinado a su regreso, en tanto los familiares de María de Padilla ocuparon los cargos más relevantes en la corte, sustituyendo a los anteriores consejeros, que o se marchaban en busca de la alianza con los Trastámara o eran asesinados.

Diego García de Padilla, hermano de María, fue nombrado maestre de Calatrava; su otro hermano, Juan, fue designado comendador; y su tío Juan Fernández de Hinestrosa ocupó el puesto de Alburquerque, que ya no tuvo la menor duda de haber caído en desgracia y decidió abandonar al rey y pactar con los Trastámara.

Pero López de Ayala, hasta entonces hombre de confianza de don Pedro al que se había encomendado escribir una crónica donde se contaran sus hazañas, también lo abandonó y se pasó al bando de los rebeldes.

Hasta sus primos, los infantes de Aragón, dudaron sobre si seguir a su lado o aliarse con el conde Enrique y los demás rebeldes.

Los familiares de Leonor de Guzmán, que habían ocupado los principales puestos de la corte durante el reinado de Alfonso XI, fueron perseguidos, desplazados y sustituidos por los de María de Padilla, cuya influencia y poder en la política de Castilla y León eran mayores, si cabe, que los que había ejercido en su tiempo la Favorita.

Mediado marzo, decidió actuar. Don Pedro salió de Sevilla y se dirigió a Extremadura para someter a los rebeldes que se habían amotinado y hecho fuertes en Medellín, Alburquerque y Cáceres. Tomó Medellín a la fuerza y allí se entrevistó con su medio hermano Fadrique, el único de los Trastámara con el que mantenía relación. Intentó llegar a un acuerdo y le pidió a Fadrique que mediara con los rebeldes, pero los nobles ya no se fiaban de don Pedro, al que acusaban de sanguinario y despótico, y recelaban de él a causa de su personalidad confusa y de los desórdenes que mostraba en su conducta.

La mayoría de los nobles lo estaba abandonando. Sin más aliados que los parientes cercanos de María de Padilla, buscó la ayuda de su abuelo el rey Alfonso IV de Portugal, al que envió mensajeros. Se había enterado de que su madre la reina doña María había dejado a la reina doña Blanca en Toledo y se había ido a ver a su padre a Portugal, con el que se entrevistó en Portoalegre. Ese viaje hizo recelar todavía más a don Pedro, que ya ni siquiera se fiaba de su propia madre. Además, en la ciudad portuguesa de Évora contrajeron matrimonio el infante don Fernando de Aragón y doña María, nieta de Alfonso IV, lo que fue considerado por el rey de Castilla como otra traición más.

La posición del rey de Portugal era ambigua, pero don Pedro no tenía duda de que su abuelo también lo estaba engañando, pues muchos de los nobles castellanos y leoneses partícipes de la gran conjuración encontraban refugio y acogida en tierras portuguesas, donde eran muy bien recibidos. Entre los que huyeron a ese reino se encontraba Alvar Pérez de Castro, hermano de Inés de Castro, la amante del heredero a la corona portuguesa.

Entre tanto, doña Blanca de Borbón se resistía desde Toledo a ceder ante las presiones de Pedro I para que aceptara solicitar la nulidad de su matrimonio. Les decía a sus allegados que ella era la legítima reina de Castilla y León y que nadie podría despojarla de su título.

Refugiada en la catedral de Toledo con varias de sus damas y algunos caballeros que la protegían de un posible atentado, no cesaban de llegarle apoyos y adhesiones. Enrique de Trastámara y su hermano Tello también acudieron en su defensa. Mediante un correo, le hicieron llegar a su medio hermano el rey la propuesta de que abandonara a María de Padilla, destituyera a todos sus parientes de los cargos que ocupaban en el gobierno y restituyera a doña Blanca como su legítima esposa. Esa era la condición indispensable para intentar llegar a un acuerdo que pacificara el reino.

Tras recibir ese mensaje, don Pedro rumió su odio. Sus medio hermanos no eran sino unos falsarios que le pedían que hiciera justo lo contrario a lo que había hecho Leonor de Guzmán, la barragana real y madre de esos bastardos, que no quiso romper su relación con Alfonso XI, humilló a la reina legítima al vivir escandalosamente con su real amante y estuvo a punto de llevar a la ruina a todos sus reinos.

2

En marzo de 1354 el rey y su amante viajaron a Castilla.

Con más de cinco meses de embarazo, el vientre de María de Padilla se veía muy abultado. Don Pedro pretendía manifestar alegría, pero estaba abatido y desorientado. Confiaba en que su nuevo hijo fuera un varón y así justificar la petición de nulidad de su matrimonio con doña Blanca, casarse con María, nombrar a su hijo como heredero al trono y quizá calmar los ánimos de los rebeldes. Trataba de encontrar un camino hacia la pacificación cuando todo cambió.

El último día de marzo, Pedro I y María de Padilla comían en el palacio real de Medina del Campo, un pequeño edificio que todavía se estaba construyendo en el estilo de los moros que tanto gustaba al rey.

—El papa va a conceder al fin la nulidad del matrimonio con doña Blanca —dijo don Pedro.

—Es lo que siempre has deseado, pero, por cómo lo has dicho y por el aspecto de tu rostro, no pareces demasiado contento. —María de Padilla se dio cuenta de que algo iba mal.

—El papa Inocencio pone una condición imprescindible para conceder la nulidad.

—Por tu semblante, me temo que no te agrada.

—Solo anulará mi matrimonio con doña Blanca si me vuelvo a casar...

—¿Al fin seré tu esposa legítima?

—Si me vuelvo a casar con una mujer que no seas tú.

—Lo imaginaba. ¿Y qué vas a hacer?

—La única manera de lograr esa anulación es volver a casarme.

—Pero no conmigo.

—No.

—Supongo que ya has pensado en quién va a ser tu nueva esposa.

—Los nobles están de acuerdo en que me case con doña Juana de Castro.

—¿La hermana de doña Inés?

—Su media hermana. Doña Juana es nieta de una hija bastarda de mi bisabuelo el rey don Sancho.

—¿Tú, el rey de Castilla, casado con la nieta de una bastarda?

—Lleva sangre real en sus venas; eso es lo que cuenta.

—¿Y qué va a ser de mí?

—De momento irás a vivir al palacio que estoy construyendo para ti en Astudillo...

—¿Me abandonas? ¿Me dejarás allí sola y encerrada, como si fuera una monja?

—Necesito un heredero legítimo.

—Lo llevo en mis entrañas.

—El papa no lo aceptará.

—Me abandonas.

—Iré a visitarte cada vez que pueda.

—Me abandonas.

—Te amaré siempre, siempre.

—Me abandonas, me abandonas, me abandonas...

María lloró amargamente. Todas las esperanzas que tenía de ser un día la reina de Castilla y León se desvanecían como una niebla matutina de mayo a la salida del sol.

El amor de María de Padilla era lo más importante para don Pedro... después de sus reinos.

En la villa de Cuéllar citó a los obispos de Ávila y Salamanca, a los que quería tener como testigos de lo que iba a hacer.

—Señores obispos, os pido que celebréis mi boda con doña Juana de Castro y que santifiquéis esta unión en nombre de nuestra santa madre Iglesia. —El gesto y la actitud del rey no admitían reparo alguno.

—Señor, seguís casado con doña Blanca. La nulidad de vuestro matrimonio y la dispensa papal para oficiar uno nuevo no han llegado —repuso el obispo de Ávila, lleno de temor ante lo que pudiera hacerle el rey por su impertinencia.

—Escuchadme bien los dos —se dirigió a los obispos—. Delante de este sagrado altar y con mis manos sobre los Santos Evangelios, yo, Pedro, rey de Castilla y de León, juro que mi matrimonio con doña Blanca de Borbón no es válido, pues nunca lo consumé.

Los dos obispos temblaban de miedo. Uno de los consejeros del rey los había amenazado con colgar sus cuerpos esa misma tarde en las almenas del castillo de Cuéllar si se negaban a bendecir la boda con doña Juana de Castro.

—Pero señor, la nulidad...

—¡Casadme con doña Juana! —cortó tajante el rey al balbuciente obispo de Ávila.

—No hubo consumación, de manera que según la ley no ha habido matrimonio legítimo —terció el obispo de Salamanca, atemorizado como un niño asustado por un perro rabioso.

—Sin consumación, no es válido el matrimonio —aceptó el prelado de Ávila.

—Nulo de pleno derecho mi acuerdo matrimonial con doña Blanca de Borbón, proclamo solemnemente mi deseo de casarme con doña Juana de Castro, a la que acepto como legítima esposa. ¿Existe por parte de la Iglesia de Castilla y León algún impedimento para celebrar esta boda?

—No, alteza, ninguno —musitó el obispo salmantino.

—No os he escuchado —dijo don Pedro.

—Al no haber sido consumado vuestro matrimonio con doña Blanca, no estáis casado, de modo que podéis hacerlo con doña Juana de Castro o con quien deseéis —aclaró el obispo de Ávila.

—Tenéis las bendiciones de la Iglesia para hacerlo —añadió el de Salamanca.

El rey sonrió.

Era cuanto quería escuchar.

En abril de 1354, sin que llegara la nulidad papal, Pedro I de Castilla y León se casó en la iglesia de Santa María de Cuéllar con doña Juana de Castro. Ofició la ceremonia el obispo de Salamanca, asistido por los de Ávila y de Palencia.

No habría en la vida del rey don Pedro otra mujer que María de Padilla. Se lo había prometido a sí mismo y se lo había jurado a su amante, pero doña Juana de Castro era demasiado hermosa, decían que tanto como su media hermana Inés de Castro, y, además, tenía que engendrar un heredero legítimo.

Tras la boda en Cuéllar, pasó varios días con su esposa, a la que hizo el amor cuantas veces pudo hasta dejarla embarazada.

Ni siquiera la boda del rey con una de las suyas calmó a los ambiciosos magnates, que seguían acusando a don Pedro de ser un pésimo gobernante, de preocuparse tan solo de cazar, de acostarse con amantes, de favorecer a los judíos, de vivir a la manera moruna y de apoyarse en la baja nobleza y en los mercaderes.

De todos los defectos que le achacaban, el más grave era su tendencia a practicar una brutal crueldad y a regocijarse con el sufrimiento ajeno. Era capaz de ordenar la muerte de cualquier persona sin que le asaltara el menor remordimiento ni la más mínima duda. Sus cambios de temperamento eran tan drásticos e imprevisibles que fue capaz de asistir, como si nada hubiera ocurrido, a la boda en Segovia del infante Juan de Aragón con Juana de Lara, señora de Vizcaya e hija de Juan Núñez de Lara, a quien había mandado asesinar. Esta Juana había sido la prometida de Tello de Trastámara, a quien el rey se la quitó con la única intención de humillarlo.

Entre tanto, en el palacio de Astudillo, María de Padilla esperaba, esperaba, esperaba...

Una de sus damas le dio el aviso: el rey llegaría a Astudillo a mediodía.

María se apresuró a organizar la recepción de su real amante. Ordenó que se preparara un opíparo banquete, se dio un baño en una tina de agua caliente aromatizada con esencia de lavanda y se vistió con su mejor traje.

Pedro I llegó al frente de un escuadrón de lanceros. A su lado tremolaba el estandarte real con los castillos y los leones que portaba el alférez de Castilla.

María de Padilla lo esperaba en la puerta del palacio con la pequeña Beatriz, que apenas se tenía en pie, en brazos de un ama de cría. Lucía un vientre muy abultado.

—Mi corazón se alegra con tu visita —lo saludó María.

El rey saltó del caballo con agilidad y se acercó a su amante, a la que besó en los labios.

—No puedo vivir sin ti —le dijo.

María suspiró y se abrazó al rey.

—¡Cuánto has tardado! Llegué a pensar que me habías abandonado para siempre, que nunca más volvería a verte.

—Jamás volveré a separarme de ti.

—¿Y tu nueva esposa?

—He cumplido con lo que era mi obligación. No volveré con ella.

—¿La has dejado preñada?

—He tenido que hacerlo. Necesitaba un heredero o perdería mis reinos. Pero cuando estaba con ella, solo pensaba en ti.

—Si nace ese niño..., él será el rey de Castilla, y no el mío. —María se tocó el vientre.

—Ya veremos. Todavía me queda mucho tiempo por reinar. Y los niños mueren con mucha facilidad.

Le gustaba el hombre, amaba al rey. María de Padilla sentía una irresistible pasión por aquel monarca que aún no había cumplido veinte años, pleno de fuerza, grande de cuerpo, blanco de piel, de cabellos rubios y enorme vigor.

Ella aceptaba todos los gustos y defectos de su real amante: que le dijera que no había en su corazón otra mujer, aunque le atrajeran tanto las mujeres hermosas como la caza; que sufriera trastornos y alteraciones de conducta; que unas veces se mostrara colérico y brutal y otras, tierno y sereno; que en ocasiones mostrara una violencia extrema y otras, una ternura casi infantil; que en algunos momentos se mostrara abierto y alegre y en otros, taciturno y serio; que la despertara de madrugada para hacerle el amor, que pasara largas noches en vela acariciándola y montándola una y otra vez como un garañón en celo; incluso le agradaba el ceceo con el que don Pedro pronunciaba algunas palabras, herencia quizá de su crianza en Sevilla.

Es cierto que María también sentía el resquemor de los celos. Había sufrido mucho las últimas semanas, había pensado que no lo volvería a ver y se había enfadado al imaginarlo en brazos de la bellísima Juana de Castro, ocupando el lugar en el lecho que solo a ella le correspondía; sin embargo, al verlo de nuevo flamante y poderoso sobre su caballo, al frente de sus caballeros como el más elegante de los paladines, con el estandarte real al viento y llegando a su encuentro como el más fiel enamorado, había vuelto a recuperar la misma pasión que tanto la atraía hacia aquel hombre que reinaba en aquellas tierras y en su corazón.

El segundo hijo de María de Padilla y don Pedro nació en Castrogeriz, a cuyos campos se habían desplazado para cazar a comienzos de verano. Volvió a ser una niña a la que bautizaron con el nombre de Constanza.

Habían sido enemigos mortales, incluso se habían deseado la muerte el uno al otro, pero el enemigo común los había convertido en aliados.

Enrique de Trastámara y Juan Alfonso de Alburquerque se habían conjurado para acabar con don Pedro y despojarlo de su corona. Entre los dos formaban una sólida alianza a la que se habían sumado otros muchos nobles, pero necesitaban la ayuda de los reyes de Aragón y de Portugal si querían derrocar al que llamaban tirano.

—Los infantes de Aragón abandonarán a don Pedro y se pasarán a nuestro bando. Me lo han prometido —informó Enrique.

—Eso nos puede enemistar con el rey de Aragón —supuso Alburquerque, que había acudido a entrevistarse con Enrique tras comunicarle en secreto que había abandonado a don Pedro.

—Está arreglado. Don Fernando renunciará a reclamar la Corona de Aragón y su rey perdonará a sus medio hermanos los infantes.

—¿Habéis logrado que se pongan de acuerdo?

—Ha sido difícil, pero sí, ambos están con nosotros. ¿Y vuestras conversaciones con los portugueses? —le preguntó Enrique.

—El reino de Portugal atraviesa una situación complicada. Su rey don Alfonso está enfrentado con su hijo y heredero don Pedro a causa de Inés de Castro. Esa mujer era la doncella de doña Constanza Manuel, la legítima esposa del heredero. Inés fue amante del infante portugués antes incluso de la muerte de su esposa, y ahora se ha casado con él. El rey Alfonso no acepta esa boda, de manera que es posible que estalle una guerra entre padre e hijo en Portugal.

—Otra vez una mujer provocando un conflicto. ¿Qué tendrán algunas mujeres para causar semejantes pulsiones?

—Sus cuerpos, don Enrique, sus cuerpos. Recordad lo que cuentan las viejas historias: Troya y Egipto se arruinaron por causa de dos mujeres.

—¿Tan hermosa es doña Inés de Castro como para que un príncipe se arriesgue a perder su herencia por ella?

—Solo he conocido a una mujer más bella que doña Inés.

—¿De quién se trata?

—De vuestra madre, don Enrique, de vuestra madre doña Leonor. En la historia ha habido parejas extraordinarias cuya relación cambió el mundo: Helena de Troya y París, Cleopatra y Marco Antonio, Leonor de Aquitania y Enrique de Inglaterra, Leonor de Guzmán y Alfonso de Castilla, y tal vez Inés de Castro y Pedro de Portugal...

—¿Cuál es vuestro plan?

—Ganar para nuestra causa a la familia gallega de Inés de Castro. He hablado con su hermano, don Fernando de Castro, señor de Lemos, y está de acuerdo en ayudarnos.

—¡Pero si su también hermana doña Juana es la nueva reina de Castilla! —se sorprendió Enrique.

—A la que don Pedro ha preñado y a los pocos días de la boda ha dejado abandonada. Eso ha supuesto una tremenda humillación para el poderoso linaje de los Castro. Don Fernando quiere vengar la afrenta que el rey ha hecho a su hermana. El de los Castro es un linaje de señores de la guerra, no en vano con ese apelativo, «el de la Guerra», se conocía a su padre don Pedro Fernández de Castro. Nos apoyará e influirá para que doña Inés, que se convertirá en reina de Portugal cuando muera su suegro el rey Alfonso, convenza a su esposo el príncipe para que combata a nuestro lado.

—¿Y por qué iba a hacerlo? ¿Qué gana Portugal ayudándonos a derrocar a don Pedro?

—La independencia.

—¡Qué! —se sorprendió el conde de Trastámara.

—El rey de Castilla planea la conquista de Portugal —dijo Alburquerque.

—¿Es eso cierto?

—He hecho llegar al príncipe de Portugal la noticia de que el rey de Castilla invadirá su reino en cuanto acabe con las revueltas, de modo que le conviene estar con nosotros si no quiere perder su herencia.

—¿Algo más con lo que sorprenderme?

—El heredero de Portugal fue vuestro cuñado. Vuestra esposa, doña Juana Manuel, es hermana de la que fue su esposa, doña Constanza Manuel, tristemente fallecida; pues bien, he conseguido que el rey de Portugal acepte la boda de su nieta doña María, hija del heredero portugués, con el infante don Fernando de Aragón. ¿Qué os parece?

—Que me alegro de que seáis mi aliado y no mi enemigo —le dijo Enrique al intrigante Alburquerque.

3

Ajeno a la gran trama que Enrique de Trastámara y Juan Alfonso de Alburquerque estaban tejiendo para atraparlo y derribarlo, Pedro I se dirigió a Toledo para poner fin a la rebelión y someter a doña Blanca.

Los toledanos solicitaron ayuda de manera desesperada, incluso a Fadrique, el único de los hermanos Trastámara que mantenía relaciones con el rey. El maestre acudió con un ejército de siete mil soldados, pero no se enfrentó a las tropas reales. Al contrario, Pedro I celebró una entrevista con Fadrique en la que acordaron reforzar su alianza, a la vez que demandaba ayuda al rey de Aragón, que respondió con evasivas alegando que tenía que atender a una guerra en la isla de Cerdeña.

Blanca de Borbón realizó un llamamiento dramático. En una carta enviada a varios nobles, les comunicaba que su esposo el rey, pues doña Blanca no reconocía la boda con doña Juana de Castro, la quería matar, y demandaba auxilio a todos cuantos quisieran preservar las libertades y las leyes de Castilla.

La noticia sorprendió a Pedro I en Tordesillas, donde estaba reunido con su madre la reina doña María de Portugal.

—¡Los infantes de Aragón me han traicionado! Esos canallas se han reunido en tierras de Cuenca con los bastardos y los traidores Alburquerque y Castro y han enviado cartas a nobles y ciudades para que reconozcan como reina legítima a doña Blanca —le dijo don Pedro, muy soliviantado, a su madre.

—Hijo mío, deberías reflexionar sobre tu comportamiento y ceder.

—¡Ceder! Me piden que deje a doña María y que vuelva con doña Blanca. Eluden que ese matrimonio se anuló y que ahora estoy casado con doña Juana de Castro.

María de Portugal se mordió los labios. La relación de su hijo con María de Padilla y el desprecio que mostraba hacia Blanca de Borbón le abría las viejas heridas que ella misma había sufrido en sus propias carnes cuando su esposo el rey Alfonso XI la abandonó y encerró durante años mientras él disfrutaba de su amante Leonor de Guzmán. La reina madre de Castilla había pasado años atrás por la misma situación que ahora le tocaba soportar a doña Blanca. La comprendía. La compadecía.

—Tienes en contra a la mayoría de la nobleza. Te han abandonado incluso tus primos los infantes de Aragón, que ahora se han aliado con los rebeldes.

—Esa traición es obra de su madre, mi tía doña Leonor. Nunca debí confiar en esa mujer. Tenía razón su hijastro el rey de Aragón cuando la persiguió.

Don Pedro recordaba la huida de Leonor de Castilla, segunda esposa del rey Alfonso IV de Aragón, cuando el rey Pedro IV la acosó porque estaba tramando una conjura para echar del trono aragonés a su hijastro y colocar a su hijo mayor el infante don Fernando.

—Hijo mío, existe un hondo malestar por tu forma de gobernar estos reinos.

—Lo que hay es demasiado egoísmo por parte de esos traidores. ¿Sabes, madre, que los nobles no desean otra cosa que exportar la lana de sus ovejas a Flandes para conseguir cuantiosos beneficios, en tanto los artesanos de las ciudades pretenden que esa lana se quede aquí para ser ellos quienes la transformen en paños en sus telares?

—¿Quién te ha explicado eso?

—Mi tesorero, don Samuel.

—Un judío...

—Que encierra mucha razón en lo que dice. La lana que se vende en Flandes no deja más beneficio en esta tierra que el oro que atesoran los nobles, con el que se construyen suntuosos palacios y fuertes castillos y arman huestes para cuestionar mi poder y autoridad. Por el contrario, los artesanos de las ciudades quieren ganar dinero elaborando aquí, en las ciudades y villas de Castilla y León, los paños que ahora se tejen en Flandes y en Italia. Dice don Samuel que un rey debe apoyar a su pueblo y que la mejor manera de hacerlo es creando fortuna y riqueza para todos. Sin embargo, el egoísmo de los magnates es tan grande que no desean la prosperidad de sus vasallos y solo buscan su propio beneficio.

—La nobleza es un don y un privilegio que otorga Dios con su gracia. Nosotros la llevamos en la sangre. No lo olvides.

Un heraldo interrumpió la conversación que madre e hijo estaban teniendo en la casona que algunos llamaban palacio real de Tordesillas.

—Señor, la reina doña Leonor solicita una entrevista.

Al escuchar aquellas palabras, el rey se sorprendió sobremanera.

—¡Cómo! ¿Ha enviado una carta?

—Sí, alteza. La reina doña Leonor espera vuestra respuesta al otro lado del río Duero.

—¿Doña Leonor ha venido hasta aquí?

—Sí, y espera la repuesta de vuestra merced.

Pedro I se precipitó hacia una torrecilla del palacio desde la que oteó la orilla izquierda del Duero.

Cerca del puente había un grupo de caballeros que enarbolaban la enseña con las barras rojas y amarillas. Escoltaban a la reina Leonor, hermana de Alfonso XI, madre de los infantes Fernando y Juan y reina viuda de Aragón.

A sus cuarenta y siete años, la reina Leonor mantenía un porte majestuoso. Había sido derrotada en la lucha por el poder en la Corona de Aragón por su hijastro Pedro IV, pero no había renunciado a que algún día su hijo mayor el infante don Fernando se convirtiera en rey de esa Corona.

Pedro I y María de Portugal esperaron a doña Leonor, que, tras recibir la aceptación de la entrevista de su sobrino, se acercó hasta la casona de Tordesillas con toda solemnidad, escoltada tan solo por cuatro caballeros de su hueste.

—Mi querida tía, te hacía con los rebeldes —ironizó don Pedro, que ayudó a doña Leonor a descabalgar.

—He querido venir a verte para evitar una guerra. Querida cuñada... —Leonor besó en la mejilla a la reina María.

El rey y las dos reinas entraron en la casona palaciega y se sentaron en una mesa ubicada en el centro de una de las salas.

—¿Qué propuesta me traes?

—Una propuesta de paz. Estos reinos están muy alterados. Los nobles no aceptan tu autoridad y no lo harán mientras no abandones a María de Padilla.

—¿Eso es todo?

—No. La nobleza exige que, además de abandonar a María, vuelvas con tu esposa doña Blanca.

—¿Nada más?

—Y que relegues de sus cargos en la corte a todos sus parientes. Si haces eso, todos te jurarán fidelidad y cesarán en su oposición.

—Nunca dejaré a María. Nunca.

—¿Prefieres seguir al lado de una barragana aun a costa de perder tus reinos?

—Jamás la abandonaré. Se lo he prometido.

—¿Promesas...? ¿Qué son las promesas? También te prometiste en matrimonio con doña Blanca y hace unos meses con doña Juana de Castro. ¿Acaso no juraste ante Dios ser su esposo?

—Sabes que con doña Blanca no consumé el matrimonio, de manera que es como si no se hubiera celebrado; y con doña Juana..., con ella me casé para satisfacer a los nobles, que ahora me piden que la abandone. Cínicos.

—Vuelve con doña Blanca. Si lo haces, el papa dará por no celebrada tu forzada boda con doña Juana y, además, los reyes de Francia y de Aragón olvidarán cualquier rencilla pendiente y firmarán una sólida alianza con Castilla.

—Doña Juana está embarazada; supongo que lo sabes.

—Sí, claro que lo sé, pero qué importa eso. Muchas mujeres han sido preñadas por reyes sin ser sus esposas. Al niño que lleva doña Juana de Castro en sus entrañas lo reconocerás como hijo y lo dotarás convenientemente, pero tu heredero debe nacer del vientre de doña Blanca.

—El rey que me suceda será un hijo de María.

—¿Qué dices tú, querida cuñada? —le preguntó doña Leonor a María de Portugal.

—Mi obligación como madre y como reina es atender a los intereses de mi hijo.

—Entonces, explícale lo que hemos hablado tú y yo en varias ocasiones: que abandone a María de Padilla, vuelva con doña Blanca y pacifique estos reinos. Que cumpla con su obligación.

Pedro I miró a su madre, que se mantuvo en silencio.

—María es la mujer a la que amo, y con la que quiero vivir. Llévales este mensaje a esos bastardos y a todos los traidores, y si tienes oportunidad de hacerlo, díselo también al rey de Francia, al de Aragón y al mismísimo papa —asentó el rey.

—Supongo que eres consciente de que esto que haces constituye una declaración de guerra.

—Lo es, querida tía, lo es. Ellos se lo han buscado.

4

La guerra abierta parecía inevitable. Cuando doña Leonor transmitió la respuesta del rey, los conjurados decidieron seguir adelante con su compromiso.

La alianza de los rebeldes era formidable: los infantes de Aragón, los hermanos Trastámara, Fernando de Castro, los De la Cerda... Todos los magnates del reino, la mayor parte de la nobleza y muchas ciudades estaban en contra de que don Pedro siguiera al frente del reino si no admitía abandonar a María de Padilla, deponer de sus cargos a todos sus parientes, liberar a doña Blanca, volver con ella y reconocerla como legítima.

Los rebeldes se acercaban peligrosamente hacia Tordesillas, donde seguía el rey con su madre. Desde allí escribió una carta al rey de Aragón denunciando la conjura que se había tramado contra él y pidiéndole que no ayudara a los traidores.

Juan Alfonso de Alburquerque, el que fuera mayordomo real y ahora cabecilla y estratega de los rebeldes, se sintió enfermó en Medina del Campo. Era él quien había planificado la estrategia para derrocar al rey, pues conocía perfectamente su carácter y su modo de comportamiento, no en vano había sido el principal mentor durante la infancia y juventud de don Pedro.

La fiebre lo estaba consumiendo por dentro. Alburquerque tan pronto temblaba de frío como se sofocaba de calor. Los médicos que lo atendían en Medina del Campo no acertaban a curarlo y de nada servían cuantos emplastes y jarabes le administraban.

Enterado de la enfermedad que aquejaba a su antiguo consejero y aliado, ahora gran enemigo, el rey don Pedro tuvo una idea. Envió un mensajero desde Tordesillas a Medina del Campo con una carta en la que, debido a la antigua amistad que los había unido, le ofrecía los servicios de su mejor médico, un físico romano llamado Pablo, para que lo visitara e hiciera todo lo posible por curarlo. Decía el rey que don Pablo era el mayor conocedor de hierbas medicinales y que lo sanaría.

Alburquerque accedió a recibir a maese Pablo, que acudió desde Tordesillas a Medina del Campo, a una jornada de camino.

El físico romano administró varios jarabes a Alburquerque, que le produjeron una leve mejoría. Con la excusa de que tenía que volver a Tordesillas a por unas hierbas que allí guardaba para seguir el tratamiento, don Pablo se marchó de Medina, no sin antes darle a beber a su paciente una pócima con la que, según dijo el médico, se sentiría muy confortado hasta su regreso.

Esa misma tarde, cuando el físico ya debía de estar llegando a Tordesillas, Juan Alfonso de Alburquerque se sintió morir.

—Señores, el médico que me envió el rey era un sicario. Creo que me ha envenenado —les dijo a sus aliados.

Junto al lecho de don Juan Alfonso se encontraban los infantes de Aragón, Enrique de Trastámara, su hermano Tello y Fernando de Castro. Sus rostros denotaban una enorme preocupación.

—Ese tirano nos ha engañado. Dijo que enviaba a un médico para curar a don Juan y lo que ha hecho es mandar a un asesino —musitó Enrique al oído de Tello.

—Nunca debimos aceptar su ofrecimiento —dijo Tello.

—Así se las gasta ese canalla.

—Señores, sé que voy a morir. —Alburquerque alzó la voz desde su lecho—. Mañana, mi alma estará en presencia de Dios, que la ha de juzgar, pero mi cuerpo mortal seguirá aquí hasta que se descomponga. Juradme, señores y amigos, que llevaréis con vosotros el ataúd con mi cadáver y que no le daréis sepultura hasta que derrotéis y hagáis caer a mi matador, el rey don Pedro.

Los señores allí presentes se miraron asombrados.

—¿Ese es vuestro deseo? —preguntó Enrique.

—Juradlo, os lo ruego.

Enrique de Trastámara, Tello, Fadrique, que también se había unido en secreto a los rebeldes, los infantes Fernando y Juan de Aragón, Juan de la Cerda, Fernando de Castro y otros señores celebraron una misa, tomaron todos la comunión y juraron ante el altar que portarían con ellos el ataúd con el cuerpo de don Juan Alfonso de Alburquerque y que no le darían cristiana sepultura hasta no derrocar al titano rey don Pedro, al que algunos se referían como el Cruel.

Entre tanto, en Granada se libraba una cruenta lucha por el poder. En el mes de octubre, el emir Yusuf I fue asesinado por la espalda mientras rezaba en un oratorio de sus palacios de la Alhambra. Su hijo Muhammad V, de tan solo catorce años, se sentó en el trono aconsejado por el visir que ya había gobernado con su padre, y ratificó la alianza y el vasallaje de los nazaríes con Castilla. Don Pedro acudió a Sevilla para seguir de cerca los acontecimientos de Granada, pero apenas pudo intervenir en aquellos asuntos, pues los rebeldes amenazaban con tomar el poder en todos sus reinos, de modo que abandonó Andalucía y se dirigió a toda prisa hacia el norte para hacerse cargo personalmente de la represión de los traidores.

La coalición de nobles era más fuerte y tenía más soldados que los que había podido reunir el rey don Pedro. Conscientes de su superioridad, los rebeldes le pidieron una entrevista.

El conde de Trastámara engañó a doña María, que se había ido a Portugal para pedirle ayuda a su padre Alfonso IV ante las dificultades que atravesaba su hijo el rey Pedro I. Enrique le pidió a la reina que regresara a Castilla y que mediara ante su hijo el rey para celebrar una entrevista en la villa de Toro, en la que ambos bandos acordarían un tratado de paz definitivo.

Doña María confió en la palabra del bastardo y logró atraer a su hijo a Tordesillas. Una vez allí, lo convenció para que aceptara participar en las conversaciones de paz y acudiera a esa cita con los rebeldes. Madre e hijo se dirigieron a la villa de Toro, donde tendrían lugar las vistas entre los dos bandos.

Sin embargo, lejos de cumplir con las exigencias de los rebeldes para que depusiera de sus cargos a los parientes de María de Padilla, Pedro I los ratificó y, además, nombró a Juan Fernández de Hinestrosa, tío de su amante, camarero mayor del reino, en tanto seguía favoreciendo a los judíos, lo que los conjurados consideraron una afrenta más.

No obstante la muerte de Alburquerque, que falleció con manifiestos síntomas de envenenamiento y sobre el que los nobles no tenían duda de que el inductor era el propio rey, se acordó celebrar esa entrevista en una partida conocida como El Tejadillo, a media legua al este de Toro. Cada una de las partes acudiría con una escolta de cincuenta caballeros equipados con cotas de mallas, yelmos y armas de combate, salvo la lanza, que solo podría portar el monarca.

Al encontrarse frente a frente, los cabecillas de los rebeldes descabalgaron, se acercaron andando y le besaron las manos a don Pedro, que designó como portavoz en esas vistas a su repostero mayor, Gutierre Fernández de Toledo.

—Señores —comenzó hablando Gutierre—, el rey nuestro señor siente gran pena por el malestar que os apesadumbra a tan nobles caballeros. La intención de su alteza ha sido siempre satisfacer a los grandes de Castilla y León, tiene la firme voluntad de guardar y honrar vuestras demandas y promete que os otorgará cuantas mercedes merezcáis, pero también lamenta que hayáis acudido a este encuentro con tantos hombres de armas, lo que parece una muestra de desconfianza. En cuanto al asunto de doña Blanca de Borbón, don Pedro se compromete a traerla a su lado y honrarla como merece su condición. ¿He hablado conforme a vuestra palabra, señor? —preguntó Gutierre volviéndose hacia el rey.

—Sí. Habéis expresado perfectamente mis pensamientos —respondió lacónico don Pedro.

Enseguida se adelantó Ferrand Pérez de Ayala, el caballero al que los rebeldes habían designado como su portavoz por ser un hombre de acreditada cordura, buen razonamiento, discurso fluido y acertadas palabras.

—Alteza, los señores que aquí hemos venido armados y con tantos soldados lo hemos hecho con vuestro permiso y licencia, pero, pese a todo, demandamos vuestro perdón si os habéis molestado por ello. Os rogamos con toda humildad que nos acojáis en vuestro seno como buenos vasallos y que tengáis a bien traer al lado de vuestra merced a la reina doña Blanca para honrarla como todas las ilustres y esclarecidas reinas de Castilla y León han sido distinguidas y tratadas, y que, de este modo tan amable y gentil, tengáis a bien reconocerla como vuestra esposa legítima que es porque así lo juramos todos nosotros en vuestra boda en Valladolid.

»Por otra parte, también os demandamos que todos los señores y caballeros de vuestros reinos puedan estar y vivir seguros en sus casas, poseer libres sus haciendas y heredades y no temer por la pérdida de sus fortunas y dominios que en justicia les corresponden. ¿Estáis de acuerdo, señores? —preguntó Pérez de Ayala dirigiéndose a los rebeldes.

Todos asintieron, aunque sin manifestar apenas entusiasmo.

A continuación se aprobó que cuatro caballeros de cada bando se reunirían para acordar los puntos del tratado de paz.

Los nobles se despidieron besando las manos del rey, que les prometió la concesión de grandes mercedes antes de marchar hacia Toro, en tanto los rebeldes regresaron a los lugares donde estaban asentados alrededor de aquella villa.

Hinestrosa se dio cuenta de que las localidades en las que se habían establecido formaban un cerco prefecto en torno a Toro y comprendió enseguida que estaban tramando una encerrona.

Pasaban los días, pero el rey don Pedro no designaba a los cuatro caballeros que debían de llevar sus propuestas y negociarlas con los rebeldes.

Los seguidores de Juan Alfonso de Alburquerque, que todavía eran muchos pese a su muerte, se soliviantaron y decidieron presentarse ante los muros de Toro como protesta ante la tardanza del rey en ofrecer un acuerdo que acabara con el enfrentamiento y evitara una guerra total. Llevaban con ellos el ataúd con el cadáver de su señor, tal como le habían prometido antes de que muriera.

Colocaron el féretro del señor de Alburquerque sobre una peana en una carreta, lo cubrieron con paños de oro y se presentaron a las puertas de Toro. Eran cinco mil soldados, frente a los ochocientos que había logrado reunir el rey.

Don Pedro salió de la villa con un centenar de jinetes y se dirigió a Urueña, que tenía muy fuertes muros. Allí había enviado a María de Padilla con algunos de sus familiares.

—Esos traidores nos han rodeado. Tienen en su ejército al menos siete hombres por cada uno de los nuestros —lamentó don Pedro ante doña María, con la cual estaba acostado en la cama en una sala del torreón más fuerte de las formidables murallas de Urueña.

—¿Qué piensas hacer?

—Han hablado con mi madre; le han dicho que tengo que regresar a Toro y retomar las conversaciones que tuvimos en la partida de El Tejadillo.

—¿Vas a ceder ante esos traidores?

—Me piden que cumpla lo que acordamos en las vistas, pero allí solo pactamos seguir hablando; nada más. Se han reunido en Toro, junto a mi madre, a mi tía Leonor, la reina de Aragón, a la esposa del bastardo Enrique y a la viuda de Alburquerque, cuyo cadáver pasean por todas partes sobre unas angarillas, como si se tratara de la imagen de un santo o de una virgen, y se han juramentado para humillarme.

—¿Pasean un cadáver? —se sorprendió María.

—Sí. Tuve oportunidad de verlo en Toro, justo antes de venir a verte. Lo llevan en un ataúd cubierto con unos paños de oro.

—¿Vas a ir a Toro?

—Mañana lo decidiré; esta noche lo único que deseo es estar contigo.

Al amanecer, dos caballeros enviados desde Toro entregaron en Urueña una carta de doña María de Portugal en la que le recomendaba a su hijo que acudiese a esa villa y se aviniese con los nobles, a fin de que Castilla y León quedaran al fin en paz.

Mientras desayunaban, Juan Fernández de Hinestrosa aconsejó a don Pedro.

—Señor, creo que sí debéis acudir a Toro. Los rebeldes han logrado reunir un poderoso ejército y nos tienen cercados. No disponemos de tropas para rechazarlos y, aunque nos atrincheráramos en Urueña, no podríamos resistir un asedio más allá de cuatro o cinco semanas.

—Soy el rey —asentó don Pedro.

—Un rey sin heredero, alteza. Con los rebeldes está el infante don Fernando de Aragón, quien, a falta de un descendiente directo vuestro, es ahora el primero en el orden de sucesión a vuestro trono. Si vuestra merced, Dios no lo quiera, muriese ahora, el rey de Castilla sería el hijo mayor de vuestra tía doña Leonor.

María de Padilla tomó la mano de su real amante, que se veía indeciso y turbado.

—Pedro, creo que mi tío tiene razón. Debes acudir a ese encuentro.

—¿Y si es una trampa?

—Debéis arriesgaros, señor. Yo iré con vos a Toro. Sé que todos esos insurgentes me odian por ser pariente de doña María y que desearían verme muerto, pero yo solo pretendo serviros y pongo mi vida a vuestro servicio. ¿Qué decidís, alteza? Los enviados de las reinas y de los nobles esperan una respuesta.

—Decidles que iré a Toro y que hablaré con ellos.

—Yo, con vuestro permiso, os acompañaré —dijo Hinestrosa.

—Yo también quiero ir contigo —terció María de Padilla.

—No. Tú, amada mía, permanecerás en Urueña. Si fuera una trampa, no quiero que caigas en sus manos, porque...

Don Pedro calló. En ese momento recordó que su madre la reina doña María había ordenado asesinar a Leonor de Guzmán en su prisión de Talavera; a su amante podría ocurrirle lo mismo que a la Favorita si caía en manos de los magnates.

La comitiva real estaba formada por cien caballeros y entre ellos iban Hinestrosa y el tesorero Samuel Ha Leví.

Al llegar ante las murallas de la villa de Toro fueron recibidos por una delegación que los acompañó hasta el monasterio de Santo Domingo, donde aguardaban las reinas y los nobles.

—Hijo mío —lo saludó la reina María—, me alegra mucho que hayas decidido venir. Estos caballeros solo desean servirte y que tus reinos queden en paz.

—Querido sobrino —intervino la reina Leonor de Aragón—, has obrado correctamente viniendo hasta aquí. Ya es hora de que dejes de vagar de castillo en castillo y vivas como conviene a un rey, y que lo hagas además junto a tu esposa legítima doña Blanca.

Ya hace casi un lustro que gobiernas estas tierras, pero solo tienes veinte años y aún no has adquirido toda la experiencia para regirlas con acierto. Los errores que has cometido no son achacables a ti, sino a los malos consejos que has recibido de privados como Hinestrosa y Samuel Ha Leví, que no han obrado en beneficio del reino sino en el suyo propio. De modo que sería conveniente que los alejaras de tu lado y nombraras para sus puestos a consejeros y oficiales que obraran con fidelidad y diligencia.

Estaba claro que aquello era una encerrona. Lo supieron en cuanto vieron cómo los soldados que los rodeaban en el patio del convento de Santo Domingo retiraron sus capas y mostraron las espadas y puñales que ocultaban debajo.

—Señoras, don Juan —el rey señaló a Hinestrosa— no tiene culpa alguna y no debe ser reprendido ni molestado por nada, pues todo cuanto ha hecho ha sido por orden mía. Ved vosotras mismas cómo me ha acompañado hasta Toro. ¿Qué mayor muestra de lealtad y confianza?

—Detened a esos hombres. —El portavoz de los nobles indicó a los guardias que apresaran a Hinestrosa y a Samuel Ha Leví—. Ambos quedarán custodiados bajo tutela del infante don Fernando y de don Tello. El consejo también decreta que sean desposeídos de sus cargos y nombra a don Fadrique, maestre de Santiago, camarero mayor, a don Fernando de Aragón, canciller del reino, a don Juan de Aragón, alférez real y a don Fernando de Castro, mayordomo mayor. Asimismo, ordenamos que se entreguen a este consejo los sellos reales.

La humillación a la que acababa de ser sometido el rey era absoluta. Los nobles rebeldes dibujaban sonrisas burlonas, en tanto los guardias se llevaban a Hinestrosa y al tesorero y escoltaban a don Pedro hasta unos aposentos en el palacio que usaba como residencia la reina María, junto al monasterio de Santo Domingo.

Prisionero en su propio reino, Pedro I no podía hablar salvo con las personas a las que autorizaran los nobles, no podía moverse con libertad y quedaba sujeto a la custodia de su medio hermano don Fadrique.

Por si tanta ofensa no era suficiente, Fernando Ruiz de Castro tomó como esposa a doña Juana, la única hija que tuvieron Alfonso XI y Leonor de Guzmán, y lo hizo sin permiso del rey don Pedro, que vio cómo su media hermana se casaba con uno de sus mayores enemigos.

Cumplido todo ello, decidieron que ya se daban las condiciones para enterrar el cadáver de Juan Alfonso de Alburquerque, por lo que lo llevaron al monasterio de monjes blancos de la Santa Espina, en la villa castellana de Castromonte, a una jornada de camino al noroeste de Valladolid, donde él mismo había querido recibir sepultura.

5

A finales del año 1354 los nobles rebeldes tenían el control del poder en Castilla y León.

Don Pedro estaba retenido en Toro, de donde no podía salir y en donde no podía recibir más visitas que las que autorizara el consejo de nobles integrado por los Trastámara, los infantes de Aragón, los De la Cerda y los Castro. Estos últimos estaban metidos en todas las trifulcas.

En el reino de Portugal las cosas no iban mucho mejor. Álvar de Castro se había exiliado a ese reino, donde había sido acogido por el príncipe heredero don Pedro, que seguía empeñado en convertir a su amante Inés de Castro en su esposa legítima, en la futura reina de Portugal y en la madre del heredero a la corona.

Sin embargo, un trágico acontecimiento alteró sus planes.

En el otoño de 1354 la bellísima Inés de Castro había dado a luz a su cuarto vástago, un varón al que bautizaron con el nombre de Dionisio. El rey de Portugal fue avisado del nuevo parto de la amante de su hijo, a la que odiaba. Los nobles le informaron de que los Castro estaban tramando una conjura para derrocarlo y colocar en su lugar a su hijo don Pedro, y que la principal instigadora de aquella conspiración era la propia Inés.

Fue la excusa que necesitaba Alfonso IV para condenarla. Con el máximo secreto, ordenó a tres sicarios que asesinaran a Inés. El 7 de enero de 1355 Pedro Coelho, Álvaro Gonçalves y Diego López Pacheco acudieron a Coímbra alegando que eran emisarios del rey, que les había encomendado la misión de proteger a Inés de Castro y a sus hijos. Los tres caballeros, que habían recibido de Alfonso IV la orden de la condena a la pena de muerte a Inés, llegaron a la finca donde residía con sus tres hijos vivos, el cuarto había muerto al poco de nacer, y sin mediar palabra ni aviso previo la degollaron en presencia de los pequeños; la mayor solo tenía siete años. La casona donde fue asesinada, ubicada en una finca en la orilla izquierda del río Mondego, al otro lado de donde se alzaba la ciudad de Coímbra, pronto sería conocida como «la Quinta de las Lágrimas».

El príncipe don Pedro de Portugal, que no se encontraba en el palacete en esos momentos y no pudo evitar el asesinato de su amada, enfureció y se levantó en armas contra su padre. Juró que vengaría la muerte de su amante y que mataría a los asesinos. Lo cumpliría.

Aquella mañana el rey don Pedro de Castilla, que seguía retenido y humillado en Toro, había desayunado con su madre la reina María y su tía la reina Leonor, que insistían una y otra vez en que abandonara a María de Padilla y volviera con su esposa la reina doña Blanca. Le decían que esa era la única manera de retener el trono, contentar a la nobleza levantisca e impedir una guerra total en Castilla y León.

Ese día le habían concedido permiso para salir de la villa e ir a cazar, aunque la mañana era muy fría y los campos de Toro estaban cubiertos por una densísima niebla.

Los guardias de la puerta del Duero, al ver salir del castillo al rey, comentaron que era un día muy extraño para salir de caza, pues apenas se veía una silueta más allá de una docena de pasos de distancia, pero no sospecharon nada, pues tenían orden expresa del conde Enrique de Trastámara de dejar salir a don Pedro. Ni siquiera sospecharon al ver que el tesorero judío Samuel Ha Leví acompañara al monarca.

Mientras bajaban la cuesta de San Pedro camino del puente, dejaron a sus espaldas las murallas de Toro, que se iban difuminando hasta desaparecer por completo entre la niebla.

—¿Habéis cumplido mis instrucciones? —preguntó el rey con voz queda al tesorero.

—Sí, mi señor. Cien jinetes os esperan ocultos al otro lado del Duero para escoltaros hasta Segovia, donde aguardan hombres fieles. Hay además cien mulas cargadas con todo tipo de impedimenta para que podáis llegar a Segovia sin mayores contratiempos.

Tras pasar el puente, un par de jinetes aparecieron entre la niebla.

—Señor, seguidnos —dijo uno de ellos.

El rey, el tesorero judío y los soldados arrearon a sus caballos, en tanto los guardias que los vigilaban se detuvieron confusos y sorprendidos.

Cuando quisieron darse cuenta, don Pedro y don Samuel Ha Leví habían desaparecido entre la niebla.

En Toro, el conde Enrique de Trastámara bramaba como un animal herido ante los guardias que deberían haber impedido la huida del rey.

—¡Malditos idiotas! ¿Cómo se os ha podido escapar? Teníais orden de vigilarlo estrechamente. Voy a ordenar que os corten la cabeza a todos.

—Mi señor —habló uno de los miembros de la escolta—, había una densa niebla que impedía ver apenas unos pasos más allá. Intentamos seguir sus huellas, pero...

—¿Pero qué...? —chilló don Enrique.

—Nos salieron al paso dos docenas de hombres armados para la guerra y no pudimos alcanzar a vuestro hermano el rey. Además, los encabezaba don Fernando y pensamos que..., bueno, que él se haría cargo de su alteza.

—¿Don Fernando ayudó al rey a escapar?

—Sí, señor.

Al escuchar aquella declaración, Enrique de Trastámara lo entendió todo.

Los infantes de Aragón, don Fernando y don Juan, su madre la reina Leonor de Aragón y la reina María de Portugal, madre de don Pedro, lo habían engañado. Durante semanas habían estado con él, pero se habían pasado al bando de don Pedro y lo habían traicionado a él.

Enrique averiguó que su medio hermano el rey había prometido la concesión de grandes feudos y posesiones a los dos infantes de Aragón si abandonaban su alianza con el conde de Trastámara y lo ayudaban a escapar de Toro.

Mientras Pedro I no tuviera hijos legítimos, su primo don Fernando de Aragón seguía siendo el heredero del trono de Castilla y León, de manera que al recibir la propuesta del rey no lo pensó dos veces y decidió ayudarlo a escapar.

Burlado, frustrado y descompuesto, Enrique de Trastámara se dio cuenta de que la situación, tan favorable para él hasta entonces, había cambiado en apenas unas horas. Los infantes y la reina Leonor de Aragón también se habían marchado de Toro con sus huestes siguiendo a don Pedro, su hermano Tello lo había abandonado con la excusa de atender asuntos urgentes en su señorío de Vizcaya y varios nobles habían desaparecido en medio de la desbandada que se produjo tras conocer que el rey había escapado y que estaba libre.

En Toro solo quedaban don Enrique y un grupo de leales seguidores, además de la reina María de Portugal, que no había querido escapar con su hijo el rey don Pedro y seguía al lado de su hijastro el conde don Enrique.

—La formidable coalición que formamos para defender nuestros derechos como nobles se ha deshecho como las nubes tras la tormenta. Nuestros aliados nos han dejado solos, señora —lamentó Enrique ante doña María.

—Mi esposo el rey Alfonso prefirió vivir con tu madre, Leonor de Guzmán, a estar conmigo.

—Señora, yo...

—No puedes siquiera imaginar cuánto sufrí, encerrada con mi pequeño Pedro y vigilada constantemente por los soldados de tu padre, mientras él y tu madre vivían como marido y mujer en palacios y os criaban a ti y a todos tus hermanos como príncipes.

—Mi señora...

—No te culpo de nada, Enrique; tú eras un niño inocente que no podía entender lo que ocurría.

—Pero vos cobrasteis cumplida venganza. Mi madre...

—No fui yo quien ordenó la muerte de tu madre —mintió doña María.

—¿Qué importa eso ahora?

—Fue mi hijo quien ordenó la muerte de Leonor de Guzmán.

La reina madre se echó las manos a la cara y lloró, pero sus lágrimas eran falsas. Ella había sido la que había inculcado el odio más profundo en el corazón de su hijo, la que había envenenado el alma de su hijo el rey don Pedro, quien desde muy pequeño había alimentado unos infinitos deseos de venganza hacia Leonor de Guzmán y sus vástagos, a los que siempre había llamado «bastardos».

En no pocas ocasiones los giros del destino son caprichosos. Tan solo dos años antes, María de Portugal hubiera apuñalado a Enrique de Trastámara y a todos sus hermanos con su propia daga, y ahora estaba allí, en Toro, aliada con el hijo de la mujer a la que tanto había odiado, a la que había ordenado estrangular y a la que había deseado los mayores males.

6

Había creído tener en su mano todos los triunfos, pero la fuga del rey lo cambió todo.

El conde de Trastámara estaba paralizado en Toro, sin saber qué hacer ni qué decisión tomar. No entendía cómo en apenas un mes los acontecimientos y su situación habían dado un giro tan radical. Los nobles que lo apoyaban, al enterarse de que el rey don Pedro estaba libre, comenzaron a abandonar a don Enrique y a disolver la coalición que habían forjado.

El rey visitó algunas ciudades de Castilla demandando ayuda para sofocar la revuelta encabezada por su medio hermano y ahora apoyada por su madre doña María. En Burgos recibió una cuantiosa suma de dinero de los mercaderes judíos, agradecidos por la defensa que había hecho de su comunidad y por los muchos beneficios que estaban logrando en la mayoría de las ciudades donde los judíos tenían intereses y eran numerosos.

Arropado por varios nobles que se cambiaron de bando y reforzado con una hueste pagada con el dinero de los judíos administrado por el tesorero Samuel Ha Leví, el rey se presentó en Medina del Campo donde desató su venganza con toda la furia que acumulaba en su corazón. Ordenó que fueran apresados varios de los nobles que lo habían humillado en Toro, entre ellos el Adelantado de Castilla, y los ejecutó sin mostrar la menor clemencia.

La matanza de los nobles desató el pánico entre los que habían sido sus opositores, y muchos de ellos le mostraron su sumisión y le juraron fidelidad para no perder la cabeza.

Desde Medina, envalentonado y a la vez furioso, se dirigió a

Toro con la intención de aplastar a don Enrique y a los pocos partidarios que todavía lo apoyaban.

A las puertas de Toro se libró un combate, pero la villa resistió gracias a sus poderosas defensas. Aterrado ante la llegada del rey, el conde don Enrique escapó de la villa. La reina doña María liberó a Juan Fernández de Hinestrosa, cuya custodia le habían encomendado al infante don Fernando de Aragón, que ya había abandonado a don Enrique y jurado lealtad a don Pedro, quien admitió como vasallo a su primo y lo ratificó como el primero en el orden de sucesión al trono en tanto el rey no tuviera un hijo.

—Ese cobarde ha huido de Toro —clamó don Pedro al enterarse de que su medio hermano ya no estaba dentro de la villa.

—¿Qué hacemos, señor? —le preguntó Hinestrosa, ya libre.

—Ir a por él. Lo perseguiremos hasta darle alcance, aunque sea preciso viajar hasta los confines del mundo.

—Nuestros oteadores informan que tomó el camino del sur con unos cien jinetes.

—Va a Toledo —supuso el rey.

—¿A Toledo?

—Sí. Allí está mi esposa doña Blanca. Busca su apoyo.

—Iremos tras él.

El ejército real salió de Toro en persecución de la hueste de don Enrique. Los oteadores y vigías informaron de que este se dirigía hacia el sur para atravesar la sierra de Gredos por el camino del puerto del Pico, la ruta más recta y rápida hacia Talavera, donde se encontraba don Fadrique, su hermano gemelo.

Las tropas del rey alcanzaron a las de don Enrique justo en la cumbre del puerto de Pico. El conde estaba perdido, pero sus caballeros formaron un frente de defensa en las angosturas del puerto y decidieron sacrificarse para que su señor pudiera escapar y ganar el tiempo suficiente para llegar a la seguridad de los muros de Talavera.

Aprovechando lo escabroso del angosto y serpenteante camino del puerto del Pico, que apenas permitía el paso de una carreta, los hombres del conde de Trastámara lograron detener a los del rey el tiempo suficiente para que don Enrique cabalgara sin descanso hasta Talavera, aunque en el camino, desesperado y temeroso, quemó la localidad de Colmenar cuando sus habitantes se negaron a prestarle ayuda.

A diferencia de su gemelo Enrique, Fadrique siempre había mostrado lealtad a su medio hermano el rey don Pedro, que en justa correspondencia lo había mantenido como maestre de la Orden de Santiago y Adelantado de la frontera.

Ante las súplicas de su gemelo, Fadrique cedió y lo acompañó desde Talavera a Toledo, donde esperaba contar con el apoyo de su concejo y el de la reina doña Blanca y así recomponer la coalición para continuar la lucha contra el rey.

Al llegar ante los muros de Toledo, los dos gemelos encontraron las puertas cerradas.

—¡Abrid las puertas a los hijos del rey don Alfonso! —gritó un heraldo.

La puerta de San Martín se entreabrió, pero no para dejar pasar a los Trastámara, sino para que salieran tres miembros del concejo.

—Señores —habló don Enrique—, hemos venido hasta esta noble ciudad de Toledo para liberar a la reina doña Blanca y restituir la justicia en Castilla. Dejadnos entrar.

—Señor conde, lamento no poder hacerlo. El concejo de la ciudad de Toledo ha decidido manifestar su lealtad al rey don Pedro —repuso el alcalde mayor y portavoz del concejo.

—¡A un tirano que humilla a nuestra reina! —se indignó don Enrique.

—Señor, sabemos que el infante don Fernando y la reina madre doña María han expresado su fidelidad al rey, de modo que el concejo de Toledo debe hacer eso mismo. Don Pedro es el rey legítimo de Castilla y todos debemos estar con él ahora.

—Don Pedro tiene sed de venganza y solo la calmará con vuestra sangre. Os matará a todos, como ya hizo con varios nobles la semana de Ramos en Medina del Campo. ¿Acaso no os lo han contado?

—El rey está acampado con su ejército en la villa de Torrijo, a una jornada de camino al noroeste de aquí. Dispone de una nutrida hueste que día a día se hace más fuerte, pues son muchos los que se suman a su bando.

—Don Pedro no tendrá piedad alguna con vosotros. Uníos a nuestra lucha y juntos tal vez podamos vencerlo.

—El concejo de Toledo ya ha decidido su posición. No soy quién para daros ningún consejo, señor conde, pero si queréis lo mejor para Castilla y que acabe esta guerra fratricida, pedid perdón al rey, juradle fidelidad y acabad con tanto derramamiento de sangre —le aconsejó el alcalde mayor.

—¡Abridnos esas puertas, maldita sea!

—No podemos hacerlo. Id con Dios y que él os guíe.

Los portavoces del concejo entraron en la ciudad y la puerta de San Martín volvió a cerrarse tras ellos.

—¿Qué hacemos ahora? —preguntó don Fadrique, en cuyo pecho lucía la cruz de la Orden de Santiago bordada en rojo y oro.

—Entraremos en Toledo y nos haremos fuertes ahí. —Don Enrique señaló los muros.

—¿Y cómo vamos a hacerlo? Carecemos de fuerzas para rendir esas murallas.

—Confía en mí, hermano, confía en mí.

Los dos Trastámara se retiraron a la Huerta del Rey, una finca fortificada ubicada a las afueras de Toledo, a orillas del río Tajo, que antaño había sido lugar de recreo de los reyes musulmanes de la taifa toledana y luego, solaz de los reyes de Castilla.

Dentro de las murallas toledanas se estaba fraguando una revuelta. Agentes enviados en secreto por el conde de Trastámara convencieron a varios miembros de la aristocracia de la ciudad para que ayudaran a don Enrique y a don Fadrique y se enfrentaran al rey. Alegaron que si permitían que don Pedro triunfara, sus cabezas rodarían por el suelo y que los quedaran vivos perderían sus haciendas y serían encerrados de por vida.

Además, les advirtieron que don Pedro, enconado por las intrigas de su tesorero judío, estaba favoreciendo a los hebreos en contra de los cristianos y que si no reaccionaban, los judíos se apoderarían de todos sus bienes. Incluso les llegaron a sugerir que el propio rey tenía sangre judía en sus venas y que era su intención imponer la religión de esos infieles a todos los castellanos.

La riqueza de los judíos toledanos provocaba envidia y recelo en muchos vecinos de la ciudad, que contemplaban cómo crecía la fortuna de esos infieles y cómo prosperaba su comunidad al abrigo de los privilegios reales, en tanto los cristianos pasaban penurias y estrecheces. Los nobles observaban además cómo el judío Samuel Ha Leví aprovechaba su puesto de tesorero real para enriquecerse de tal manera que podía sufragar el coste de la construcción de una nueva sinagoga en la judería mayor con su propia fortuna.

—Nuestros agentes han tenido éxito —le dijo Pedro a su gemelo—. Al atardecer nos abrirán la puerta de Alcántara. Entraremos en Toledo y nos apoderaremos de la ciudad. Varios cientos de hombres armados nos ayudarán a hacernos con el dominio de todos los barrios.

—¿A cambio de qué? —preguntó Fadrique.

—De dejarles manos libres para vengarse de los judíos.

—En Toledo hay mucha gente que los odia. Si se desata la ira del populacho, puede producirse una verdadera masacre. ¿Lo has tenido en cuenta?

—Si es así, esa ralea de infieles lo tendrá bien merecido.

Y así fue.

La puerta de Alcántara se abrió y por ella irrumpieron los soldados de don Enrique. Una vez en la ciudad se les unieron los rebeldes y se dirigieron hacia la judería de Alcana.

La matanza fue terrible. Más de mil judíos fueron asesinados y sus casas, talleres y tiendas saqueados y quemados. Los gritos de dolor se alzaron al cielo de Toledo entre las llamas y el humo de los incendios, en una vorágine de sangre, fuego y violencia.

Arrasado ese barrio, los asaltantes se dirigieron hacia la judería mayor con la intención de provocar la misma destrucción y muerte que en Alcana, pero los judíos habían conseguido reaccionar y se hicieron fuertes en su barrio principal, logrando mantener a raya a los agresores gracias a que la judería mayor estaba protegida con un muro y sus calles cerradas con sólidas puertas.

La noticia del asalto a la judería de Alcana llegó a Torrijos. Don Pedro no esperó más. Ordenó formar a su ejército y se dirigió a toda prisa a Toledo. Una hueste de más de tres mil jinetes se desplegó ante la puerta de San Martín, en donde se libró una batalla con los partidarios de don Enrique, que hicieron una salida para intentar repeler el ataque. Los judíos combatieron al lado de las tropas del rey.

Los ochocientos hombres con los que contaba el conde de Trastámara no eran suficientes para detener al ejército real. Viéndose perdido, don Enrique abandonó Toledo y huyó. Don Pedro lo persiguió hasta la localidad de La Pedrosilla, pero no pudo darle alcance porque algunos de los suyos se dedicaron a cometer robos por el camino. Al caer la tarde desistió en la persecución, pues podía verse atrapado en una emboscada en la oscuridad de la noche, y regresó a Toledo. Ya habría tiempo para capturar al bastardo y darle su merecido.

El rey volvía a recuperar el control y el gobierno de casi todos sus dominios. En Toro había estado a un paso del abismo, pero había solventado con éxito la revuelta encabezada por su medio hermano, había conseguido la adhesión de varios nobles y de ciudades tan importantes como Burgos y Toledo y tenía en sus manos a la reina doña Blanca, a la que Enrique había dejado abandonada a su suerte en Toledo.

—Señor, la reina os espera en el alcázar —le dijo Hinestrosa, ya de vuelta en Toledo.

—No quiero volver a verla, nunca jamás.

—Sigue siendo vuestra esposa...

—Mi verdadera esposa es María, vuestra sobrina.

—Nada me agradaría más que ver a doña María casada con vuestra merced, pero la Iglesia no ha anulado vuestro matrimonio y...

—Escribiré al papa y le explicaré que debe anularse mi matrimonio con doña Blanca porque no ha sido consumado y porque no pienso hacerlo.

—El rey de Francia puede negarse a admitirlo, ya sabéis que ejerce una enorme influencia sobre el papa, y doña Blanca es miembro de la casa real francesa.

—Bastantes problemas tiene el rey don Juan como para preocuparse por su pariente.

—Si no queréis verla, ¿qué hacemos con la reina?

—Llevadla a un sitio seguro y dejadla allí bajo custodia hasta que llegue esa anulación y la pueda enviar de vuelta a Francia.

—El alcázar de Toledo es un buen lugar.

—No, aquí, no. Conducidla vos mismo con una fuerte escolta a la fortaleza de Sigüenza y dejadla al cuidado de su alcaide y de su obispo. Ambos son hombres leales que sabrán mantenerla a buen recaudo. Doña Blanca no puede volver a caer en manos de mis enemigos, pues la utilizarían de nuevo contra mí.

—Así lo haré, señor.

—Antes de partir hacia Sigüenza, apresad a los traidores que todavía quedan en Toledo. Estos son sus nombres.

El rey entregó a Hinestrosa un listado con una docena de nombres que le había proporcionado uno de sus espías.

—¿Qué hacemos con ellos? —preguntó el mayordomo, aunque ya sabía la respuesta.

—Ejecutadlos a todos. Serán ahorcados en la plaza de Zocodover para que los toledanos comprueben con sus propios ojos cómo se dicta y aplica la justicia real.

Hinestrosa repasó la lista de los sentenciados; junto a sus nombres se detallaban su oficio y algunos parentescos.

—Entre estos hombres hay un maestro platero y su hijo.

—Requisadle su taller y todos sus bienes.

—Y varios hombres buenos del concejo.

—Son los que abrieron las puertas de la ciudad para que entrara la gente del conde don Enrique y arrasara la judería menor. Todos los que aparecen en esa lista deben morir.

—¿El hijo del platero también? Aquí se explicita que solo tiene dieciocho años.

Alguien había añadido una nota en la lista explicando que el platero era un viejo de ochenta años que había tenido un único hijo a la edad de sesenta y dos.

—Ejecutadlos juntos, al padre y al hijo. Primero al hijo, para que sea lo último que su padre vea antes de morir él también. No hay misericordia para los traidores.

La sentencia de pena de muerte dictada por el rey se cumplió de inmediato.

Fueron muchos los toledanos que asistieron a la ejecución pública. Entre los asistentes había amigos y parientes de los condenados. Algunas mujeres clamaron de dolor cuando vieron a sus esposos e hijos desfilar hacia el patíbulo. Los guardias reales se encargaron de desalojar de la plaza a empellones a las más escandalosas.

En una esquina en el arranque de la calle que subía desde Zocodover hacia el alcázar, una mujer de mediana edad lloraba en silencio. Era la esposa del platero, que veía morir a su anciano esposo, treinta años mayor que ella, y a su único hijo.

Acabadas las ejecuciones de los revoltosos, una comisión de los judíos de Toledo se presentó ante don Pedro para rogarle alguna satisfacción por los terribles daños sufridos. El rey les otorgó algunos beneficios y permitió que se siguiera construyendo la sinagoga de Samuel Ha Leví, y a la vez consintió en que se mejorara la gran sinagoga construida en tiempos de Alfonso X, cuyas obras de reforma serían sufragadas por los miembros más ricos de la comunidad, entre ellos el propio tesorero real Samuel Ha Leví y el médico de la corte Abrahán ibn Zarzal. Con ello, los judíos toledanos quedaron satisfechos, pero penaron y lloraron a sus muertos. En su cementerio se abrieron más de mil tumbas aquellos días para dar sepultura a los asesinados por los hombres de don Enrique.

Lo que ocurría en los reinos de Castilla y León trascendía más allá de sus fronteras. El papa Inocencio VI, presionado por el rey de Francia, excomulgó al rey Pedro I de Castilla por el maltrato que estaba propiciando a su esposa la reina doña Blanca. El rey Juan II de Francia se enojó por la misma causa y el rey Pedro IV de Aragón amenazó con declararle la guerra, a lo que el castellano respondió reclamando al aragonés que devolviera las tierras de Alicante, Elche y Orihuela, a la vez que acusaba a la Corona de Aragón de habérselas apropiado injustamente aprovechando la minoría de edad de su padre el rey Fernando IV.

Enrique de Trastámara había huido, pero no se rendía. El conde sabía bien que no tenía otra alternativa que resistir o morir. Era consciente de que si su hermano lo apresaba, lo ejecutaría sin juicio alguno.

Tras asegurar su domino en Toledo, el rey se dirigió a Cuenca, donde los rebeldes se habían hecho fuertes. En esa ciudad estaba Alvar García de Albornoz, que tenía bajo su custodia al joven Sancho, el penúltimo de los hijos del rey Alfonso XI y Leonor de Guzmán. Albornoz se negó a entregar Cuenca a Pedro I, que decidió sitiar la ciudad y rendirla por hambre.

Sin embargo, tuvo que levantar el asedio porque Enrique había aparecido de repente en tierras de Zamora y asolaba esa tierra con la hueste que había logrado salvar de la derrota en Toledo.

—Es una niña —le dijo Abrahán ibn Zarzal, el médico judío al rey.

—La tercera, don Abrahán, la tercera... —pareció lamentar don Pedro.

En Tordesillas acababa de nacer el tercer retoño de María de Padilla y también era una niña, como las dos anteriores.

—Siento no haberte dado todavía un hijo varón —se excusó María.

—Dios no lo ha querido, pero tendremos más hijos y seguro que uno de ellos será un niño. Lo llamaré Alfonso, como mi padre, y será mi sucesor en el trono de Castilla y León.

—No estamos casados.

—Lo estaremos pronto. Tarde o temprano el papa tendrá que aceptar la nulidad de mi matrimonio con doña Blanca, y entonces tú te convertirás en mi esposa legítima.

El rey acarició el rostro de su amante. ¡Era tan hermosa!

Mientras contemplaba sus bellos ojos melados pensó en su padre el rey Alfonso y en su amante Leonor de Guzmán, y en cómo estaba pasando por una situación semejante a la de su progenitor: casado por conveniencia política con una esposa a la que no amaba, enamorado de una mujer con la que no podía casarse y atado a las leyes humanas y divinas que impedían que un hombre pudiera separarse de una esposa a la que no amaba para casarse con la que en verdad quería.

Cuando pensaba en ello, añoraba las leyes y costumbres de los musulmanes, que podían tener hasta cuatro esposas legítimas y cuantas concubinas pudieran mantener en el harén sin cometer pecado.

Doña Juana de Castro, la mujer con la que se había casado el rey don Pedro obligando a los obispos de Salamanca, Ávila y Palencia a reconocer ese matrimonio, dio a luz a un niño al que bautizaron con el nombre de Juan. Era el primero de los hijos varones y quien debería haber sido rey, pero la anulación de ese matrimonio impidió que ese niño fuera considerado el legítimo heredero. Nunca ocuparía el trono; pasaría los cincuenta años de su vida encerrado y olvidado en el castillo de Soria.

7

En el palacio de Tordesillas el rey jugaba a los dados con tres de sus caballeros.

Ese día no tenía suerte. Jugada tras jugada perdía el dinero apostado, pero no quería retirarse, no le gustaba perder ni siquiera a los juegos de azar, de modo que seguía apostando y perdiendo.

—Hoy no es vuestro día de suerte, señor. Deberíais dejarlo ya. Habéis perdido mucho dinero —le aconsejó uno de los caballeros.

—¡Don Samuel! —El rey llamó a su tesorero judío, que se encontraba en una mesa al lado de la que ocupaban el rey y el resto de los jugadores.

—¿Qué deseáis, mi señor?

—¿Cuánto dinero hay en el tesoro real?

—Según el último recuento que hice, veinte mil doblas en oro y plata.

—Veinte mil doblas. Ya veis señores, podría estar jugando y perdiendo todo un año —se ufanó don Pedro—. Y aún más, porque seguirá entrando dinero en las arcas del tesoro procedente de las rentas de mi corona.

—Pero casi todo ese dinero es preciso para afrontar los gastos de la corte, del ejército, de las fortalezas y castillos, del servicio de vuestra merced, de...

—¡Basta, basta, don Samuel! No hacéis otra cosa que reprochar los gastos de la corte. Preocupaos por conseguir más dinero; para eso os nombré mi tesorero.

—Corren tiempos difíciles, mi señor. Los concejos no pueden pagar ya más de lo que contribuyen y los labriegos están al límite de su capacidad. Si les exigimos nuevos tributos, estallarán revueltas por todas partes.

El tesorero tenía razón. Las penurias económicas, la escasez y el hambre habían arrastrado a muchos, nobles y plebeyos, a practicar el bandidaje en aldeas y caminos.

Los caballeros que jugaban a los dados con el rey se quedaron mudos.

Pedro de Castilla se alzó parsimonioso, lo que obligó a levantarse a los demás.

—Señores, devolved al tesoro real todo ese dinero.

—¡Cómo! Lo habéis perdido en el juego, señor, y pagar las deudas de juego es un deber sagrado —protestó uno de ellos.

—Devolvedlo. Es propiedad del tesoro real.

Los nobles apretaron los dientes y empujaron de muy mala gana las monedas ganadas a los dados hacia el lado de la mesa donde se encontraba el rey.

—Ese dinero volverá a los castillos de Trujillo y de Hita —el rey citó los dos lugares donde se guardaba la mayor parte de su tesoro—, y se empleará para el bienestar de las gentes de mis reinos.

—Pero, señor...

—La principal misión de un rey es impartir justicia y juro por Dios que eso es lo que voy a hacer. Preparaos, señores, y tened lista a la hueste porque vamos a ir a Toro para acabar de una vez y para siempre con los rebeldes que están provocando tantos escándalos. No quiero que mi nombre pase a las crónicas como el de un monarca que se olvidó de sus súbditos. Sé que mis enemigos me apodan el Cruel, pues bien, escuchadme todos con atención: voy a juzgar con tal severidad a los nobles y a los criminales que causen cualquier perjuicio a estos reinos que todos me conocerán como el Justiciero.

—Así llamaron a vuestro padre, mi señor —recordó uno de los caballeros.

—Y con ese nombre también me conocerán a mí —sentenció don Pedro.

La villa de Toro volvió a ser centro de la disputa entre los medio hermanos. Allí seguía la reina María de Portugal, que temía tanto a su hijo el rey que decidió mantener su apoyo al conde don Enrique, pese a ser el hijo de la mujer que tanto la había hecho sufrir y a la que había mandado asesinar, y también a los gemelos Enrique y Fadrique.

Desde Tordesillas, donde dejó a su amante María de Padilla para que se repusiera del parto de Isabel, nombre que le había dado a su tercera hija, don Pedro salió hacia Toro al frente de su ejército, que se había reforzado con milicias concejiles reclutadas en Burgos y en Valladolid.

El campamento real se alzó en Morales, a media jornada de camino de Toro, desde donde don Pedro preparó el ataque definitivo contra sus rivales con la intención de acabar de una vez por todas con ellos.

Para evaluar las fuerzas de sus enemigos, envió varias patrullas que se enfrentaron en varias escaramuzas en las huertas a las afueras de Toro y en las cuales quedó patente que el ejército real era muy superior al de los rebeldes.

—Los podemos vencer fácilmente, señor —dijo Hinestrosa.

—Han opuesto poca resistencia; me temo que puede ser una trampa para que nos confiemos.

—El conde apenas dispone de tropas bajo su mando, y sin el apoyo del señor de Castro no tiene ninguna posibilidad de vencernos.

—Pero está a resguardo tras las murallas de Toro, que son fuertes y sólidas. Plantaremos el real a las afueras de esa villa y veremos qué respuesta dan a nuestro avance.

El campamento real se desplegó frente a los muros de Toro, cuyos habitantes, pese a la promesa de respetar sus vidas si se rendían y entregaban a don Enrique, optaron por resistir. Ya sabían lo que les ocurría a los que se habían enfrentado a don Pedro y cómo este había ejecutado sin la menor compasión a los rebeldes apresados en Medina del Campo y en Toledo. Estaban convencidos de que si se rendían, les ocurriría lo mismo.

A fines de noviembre, llegó al sitio de Toro el cardenal Guillén, enviado por el papa para mediar en la guerra civil que estaba desangrando los reinos de Castilla y León.

Se presentó ante el rey don Pedro con la carta firmada por el papa y lo conminó a liberar de su prisión en Sigüenza a la reina doña Blanca, a que viviera con ella como los esposos legítimos que eran y a que abandonara a María de Padilla.

Don Pedro no solo no se negó, sino que, además, recrudeció los ataques contra los rebeldes refugiados en Toro. A principios de diciembre cayó en sus manos la torre del puente sobre el Duero y quedó expedito el acceso al castillo y a los muros de la villa. Toro era el último baluarte de los rebeldes, que se vieron perdidos; su conquista era cuestión de días.

3

El amor y la guerra
1356-1359

1

El día de Navidad de 1355 los pendones del rey de Castilla ondeaban sobre el torreón del puente de Toro. Las tropas reales habían tomado la mayor parte de la villa, pero algunos focos rebeldes aún resistían en varios tramos de las murallas, en el castillo y en un par de calles.

El día de Año Nuevo de 1356 varios miembros destacados del concejo de Toro, que apoyaban a los rebeldes, deliberaron sobre la conveniencia de rendirse y entregarse al rey para evitar mayores represalias, y entablaron conversaciones secretas con representantes del monarca.

A finales de enero, el acuerdo entre los partidarios de la rendición y los delegados del rey don Pedro estaba cerrado.

En una isleta que había en medio del río, cerca del puente, se entrevistaron don Fadrique y Juan Fernández de Hinestrosa. El encuentro se había pactado en secreto; ambas partes habían llegado a un acuerdo para evitar más derramamiento de sangre.

El maestre de Santiago se presentó con seis caballeros a la cita. El estandarte real lo portaba el tío de María de Padilla.

—Señor, os hablo en nombre del rey don Pedro...

—¿Quién sois? —le preguntó don Fadrique.

—Juan Fernández de Hinestrosa, camarero mayor de su alteza el rey de Castilla.

—¡Ah!, sí, ya os recuerdo. Habéis cambiado mucho desde la última vez que os vi.

—Supongo que el paso de los años ha tallado arrugas en mi cara y poblado de canas mis cabellos.

—¿Qué nos proponéis?

—Señor maestre de Santiago, yo sirvo a Castilla, pero os tengo en gran consideración desde que vuestro padre el rey don Alfonso, al que serví con lealtad, os puso casa y os concedió el maestrazgo de la Orden de Santiago. Es por eso por lo que quiero advertiros del grave peligro que corréis. Si no se produce una capitulación incondicional, esta misma tarde el rey ordenará asaltar los reductos que aún resisten en Toro y acabar con todo aquel que siga empuñando un arma. No habrá piedad. Moriréis en el combate.

—Os tengo por un hombre sensato y leal vasallo, pero me estáis pidiendo que desampare a la reina doña María, la madre del rey don Pedro, y a la condesa doña Juana, esposa que es de mi hermano el conde don Enrique. Yo os aconsejaría que mediéis ante nuestro señor el rey para que evite cualquier violencia contra los que todavía permanecemos en la villa de Toro.

—Señor, si no hacéis lo que os digo, vuestro hermano os ejecutará a todos.

—¿Y si le pido perdón, me someto a su autoridad y me entrego a su merced?

—Es ese caso, salvaréis la vida y las de los vuestros.

—¿Lo prometéis?

—Tengo la palabra del rey.

En ese momento, Juan Fernández de Hinestrosa levantó la mano y, a una señal convenida, el rey don Pedro apareció a la orilla del río montado sobre su caballo.

—¡Hermano! —gritó don Pedro desde la orilla—, sigue el consejo de don Juan y ganarás mi favor. Si vuelves a mí, recibirás mi gracia. Sin rencor alguno.

—Señor, ¿y qué pasará con mis caballeros? —gritó Fadrique.

—También serán perdonados y mi absolución retornará a caer sobre todos vosotros. Seréis libres y quedaréis exculpados de cualquier delito.

—Yo os pido perdón, mi señor, y me someto a vuestra autoridad.

—Pues venid hasta mí.

Don Fadrique arreó a su caballo, cruzó el brazo del río, que veía menguado y se presentó ante don Pedro.

—Suplico vuestro perdón. —El maestre de Santiago descendió de su caballo, tomó las manos del rey y las besó.

Desde lo alto de los muros del castillo, los que todavía resistían tras sus muros observaron la escena que se estaba desarrollando a orillas del Duero. No podían escuchar lo que hablaban los dos hermanos, pero al comprobar cómo don Fadrique besaba las manos del rey y este lo acogía de buen grado, supieron que estaban perdidos.

Algunos corrieron en busca de sus armas para morir matando, otros se encaramaron en lo alto de los muros y algunos intentaron escapar, pero el ejército real se había desplegado y tenía toda la villa cercada.

Los soldados del rey estaban preparados para el ataque a los focos de resistencia; solo esperaban la orden de su señor.

—La puerta de Santa Catalina estará abierta, tal como acordamos con Garci Alfonso Triguero —le confirmó Hinestrosa a don Pedro.

—¿Os habéis asegurado de que no se trate de una trampa?

—Mil doblas de oro y vuestra promesa de perdón son aval más que suficiente.

—Dad la orden.

El ejército real cruzó el Duero al atardecer y se dirigió hacia la puerta de Santa Catalina, que según se había acordado se abriría a su llegada.

Los caballeros rebeldes que resistían en algunas zonas de Toro, al ver la traición que se estaba perpetrando, corrieron hacia el castillo, donde se refugiaron con la reina doña María y la condesa doña Juana.

Los del rey se desplegaron por toda la villa cuando caía la noche y lo hicieron sin encontrar ninguna oposición. Muchos vecinos habían sido informados por los traidores, que los habían alentado para que no opusieran resistencia y así sus vidas serían perdonadas y sus bienes y haciendas respetados.

Amaneció sobre los campos helados de Toro.

Aquel amanecer de finales de enero la villa permanecía en absoluto silencio, como si no hubiera estado sitiada durante dos meses, no se hubiera librado a sus puertas ningún combate y los soldados del rey no la hubieran ocupado la noche anterior.

Sin embargo, nada más despuntar el alba, ruido de cascos de caballos y sonidos metálicos de armas de guerra resonaron por las calles y las plazas.

Los rebeldes se habían refugiado en el castillo, el único lugar que resistía.

Don Pedro se presentó ante su puerta, en lo alto de la cual estaba Martín de Abarca, un caballero navarro que tenía junto a él al joven de catorce años Juan Alfonso, el séptimo de los hijos de Leonor de Guzmán.

—¡Abrid esa puerta! —ordenó don Pedro.

—Señor, os pido perdón y demando vuestra gracia. Este es vuestro hermano don Alfonso, para el que también ruego clemencia —dijo el navarro.

—Perdono a mi hermano, pero no a vos; si venís a mí, os mataré.

—Señor mi rey, haced conmigo lo que gustéis. Voy a entregarme a vuestra merced y llevo conmigo a don Juan.

Martín de Abarca, sintiéndose ya reo de muerte, salió del castillo con el joven Juan y se presentó ante el rey.

—Os perdono la vida —dijo el rey para alivio del caballero navarro.

—¡Gracias, sire, gracias! —exclamó Abarca ante el regocijo y alegría de los caballeros que allí estaban.

—Decidle a la reina doña María que su hijo el rey de Castilla quiere hablar con ella —gritó don Pedro a los que aún permanecían dentro del castillo.

Un mensajero regresó al poco a la puerta.

—Señor, vuestra madre la reina me ordena que os haga saber que os pide que perdonéis a los caballeros que están con ella, pues no han hecho otra cosa que ser leales como prometieron.

—Decidle a la reina que venga a mí y que ya veré qué hacer con esos caballeros.

Aconsejada por los rebeldes, la reina salió del castillo y se encontró cara a cara con su hijo. La acompañaban la condesa doña Juana y varios de los caballeros que se habían levantado contra el rey.

—Hijo y señor —habló doña María de Portugal—, ya se ha provocado demasiado daño en esta tierra, te ruego que perdones a estos caballeros para que se instaure la paz en todos tus dominios.

El rey recorrió con su mirada y ojos fríos a todos los rebeldes.

Su rostro era una máscara impenetrable. Durante unos momentos que parecieron eternos, se mantuvo hierático e inmóvil, como una escultura de piedra. Todos los allí presentes aguantaron la respiración en espera de sus palabras.

Don Pedro no habló. Se limitó a mover el brazo hacia delante con una señal acordada.

Varios de sus escuderos rodearon a los nobles, que estaban en pie y desarmados sobre un puentecillo que daba acceso a la fortaleza, y comenzó una matanza brutal. El maestre de Calatrava fue el primero en recibir un mazazo que le partió el cráneo y le aplastó los huesos de la cabeza; cayó al suelo a los pies de la reina y allí fue rematado de un espadazo en el pecho; otro noble rebelde fue sujetado por dos escuderos, que le rebanaron el cuello con una afilada daga y le clavaron otra en el corazón; y así, todos los caballeros que habían salido desarmados del castillo acompañando a la reina y confiados en el perdón real fueron matados con mazas, dagas y espadas, y para que no quedara en ellos un hálito de vida, fueron rematados uno a uno en el suelo, clavándoles dagas en el cuello y en el pecho para asegurarse de que todos quedaban sin vida.

A la vista de aquella vorágine de sangre y muerte, la reina doña María se desmayó y cayó al suelo desmadejada.

—Atended a la reina —ordenó Hinestrosa ante la indiferencia que mostraba don Pedro hacia su madre.

Dos escuderos levantaron a doña María y la reanimaron. A su lado, la condesa doña Juana estaba paralizada de terror.

Tras recuperarse del desmayo y recobrar la consciencia, la reina doña María contempló los cadáveres ensangrentados de los caballeros que la habían acompañado, a los que habían desnudado completamente y colocado alineados uno tras otro en el suelo.

La reina se echó las manos a la cara y comenzó a gritar horrorizada:

—¡Qué crueldad! ¡Maldigo el tiempo en que te llevé en mis entrañas! ¡Maldigo el día que te parí! ¡Maldigo los años que te cuidé! ¡Eres un ser sanguinario y vil que has provocado mi deshonra para siempre!

—Madre, tú y solo tú fuiste quien me enseñó a odiar.

—¡Yo te maldigo, y juro que te lastimaré y te deshonraré! ¡Prefiero morir mil veces antes que vivir en el mismo mundo que un asesino de tu calaña!

Doña María estaba fuera de sí. Con los brazos alzados se dirigió hacia su hijo y le aporreó el pecho con los puños; solo logró hacerse daño en las manos al golpear sobre los anillos de hierro de la cota de malla.

—Llevad a mi madre a su palacio y mantenedla bajo custodia.

—No quiero estar un solo instante más cerca de ti. Deja que me vaya a Portugal, con mi padre, lejos de esta tierra a la que has mancillado.

—Se hará como dices.

—Y permite que la condesa doña Juana me acompañe.

—No. La esposa de don Enrique, ese cobarde traidor, se quedará conmigo. Tal vez le demuestre cómo se comporta un hombre de verdad.

—¡Canalla!, abominó de ti —sollozó la reina.

—Soy obra tuya, madre, nunca lo olvides.

Aquel día corrieron ríos de sangre en Toro. El rey ordenó la ejecución de todos los que se habían mantenido fieles a Enrique de Trastámara. Decenas de caballeros, escuderos y vecinos de la villa fueron muertos sin que en el corazón del rey se despertara una pizca de misericordia.

La noticia de la cruel venganza desatada por don Pedro corrió enseguida por todo el reino. El conde don Enrique había logrado escapar de Toro poco antes de que cayera en manos de su medio hermano. Perdidos todos sus apoyos, no tenía dónde refugiarse, de modo que se marchó a Francia con un puñado de caballeros y una buena saca de dinero que todavía conservaba. Alvar Gil de Albornoz, que había resistido al rey en Cuenca y que seguía en esa ciudad al cuidado de Sancho, el noveno hijo de Leonor de Guzmán, dio la ciudad por perdida y antes de que los partidarios del rey se hicieran con su control y los detuvieran, cogió al muchacho de doce años y buscó refugio en la Corona de Aragón.

A comienzos de la primavera de 1356 el rey Pedro I, al que muchos ya solo citaban como el Cruel, se había hecho con el dominio de todos sus territorios, había vencido a los rebeldes, que estaban muertos o exiliados, y seguía al lado de su amante María de Padilla, a la que prometió, una vez más, que se casaría con ella y la convertiría en la reina legítima de Castilla y León.

2

La sangre llama a la sangre, la muerte a la muerte y la venganza resulta mucho más dulce cuando los enemigos sufren una lenta agonía porque saben que van a morir sin que nadie pueda remediarlo.

El rey don Pedro desencadenó su venganza y preparó un plan para matar a todos los que lo habían humillado en Toro, a todos los que habían apoyado a su medio hermano el conde Enrique de Trastámara, a todos los que le habían recriminado su amor hacia María de Padilla y le habían reprochado su conducta hacia su esposa la reina doña Blanca, a todos los que se habían burlado de él por casarse de manera tan esperpéntica con Juana de Castro, a la que ya había abandonado pese a haberle dado un hijo varón, y a todos los que en su día lograron alcanzar bienes y mercedes de su padre el rey Alfonso por haberse colocado a la sombra protectora de Leonor de Guzmán. Morirían todos, los mataría a todos. No tendría el menor atisbo de piedad con ninguno.

Incluso pensó en ejecutar a su madre, a la que no perdonaba las maldiciones que acababa de proferir contra él ante la puerta del castillo de Toro.

—¡Hinestrosa! —El rey llamó a su camarero mayor.

—Señor...

—Organizad una escolta para conducir a mi madre a Portugal. Permanecerá allí hasta su muerte. No quiero volver a verla jamás.

—Como ordenéis.

—Debería ejecutarla ahora mismo. Merece morir.

—¡Alteza, es vuestra madre! —se sorprendió Hinestrosa.

—Vos fuisteis testigo de los insultos que profirió hacia mí y las maldiciones que me dedicó anteayer. Cualquiera que trate así al rey de Castilla y León merece ser reo de muerte.

—Comprended a la reina, señor. Estaba desesperada y muy alterada, incluso es posible que esos nobles rebeldes se apoderaran de su voluntad con algún hechizo o un bebedizo con el que turbaron y confundieron su mente y la pusieron en vuestra contra.

—Sí, es probable que así fuera, pero, en cualquier caso, no deseo volver a verla. Si repitiera delante de mí una escena parecida, por muy reina viuda que sea, por muy hija del rey de Portugal e incluso por muy madre de este rey de Castilla que es, no tendría más remedio que ordenar su muerte.

—Prepararé esa escolta. ¿Permitiréis que se vaya con ella la condesa doña Juana?; así lo reclama la reina.

—No. La condesa seguirá prisionera hasta que decida qué hacer con ella. Su esposo don Enrique la dejó abandonada en Toro tras huir como un cobarde. Encerradla y ponedle una guardia permanente. Responderán con sus vidas si doña Juana se escapa o le ocurre alguna desgracia sin que yo lo ordene.

María de Portugal, reina de Castilla y madre del rey don Pedro, partió de Toro rumbo a su tierra natal. Decidió vivir en la ciudad de Évora, a tres días de camino al este de Lisboa. Allí viviría retirada del mundo y penando su existencia hasta su muerte, unos meses después, cuando solo tenía cuarenta y cuatro años de edad. Nunca volvió a ver a su hijo.

Hija de un rey, esposa de otro y madre de un tercero, llegó a Castilla como su reina y le dio dos hijos al rey don Alfonso, pero fue abandonada, humillada y despreciada durante veinte años por su esposo, que prefirió vivir con su amante Leonor de Guzmán.

Crio a su hijo don Pedro en el resquemor, el odio y la venganza hacia Leonor y hacia sus bastardos, y logró emponzoñar el corazón del heredero hasta hacer de él un ser cruel e inmisericorde.

Desde que llegó a Castilla para convertirse en su reina, no fue feliz ni un solo día.

La venganza real se desató como una tempestad devastadora.

Una vez sometida la villa de Toro y ejecutadas varias decenas de opositores, don Pedro se dirigió a la villa de Palenzuela, a una larga jornada de camino al suroeste de Burgos.

Tenía la intención de acabar con todos los focos de rebelión, de liquidar a cuantos habían apoyado al conde de Trastámara en su revuelta y de someter a la nobleza a la autoridad real. Para cumplir sus objetivos contaba con el apoyo de la mayoría de los concejos de las grandes villas y ciudades, cuyos vecinos abominaban los privilegios de los que disfrutaban los nobles, que no pagaban impuestos y que actuaban en muchas ocasiones al margen de la ley, comportándose como verdaderos malhechores. Además, los judíos de todos sus dominios le estaban muy agradecidos porque siempre les había mostrado su apoyo, sobre todo cuando acudió en defensa de los judíos toledanos aquel aciago día que las tropas de Enrique de Trastámara asaltaron la judería menor y provocaron una gran matanza entre sus miembros.

Su victoria en Toro había provocado la huida del conde don Enrique, que además fue abandonado por la mayoría de sus partidarios, entre ellos el infante don Fernando de Aragón, Juan de la Cerda y su propio hermano don Fadrique. Hasta Juana Alfonso, la única hembra nacida de los amores de Alfonso XI y Leonor de Guzmán, que se casó en Toro recién cumplidos los doce años con Fernán Ruiz de Castro, se inclinó por apoyar a su medio hermano el rey don Pedro y arrastró a parte del belicoso linaje de los Castro al bando real.

Todo había cambiado deprisa, muy deprisa, sobre todo las alianzas políticas. Quienes ayer eran amigos, hoy se enfrentaban como enemigos mortales, y viceversa. Sin apenas contar con apoyos sólidos y con la mayoría de sus antiguos aliados pasándose al bando del rey, incluso sus propios hermanos, el conde de Trastámara no tuvo otra alternativa que escapar a Galicia, donde esperaba unir sus fuerzas a las de Fernando de Castro, uno de los pocos amigos que le quedaban, y juntos poder resistir el esperado ataque del ejército real.

Palenzuela había sido una de las muchas propiedades que Alfonso XI había regalado a su amante Leonor de Guzmán. Recuperarla era una cuestión de prestigio para don Pedro, que puso sitio a la villa.

La caída de Toro y el sitio de Palenzuela provocó el absoluto desánimo entre los que todavía se resistían a admitir el triunfo del rey. Los infantes Fernando y Juan de Aragón, don Fadrique, Juan de la Cerda y Tello, cinco de sus más poderosos enemigos, manifestaron que deseaban mostrarle su vasallaje y juramento. La rebelión parecía a punto de ser sofocada por completo.

—Señor, han llegado los infantes de Aragón, don Juan de la Cerda y don Fadrique. Demandan vuestro perdón y esperan que aceptéis su juramento de vasallaje y de fidelidad —le anunció Hinestrosa.

—¿Y don Tello?

—Un enviado suyo ha traído una carta en la que el señor de Vizcaya os pide clemencia y os ruega que le concedáis vuestra gracia. Espera una respuesta de vuestra alteza.

—Decidle que le concederé mi merced, pero que tiene que venir aquí en persona, presentarse ante mí y solicitarlo de palabra.

—No sé si se atreverá...

—Escuchad, Hinestrosa: esa banda de traidores cambia de bando a conveniencia. Ayer, cuando obtuvieron ventaja en Toro, luchaban contra mí y pretendían despojarme de mi trono, hoy me piden perdón y me ofrecen fidelidad y vasallaje, pero mañana, si se les presenta la menor oportunidad y esperan sacar con ello algún beneficio, volverán a conjurarse en mi contra. No me puedo fiar de esa banda de felones, de ninguna manera.

—¿Y qué pensáis hacer con ellos, mi señor?

—Matarlos. Matarlos a todos. Solo muertos dejarán de ser una amenaza.

—Señor, os aconsejo que antes de ejecutar a esos traidores solventéis el asedio a Palenzuela. Creo que si perdonáis a los que están dentro de la villa, ganaréis su confianza y tendréis abierto un frente menos.

—¿Os podéis encargar de ello?

—Conozco al alcaide de ese castillo. Si le propongo que se entregue y le ofrezco garantías de que vuestra alteza respetará su vida y la de los suyos, esa plaza será vuestra sin necesidad de librar batalla alguna y habréis logrado un éxito contundente y de prestigio sin derramar una gota de sangre. Será un ejemplo que seguirán otros rebeldes, no me cabe duda alguna.

Tal como había previsto Hinojosa, los defensores de Palenzuela aceptaron la propuesta y entregaron la villa sin ofrecer resistencia.

Al enterarse de la nueva victoria del rey, Enrique de Trastámara, que seguía refugiado en Galicia, comprendió que no habría misericordia para él y que sería la siguiente presa a cazar, de manera que planeó huir a Francia para salvar la vida.

El señor de Vizcaya receló de las verdaderas intenciones de su medio hermano el rey. Había decidido acudir a encontrarse con don Pedro, pedirle perdón y ponerse a su servicio, pero un agente que tenía a sueldo en la corte le hizo llegar un mensaje turbador: si se presentaba en Palenzuela, era hombre muerto.

Don Pedro había planeado matar a los cinco cabecillas de la revuelta a la vez: a sus primos los dos infantes de Aragón, a sus medio hermanos don Fadrique y don Tello, y a Juan de la Cerda. Esperaba reunirlos y, una vez todos juntos, ejecutarlos; pero Tello, avisado de las intenciones de su medio hermano, se echó atrás en el último momento y no se presentó a la cita.

—¿Cómo ha podido enterarse? —El rey estaba furioso. Su plan para acabar de un golpe con los cinco rebeldes más notables, además del conde Enrique, que ya se había puesto a salvo en Francia, había fracasado.

—Sin duda alguien lo ha avisado. Debe de haber un espía en la corte, alteza —dijo Hinestrosa.

—Sí, no hay otra explicación. Averiguad quién es.

—Aunque falte don Tello, ¿no vais a ejecutar a los otros cuatro? Quizá no se vuelva a presentar una oportunidad semejante.

—Dejemos que se confíen. Es mejor acabar con toda la mala hierba de un solo golpe. Ya habrá otra ocasión. Entre tanto, buscad al espía que ha dado el chivatazo a don Tello y cuando lo encontréis, traedlo a mi presencia. Ordenaré que le corten la lengua, le saquen los ojos, le viertan plomo fundido en los oídos y, por fin, que le corten la cabeza.

—Señor, si me permitís un consejo...

—Decid, Hinestrosa.

—Si logramos desenmascarar al soplón, sería mejor no ejecutarlo de inmediato, sino proporcionarle noticias falsas para que las transmita como mejor os interese, y así poder engañar a don Tello y a los demás.

—Sois un hombre listo, don Juan, muy listo. Lo haremos como proponéis.

La sospecha de Tello, y que no acudiera a la cita con el rey por la información confidencial sobre la trampa que este le había preparado, libró al señor de Vizcaya y a los otros cuatro de una muerte cierta.

Durante varios días Hinestrosa realizó numerosas pesquisas para enterarse de quién era el que había informado a Tello de las intenciones del rey, pero no pudo encontrar al espía. Quizá no existiera y Tello hubiera tenido una corazonada y había suspendido su viaje a Palenzuela al sospechar que el rey quería asesinarlo. Nunca se supo.

Tras tomar Palenzuela, se detuvo en Tordesillas, donde convocó un gran torneo en el que se enfrentaron cien caballeros, cincuenta contra cincuenta, en singulares combates por parejas. Nunca se había visto nada parecido. Los mejores lidiadores de Castilla y León se presentaron en el palenque exhibiendo sus mejores galas, sus coloridos estandartes y gualdrapas, sus relucientes armas y armaduras y sus brillantes cascos y cimeras coronados de plumas; con aquel torneo, el rey quería demostrar que su ejército estaba preparado para librar cualquier batalla y ganarla.

—Señor, este torneo es una magnífica oportunidad para acabar con alguno de vuestros enemigos sin que recaiga sospecha alguna sobre vuestra alteza.

—¿Qué estáis maquinando, Hinestrosa?

—Invitad a don Fadrique a que participe como lidiador en estas formidables justas y asignadle como oponente al mejor de los lidiadores. Yo daré instrucciones a ese campeón para que mate a don Fadrique en el combate. Parecerá una muerte accidental, un accidente propio de los muchos que se dan en los torneos.

—Tenéis una mente perversa.

—Que está a vuestro entero servicio, mi señor. Hablaré con nuestro mejor lidiador y le diré que mate a don Fadrique...

—Esperad —lo interrumpió el rey.

—¿Alteza?

—No lo hagáis. No habléis con nadie de este plan. Alguien podría irse de la lengua y desbaratarlo todo. Esperaremos a que todos esos felones estén juntos para liquidarlos de un solo golpe, como estaba pensado antes de que don Tello sospechara sobre nuestras intenciones. Guardad absoluto silencio al respecto.

Enrique de Trastámara todavía continuaba en Galicia.

Era el único de los hijos de Leonor que no había mostrado arrepentimiento por su rebelión y que no le había pedido perdón al rey. Sabía bien que su medio hermano nunca había tenido la menor intención de perdonar a los rebeldes y que los mataría a todos a la menor oportunidad que se le presentara.

Desde Galicia evaluó su situación y comprendió que no tenía

otra salida que huir de allí y buscar refugio en Francia, como había planeado. No en vano, había apoyado a la reina doña Blanca, por lo que sería bien recibido por su rey don Juan, pariente de la reina de Castilla, al cual ofrecería sus servicios en la guerra que estaba librando con el rey de Inglaterra.

Aquella mañana llegó a manos de don Pedro una carta de su medio hermano don Enrique.

—Señor, el conde de Trastámara os hace saber que desea abandonar vuestros dominios y se marcha de Galicia. Solicita de vuestra merced un salvoconducto y una carta de seguridad para poder salir de vuestros reinos con plenas garantías y total seguridad —informó Hinestrosa, que ya se había convertido en el único miembro de la corte en el que confiaba el rey.

—Expedid ese documento y enviádselo al conde.

—¡Cómo! ¿Vais a dejarlo escapar?

—Por supuesto que no. Decidle que puede abandonar el reino con absoluta seguridad, pero que debe hacerlo por el camino que va de Compostela a León y Burgos, y de allí al reino de Navarra, desde donde entrará en Francia.

—Pero...

—Escuchad, don Juan, escuchad. Dad instrucciones al Adelantado de Castilla y a todos los oficiales reales de los lugares por donde discurre ese camino para que estén preparados con hombres de armas suficientes para cerrar el paso al conde; debe ser apresado y ejecutado en el mismo lugar donde lo detengan.

—¿Aunque muestre vuestra carta de seguridad?

—Hacedles saber a todos que cuando lo capturen, el conde les enseñará un salvoconducto que es falso y, por tanto, que deben matarlo allí donde lo encuentren por traidor y falsificador.

»Don Enrique es el principal cabecilla de esta revuelta; una vez muerto, los demás no se atreverán a seguir adelante con su rebelión, se echarán atrás y volverá la paz a estos reinos.

Cuando el salvoconducto real llegó a manos de don Enrique, este ya había sido informado por sus agentes de que se había urdido una trampa para apresarlo y matarlo en el camino. Le comunicó a don Pedro que aceptaba su carta de seguridad y que saldría del reino por la ruta indicada a través de León y Burgos, pero en el momento de partir de sus dominios en el río Tambre, en el norte de Galicia, cambió de ruta y, disfrazado de peregrino, se dirigió hacia Asturias por los senderos más escabrosos y los caminos más ocultos, atravesó la sinuosa y montaraz tierra de los cántabros, donde el rey carecía de partidarios, y llegó a la agreste Vizcaya. Una vez allí, su hermano Tello le proporcionó un navío en el cual embarcó con un puñado de caballeros rumbo al puerto de La Rochelle, donde se puso al servicio del rey Juan de Francia, que seguía librando una larga guerra contra Inglaterra.

La huida de don Enrique desencadenó la fuga de todos los partidarios que le quedaban; unos huyeron con él a Francia y otros se refugiaron en Aragón, mientras don Pedro acumulaba más y más poder al hacerse con el control de las influyentes y poderosas Órdenes Militares de Santiago, Alcántara y Calatrava, dueñas de extensos dominios, abundantes rentas y numerosas propiedades.

El rey bramaba como un toro alanceado y herido.

Su medio hermano había logrado escapar de la encerrona que le había tendido y había conseguido llegar a Francia, y Tello lo había burlado al no acudir a la cita en Palenzuela y al ayudar a Enrique a escapar.

Don Pedro ordenó que su esposa la reina doña Blanca, que seguía conspirando contra él, fuera encerrada en el castillo de Arévalo y luego trasladada a Toledo, siempre bajo estricta vigilancia, aunque doña Blanca solía sortearla comprando a sus carceleros para que le permitieran reunirse con algunos de sus partidarios.

A don Pedro le quedaba el consuelo de María de Padilla, con la que pasó algunos días en Villalpando, en la esperanza de que Tello se confiaría y acudiría al fin a su encuentro, lo que no ocurrió.

Echaba de menos el sur, Sevilla, el olor a azahar de sus campos de naranjos, el lujo del palacio de su alcázar, las noches de amor a orillas del Guadalquivir con María, a la que prometió de nuevo, una vez más, que la tomaría como esposa.

—Voy a casarme contigo —le dijo el rey a su amante al llegar a Sevilla, tras amarse aquella noche bajo la policromada techumbre de madera de la alcoba real en el alcázar.

—Me lo has prometido tantas veces...; pero según el papa no puedes hacerlo, sigues casado con doña Blanca, o quizá con doña Juana de Castro, según certifican algunos obispos. ¿Quién sabe cuál es tu situación ahora?

—Tú has sido mi verdadera esposa desde el mismo momento en que te vi y la única mujer a la que en verdad he amado, y sigo amando.

—No a los ojos de la Iglesia ni de la ley de Castilla. El papa ha sentenciado que nuestra relación es adúltera y se ha referido a mí como tu concubina.

—Eres mi mujer, y me has dados tres hijos en tres años.

—Hijas —puntualizó María.

—También me darás un varón, y ese niño será mi heredero y el futuro monarca de estos reinos.

Volvieron a hacer el amor. Ambos tenían veintidós años y sentían una irresistible atracción mutua.

La noche cayó en Sevilla como un manto de seda invisible sobre sus cuerpos desnudos.

3

Una terrible hambruna azotaba a todos los reinos hispanos.

Hacía ya varios años que se alternaban terribles periodos de sequía con lluvias torrenciales, de manera que las cosechas o se pudrían por exceso de humedad o se agostaban por falta de riego.

En algunas zonas de Andalucía y de Murcia la gente moría de hambre. La falta de alimentos debilitaba tanto los cuerpos de los más pobres que muchos de ellos fallecían por cualquier enfermedad sobrevenida. Además, la terrible peste bubónica que había asolado a toda la cristiandad seis años atrás seguía golpeando de vez en cuando a algunas poblaciones y provocando más mortandad. Algunas aldeas se habían despoblado en los últimos años, al morir o emigrar todos sus habitantes.

Sin cosechas ni ganado con los que alimentarse, los concejos de las grandes ciudades andaluzas y las Órdenes religiosas, sobre todo los dominicos y los franciscanos, procuraban poner algún remedio a las carencias de sus vecinos fundando instituciones benéficas y cofradías para repartir algo de comida a los menesterosos. Centenares de ellos se agolpaban a las puertas de los conventos desde primeras horas de la mañana esperando recibir una escudilla de lo que llamaban sopa boba, un caldo elaborado con los restos de la comida de los frailes, que ponían en un caldero huesos, pieles, mondas y cáscaras, añadían agua, algunas hierbas y un poco de sal y lo cocían hasta obtener un líquido que al menos llenaba y calentaba las tripas de los pobres.

Ante la desesperación que provocaban el hambre y las revueltas que se extendían por tantas calamidades, alguien le dijo al rey que el mar estaba lleno de peces y que el pescado podría aliviar la hambruna. Bastaba con salir al mar, echar las redes y recoger los peces; además, el pescado podía secarse y salarse, y de ese modo se conservaba durante muchos meses.

Esa podía ser una solución para paliar el hambre. Don Pedro así lo estimó y decidió ir a Sanlúcar de Barrameda para comprobar cómo se pescaba en las almadrabas el atún, un pez enorme y sabroso que abundaba en aquellas aguas.

La pesca en las almadrabas se practicaba en las costas de Cádiz desde tiempos inmemoriales. Los atunes seguían cada año una misma ruta desde el océano al mar Mediterráneo, y, a su paso cerca de la costa, los pescadores desplegaban desde sus embarcaciones unas redes en las que quedaban prendidos aquellos grandes peces. Una vez cercados, los atunes eran ensartados con ganchos de hierro y subidos a los barcos.

Don Pedro y María de Padilla quedaron fascinados al contemplar desde una galera el espectáculo de las decenas de atunes atrapados entre las redes de las almadrabas, los pescadores ensartándolos con sus ganchos y el mar teñido de rojo con la sangre. Por un instante, el rey pensó en sus enemigos, en atravesarlos como a aquellos peces, con su sangre derramándose y empapando la tierra del patíbulo donde los ejecutaría sin la menor compasión.

Ya en tierra, don Pedro y su amante degustaron un sabroso lomo de atún rojo, el mayor y más sabroso de su especie, que les ofrecieron asado a la parrilla y aderezado con hierbas aromáticas y cebollas confitadas.

—Es una comida excelente; este pescado parece carne —comentó el rey.

Todavía no había dado cuenta de todo el plato cuando uno de sus consejeros se presentó en la mesa solicitando audiencia. Debía de traer una noticia muy urgente e importante como para interrumpir una comida real.

—Señor —informó el consejero jadeando—, en el puerto de Sanlúcar hay fondeadas diez galeras y un leño que se han armado en Barcelona y van camino de Francia para ayudar a su rey en la guerra contra el inglés...

—Sí, lo sé, tienen mi permiso; ¿qué pasa con esas galeras?

—Su comandante, un noble catalán llamado Francés de Perellós, se ha apoderado de dos bajeles genoveses en los que mercaderes de la ciudad italiana de Piacenza habían cargado aceite para llevarlo a Alejandría.

—¿Dónde ha ocurrido eso?

—En el puerto de Sanlúcar, alteza. El capitán catalán dice que el rey de Aragón es su señor y que ha requisado esos barcos y su cargamento porque la Corona de Aragón está en guerra con la república de Génova, y que tiene todo el derecho a realizar esa captura.

—¡En mi puerto, no! —clamó don Pedro—. Id ante ese Perellós y comunicadle de parte del rey de Castilla que reintegre esos dos barcos con todas sus mercancías a sus legítimos propietarios, y que lo haga inmediatamente.

El consejero real así lo cumplió, pero Perellós se negó a devolverlos alegando que estaba en guerra con Génova y que el derecho del mar le permitía apoderarse de unas embarcaciones enemigas.

La respuesta del capitán catalán fue quedarse con los bajeles capturados y con las mercancías, venderlo todo por setecientas doblas y proseguir su ruta hacia Francia doblando el cabo de San Vicente, sin atender las órdenes del monarca castellano.

Herido en su orgullo, don Pedro dio instrucciones a sus oficiales y a los jurados de la ciudad de Sevilla para que detuvieran y metieran en prisión a todos los mercaderes catalanes de la ciudad, les requisaran sus bienes y les confiscaran todas sus propiedades.

De vuelta a Sevilla, don Pedro convocó a sus consejeros en el alcázar; quería pedirles su opinión sobre lo ocurrido con el incidente de las galeras del rey de Aragón en Sanlúcar.

—Ese capitán catalán al servicio del rey de Aragón ha quebrantado nuestras leyes y nuestra soberanía. ¿Qué opináis que debemos hacer?

—Señor —habló uno de los condes—, no podéis consentir que un extranjero cometa semejante acto de piratería en uno de vuestros puertos. Mi opinión es que debemos ir a por él, alcanzarlo, apresarlo y que pague su delito.

—Esa acción implicaría una declaración de guerra con Aragón —terció Hinestrosa.

—Aunque así fuera, un acto como ese no puede quedar impune.

—Enviaré una flota en persecución de esas galeras —dijo el rey.

—Aun con el viento en contra, ahora estarán a la altura del cabo de San Vicente, virando al norte por la costa portuguesa —alegó Hinestrosa.

—Apresaron dos naves genovesas que estaban bajo mi protección, robaron su cargamento y salieron del puerto de Sanlúcar sin mi permiso. Avisad al astillero del Arenal; que se disponga una escuadra de galeras para salir inmediatamente en persecución de las naves catalanas.

—¿Y qué hacemos si las apresamos? Ese tal Francés de Perellós es un corsario al servicio del rey de Aragón. Luchará si lo acosamos.

—Que lo detengan y lo traigan con sus naves a Sanlúcar. Allí lo juzgaremos conforme dictan nuestras leyes.

Los nobles del consejo real siguieron debatiendo hasta acordar el envío de una carta al rey Pedro IV de Aragón en la que se le conminaba a detener a su capitán y a entregarlo a las autoridades de Castilla, además de que este debía devolver lo robado y resarcir las pérdidas ocasionadas a los genoveses. En otra carta, don Pedro de Castilla reclamaba a don Pedro de Aragón la devolución de las tierras de Alicante, Elche y Orihuela, recordándole una vez más que habían sido injustamente incautadas e incorporadas a Aragón por el rey don Jaime II, aprovechando la minoría de edad del rey Fernando IV de Castilla, su abuelo.

Acabada la redacción de las dos cartas, firmadas y selladas, Hinestrosa le preguntó al rey:

—¿Qué haremos si el de Aragón se niega a entregar a su capitán?

—La guerra —se limitó a responder tajante don Pedro.

Varios de los consejeros presentes sonrieron con cierto alivio. La mayoría de ellos desconfiaba de lo que podía hacer su rey. Conocían su veleidosa voluntad y cómo era capaz de cambiar de opinión de un día para otro. Ninguno de ellos estaba tranquilo ni tenía la menor seguridad de que en cualquier momento no se alterara su carácter y tornara de amistoso y amable a huraño y hosco. Podía mostrarse contento y alegre con uno cualquiera de sus vasallos para, en un instante, y sin motivo aparente alguno, rechazar su presencia, maldecirlo y arrojarlo de su lado sin contemplaciones.

La guerra podría ser una buena opción para que algunos nobles ambiciosos y hombres de armas aspiraran a ganarse la confianza del rey, siempre dispuesto a luchar. Desde luego, era mejor hacerlo contra extranjeros como aragoneses, catalanes y valencianos que contra sus propios súbditos castellanos y leoneses.

Siete galeras y seis naos zarparon del Arenal de Sevilla, a orillas del Guadalquivir, junto a la torre de doce caras donde se guardaba el tesoro de la ciudad, y descendieron el río hasta ganar el mar y lanzarse en persecución de la escuadra catalana capitaneada por Perellós. Su comandante sabía que con los tres o cuatro días de ventaja que les llevaban nunca podría alcanzarla, pero lo que importaba era el gesto de determinación que suponía la orden de su rey.

La flota castellana navegó de cabotaje por la costa de Huelva y continuó por la del Algarve portugués hasta avistar el cabo de San Vicente. No se vislumbraba rastro alguno de la flota de Perellós, de modo que las naves castellanas viraron en redondo y regresaron al puerto de Sevilla. Las galeras catalanas navegaban entonces a la altura de Lisboa, rumbo al norte hacia Francia.

La respuesta del rey de Aragón llegó desde Barcelona a Sevilla un mes después del primer envío de la cancillería castellana.

En el patio de las Naranjas del alcázar sevillano, al frescor de la alberca, Pedro de Castilla y María de Padilla escuchaban canciones recitadas por una cantante musulmana, y también una casida compuesta por dos laúdes, un rabel, un atabal, una zanfoña y una flauta.

Tres morillas me enamoran
en Jaén,
Axa, Fátima y Mairén.
Tres morillas tan garridas
iban a coger olivas

y las hallaban cogidas
en Jaén,
Axa, Fátima y Mairén.
Y hallábanlas cogidas
y tornaban desmaídas
y las colores perdidas,
en Jaén,
Axa, Fátima y Mairén.

Así cantaba, con voz melosa y delicada, la joven esclava mora al estilo que introdujo Ibn Muhafa al-Cabrí, poeta nacido en la villa de Cabra quinientos años atrás, pero cuyos poemas y la forma de componerlos todavía se recordaban.

—El rey de Aragón se niega a entregarme al ladrón que saqueó las naves genovesas en Sanlúcar. —Don Pedro hizo un enérgico gesto para que se retirara la orquestina. Los músicos lo hicieron con diligencia y en silencio.

—¡Oh!, eso quiere decir que habrá guerra con Aragón —lamentó María.

—No tengo más remedio que declarársela a ese enano engreído.

—Nunca te detendrás, ¿verdad?

—La guerra es el oficio de los reyes.

—Y puede ser su muerte. Tu muerte.

—Todos moriremos algún día, incluso los soberanos más grandes que en el mundo han sido. Alejandro el Grande, Julio César, Carlos el Magno, el Cid..., todos fueron extraordinarios señores y todos están muertos. Yo también moriré.

—No quiero que mueras. No hagas la guerra. Acuerda la paz con el rey de Aragón. Puedes conseguirlo. No deseo verte toda la vida luchando y en peligro de muerte.

—Nadie elige su destino, ni siquiera el rey de Castilla puede hacerlo. Todos estamos en las manos de Dios.

4

A comienzos de agosto Pedro I envió una carta de desafío al rey de Aragón en la que le recriminaba los agravios que había cometido con sus primos los infantes de Aragón y con su propia madrastra la reina Leonor, y le decía que no quería ser su amigo. A continuación, lo acusaba de ser el principal responsable del ataque y el robo que habían sufrido las naves genovesas en el puerto de Sanlúcar y de no castigar como merecía a Francés de Perelló.

Dos días después le declaraba la guerra, y todo cambió de repente.

El rey de Aragón se alió con el de Francia, en tanto el de Castilla lo hacía con el de Inglaterra. Los infantes de Aragón dudaban entre apoyar a su primo el rey Pedro I de Castilla o a su medio hermano y hasta entonces gran enemigo el rey Pedro IV de Aragón. Ante la falta de herederos legítimos de Pedro I, don Fernando era el segundo en el orden de sucesión al trono de Castilla y todavía aspiraba a derrocar a su medio hermano el monarca aragonés, pero había cambiado tantas veces de bando y de opinión que nadie se fiaba de él.

La Corona de Aragón no tenía ni la población, ni las huestes, ni el dinero de la de Castilla y León. En una confrontación abierta tenía todas las de perder, de manera que su taimado soberano envió agentes secretos para ayudar a los nobles rebeldes que aún resistían a Pedro I y les prometió que si lo derrocaban, recibirían cuantiosos beneficios y privilegios.

En la guerra, el linaje y la sangre no significaban nada. El infante don Fernando, medio hermano del rey de Aragón, luchaba por Castilla y Enrique de Trastámara, medio hermano del rey de Castilla, luchaba por Aragón.

Todo estalló en pedazos. Los más avispados aprovecharon la confusión de los primeros días de guerra para conseguir los máximos beneficios.

—Han robado el tesoro real que se guardaba en Toledo —anunció Hinestrosa a don Pedro.

—¿Quién ha sido?

—Don Gonzalo de Menjía, señor.

—¡El comendador mayor de Castilla!

—El mismo; ayudado además por Gómez Carrillo.

—Ya me previnisteis en una ocasión de que esos dos no eran de fiar. Debí haceros caso entonces y haberles cortado la cabeza. ¿Dónde están esos ladrones ahora?

—Han conseguido llegar al reino de Aragón y se han puesto bajo la protección de su monarca.

—¿A cuánto asciende lo robado?

—A veinte millones de maravedíes, mi señor.

—¡Veinte millones! ¿Qué cantidad es esa?

—Los mercaderes italianos denominan millón a un cuento, y también lo están haciendo así algunos mercaderes valencianos.

—¡Veinte cuentos de maravedíes! ¿Me estáis diciendo que el rey de Aragón tiene ahora todo ese dinero en sus manos? ¿Cómo pudieron sacar semejante cantidad de Toledo y llevarlo a Aragón sin que nadie los detuviera?

—Supongo que sobornando a mucha gente; con esos veinte millones de maravedíes tenían de sobra para hacerlo.

—Quiero que detengáis a todos los responsables del robo, desde los dos principales autores hasta el último acemilero que guio las mulas que transportaron los sacos y las cajas con las monedas. Los quiero presos a todos, uno a uno. Cortadles la cabeza conforme vayan siendo detenidos y luego colocadlas en una pica a la entrada de las ciudades y villas hasta que los cuervos y los buitres devoren el último pedazo de piel y dejen tan solo sus calaveras.

Las hostilidades se desencadenaron con gran virulencia en tierras del señorío de Molina y enseguida se extendieron hacia el norte, a la raya del Moncayo, entre la ciudad aragonesa de Tarazona y la villa castellana de Ágreda. Toda la gente a ambos lados de la frontera se movilizó; los concejos aragoneses de Tarazona, Calatayud y Daroca llamaron a apellido, convocando a las armas a sus vecinos y reforzando sus murallas y castillos, en tanto los de la zona castellana prepararon las huestes y elevaron la altura de los muros de sus fortalezas.

Ante la gravedad del conflicto, el papa envió a un delegado para tratar de poner paz entre los dos reinos cristianos antes de que los daños fueran mucho mayores, pero no lo consiguió. Las negociaciones que se declararon aquel verano en la ciudad navarra de Tudela no alcanzaron ningún resultado y no fue posible detener la guerra. El odio que se había generado entre varios de los contendientes era tan enconado que no hubo manera de mitigar la tempestad de violencia que se había desencadenado y que amenazaba con desolar ambos reinos.

La noche del 24 de agosto, en la vigilia de san Bartolomé, la tierra tembló. Un terremoto de gran magnitud se desató desde Portugal hasta Andalucía. En la ciudad de Sevilla cayeron al suelo las tres bolas de bronce, que los sevillanos llamaban manzanas, y que desde la época musulmana coronaban el viejo alminar de ladrillo de la antigua mezquita aljama, reconvertido en campanario de la catedral tras la conquista cristiana; y en Lisboa se derrumbó la capilla fundada por el rey Alfonso IV. Malos augurios.

Aterrorizada por los temblores, María de Padilla se despertó y se arrebujó entre los brazos de su amante. El rey don Pedro la abrazó para protegerla, pero también tuvo miedo.

Hubo quien pensó que aquella era la primera señal de que las calamidades que precedían al fin del mundo estaban a punto de desatarse. Malos presagios.

En los días siguientes no cayeron estrellas del cielo ni el mar inundó la tierra, pero los que sufrieron el terremoto se sintieron sumidos en un miedo cerval que los llevó a rezar, celebrar procesiones, rogativas y otros rituales religiosos para suplicar a Dios y a su madre la Virgen que se apiadara de los pecadores y retrasara lo que parecía la inminente venida del final del mundo. Malos tiempos.

A comienzos de septiembre, con los veinte millones de maravedíes sustraídos del tesoro de Toledo en su poder, el rey de Aragón, que acababa de regresar de la isla de Cerdeña, donde intentaba consolidar el dominio de la Corona de Aragón, aceptó el desafío de Pedro I. Le respondió que tampoco quería tenerlo como amigo y le replicó que se verían las caras en la guerra.

Mientras las milicias concejiles de Molina atacaban las tierras de la Comunidad de aldeas de Daroca, saqueando las localidades de Ojos Negros, Blancas, Used y Gallocanta, y realizaban correrías por las de la Comunidad de Calatayud, el ejército castellano irrumpió a mediados de septiembre en territorio de la Corona de Aragón desde el sur, por la frontera entre Murcia y Valencia, arrasando y talando cuanto encontró a su paso, sitiando el castillo de Biar y llegando hasta Alicante. El rey don Pedro reiteró, nunca se cansaba de reivindicarlo, que las tierras de Orihuela, Alicante y Elche pertenecían a Castilla y le recordó al aragonés que su abuelo el rey Jaime II se había apoderado injustamente de esas ciudades y de sus alfoces aprovechándose de la minoría de edad del rey Fernando IV de Castilla.

En respuesta, los aragoneses entraron en Castilla por el sur del señorío de Molina y los valencianos, por la villa de Requena. Más de cincuenta aldeas castellanas, incluido el arrabal de Requena, ardieron quemadas por las tropas del rey de Aragón, que además recuperó el dominio sobre Alicante.

Entre castellanos y aragoneses se desató una guerra total que parecía ser una señal más del comienzo del apocalipsis.

La guerra no era solo cuestión de los dos reinos cristianos hispanos. Entre Francia e Inglaterra se estaba librando una más cruel si cabe.

—Señor —informó Hinestrosa—, las tropas inglesas mandadas por el príncipe de Gales han aplastado al ejército francés en Poitiers. La infantería y los arqueros ingleses han derrotado a la caballería francesa, que hasta ahora se creía invencible.

—¿Qué ha sido del rey don Juan?

—Ha quedado prisionero del rey Eduardo de Inglaterra. Fue capturado en la batalla y conducido a Burdeos, aunque quizá lo envíen a Londres para evitar un posible intento de rescate. Francia tendrá que pagar un alto precio y ceder tierras a Inglaterra si quiere recuperar a su soberano.

—¿Cómo han podido vencer unos villanos a la flor de la caballería? —se extrañó don Pedro.

—Dicen que gracias a sus largos arcos, que, aunque no son tan precisos como las ballestas, permiten una cadencia de disparo muy superior. Un arquero inglés, o uno galés, es capaz de lanzar seis flechas en el tiempo que un ballestero francés emplea en realizar un solo tiro.

—Las saetas pueden ser útiles y demoledoras en una batalla en campo abierto y provocar grandes daños en el enemigo, pero nada pueden hacer contra un muro de piedra. El pequeño aragonés ha ordenado fortificar sus fronteras, levantar más castillos y reforzar las murallas ya existentes; tendremos que lanzar algo más contundente que virotes si queremos derribar sus muros.

—Estamos construyendo catapultas de torsión y de contrapeso capaces de arrojar bolaños del peso de un hombre a doscientos pasos de distancia y proyectiles con la mitad de ese peso a más de cuatrocientos pasos. Con esos ingenios derrumbaremos en menos de un mes cualquier muralla que puedan levantar los aragoneses.

—He visto algunas de esas murallas. Las de Daroca, Calatayud o Tarazona poseen fuertes muros de piedra y argamasa.

—Que nuestros ingenios abatirán con precisión, señor.

—Mi padre no pudo derribar los muros de Gibraltar y se quedó sin conquistar esa ciudad.

—Porque entonces no se supo usar el trueno.

—¿El trueno...?, ¿qué es el trueno?

—Un tubo de hierro capaz de lanzar, con un ruido ensordecedor y un poder inimaginable, proyectiles de piedra o de hierro a más de quinientos pasos —le aclaró Hinestrosa.

—¿Es magia?

—No, mi señor. Esos tubos funcionan con un polvo negro que se hace mezclando carbón de leña, azufre y salitre.

—Sí, en alguna ocasión he oído hablar de ese polvo.

—Lo llaman pólvora. Si se le aplica fuego, explota como un trueno y arde como el rayo.

—¿Podemos fabricar esa pólvora?

—Podemos hacerlo, pero los tubos son más complicados de elaborar, pues es fácil que exploten y revienten antes de lanzar sus proyectiles. Tal vez sepan cómo hacerlo vuestros vasallos los moros de Granada.

—Escribiré al emir Muhammad; quizá sus orfebres conozcan la técnica para fundir esos tubos.

5

Se había marchado de la villa de Toro la primavera anterior maldiciendo a su hijo y jurando que no volvería a verlo nunca más. Y así fue. Doña María de Portugal, reina viuda de Castilla y madre del rey don Pedro, murió en la ciudad portuguesa de Évora el 18 de enero de 1357. Tenía cuarenta y cuatro años.

Casada poco después de cumplir los catorce con el rey Alfonso XI de Castilla y León, había presenciado cómo, a los pocos meses de su boda, su esposo se enamoraba como un loco de la sevillana Leonor de Guzmán y cómo, desde entonces, había vivido relegada, olvidada, humillada y encerrada en vida, al cuidado de su hijo el príncipe Pedro, al que había educado en el odio y la ira hacia Leonor y hacia la decena de hijos que esta había engendrado.

Masculló su dolor, tragó su orgullo y rumió su venganza en

silencio durante más de veinte años, hasta que a la muerte de don Alfonso desató toda la furia como un ciclón.

Creyó que la muerte de Leonor, la bella sevillana que le robó el amor de su esposo, la complacería, que su sangre derramada lavaría tanta suciedad y tantos años de oprobios y amarguras, y supuso que ver morir a la mujer a la que tanto había odiado liberaría al fin su alma de la angustia a la que había estado sometida.

Se equivocó. El asesinato de Leonor no hizo sino incrementar su rencor hacia la vida. Ni siquiera el que su hijo don Pedro se sentara al fin en el trono por el que tanto había luchado y por el que tantos sacrificios había pasado le sirvió de consuelo.

Durante esos veinte años no había hecho otra cosa que sembrar odio, y odio era todo cuanto había recogido, un odio que se había extendido por Castilla y por León, un odio que inundaba las ciudades, las aldeas y los campos de esos reinos, un odio visceral que había desatado una violencia y una crueldad jamás vistas antes. Odio.

María de Portugal, hija, madre y esposa de reyes, murió sin librarse del sabor de una venganza que creyó dulce y satisfactoria, pero que se tornó amarga y tristísima.

En Portugal, donde el rey don Alfonso y su hijo y heredero don Pedro libraban una guerra a causa del asesinato de Inés de Castro, corrió el rumor de que la reina viuda de Castilla había muerto envenenada por sicarios a la orden de su propio padre el rey don Alfonso. Nadie pudo demostrarlo, pero todos cuantos escucharon el rumor no tuvieron ninguna duda.

La guerra se recrudeció en los primeros meses de 1357.

El rey de Aragón tomó posiciones en Cariñena, ordenó fortificar Calatayud, Tarazona y Borja, y celebró Cortes en Daroca, en tanto el de Castilla lo hacía en tierras de Molina, desde donde realizó una cabalgada al frente de más de dos mil jinetes y ganó varios castillos de la Comunidad de aldeas de Calatayud, a la vez que varias partidas protagonizaban algaradas por los campos de Used y Gallocanta, provocando graves destrozos en dichas aldeas.

La guerra entre Aragón y Castilla despertó la esperanza del conde Enrique de Trastámara, que volvió a soñar con derrocar a su medio hermano el rey don Pedro. Su ánimo había pasado por demasiados estados, desde la euforia desmedida cuando lo tuvo acorralado, preso y a su merced en Toro, a la desolación casi absoluta cuando tuvo que huir a Francia para escapar de una muerte cierta.

Ahora, don Enrique volvía a recuperar la ilusión perdida. Tras cruzarse cartas con el rey de Aragón, que necesitaba y demandaba toda ayuda posible para librar la guerra contra Castilla, abandonó Francia y entró en tierras del soberano aragonés, al que ofreció sus servicios militares y le garantizó plena lealtad en su querella con el castellano. Le pidió naturalizarse aragonés para demostrarle que su ofrecimiento era serio y permanente.

El conde de Trastámara llegó a Aragón, tras pasar unos meses en París, con ochocientos caballeros, muchos de ellos vasallos suyos de Asturias, Galicia y Andalucía con los que se había exiliado en Francia, y otros más mercenarios y soldados de fortuna que había contratado para su hueste gracias a buena parte de la enorme fortuna que había acumulado su madre Leonor de Guzmán, y que don Enrique había podido rescatar antes de salir huyendo de los reinos de su medio hermano.

Desde lo alto del castillo de Cubel, que los lugareños llamaban la Atalaya, se vislumbraba un amplio horizonte de la frontera que se extendía entre las Comunidades de aldeas de Calatayud y Daroca y el señorío de Molina.

Las tropas de Castilla habían tomado ese lugar y allí se encontraba el rey don Pedro preparando la conquista de Tarazona, Borja, Calatayud y Daroca. Si conquistaba esas villas y ciudades y dominaba sus castillos y fortalezas, tendría al alcance la gran ciudad de Zaragoza y con ella en su poder, el rey de Aragón no tendría otra salida que rendirse y negociar la paz o perder hasta el último de sus dominios.

La superioridad del ejército castellano resultaba abrumadora. Podía poner en pie de guerra cinco o seis veces más caballeros y peones de los que el rey de Aragón era capaz de movilizar, pero los castellanos habían subestimado la capacidad de intriga del monarca aragonés, que mediante agentes propios y espías del conde de Trastámara estaba ofreciendo a nobles castellanos y leoneses un acuerdo para que abandonaran a su rey y se pasaran a Aragón a cambio de ser recompensados con grandes fortunas cuando acabara la guerra y fuera derrocado el tirano, como llamaban algunos a don Pedro.

—Señor, don Juan de la Cerda y don Alvar Pérez de Guzmán se han pasado con sus huestes al bando de Aragón —le informó Hinestrosa.

—¡Qué! Jamás debí fiarme de un De la Cerda ni de un Guzmán; esos linajes llevan la traición diluida en su sangre.

El camarero mayor de Castilla obvió que la razón principal por la que Alvar había dejado Castilla para pasar al servicio del rey de Aragón se debía a que Pedro I se había encaprichado de doña Aldonza Coronel, esposa de Alvar, a la que había requerido que pasase por su alcoba. Enterado de la intención del rey de acostarse con doña Aldonza, el noble andaluz decidió pasarse a Aragón.

Además, varios nobles y caballeros castellanos, inquietos por la volátil voluntad y el mudable e imprevisible carácter de don Pedro, decidieron también ofrecer sus servicios al rey de Aragón. Alegaban que el de Castilla no respetaba otra cosa que su voluntad y su capricho, condenaban que si le apetecía la esposa de alguno de sus vasallos, la tomaba como si fuera propiedad suya, se oponían a que mandara asesinar a cualquiera sobre el cual recayera la menor sospecha o atisbo de duda y a que ejecutara a inocentes sin más pruebas que su propia intuición.

—Ordenad a todos nuestros oficiales que detengan a don Juan de la Cerda y a don Alvar de Guzmán y que los ejecuten allá donde los apresen de manera inmediata.

—¿Sin someterlos a un juicio? —Incluso el propio Hinestrosa comenzaba a temer la furibunda cólera que crecía en el corazón de su rey.

—Yo ya los he juzgado y condenado —sentenció el rey.

—Señor, algunos nobles están siguiendo las huellas de esos dos traidores y se están pasando a Aragón.

—Pues morirán todos ellos.

—El rey de Aragón carece de dinero para pagar a cuantos le ofrecen sus servicios. Sabemos que la Corona de Aragón no dispone de rentas suficientes como para sufragar tantos gastos como está suponiendo esta guerra; por cada maravedí que pueda conseguir su rey, vuestra merced puede obtener diez o doce al menos. Si la guerra se alarga durante algún tiempo, las ya menguadas arcas del tesoro aragonés se agotarán por completo y ese reino caerá como un higo maduro.

Todavía no había cumplido veintitrés años, pero el rey Pedro I de Castilla y León atesoraba suficiente experiencia política y militar como para saber que lo que le estaba diciendo su camarero mayor era cierto.

Una guerra de desgaste que se prolongara durante dos o tres años implicaría costes tan cuantiosos que la Corona de Aragón no podría afrontar de ninguna manera. Su rey estaba implicado además en una guerra intermitente que se libraba en la isla de Cerdeña, de la cual se intitulaba rey, pero de la que no dominaba ni siquiera una tercera parte de su territorio; además, los aragoneses, catalanes y valencianos dirimían desde hacía tiempo un conflicto con la república de Génova, que les disputaba la primacía mercantil en el Mediterráneo occidental. La marina del rey de Aragón necesitaba un buen número de galeras de guerra y de soldados para mantener los intereses económicos de los mercaderes catalanes, valencianos y mallorquines, y para proteger los cargamentos de lana, cereales y azafrán que salían de Aragón hacia los mercados de Italia.

Castilla y León disponían de cuantiosas rentas gracias a las aportaciones de sus concejos, cuyos comerciantes ganaban mucho dinero con la lana, el trigo y otros productos con los que mercadeaban en Inglaterra, Francia y Flandes los mercaderes y banqueros de Toledo, Segovia, Medina del Campo y Burgos.

Ante la superioridad de recursos para la guerra, lo único que podía temer el rey de Castilla era que los hermanos Trastámara se unieran bajo las órdenes del conde Enrique y arrastraran de nuevo con ellos a buena parte de la nobleza y quizá a algunos grandes concejos cuyos miembros estuvieran descontentos y decidieran rebelarse contra su rey.

—Los hijos de Leonor de Guzmán deben morir. Todos —sentenció don Pedro—. Comunicadlo a nuestros oficiales.

La guerra en la frontera se desató con tremenda brutalidad. Mientras los infantes de Aragón atacaban el sur del reino de Valencia con sus mesnadas y distraían la atención de su medio hermano el rey Pedro IV, un poderoso ejército castellano irrumpió en la zona del

Moncayo y tomó la ciudad de Tarazona, cuyo defensor, un miembro del noble linaje aragonés de los Gurrea, fue acusado de falta de valor. El noble rechazó ser responsable de cualquier culpabilidad y replicó que las defensas de esa plaza eran tan débiles y estaban tan defectuosas que no pudo hacer nada para rechazar el ataque.

Los castellanos entraron de noche en la morería y en unas horas tenían toda la ciudad bajo su dominio, así como varias aldeas y castillos de los alrededores.

Entre las tropas castellanas formaban Fadrique y Tello, con sus propias mesnadas. Los dos hermanos del conde de Trastámara se habían puesto al lado de su medio hermano el rey de Castilla, que, aunque aceptó su ayuda, seguía planeando matar a toda la estirpe de Leonor de Guzmán, a ser posible de una sola vez, cuando estuvieran todos juntos. Hasta que llegara ese momento, se aprovecharía de su ayuda en la guerra contra el rey de Aragón.

A finales del invierno de 1357 el triunfo en la guerra se estaba decantando del lado de Castilla. Con Tarazona y su territorio ocupados, cerca de diez mil jinetes y el doble de peones desplegados en esa comarca, el ejército de Pedro I era uno de los más numerosos que se habían congregado en España desde las batallas de las Navas y el Salado.

Los aragoneses se replegaron a las estribaciones de la Muela de Borja y en esa villa se fortificaron para detener al avance castellano, pues de caer Borja, el camino hasta Zaragoza quedaría expedito a los invasores.

Mediado el mes de abril, y tras unas escaramuzas en la Muela, en un día de tan intenso calor que varios hombres murieron agotados, los aragoneses, que parecían abocados al desastre, resistieron y Pedro I tuvo que regresar a Tarazona sin librar batalla y sin poder apoderarse de Borja.

Pero pese a todo, el rey de Aragón carecía de recursos económicos y de medios humanos para soportar por mucho más tiempo la ofensiva castellana, y las villas y ciudades no disponían de las murallas adecuadas para resistir los bombardeos de las máquinas de asedio y los disparos de los fonéboles que las batían hasta derribar tramos enteros. El rey de Aragón no era capaz de enviar tropas de refresco para reponer las bajas ni para relevar a las agotadas. De seguir así, no tardaría mucho tiempo en derrumbarse la resistencia aragonesa.

—El papa ha decidido intervenir en esta guerra —le dijo Hinestrosa a don Pedro—. Envía al cardenal don Guillén para que medie entre vuestra merced y el rey de Aragón.

—¿Quién es ese cardenal?

—Un hombre de la plena confianza del papa Inocencio que ejerce un gran poder en la corte de Aviñón. Aseguran de él que es un experto negociador, capaz de convencer a un cadáver de que aún sigue vivo. Nunca se rinde y puede permanecer horas y horas sin dormir mientras sus interlocutores desfallecen de cansancio. También se dice de él que es un hombre de paz, que aboga por que se acabe el exilio del pontificado en Aviñón y el papado regrese a su sede de la colina del Vaticano, en Roma.

El cardenal Guillén se desplazó de Tarazona a Borja tratando de que los contendientes acordasen una tregua. Tras varios intentos frustrados y conversaciones larguísimas, el legado papal consiguió reunir a delegados aragoneses y castellanos en la ciudad navarra de Tudela. Bajo un olmo, junto a la puerta de Albazar, se firmó al fin el acuerdo de tregua. Cada parte debería restituir y devolver a la otra todo lo ganado en la guerra, incluida la ciudad de Tarazona, so pena de excomunión.

A Tarazona llegó la noticia de que Juan de la Cerda, primo del rey Pedro I, se había rebelado en Sevilla y se había enfrentado a las tropas leales al rey. Derrotado en una batalla cerca de la villa de Trigueros, al este de la ciudad, Juan de la Cerda estaba preso en el alcázar de Sevilla. Sus captores le pedían instrucciones a don Pedro sobre qué hacer con el noble rebelde.

«Matadlo a mazazos», fue la escueta y contundente respuesta de don Pedro.

Así se cumplió. A finales de mayo, varios hombres armados con mazas entraron en la estancia donde estaba encarcelado Juan de la Cerda y le propinaron un golpe tras otro hasta aplastar sus huesos y su carne como si se tratara de una alimaña.

Entre tanto, María Coronel, la esposa de Juan de la Cerda, estaba en Tarazona suplicando piedad para su esposo.

—Señora, aquí tenéis mi carta, que garantiza que vuestro esposo quedará libre en cuanto lleguéis con este diploma a Sevilla y lo mostréis al gobernador del alcázar.

—Os lo agradezco, alteza. —María recogió el pergamino que le ofreció el rey.

—Claro que esta merced bien merece un reconocimiento de vuestra parte.

Don Pedro miró con lascivia a la esposa de su primo. No era tan hermosa como su hermana doña Aldonza, la mujer a la que deseaba don Pedro y a la que había requerido en su cama, pero tenía unos pechos y unas caderas voluptuosas que la hacían muy apetecible.

En las últimas dos semanas el rey no se había acostado con ninguna mujer. María de Padilla se había quedado en su palacio de Astudillo esperando a que su real amante regresara de la guerra.

Se acercó a María Coronel, la sujetó por la cintura y la besó en la boca.

—Señor, soy una mujer casada —protestó tímidamente.

—Yacer en la cama de un rey es un privilegio que muy pocas damas pueden disfrutar. Incluso vuestro esposo lo entenderá y se dará por satisfecho y honrado.

En esos momentos, mientras las manos de don Pedro acariciaban los pechos y las nalgas de la esposa de Juan de la Cerda, ella ignoraba que su marido estaba siendo aplastado a mazazos en el alcázar de Sevilla por orden del hombre que estaba a punto de follarla.

La insistencia del cardenal don Guillén y las necesidades de los dos combatientes acabaron por abocar a ambas partes beligerantes a firmar una tregua, que se acordó por el plazo de un año. No era una paz permanente, sino un receso en la lucha a fin de ganar tiempo para intentar llegar a un acuerdo definitivo.

Con la tregua firmada, don Pedro regresó a Castilla, no sin antes dejar asegurada Tarazona, que pobló con varios caballeros y peones a los que concedió la vecindad, pues era su pretensión incorporar esta ciudad y todos sus términos, desde el Moncayo hasta el alfoz de Tudela, al reino de Castilla, alegando el derecho de conquista en resarcimiento y compensación por la pérdida de Alicante, Elche y Orihuela. Se incumplía así una de las condiciones de la tregua, que obligaba a don Pedro a devolver Tarazona a Aragón.

Camino de Ágreda, donde se iba a reunir con todos sus viejos enemigos, aunque ahora estaban de su lado, don Pedro iba maquinando la manera de vengarse de todos los que lo habían humillado en la villa de Toro. Ni quería olvidar, ni podía perdonar semejante vejación. Todos morirían por lo que habían hecho: los infantes de Aragón, sus medio hermanos bastardos Tello y Fadrique, Álvar Pérez de Guzmán... Todos, no dejaría ni a uno solo con vida.

Ya en Ágreda se encontró con todos ellos, menos con el conde Enrique. El de Trastámara no había acudido a la llamada de su medio hermano el rey, que le había escrito a la corte de Aragón, donde se encontraba, prometiéndole que si se presentaba en Ágreda con todos los demás nobles y señores, lo perdonaría, le ofrecería su amistad y lo acogería como al hermano que era.

La intención de Pedro I era tenerlos a todos juntos y asesinarlos de un golpe, no dejando vivo a ninguno de los que alguna vez se habían rebelado contra él ni a los que lo habían mantenido preso y lo habían humillado en Toro.

Enrique de Trastámara era demasiado listo y no se presentó en Ágreda, lo que le salvó la vida, y también la de los demás, pues el rey decidió suprimir la orden de matarlos y esperar a que volvieran a estar todos juntos. Estaba seguro de que esa nueva oportunidad no tardaría en presentarse.

6

En el camino de Ágreda a Sevilla, Pedro I fue informado de la muerte del rey Alfonso IV de Portugal y de cómo su hijo Pedro había subido al trono con ganas de vengar el asesinato de su amada Inés de Castro. No faltaban quienes decían que el nuevo monarca portugués estaba tan loco de odio por el asesinato de la mujer a la que tanto había amado que iba desatar una verdadera vorágine de represalias en todo su reino.

Las mujeres, siempre las mujeres. Había sido una mujer, la reina María de Molina, la que había sostenido el trono de Castilla y de León sobre sus hombros en las minorías de su hijo el rey Fernando IV y de su nieto el rey Alfonso XI; había sido una mujer, Leonor de Guzmán, la que había provocado la división de esos reinos al enamorar hasta el delirio al rey Alfonso; había sido una mujer, María de Portugal, la que había inoculado el mayor odio posible en el alma de su hijo, el futuro Pedro I, y desencadenado una cadena de venganzas como no se había visto igual; había sido una mujer, Inés de Castro, la que había apasionado de tal manera a don Pedro de Portugal que ahora este andaba como alma en pena mascullando su desgracia y tramando cometer una verdadera locura; había sido una mujer, María de Padilla, la que había desencadenado una guerra al arrastrar a su enamorado el rey Pedro I de Castilla a abandonar a su esposa Blanca de Borbón y a arriesgar a perder su trono y su vida por su amor. Las mujeres, siempre las mujeres.

El rey don Pedro amaba a María de Padilla por encima de cualquier otra mujer, pero su fogosidad y su instinto varonil lo empujaban a acostarse con otras, con todas las mujeres bellas y hermosas que se cruzaban en su camino.

El conde de Trastámara estaba casado desde mediados del año 1350 con doña Juana Manuel, hija del infante don Juan Manuel, quien había sido el hombre más poderoso y rico de Castilla hasta su muerte, primero enemigo mortal del rey Alfonso XI y al final de sus días buen aliado.

Juana tenía dieciocho años y su esposo, cinco más. Pese a llevar ya casi siete años casados aún no tenían hijos. Habían consumado el matrimonio y se habían acostado en numerosas ocasiones, pero doña Juana seguía sin quedarse embarazada.

Tras conseguir librarse de su encierro en Toro y sacudirse el cautiverio al que fue sometido, don Pedro había vuelto a Toro y allí había apresado a doña Juana, que quedó abandonada en la villa al huir de manera apresurada su esposo el conde don Enrique para salvar la vida. Antes de escapar, el conde le dijo a doña Juana que confiara en él, que volvería a por ella y que la rescataría de las manos de su medio hermano el rey.

En alguna ocasión, don Pedro había pensado en forzar y violar a la esposa de su medio hermano y mayor enemigo, pero se contuvo, no tanto por respeto a su oponente, al que odiaba cada día más, sino porque, de ejecutar esa violación, hubiera sido condenado por el papa y su reino, puesto en entredicho, además de ganarse la animadversión de algunos de los nobles y caballeros del linaje de don Juan Manuel, que le eran fieles y a los que necesitaba como aliados.

El otoño y el invierno pasaron como un suspiro.

En la primavera de 1358 Sevilla olía a jazmín. Algunos decían que el nombre de esa flor procedía de Persia, y que en la lengua de ese país significaba «regalo de Dios».

Tras dejar Astudillo, Pedro de Castilla y María de Padilla habían vivido unos meses en el alcázar sevillano, en el que se estaban ejecutando obras al estilo de los moros, que tanto gustaba a don Pedro, hasta el punto de que algunos de sus detractores lo acusaban de seguir las modas y los gustos de los musulmanes de Granada, en cuyos palacios buscaba los modelos para construir los suyos.

Pese a estar ocupado en las reformas de sus palacios sevillanos, el rey no había colmado su sed de venganza. Recordó entonces que doña Aldonza Coronel, la esposa de su enemigo Alvar Pérez de Guzmán, estaba recluida por orden suya en el monasterio de Santa Clara, y decidió ir a verla.

Aldonza era muy hermosa, quizá más que su hermana María, con la que ya se había acostado en Tarazona. Al verla en la celda del monasterio, el rey sintió cómo se despertaba su virilidad y quiso poseerla allí mismo.

—Salid de esta estancia, todos —ordenó el rey a la abadesa y a los soldados que lo acompañaban.

—¿Qué queréis de mí? —le preguntó Aldonza una vez se quedaron solos.

—Os quiero a vos, y os quiero ahora.

—Ya os dije en una ocasión que soy una mujer casada.

—Lo sé, pero, como le dije a vuestra hermana hace unos meses, yo soy el rey y a un rey no se le niega nada. Vuestro esposo está ahora al servicio de Aragón, de modo que es un traidor, y vos sois mía.

Don Pedro la tomó por la cintura y la besó.

—Dejadme, señor, os lo ruego.

—¿No queréis conocer cómo ama un rey?

Volvió a besarla y, en esta segunda ocasión, la hermosa dama apenas ofreció resistencia. Al tercer beso, sus cuerpos se unieron en un fuerte abrazo.

A sus veinticuatro años, el rey de Castilla rebosaba fuerza y virilidad y doña Aldonza se dejó llevar hasta que el éxtasis la inundó como una ola de placer y goce.

—Dejarás este convento y te instalarás en la Torre del Oro; allí estarás más segura —le dijo don Pedro mientras se vestía.

—¿Vendréis a visitarme?

—Cada semana.

—¿Y qué le diréis a vuestra..., a doña María?

—No hace falta que le diga nada. Sabe que soy su rey, y eso basta.

—Y su amante.

—Ahora tú también eras mi amante.

—¿Sois capaz de amar a dos mujeres a la vez?

—No olvides que soy el rey, y los reyes podemos hacer cosas que los demás mortales no alcanzarán nunca a comprender. Recuerda que estamos tocados por la gracia de Dios —ironizó don Pedro a la vez que esbozaba una sardónica sonrisa.

Juan de Hinestrosa, el camarero real, regresó de Portugal, a donde don Pedro lo había enviado para negociar una alianza militar con el nuevo monarca. En tierra, el ejército castellano era muy superior en número al de la Corona de Aragón, y en una gran batalla en campo abierto tenía todas las de ganar, pero en el mar, la armada de Pedro IV era mucho más eficaz gracias a la experiencia de los marinos catalanes, valencianos y mallorquines y a las formidables galeras de guerra que se construían en las atarazanas de Barcelona. Para vencer en el mar, Pedro I necesitaba la ayuda de las galeras portuguesas, cuyos capitanes, entre ellos algunos italianos, eran tan expertos como los del rey de Aragón.

Hasta entonces, Hinestrosa había sido el principal consejero, el único en el que confiaba plenamente, pero todo cambió en aquellos primeros días de mayo.

Don Pedro había salido de caza con halcón por los cerros de Carmona, donde abundaban las perdices. Tras una jornada muy intensa, mientras cenaba con los oficiales de esa villa, pensó en doña Aldonza y quiso estar con ella.

—Señores, enviad a varios hombres a la Torre del Oro de Sevilla, deseo que traigan aquí a doña Aldonza —dijo de pronto.

—Mañana a primera hora...

—Ahora mismo.

—Señor, hay más de media jornada de camino hasta Sevilla.

—Ahora, he dicho. El Arrecife es el mejor camino de todos mis reinos. Un buen caballo no tardará más de cuatro horas en llegar a Sevilla. Deseo estar con doña Aldonza al amanecer.

El Arrecife era una antigua vía construida por los romanos que comunicaba Sevilla con Córdoba. Los musulmanes la habían conservado en perfecto estado y seguía siendo un camino excelente.

7

El alba de aquel día de mayo clareó el horizonte sobre la campiña del Guadalquivir dibujando una franja rosada.

El tiro de cuatro caballos que arrastraba la carreta en la que viajaba Aldonza Coronel desde Sevilla ascendió la ladera del cerro donde se asentaba Carmona hasta la puerta de Marchena, junto a la cual se alzaba el alcázar en el que había pasado la noche el rey.

—Ya está aquí, alteza —le avisó uno de los criados.

Don Pedro salió al patio a recibir a su nueva amante; tenía tantas ganas de estrecharla entre sus brazos y poseerla...

Uno de los cocheros abrió la puerta de la carreta. Aldonza se asomó, todavía adormecida, con los ojos entrecerrados por el impacto de las primeras luces doradas de un radiante sol amarillo.

—Ven. —El rey le ofreció la mano.

—¿Tantas ganas teníais de verme?

—Tantas ganas de amarte...

Sin esperar un instante, don Pedro la condujo a su aposento en el alcázar. Unas damas la ayudaron a darse un baño para quitarse el polvo del camino antes de que el rey la tomara.

Mediada la mañana, habían hecho tres veces el amor. Aldonza estaba agotada, pero don Pedro parecía incansable.

—Sois un amante muy fogoso.

—Tú avivas ese fuego —le dijo mientras seguía acariciando los muslos y las nalgas de su hermosa amante.

—¿Hasta cuándo?

—¿Hasta cuándo? —se extrañó don Pedro.

—Sí, ¿hasta cuándo seré capaz de encender ese fuego en vuestro corazón?

—No pienses en un tiempo que todavía no ha llegado; piensa solo en el instante que estamos viviendo.

Carmona le gustaba. Hacía demasiado calor en verano, pero la caza abundaba, el paisaje lo relajaba y su enclave en lo alto del cerro ofrecía una sensación de dominio sobre toda aquella tierra.

Una amante en Sevilla y otra en Carmona; una mujer pasional y fuerte como María de Padilla y otra dulce y sensible como Aldonza Coronel eran para don Pedro como dos bálsamos muy diferentes pero complementarios.

Aquella mañana de mediados de mayo desayunaba en el alcázar de Carmona tras haber pasado toda la noche follando; los dos amantes degustaban un estofado de perdiz y unos pasteles de carne.

El secretario real pidió permiso para interrumpir el desayuno.

—¿Qué ocurre ahora?

—Mi señor, don Juan de Hinestrosa ha sido detenido en Sevilla a su regreso de Portugal.

—¡Qué! ¿Quién ha dado esa orden de arresto?

—Don Enrique Enríquez, el alguacil mayor de Sevilla.

—Lo ha hecho sin mi permiso. Tendrá que darme explicaciones de ello. Escribidle al alguacil mayor una carta. Le ordeno que suelte inmediatamente a don Juan y que lo envíe a Carmona.

El encarcelamiento de Hinestrosa desató el pánico entre los parientes de María de Padilla, hasta entonces favorecidos por don Pedro, que les había concedido cargos y honores.

Diego García de Padilla, hermano de María, era el maestre de Calatrava. Enterado de la prisión de su tío, pensó que el favor del rey había mudado al lado de Aldonza Coronel y que don Pedro iba a liquidar a todos los parientes del linaje de los Padilla para sustituirlos por los familiares del linaje de los Coronel. Temió que él sería uno de los represaliados y huyó.

Fue apresado en una marisma y encerrado en la cárcel de Utrera, entre tanto Juan de Hinestrosa llegaba a Carmona para entrevistarse con el rey.

Los Padilla se temían lo peor. Hasta entonces habían sido los miembros más influyentes en la corte, pero suponían que habían perdido el favor del rey y ya se creían más muertos que vivos.

Aquella noche, tras conversar con Hinestrosa sobre lo ocurrido, el rey don Pedro cambió de opinión. No podía enfrentarse con todos, no podía hacerse enemigo de todos y cada uno de los nobles de sus reinos, de modo que dictó una carta dirigida a María de

Padilla, que seguía en el alcázar de Sevilla, en la que le explicó que quería volver con ella y que doña Aldonza Coronel no había significado nada en su vida. Nada.

Tras enviar la carta a María, acudió a visitar a Aldonza. Le dijo que había pasado noches deliciosas a su lado, pero que seguía amando a María de Padilla y que regresaba a Sevilla. Ella lloró desconsolada. Por unos días creyó haber conquistado el corazón de don Pedro, se ilusionó con que lo tendría siempre a su lado e incluso imaginó que algún día podría llegar a ser su esposa si se lograban desatar los lazos que los ataban a los dos. Ignoraba que, en verdad, don Pedro solo se amaba a sí mismo y que si tenía que elegir a una mujer sobre todas las demás, siempre se decantaría por María de Padilla.

Algunos poetas cantan que el amor dulcifica el fragor del alma. En el caso del rey de Castilla no era así. Don Pedro, ya de vuelta a Sevilla, seguía dispuesto a matar a cuantos habían cuestionado su poder y su autoridad. Ni siquiera esperó a tenerlos a todos juntos; la orden de ejecutar la matanza de sus adversarios se dictó aquella primavera. No debía de quedar ni uno solo vivo.

A finales de mayo se comenzó a ejecutar el plan para asesinar a todos sus viejos y nuevos enemigos.

Reunió en el alcázar a su primo el infante don Juan de Aragón, con el Adelantado mayor de Castilla como testigo, y le propuso un acuerdo terrible.

—Querido primo, mi hermano don Fadrique ha llegado a Sevilla y solicita hablar conmigo. ¿Sabéis lo que pretende?

—No, mi señor.

—Que yo os mate. Don Fadrique tiene gran inquina contra vos y desea vuestra muerte; pero yo os aprecio mucho y os propongo que me ayudéis a matarlo a él.

—Señor, sé que don Fadrique me odia, os ayudaré en ese empeño.

—Quiero matar a don Fadrique y a don Tello. Ambos son hermanos míos, como bastardos de mi padre del rey don Alfonso, pero nunca me han querido. Cuando han tenido oportunidad de hacerlo, se han rebelado contra mí y han planeado matarme, y aún siguen conspirando para robar el trono que me pertenece por derecho.

»Si me ayudáis a acabar con don Fadrique y con don Tello, os compensaré con la concesión del señorío de Vizcaya. Vos estáis casado con doña Isabel, hija de don Juan Núñez de Lara y de doña María de Vizcaya, a la que pertenecieron esas tierras que ahora pasarán a ser de vuestra propiedad. Vuestra esposa tiene el mismo derecho que su hermana doña Juana, la mujer de don Tello.

Al escuchar la propuesta de don Pedro, los ojos del infante de Aragón se encendieron de ambición.

—Mi señor, don Fadrique y don Tello siempre quisieron mi mal, de modo que contad con mi ayuda y, si es necesario y vuestra merced me lo ordena, será mi propia mano la que ponga fin a la vida de don Fadrique.

—Me complace mucho esto que decís. Seréis, pues, vos mismo quien dé muerte a don Fadrique.

—Señor, no es necesario que lo mate don Juan; hay ballesteros que pueden hacer ese trabajo —terció el Adelantado Diego Pérez Sarmiento.

El rey miró al Adelantado con cara de pocos amigos por meterse donde nadie lo había llamado. Había planeado que fuera su primo el que diera muerte a don Fadrique y así sería.

—Además, con su muerte quedará libre el cargo de maestre de Santiago, que bien podría ser para algún amigo —dijo ignorando al Adelantado.

La trampa estaba preparada y el maestre de Santiago a punto de caer en ella.

Don Fadrique se presentó en el alcázar de Sevilla el martes 29 de mayo a la hora tercia, cuando el rey acababa de desayunar con María de Padilla, a cuyo lado había vuelto tras dejar a Aldonza Coronel en Carmona.

Venía confiado, pues había ganado la villa de Jumilla y quería entregársela al rey y a la vez ratificarle su lealtad y homenaje. De todos los medios hermanos del rey, Fadrique había sido siempre el más cercano, el que más veces había mostrado ser leal y fiel, incluso tras el asesinato de su madre Leonor de Guzmán.

El carácter de Fadrique era más dócil y calmado que el de su gemelo Enrique, siempre rebelde, el único de los hermanos que seguía manifestando su firme oposición a don Pedro, y ahora en alianza con el rey de Aragón.

Don Pedro jugaba a las tablas con uno de sus consejeros cuando le avisaron de la llegada al alcázar de don Fadrique, que iba acompañado de mucha gente de armas.

—Querido hermano —lo saludó el rey ofreciéndole su mano para que Fadrique se la besara—. Sed bienvenido a este alcázar. ¿Ya tenéis posada en Sevilla?

—Todavía no, mi señor. Mis criados la están buscando.

—En ese caso, dejad vuestras cosas en el corral de este alcázar hasta que encontréis la posada adecuada.

—¿Puedo saludar a doña María? —le pidió Fadrique a su medio hermano.

—Por supuesto; se alegrará de veros. Ya sabéis cuánto os aprecia.

Entre tanto, el rey dio a sus guardias la orden de cumplir las instrucciones acordadas y al poco se dirigió a la estancia que llamaban del Caracol, donde se encontraba María de Padilla con sus tres hijas, que se acababan de despedir del maestre de Santiago. En cuanto vio su rostro, María supo lo que el rey estaba tramando.

—¿Vas a matar a don Fadrique, cierto? —le preguntó.

—Eso no es cosa tuya.

—Te amo, Pedro, como pocas mujeres son capaces de amar a un hombre, pero me entristece todo lo que estás haciendo, todas estas muertes, tanta sangre derramada, tanto odio. ¿Cuándo acabará toda esta barbarie, cuándo?

—Se trata de matar o de morir. Esto solo tendrá fin cuando todos los traidores yazcan bajo tierra. No te muevas de este aposento. No te gustará ver lo que va a suceder.

Seguido por varios de sus escuderos, el rey se dirigió hacia el corral donde don Fadrique había dejado sus mulas.

Allí estaba el maestre de Santiago, solo y desorientado. No estaban ninguna de sus acémilas, ni rastro alguno de sus hombres, solo un caballero asturiano que lo esperaba en pie en medio del patio.

—¿Qué está pasando aquí?

—No lo sé, mi señor. Uno de los porteros me invitó a tomar una copa de vino y al regresar me he encontrado solo en este corral, con todas las puertas cerradas y nuestros hombres y todas las acémilas desaparecidas. Me temo que es una encerrona.

Don Fadrique miró en todas direcciones: las puertas cerradas, los candados echados y ninguno de sus hombres presente.

—Sí, parece una trampa.

—Huid, mi señor.

—¡Qué!

—Huid, huid —reiteró el asturiano.

—¡Señor maestre! —Dos caballeros aparecieron tras un postigo que se abrió en un lado del patio—. Acompañadnos, su alteza el rey desea veros.

No podía hacer otra cosa. El maestre de Calatrava siguió a aquellos dos hombres, que impidieron el paso al caballero asturiano.

Conforme avanzaba por los patios, estancias y pasillos del alcázar, un miedo cerval se iba adentrando en el alma de don Fadrique. En cada esquina, tras cada puerta que atravesaba y se cerraba a su espalda, temía que una mano armada lo sorprendiera y le causara la muerte.

Después de caminar un buen trecho, llegaron ante la puerta del salón que llamaban del Hierro, donde se encontraba el maestre de Calatrava Pedro López de Padilla, ballestero mayor del rey, y algunos escuderos y ballesteros.

—¿Vos aquí? —le preguntó don Fadrique al de Calatrava—. ¿Qué suerte nos espera?

—Lo ignoro.

Tras aguardar unos momentos, la puerta del salón del Hierro se abrió y tras las batientes de madera apareció don Pedro.

—Pedro López, prended al maestre —ordenó el rey.

—Señor, ¿a cuál de los dos debo prender?

—Al maestre de Santiago.

—Don Fadrique, daos preso en nombre del rey.

A la derecha del rey había cuatro ballesteros con sendas mazas de combate, preparados para actuar conforme lo que se les ordenara.

—Ballesteros, matad al maestre de Santiago—ordenó el rey señalando a don Fadrique.

—Piedad, señor, piedad —gimió don Fadrique aterrorizado y temblando como un niño perdido en la noche.

Los ballesteros se miraron asombrados y dudaron. Les habían dicho que tenían que cumplir lo que les ordenara el rey, pero no habían imaginado que se trataba de matar al maestre de la Orden de Santiago.

—¿No habéis oído al rey? ¿O acaso sois unos traidores? ¡Matad a ese bastardo!

Los cuatro ballesteros reaccionaron y atacaron a don Fadrique, que se zafó del ballestero mayor que lo sujetaba por el brazo e intentó defenderse echando mano a la espada, aunque no la pudo desenvainar porque la cruz se enganchó en la correa.

Desde el centro del patio forcejeó con los ballesteros intentando sortear los ataques de las mazas, pero uno de ellos lo alcanzó con un certero golpe en la cabeza que lo tumbó sobre el suelo. Ya inerme, se abalanzaron sobre él y lo golpearon con las mazas una y otra vez hasta matarlo.

Tras ver a su medio hermano abatido en el suelo del patio de acceso al palacio del Hierro, el rey dio la orden de buscar a todos los hombres de don Fadrique y darles muerte. La mayoría de los caballeros del maestre de Santiago se habían escapado del alcázar al sospechar lo que les esperaba, pero unos pocos fueron encontrados y ejecutados de inmediato. Uno de ellos consiguió llegar hasta el palacio del Caracol, entrar en la sala donde estaba María de Padilla y apoderarse de Beatriz, que aunque era la mayor solo tenía cinco años.

—No os acerquéis o rebano el cuello de esta niña —amenazó aquel hombre al rey, que se acercaba con tres de sus escuderos. Su puñal apuntaba al cuello de la hija de María de Padilla.

—No seréis tan cobarde como para degollar a una niña inocente —le espetó don Pedro.

El caballero dudó por un instante.

—No os acerquéis —balbuceó.

—Arrojad vuestro puñal al suelo y soltad a la niña. Si lo hacéis, os prometo que no sufriréis daño alguno y quedaréis libre. Palabra de rey.

El caballero titubeó. Su mano temblaba, pero al fin dejó caer el cuchillo y liberó a Beatriz, que salió corriendo hacia los brazos de su madre.

Entonces don Pedro sacó una broncha de su cinto y se la entregó a uno de los escuderos que lo acompañaban.

—Clemencia, alteza, clemencia —suplicó el caballero.

—Poneos de rodillas.

—Misericordia...

—Cortadle la garganta a ese traidor. Yo no quiero manchar mis manos con la sangre de un cobarde —sentenció el rey, que le ofreció su cuchillo a uno de los ballesteros.

El escudero cogió el puñal de hoja ancha y rebanó el cuello del caballero de don Fadrique con la habilidad con la que un matarife degüella a un cerdo en la matacía.

—Señor, el maestre de Santiago todavía respira —le informó otro de los ballesteros.

Con una expresión de odio tan marcada en su rostro y en sus ojos que heló la sangre de los que los contemplaron, el rey recogió su puñal, limpió la sangre de la hoja en la chaqueta del muerto y volvió al patio donde yacía el cuerpo destrozado de su medio hermano.

Don Fadrique, tumbado en medio de un charco de sangre, tenía un lado del cráneo hundido, el pecho y los hombros quebrados y las rodillas partidas por los golpes de las mazas.

Don Pedro se inclinó sobre el cuerpo de su medio hermano y comprobó que, aunque de manera muy débil, todavía respiraba.

—Así es el final para los traidores —le susurró al oído esperando que, pese a la agonía, lo pudiera escuchar.

Cogió la troncha con la que se acababa de degollar y la colocó en el cuello de su medio hermano, pero cuando iba a rematarlo, se detuvo e hizo una indicación a un mozo de cámara.

—¿Señor, yo...?

—Sí, tú. Coge este cuchillo y mata a este felón. Sabes, hermano —volvió a susurrar al oído del moribundo—, no mereces el honor de que sea la mano de un rey la que te dé matarile. Te quitará la vida un criado. Vamos, ¿a qué esperas?, ¡acaba ya con él!

El muchacho colocó la punta del puñal en el cuello de don Fadrique y la introdujo hasta la empuñadura.

Un par de estertores y el cese de la respiración certificaron que el maestre de Santiago acababa de expirar.

—Un bastardo menos; ya solo quedan seis.

El alcázar de Sevilla se había convertido en el escenario de una carnicería, pero el estupor y la crueldad todavía no habían terminado.

—Llevad el cuerpo de don Fadrique a la sala de los azulejos. Situadlo en el centro y colocad varias mesas alrededor. Hoy comeremos allí.

Las caras de asombro de los nobles invitados al macabro banquete reflejaban el horror que estaban viviendo.

—¿Es necesario todo esto, mi señor? —le preguntó el infante don Juan de Aragón, que se sentaba a la derecha del rey en la mesa principal del banquete.

—Lo es. Debisteis ser vos quien diera muerte al maestre; así me lo propusisteis.

—Señor...

—No, no os disculpéis. Os comprometisteis a ayudarme para eliminar a todos los traidores. Bien, ya han muerto unos cuantos, pero todavía quedan vivos muchos más. Os prometí el señorío de Vizcaya si lo hacíais, bien ha llegado el momento de que lo obtengáis, pero antes debemos ir a Vizcaya y acabar con don Tello. Será el segundo bastardo en caer y, cuando eso suceda, vos seréis el señor de Vizcaya.

»Y ahora, señores, a disfrutar de este convite. Saboread las viandas y recordad cómo acaban su vida los traidores a la corona.

Los criados comenzaron a servir la comida en los platos y a escanciar el vino en las copas de los comensales delante del cadáver sanguinolento de don Fadrique. Nadie se atrevió a manifestar el menor reparo a semejante espectáculo de horror, crueldad y sadismo.

Ese mismo día, don Pedro dio la orden de ejecutar a todos aquellos a los que identificó como miembros de la conjura que según él encabezaban los gemelos Fadrique y Enrique de Trastámara y que habían apoyado en su día a la reina doña Blanca, que seguía presa y ya no constituía ninguna amenaza. Los agentes del rey liquidaron a varios caballeros en Córdoba, Sevilla, Salamanca, Toledo y otras ciudades y villas. Un oscuro manto de muerte y venganza cubrió Castilla y León. Malos presagios se extendieron por una tierra sobre la que parecía haber caído la más terrible maldición.

8

No quería perder un solo instante. Había logrado sorprender a sus rivales, había matado a muchos de ellos y tenía que aprovechar el desconcierto que había provocado entre sus detractores.

Muerto Fadrique y exiliado Enrique, Tello era el segundo de los bastardos de Leonor de Guzmán a eliminar.

Acompañado del infante don Juan de Aragón, al que le había prometido el señorío de Vizcaya, don Pedro salió de Sevilla al día siguiente del macabro banquete con la intención de sorprender a Tello, apresarlo y liquidarlo.

En siete días se presentó en Aguilar de Campoo, donde le habían dicho que se encontraba Tello, pero no pudo capturarlo porque avisaron al señor de Vizcaya de la inmediata llegada del rey y pudo escapar por los montes, huyendo como un zorro hacia Vizcaya.

Sin apenas descansar, el rey salió tras él poseído por un ansia irrefrenable de venganza.

—Vamos, primo, apurad a vuestro caballo, podemos dar alcance a ese felón antes de que consiga embarcar. Recordad que seréis el próximo señor de Vizcaya.

Don Pedro animaba al infante Juan de Aragón a seguir tras las huellas de Tello, que les sacaba medio día de ventaja.

—¿Sabéis a dónde se dirige?

—En esta tierra no tiene dónde esconderse. Sé que va a embarcar en el puerto de Bermeo. Allí lo espera una nave para llevarlo a Bayona, que es del rey de Inglaterra, pero espero alcanzarlo antes de que salga de esta tierra.

El rey estaba bien informado. En el puerto de Bermeo se había aparejado una nao para poner a don Tello a salvo. Le pisaban los talones cuando embarcó el señor de Vizcaya y se dio a la mar.

El rey de Castilla llegó seis horas después. Requisó varias embarcaciones y zarpó en persecución de su medio hermano, pero a la altura de Lequeitio se desató un temporal, extraño en aquellos días de la segunda semana de junio, que obligó a atracar a las naves.

Cuando amainó la tormenta, don Pedro desistió en la persecución. Sin duda, la nave de Tello ya habría llegado al puerto de Bayona y se habría puesto a salvo.

El señor de Vizcaya seguía vivo, pero había huido de su señorío abandonando sus dominios, lo que aprovechó el infante don Juan para reclamar al rey su promesa.

—Señor, no hemos podido capturar a don Tello, pero ha abandonado esta tierra, de manera que os pido que cumpláis vuestra promesa y me concedáis el título de señor de Vizcaya, como convinimos.

—Amado primo —habló el rey—, os prometí en Sevilla que os concedería este feudo y así lo haré, pero es costumbre de esta tierra que su señor debe ser ratificado en una junta de los diputados vizcaínos. Voy a convocarla de manera inmediata y en ella propondré que os acepten y os juren como señor.

—Pero vuestra merced me lo prometió...

—Debo guardar la tradición y cumplir las leyes de Vizcaya. Descuidad, don Juan, los junteros aprobarán lo que yo les demande.

Aquel mismo día el rey de Castilla ordenó que se convocara la Junta General de Vizcaya en la villa de Guernica, al pie del viejo roble, donde solían celebrarse la mayoría de las juntas, aunque a veces también se reunían en la villa de Arechavaleta.

Al son del convenido sonido de las bocinas en las calles de las villas y mediante señales de fuego y humo de hogueras en las cumbres de los montes Gorbea, Oiz y Sollube, como era acostumbrado citar a los junteros, los heraldos y mensajeros llamaron a los hombres de la Tierra Llana, a los de las villas, a los de la junta de Avellaneda y a los del Duranguesado para que, en el plazo de diez días, acudieran a la villa de Guernica a celebrar una junta general del señorío.

Las hogueras ardiendo en las cimas de aquellos montes podían verse desde cualquier aldea de Vizcaya. Todos conocían el código de señales y sabían que en la junta de Guernica se iba a dirimir un asunto muy importante en presencia del rey de Castilla.

La tarde anterior a la celebración de la junta el rey se citó en secreto con los principales magnates del señorío. En una casona a las afueras de la villa de Guernica, una docena de los denominados «mayores» se sentaban alrededor de una mesa que presidía don Pedro.

—Señores, don Tello ha huido como un conejo de un zorro, abandonando este señorío. Vizcaya es tierra de hombres bizarros y bravos; no puede tener como señor a un cobarde.

—¿Qué proponéis, alteza? —demandó el diputado mayor de Durango.

—Mi primo el infante don Juan de Aragón me ha pedido que le conceda el señorío de Vizcaya. Alega que está casado con doña

Isabel de Lara, la hija menor de doña María, que fuera vuestra señora, y que, dada la huida de don Tello, su cuñado, le corresponde a él este gran honor.

—¿Vuestra merced lo aprueba?

—Por supuesto que no. Si os he convocado en secreto a los mayores de Vizcaya antes de celebrar la junta es porque quiero proponeros que mañana me juréis a mí, Pedro, rey de Castilla y de León, como señor de Vizcaya y que adoptéis un acuerdo por el que este señorío permanecerá para siempre adscrito a mi corona.

»Esas bolsas —el rey señaló unos saquillos de cuero que había depositados encima de la mesa— contienen un obsequio por vuestra generosidad. Tomadlo como prenda de mi agradecimiento.

Cada uno de los presentes tomó una bolsa. Al sopesarlas, comprobaron que estaban llenas de monedas.

—Los vizcaínos no reconocemos a otro señor que a vuestra merced. El señorío de Vizcaya será por siempre del rey de Castilla y de sus sucesores —dijo el de Durango ante la aceptación general.

—Mañana yo propondré que juréis al infante don Juan como señor, pero vosotros os negaréis y diréis que no reconocéis a otro señor que al rey.

—Así se hará.

—Juradlo ante Dios y ante los fueros viejos.

—Lo juramos —respondieron todos al unísono.

—Sea. Y ahora, señores, id con los vuestros y decidles lo que deben hacer mañana en la junta.

El día 10 de junio amaneció soleado y cálido.

Nunca una junta había despertado semejante atención. Había acudido tanta gente a Guernica que algunos decían que se habían congregado diez mil personas, que era el número más grande que se podía expresar en la lengua de los vizcaínos.

En torno al roble sagrado, donde según los antiguos relatos se reunían desde tiempo inmemorial los vizcaínos para celebrar sus juntas y acordar sus pactos, los delegados se distribuían según su rango y procedencia: los «mayores» primero; luego, los nuncios de las villas, comenzando por los de la de Bilbao, fundada medio siglo antes sobre un pequeño caserío por don Diego López de Haro, pero que ya era la más poblada de Vizcaya, seguidos de los de

Guernica, Lequeitio, Ermua, Orduña y así hasta un total de veintiuna; y, por fin, los delegados de las merindades de la Tierra Llana y los del Duranguesado.

A una señal del nuncio de Guernica, un heraldo se adelantó unos pasos hasta colocarse junto al roble e hizo sonar su bocina indicando que daba comienzo la junta.

—Su alteza, don Pedro, rey de Castilla, de León, de Toledo... —el heraldo fue citando todos los títulos— y señor de Molina.

El rey se levantó del sitial de madera donde estaba sentado y habló con voz recia y alta:

—Señores, nuncios y delegados de esta Junta General de Vizcaya. Sabed que don Tello ha huido de esta tierra, abandonando este señorío, renunciando a sus derechos y eludiendo sus deberes. Como soberano de Castilla y León, os propongo que toméis como nuevo señor a don Juan de Aragón, esposo de doña Isabel de Lara, en la cual recaen los derechos de este señorío una vez que los de don Tello, casado como sabéis con doña Juana, hermana mayor de doña Isabel, han decaído por su cobardía y su traición.

—Señor —alzó la voz el nuncio de Durango, tal cual se había convenido en la reunión secreta del día anterior—, los vizcaínos no queremos tener otro señor que no sea el rey de Castilla y todos los reyes que después de vuestra merced reinen. Queremos formar parte de vuestra corona y no admitiremos que ningún otro hombre sea señor de Vizcaya. En este lugar sagrado, bajo el roble de Guernica y ante el fuero viejo, proclamamos que don Pedro, rey de Castilla y de León, es el único y verdadero señor de toda Vizcaya.

El infante don Juan, que estaba sentado al lado de Pedro, lo miró con cara de haber sido engañado.

—Ya veis, primo, los vizcaínos han hablado y es su voluntad que yo sea su señor —dijo el rey con cara de pícaro, intentando disimular su risa.

—Me prometisteis este señorío, me lo prometisteis —protestó don Juan.

—Y cumpliré mi promesa, descuidad, pero ahora debemos acatar la decisión de esta junta. No debemos desairar a los vizcaínos; son muy orgullosos y podrían sentirse ofendidos si desautorizo su propuesta.

—Pero...

—Escuchadme: iremos a Bilbao y allí intentare convencer a los vizcaínos para que reconsideren esta decisión y os acepten como señor más adelante. ¿Os parece?

Don Juan no tenía otra salida y, de mala gana y con peor humor, asintió.

Bilbao estaba creciendo deprisa gracias a los privilegios contenidos en el fuero de Logroño, que le había concedido su fundador Diego López de Haro en nombre del rey Fernando IV de Castilla y León.

Don Pedro aguardaba en el palacio que se había erigido junto a la ría bilbaína a que llegara su primo el infante de Aragón, tal y como habían acordado en Guernica.

—Señor, don Juan ya está aquí. Viene acompañado por tres hombres de armas —anunció Juan de Hinestrosa, que ya se había reconciliado con el rey tras aclarar el incidente y después de su ingreso en prisión en Sevilla a su vuelta de Portugal.

—¿Están listos los escuderos?

—Sí, alteza.

—Entonces decidle a don Juan que pase a verme, y tened todo preparado como hemos acordado. Y no falléis.

El infante de Aragón fue conducido a la estancia donde estaba el rey, pero le dijeron que tenía que entrar solo; los tres caballeros armados que lo acompañaban debían quedarse en la puerta de la sala y esperar afuera.

Don Juan sospechó, pero decidió entrar y verse con su primo el rey. Esperaba que cumpliera su promesa y lo propusiera de nuevo como señor de Vizcaya. Entró en la sala con cierto recelo, mirando a los lados y, una vez dentro, dos escuderos cerraron la puerta y pasaron un cerrojo de hierro.

Instintivamente, el infante de Aragón echó mano a un pequeño puñal que siempre llevaba en el cinto. Uno de los escuderos lo sujetó por la muñeca e impidió que don Juan empuñase el cuchillo; de un manotazo logró que el puñalito cayera al suelo.

En ese momento, don Juan entendió que estaba perdido. Desesperado, intentó ir hacia el rey, pero el guardia real era muy fornido y se lo impidió sujetándolo por los brazos con fuerza e inmovilizándolo.

—¡Qué traición es esta! Me disteis vuestra palabra, me prometisteis Vizcaya si os ayudaba a matar a don Fadrique y a perseguir a don Tello. Cumplid vuestra promesa.

—Querido primo, un rey ni puede ni debe gobernar contra la voluntad de su pueblo; y ya oísteis cómo se manifestaron los vizcaínos anteayer en Guernica: no desean como señor a otro hombre que no sea yo.

El infante forcejeó para soltarse del abrazo del guardia real, pero este era demasiado fuerte.

A una indicación del rey, el guardia empujó a don Juan a un lado y uno de los ballesteros lo golpeó en la cabeza con una maza de hierro. El golpe lo hizo tambalear, pero logró mantenerse en pie. Hinestrosa desenvainó entonces un estoque y lo colocó a la altura del pecho de don Juan, que se echó las manos a la cabeza y se balanceó como un borracho mientras la sangre que manaba de la zona donde había recibido el golpe le manchaba todo el rostro.

El mayordomo real iba a clavarle el acero en el pecho y a rematarlo, pero el rey lo detuvo con un gesto de su brazo.

—No, con la espada no. Machacad a este traidor con las mazas —indicó a los escuderos.

Una lluvia de golpes aplastó el cuerpo del infante de Aragón hasta que otro gesto del rey le indicó a uno de los escuderos que le propinara el mazazo de gracia. Un golpe seco y brutal le partió el cuello y acabó con la vida del infante de Aragón.

—Arrojad el cuerpo por la ventana —ordenó el rey.

Los escuderos alzaron en vilo el cadáver de don Juan y lo lanzaron a la calle, a una pequeña plazuela que se abría delante del palacio donde moraba el rey en Bilbao, y que había sido la casa del fundador Diego de Haro.

Por las calles de la villa se corrió de inmediato la voz de lo ocurrido en el palacio; no todos los días se veía caer el cadáver de un noble desde una ventana, y algunas gentes se arremolinaron ante la casa del rey.

Don Pedro bajó a la calle escoltado por sus escuderos. Allí, tendido sobre el suelo, seguía el cuerpo de don Juan, con la cabeza abierta por los mazazos, descoyuntado y apaleado en medio de un charco de sangre.

—Mirad a este hombre —señaló el cadáver—; quiso ser vuestro señor en contra de la voluntad expresada por la junta celebrada anteayer en Guernica. Yo soy vuestro único señor porque así lo habéis querido los vizcaínos.

Las palabras del rey no despertaron ninguna reacción entre los bilbaínos, que asistían mudos e impávidos a aquel acontecimiento.

—Volved a vuestras casas y a vuestros trabajos, que nuestro señor el rey vela por todos vosotros —intervino Hinestrosa.

La multitud comenzó a dispersarse en silencio.

—Recoged el cadáver de don Juan —ordenó.

—¿Y qué hacemos con él?

—Es hijo de un rey. Embalsamadlo y llevadlo a Burgos; se quedará allí, por el momento y hasta que decida qué hacer con él.

No había tiempo que perder. En cuanto se supiera que el infante don Juan había sido asesinado en Bilbao, se desataría una oleada de indignación que había que desactivar. Don Pedro actuó deprisa.

—Id presto a Roa, donde están mi tía la reina Leonor y doña Isabel, la esposa... la viuda del infante —ordenó el rey a Hinestrosa—. Retenedlas hasta que yo llegue y no les digáis que su hijo y esposo está muerto.

El camarero mayor acudió a Roa, retuvo y aisló a las dos mujeres, que desconocían lo que estaba pasando. El rey se presentó en Roa poco después.

—Señor, ¿por qué estamos retenidas en contra de nuestra voluntad? —le preguntó doña Leonor a su sobrino el rey don Pedro antes siquiera de darle tiempo a saludarla.

—Querida tía, querida doña Isabel, habéis de saber que las cosas han cambiado, y mucho, en las últimas semanas.

—¿Qué quieres decir? —Doña Leonor rebajó el tratamiento y se dirigió a su sobrino con familiaridad.

—Que se han producido graves acontecimientos.

—¿Qué es lo que está pasando? —se preocupó la reina viuda de Aragón al ver un rictus de maldad dibujado en el rostro de su sobrino.

—Señoras, tengo que informaros de una terrible desgracia: vuestro hijo y esposo, el infante don Juan, murió hace unos días en Bilbao.

—¡Oh!, mi esposo, ¿muerto? —Isabel de Lara sintió un pinchazo en el pecho.

—¿Qué has hecho? —se indignó doña Leonor, que tuvo que sujetar a su nuera para que no se desvaneciera.

—Le dije a don Juan que lo propondría como señor de Vizcaya en sustitución de don Tello y así lo hice en la junta de Guernica, pero los vizcaínos prefirieron que yo fuera su señor y así lo manifestaron. Dos días después vuestro hijo y esposo vino a verme a Bilbao y lo recibí en el palacio de la villa. Estaba muy enojado e irritado, como fuera de sí. Dios conoce la verdad. Yo quería que don Juan fuera aceptado como señor de Vizcaya, pese a la voluntad de los junteros, y le aseguré que trataría de que cambiaran de opinión, pero don Juan estaba como alocado y no quería atender a razones.

—Lo has matado, tú lo has matado —clamó doña Leonor.

—No tuve más remedio que hacerlo. Fue en defensa propia. Don Juan no aceptó ser rechazado por los junteros de Guernica. Gritaba como un orate y me acusaba de haberlo engañado. Dios sabe que no fue así. Traía un cuchillo al cinto que quiso desenvainar para apuñalarme. Ante de que pudiera herirme, mis guardias lo detuvieron, pero siguió forcejeando y clamando que me iba a matar. Uno de mis escuderos tuvo que golpearlo para evitar que me clavara el puñal, con tan mala suerte que don Juan cayó al suelo debido a su propio impulso, se partió el cuello y murió en el acto. Mi médico personal intentó reanimarlo, pero nada se pudo hacer para evitar su muerte. Creedme. Nada —mintió el rey.

—¿Por qué a mi hijo Juan, por qué? Era un hombre al que todos querían, a quien todos apreciaban. Fue tu fiel servidor, tu amigo.

—Quiso matarme, querida tía. ¡Matar al rey! Hemos sabido que era el cabecilla de una trama que se había conjurado en secreto para eliminarme. Se aprovechó de mi amistad hacia él para intentar asesinarme.

—¿Qué va a ser de nosotras? —Doña Leonor se abrazó a su nuera doña Isabel buscando un consuelo mutuo.

—He ordenado que se confisquen todas vuestras propiedades, joyas y dinero, que a partir de ahora pasan a ser de la corona.

—¿Por qué... por qué sois tan cruel? —balbució doña Isabel, que apenas podía articular palabra tras escuchar de labios de don Pedro cómo había muerto su esposo.

—Estaréis retenidas, al menos por algún tiempo. Si os dejo libres, seréis un peligro constante para mí y para mis reinos. Quedaréis presas en la fortaleza de Castrogeriz bajo la custodia de don Juan de Hinestrosa.

—¿Ni tan siquiera me vas a permitir llorar ante el cadáver de mi hijo? ¿No vas a dejar que su viuda lo llore y se despida de él? ¿Por qué tanta crueldad, por qué? ¿Y vos, don Juan —se dirigió la reina Leonor a Hinestrosa, que permanecía allí en silencio—, ¿por qué cumplís las órdenes de un tirano? ¿No comprendéis que nos quiere matar a todos, a todos?

—Obedeced al rey, señora. En Castrogeriz tendréis la compañía y el consuelo de vuestra nuera doña Isabel y seréis tratadas conforme corresponde a vuestra dignidad.

—Dos viudas encerradas, dos mujeres sufriendo el dolor a que nos ha arrastrado la locura de un tirano, ¿qué clase de consuelo es ese?

—El consuelo de que seguiréis vivas —sonrió sarcástico el rey.

El asesinato del infante don Juan desató una ola de indignación por toda Castilla.

Hasta los más fieles al rey don Pedro lamentaron la pérdida del infante y cuestionaron el comportamiento del monarca, que demostraba una y otra vez que carecía de escrúpulos. No tenía el menor reparo en matar a sus hermanos, a sus primos y a cualquier familiar que le resultara incómodo o, simplemente, que fuera sospechoso de no seguir sus indicaciones. Nunca se había visto semejante crueldad ni tanto ensañamiento.

Don Pedro solo quería ver la sangre derramada de sus contrarios, sus cabezas cortadas, sus cuerpos destrozados, sus miembros descuartizados y sus fortunas saqueadas. No le importaba matar a cualquiera sobre el que tuviera la menor duda. Desde muy niño, le habían enseñado a odiar, le habían enseñado a ordenar la muerte de cualquier hombre o mujer como quien bebe un vaso de agua y le habían enseñado a saborear el sangriento regusto de la venganza. Ver correr la sangre de los enemigos constituía el mayor de sus placeres. Y eso era, precisamente, lo que estaba haciendo: disfrutar con la muerte de los que le habían discutido un ápice su autoridad.

En cuanto se corrió la voz de cómo había sido asesinado el infante don Juan en Bilbao, varios nobles que habían estado al lado del rey decidieron abandonarlo. Unos alegaron que se había vuelto completamente loco; otros afirmaron que estaba poseído por un espíritu maléfico, quizá por el mismísimo demonio; algunos aseguraron que tenía tanta sed de sangre que no la calmaría hasta ver a todos los nobles del reino o muertos o humillados bajo sus pies; varios insinuaron que su amante, María de Padilla, era en realidad un súcubo, uno de esos diablos que adquirían forma de una mujer bellísima y que aprovechaban sus encantos para apoderarse de la voluntad de un hombre y arrastrarlo con las más turbias pasiones hasta dominar su voluntad.

Solo los judíos y algunos fieles caballeros justificaban el sanguinario comportamiento del rey. Los judíos lo hacían porque estaban resultando muy favorecidos con sus decisiones, ya que les permitía ampliar sus viejas sinagogas e incluso levantar otras nuevas, como estaba haciendo la floreciente y próspera comunidad hebrea de Toledo, donde el tesorero Samuel Ha Leví sufragaba con sus inmensas riquezas la construcción de una sinagoga tan grande que se decía que, cuando estuviera acabada, superaría incluso el tamaño de la propia catedral toledana.

La vorágine de sangre parecía no tener fin. Tras visitar a su tía en Roa y ordenar su encarcelamiento en Castrogeriz, don Pedro se dirigió a Burgos. Una vez en esa ciudad, ordenó que se enviaran allí las cabezas cortadas de los nobles y caballeros ejecutados por ser sospechosos de participar en una conjura, entre ellos las del comendador mayor de Castilla, la de don Fadrique y la de cinco caballeros más ajusticiados en Toledo, Salamanca y Toro.

En una sala de castillo de Burgos se colocaron las cabezas de los nobles en torno al cadáver del infante don Juan.

Tras pensarlo un buen rato, el rey decidió que el cuerpo del infante de Aragón fuera enviado de nuevo a Bilbao y arrojado a la ría para que se lo comieran los peces y no quedara resto alguno de su cuerpo, en tanto las cabezas de los nobles se colocarían en lo alto de sendas picas sobre los muros del castillo de Burgos, como señal de aviso a posibles nuevos rebeldes y para escarmiento de los alzados contra su autoridad.

9

Ninguna mentira se puede mantener durante mucho tiempo ante todo el mundo. La forma en que fueron asesinados el maestre don Fadrique y el infante don Juan no tardó en saberse en el reino de Aragón, donde el conde don Enrique y el infante don Fernando se soliviantaron al conocer los detalles de las muertes de sus sendos hermanos.

Don Enrique entró en Castilla desde Aragón y arrasó algunas aldeas, y don Fernando lo hizo desde el reino de Valencia, atacando la zona norte de Murcia. Ambas rafias se realizaron como castigo y venganza por las muertes de don Fadrique y don Juan.

El rey don Pedro, rotas ya las treguas acordadas por la mediación del cardenal don Guillén, acudió primero a tierras de San Esteban de Gormaz para repeler el ataque de don Enrique, a cuyas tropas obligó a regresar a Aragón, y luego se dirigió a Murcia, desde donde ordenó que se enviaran a Cartagena dieciocho galeras de combate, entre ellas seis de la República de Génova, que estaba en guerra con la Corona de Aragón, para hacer todo el daño posible a los intereses del rey de Aragón.

Don Pedro tenía la intención de atacar el puerto de Alicante, que ambicionaba recuperar para Castilla, pero a la altura de Guardamar se desató una tempestad que echó a pique todas esas galeras menos dos, en una de las cuales iba el rey, que pudieron llegar, aunque maltrechas, al refugio del puerto de Cartagena.

Tras ordenar que se construyeran en Sevilla doce nuevas galeras, que se restauraran otras quince que estaban en muy mal estado y que se requisaran todos los barcos aptos para la guerra, don Pedro volvió a tierras de Soria.

El rey de Aragón aprovechó aquellas semanas para organizar una nueva estrategia para la guerra, que había vuelto a desatarse con toda furia.

Don Enrique atacó de nuevo la frontera castellana. Lo hizo desde las fortalezas de Ariza y Daroca. El conde de Trastámara se había envalentonado por el nacimiento de su primer hijo, el que le acababa de dar su esposa doña Juana Manuel aquel verano en la villa aragonesa de Épila. Nadie lo podía suponer entonces, pero aquel niño sería años más tarde el rey Juan I de Castilla y León.

Alentado por la resolución de don Enrique de Trastámara y de su medio hermano el infante don Fernando, hasta entonces su enemigo y ahora nuevo aliado, y con la promesa de que el rey de Francia le ayudaría en la guerra, Pedro IV de Aragón envió una carta de desafío a Pedro I de Castilla, proponiéndole la celebración de un gran torneo entre caballeros de ambas Coronas, a veinte, cincuenta o cien litigantes, y dirimir el resultado de la guerra en ese duelo.

El rey de Castilla no lo aceptó. Sabía que su enemigo solo disponía de unos mil cuatrocientos caballeros de armas, y que seiscientos de ellos los aportaba don Enrique, de modo que quería derrotar al de Aragón en una guerra abierta, pues se creía con recursos suficientes como para lograr la vitoria y no dejar el resultado al albur de la suerte en un torneo.

Ante la embestida que se esperaba de los castellanos, los aragoneses necesitaban reforzar las ciudades y villas de las fronteras, sobre todo Borja, Calatayud, Daroca, Albarracín y Teruel. Además debían fortificar los castillos más fuertes, reforzar sus defensas y recrecer sus muros, y establecer una red de atalayas en cerros elevados, desde las cuales poder atisbar a las tropas castellanas para avisar con señales luminosas de cualquier movimiento del enemigo.

Por su parte, los castellanos pusieron en marcha una campaña de propaganda para presentar a su rey don Pedro como un soberano justo y benéfico; pretendían contrarrestar y que se olvidara la fama de cruel y sanguinario que sus detractores estaban difundiendo. En algunos romances lo describieron como una especie de nuevo rey David, un monarca que no hacía otra cosa que cumplir los designios de Dios, un rey cuyos actos se regían por la inspiración y la gracia divinas y cuyas motivaciones no eran otras que lograr el bienestar de sus súbditos, impartir justicia y castigar a los malvados.

Eso es lo que pretendían sus agentes, aunque la realidad era bien distinta. El rey de Aragón estaba demostrando ser mucho más hábil que el castellano. Conocedor de sus debilidades, logró atraerse a todos los enemigos de Pedro de Castilla. Lo había conseguido con su madre, la ya fallecida María de Portugal, con sus medio hermanos los Trastámara, con muchos nobles e incluso con el infante don Fernando de Aragón, que, al conocer la inquina con la que había sido asesinado su hermano el infante don Juan, decidió que no podía seguir aliado con su primo y pidió amparo a su medio hermano el rey de Aragón, a cuyo servicio se ofreció pese a haber sido hasta entonces enemigos mortales.

Al frente de tres mil caballeros, Pedro I aseguró la frontera de Almazán y tomó algunos castillos en territorio aragonés, pero el invierno se adelantó varias semanas, comenzaron a caer las primeras nieves un mes antes de lo habitual y decidió retirarse a Sevilla para preparar desde allí la guerra, que pensaba retomar la próxima primavera.

Ya en Sevilla, don Pedro se reencontró con su amante María de Padilla, a la que volvió a amar con la pasión de antaño.

—Don Enrique ha jurado matarte —le dijo María.

—Lo sé. No es nada nuevo; esa fue siempre la intención de ese bastardo.

—Y también lo ha jurado el infante don Fernando.

—Otro traidor. Debí matarlos a ambos hace tiempo, como he hecho con sus hermanos Fadrique y Juan; esos dos ya no me causarán más problemas.

Juan de Aragón dejaba viuda a doña Isabel de Lara, con la que había tenido dos hijas, Isabel y Florencia; en tanto don Fadrique, el gemelo de don Enrique, no se había casado, pero había engendrado dos hijos, Pedro y Leonor, con una noble dama cordobesa del linaje de los Angulo, y otros dos, ambos llamados Alfonso, con una hermosísima dama judía a la que se conocía por el sobrenombre de «la Paloma».

—No debiste ordenar la muerte de tu primo el infante don Juan. Creo que ha sido un error.

María de Molina se peinaba su hermoso cabello en la alcoba del alcázar real de Sevilla mientras se preparaba para acostarse con su amante el rey.

—Mi primo era un traidor. Estaba maquinando pasarse al bando enemigo. Se acababa de entrevistar con un enviado de don Tello, ese idiota, y hubiera ido contra mí en esta guerra.

—Era tu aliado. La primavera pasada te ayudó a luchar contra el ejército del rey de Aragón.

—Era un pusilánime, siempre bajo las faldas de su madre, mi tía la reina doña Leonor, esa arpía, y acomplejado por su hermano mayor, el infante don Fernando.

—Pero que gozaba del aprecio de muchos y de la estima de todos. No debiste ordenar su muerte y menos aún mandar que arrojaran su cadáver a la ría de Bilbao, como un perro.

—Eso fue idea de los cretinos que lo mataron. Tenían orden expresa de mantener su cadáver en Burgos y desde allí enviarlo a Roa para que su madre lo custodiara y velara, pero estaban borrachos, lo llevaron a Bilbao y decidieron tirarlo a la ría. Eso ya no tiene remedio —mintió don Pedro.

—Fue un error —reiteró María.

—Esta noche estás preciosa. —Don Pedro acarició las mejillas de su amante—. ¿Sabes que en Sevilla se ha levantado una enorme polémica?

—¡Ah, sí!, ¿y cuál es el motivo?

—Unos dicen que la mujer más bella que ha visto Sevilla fue Leonor de Guzmán y otros aseguran que esa mujer eres tú.

—¿Y cuál es tu opinión? Conociste a Leonor y me conoces a mí. ¿Cuál de nosotras dos es más hermosa?

—Tú. Leonor era muy bella, pero se comportó como una víbora.

—¿Todavía la odias, incluso después de muerta?

—Nunca he dejado de hacerlo. Durante mi infancia no hubo un solo día en el que no viera penar y sufrir a mi madre por culpa de esa maldita ramera. Fue ella la que me apartó de mi padre, al cual apenas conocí porque siempre andaba entre las faldas de su Favorita y en compañía de todos sus bastardos. La maldije todos los días de su vida, y la sigo maldiciendo todos los días desde su muerte. Solo espero que su carne y sus huesos estén ardiendo en el infierno por toda la eternidad y que sufra en la vida eterna lo que sufrió mi madre en esta vida terrenal.

—Mi amor...

María besó los labios al rey, que bajó la cabeza y se sumió en una extraña pesadumbre.

Pedro IV de Aragón vio una oportunidad extraordinaria para propinar un contundente golpe de efecto y ganar posiciones en su enfrentamiento con el de Castilla y la aprovechó para pedirles al infante don Fernando y al conde Enrique de Trastámara que se reconciliaran y que lo ayudaran a derrotar al que llamó «malvado y cruel tirano».

Así, el conde don Enrique y el infante don Fernando se reunieron a instancias del monarca aragonés en Teruel, una villa recién elevada a la categoría de ciudad, y acordaron coordinar sus fuerzas para la defensa de las fronteras de la Corona de Aragón. Don Enrique se encargaría de la defensa de la zona de Calatayud, por donde se esperaba el ataque castellano en cuanto se rompiera el parón invernal, en tanto don Fernando se ocuparía de las fronteras del reino de Valencia.

Cuando supo el acuerdo que habían adoptado su medio hermano y el conde de Trastámara, Pedro IV sonrió satisfecho. Su táctica para atraerse a todos los enemigos de Pedro I estaba dando excelentes resultados. Sabía que era la única manera de vencer a Castilla en una guerra total, y lo estaba haciendo bien.

Pedro IV de Aragón y el conde don Enrique se encontraron en la localidad aragonesa de Pina, a una jornada de camino de Zaragoza, aguas abajo del río Ebro, a comienzos del mes de noviembre.

—Señor —saludó el conde al rey de Aragón—, me agrada mucho que hayáis aceptado recibirme como vasallo y servidor vuestro.

—Y yo, señor conde, acepto vuestra fidelidad y os acojo como señor.

El rey indicó a un copero que sirviera vino, con el que festejaron su alianza.

Pedro IV necesitaba toda la ayuda posible en la guerra, de modo que aceptó el ofrecimiento de don Enrique.

—Vuestra lealtad bien merece que os conceda privilegios y honores.

—Será un honor ostentar feudos en vuestro nombre.

—He decidido que poseáis todo cuanto perteneció a vuestro primo el infante don Juan —el rey evitó citarlo como su medio hermano—, tan vilmente asesinado. En su día se desnaturalizó de Aragón junto a su hermano don Fernando y combatieron contra mí, pero ahora don Fernando es un fiel aliado.

—Mi hermano el rey don Pedro —dijo don Enrique— también quiso asesinarme. Me dio su palabra y me prometió que permitiría mi salida a Francia, pero incumplió su palabra y preparó una encerrona para capturarme y matarme. Pude librarme de la muerte gracias a la información de unos agentes que tengo en su corte que me alertaron sobre las verdaderas intenciones de don Pedro. Gracias a ello escapé con vida, con ella sigo y la pongo a vuestra disposición y a vuestro servicio.

—A cambio de vuestro juramento de homenaje, os concedo los señoríos de Tárrega y Montblanc, en el condado de Barcelona, que mi antepasado el rey don Jaime el Conquistador llamó Cataluña, los feudos y villas de Épila y Ricla, en mi reino de Aragón, y el dominio sobre Villarreal, en el también mi reino de Valencia.

»Os dono además todos los privilegios, rentas y servicios que tuvo el infante don Juan, así como los que pertenecieron a vuestra tía la reina doña Leonor, hermana de vuestro padre el rey don Alfonso, de recordada memoria, para que los administréis con honor y justicia. Os concedo todo ello a excepción del señorío de la ciudad y las aldeas de Albarracín, que deseo que sigan perteneciendo al patrimonio de mi corona real.

—Mi señor, yo os juro que administraré esos feudos como conviene a vuestra fama y honor y que os seré fiel por ellos, como corresponde a un buen vasallo.

—Además, os concedo un palacio en mi villa de Borja, para que residáis allí conforme requiere vuestra sangre real y vuestro alto linaje.

Tras jurarse fidelidad y firmar una concordia perpetua, acordaron que combatirían juntos contra el rey de Castilla y que se prestarían ayuda y auxilio mutuos en cualquier circunstancia.

—Juntos podemos vencer a don Pedro —aseguró el conde de Trastámara muy confortado por el acuerdo firmado.

—También necesitaremos la ayuda de todos vuestros antiguos aliados y a todos vuestros hermanos —indicó el rey de Aragón.

—Intentaré atraerlos a nuestro lado. Tello ha actuado de manera ambigua, pero desde que lo intentara matar don Pedro, me es fiel; hasta que se vio obligado a huir de Vizcaya, gobernó con atino sus dominios y fundó villas con buen criterio; además, es avispado y huele el peligro antes que nadie; puede aportar mucho en esta guerra y todavía dispone de muchos apoyos en su señorío de Vizcaya. De los demás, no me fío en absoluto. Mi gemelo Fadrique ya está muerto; se cambió de bando en más de una ocasión; le gustaba mucho su cargo de maestre de la Orden de Santiago y no deseaba perderlo, aunque sabía que el rey de Castilla lo asesinaría en cuanto le fuera posible; pagó su ingenuidad y su ambición con su vida. Fernando y Juan son demasiado pusilánimes y carecen de valor para enfrentarse a don Pedro. En cuanto a Sancho y Pedro, bueno, todavía son muy jóvenes como para tener criterio propio; con Sancho apenas he tenido tratos y Juan me admira como el hermano mayor que soy, pero solo tiene doce años.

—¿Y vuestra hermana?

—Juana me será fiel, sin duda; es una joven muy inteligente. Su matrimonio con don Fernán Ruiz de Castro nos garantiza la alianza con una de las familias más poderosas de Galicia, enemigos además de don Pedro.

—Amado don Enrique —el rey de Aragón intentó pasar la mano por encima del hombro del conde de Trastámara, pero desistió dada la gran diferencia de estatura entre ambos, pese a que el rey de Aragón siempre usaba zapatos con alza para aparentar más altura—, os aseguro que venceremos en esta guerra.

—Eso espero, señor, porque me va la vida en ello. Mi hermano me matará en cuanto me tenga al alcance de su mano. No me cabe duda alguna de ello.

Desde luego, los agoreros que anunciaban la proximidad del fin del mundo parecían estar acertados: hambrunas, guerras, pestes, terremotos, carestía de la vida, los precios del pan, del vino y del aceite duplicados en apenas diez años, pérdida del valor de la moneda y a finales del año 1358 un frío helador que cayó sobre los reinos hispanos semanas antes de que correspondiera, según el calendario de las estaciones.

El adelanto del invierno había detenido los grandes movimientos de tropas, pero las escaramuzas se seguían produciendo en la frontera entre Aragón y Castilla. Los caminos de las sierras se cubrieron con tanta nieve y tanto hielo que hicieron imposible el tránsito. El propio rey de Aragón tuvo que levantar su real de las alturas serranas y retirarse a pasar la Navidad a la villa de La Almunia, en el valle del Jalón, donde el frío era algo menos intenso y la nieve menos abundante que en los montes de la frontera.

Aquel invierno hacía tanto frío, incluso en Sevilla, que los miembros de la corte apenas salían del alcázar, apenas algún día soleado para cazar en las cuestas del Aljarafe.

María de Padilla escuchaba atenta en el patio de las Naranjas el romance que cantaba un juglar portugués recién llegado de Lisboa;

había acompañado a una delegación del rey de Portugal que pretendía alcanzar un acuerdo estable y duradero con el de Castilla.

—¿Has escuchado los versos de esa canción? —le preguntó María de Padilla al rey don Pedro.

—No. No he prestado atención; estaba hablando con el embajador portugués. ¿Qué decían?

—Que el rey de Portugal ha declarado que se casó hace cinco años con doña Inés de Castro y que lo hizo en secreto porque su padre el rey don Alfonso se oponía a ese matrimonio. No hay documento alguno de esa boda, pero el rey ha declarado que la ofició el obispo de Guarda y que si no consta registro es porque quiso evitar represalias de su padre contra los que participaron en ella.

—Lo sé. El embajador me pide que devuelva a Portugal a los asesinos de doña Inés.

—¿Se sabe quiénes son?

—Sí. Tres sicarios que envió el rey difunto para que la mataran. Dos de ellos están en mis reinos y el tercero logró llegar hasta Aviñón y allí sigue

—¿Qué vas a hacer?

—El rey de Portugal quiere tener en sus manos a los asesinos de doña Inés, cueste lo que cueste. Sé bien lo que es estar locamente enamorado de una mujer, tú eres la prueba de lo que digo. Ordenaré que envíen a esos dos a Portugal, y su rey ya decidirá qué hacer con ellos. Y en cuanto al tercero, que el rey se apañe con el papa, ahora está en sus dominios.

10

Matar o morir, en eso consistía la esencia de la guerra.

A comienzo del nuevo año y con el frío remitiendo poco a poco, la guerra se recrudeció y ahora los contendientes se odiaban mucho más que antes si cabe.

Tras el descanso en La Almunia, el rey de Aragón se desplazó a Calatayud y Daroca. Sus agentes le habían informado de que el rey de Castilla estaba preparando una nueva hueste tras el fracaso de su flota en las costas de Alicante y Murcia, y optó por tomar la iniciativa.

Ordenó que el conde Enrique invadiera Castilla por el valle del Jalón, al frente de quinientos jinetes que le había enviado su hermano Tello desde Francia, varios de ellos del señorío de Vizcaya, en una acción en la que también participaron algunos nobles aragoneses de las casas de Híjar y de Urrea con sus mesnadas.

Pedro I reaccionó y envió tropas a la frontera. El papa excomulgó al rey de Castilla, al que culpó de ser el causante de la guerra, y otorgó la propiedad definitiva de Alicante y toda su región al rey de Aragón. Pedro IV se dio por satisfecho con el reconocimiento papal, pero no renunció a apoderarse también del reino de Murcia, propiedad de Castilla desde que, casi cien años atrás, lo ganara el rey Jaime el Conquistador y lo entregara a su yerno el rey Alfonso el Sabio de Castila y León.

El rey de Aragón atacó la fortaleza castellana de Medinaceli, pero no la pudo conquistar y decidió marcharse a Barcelona, dejando al conde don Enrique al mando de las tropas aragonesas en la frontera.

El papa, informado del cariz que estaba tomando el enfrentamiento ente los reyes cristianos de Aragón y de Castilla, medió una vez más entre ellos y envió como delegado personal al cardenal de Bolonia, con la misión de poner paz y lograr una tregua entre los contendientes.

Durante varias semanas, el cardenal de Bolonia se desplazó entre Almazán, donde estaba acantonado el rey de Castilla, y Tarazona y Calatayud, en el reino de Aragón.

Tras varias entrevistas con los consejeros de ambos monarcas, el cardenal firmó una sentencia en la localidad aragonesa de Torrellas, al pie del Moncayo, el sábado 8 de agosto de 1359.

En la resolución del enviado del papa se dictaba que los reinos de Castilla y de Aragón debían acordar una paz inmediata, aceptando que Murcia, Molina y Lorca fueran para Castilla, y Alicante, Orihuela y Elche para el reino de Valencia, en la Corona de Aragón.

Había costado meses de entrevistas, viajes del cardenal a uno y otro lado de la frontera y decenas de reuniones, pero al fin parecía que podría sellarse un acuerdo amistoso.

De vuelta a Almazán, con el acuerdo ya plasmado en sendas copias que los dos reyes deberían refrendar, el rey Pedro de Castilla se echó atrás.

—No firmaré ese acuerdo. Podéis quemar ese pergamino —le dijo al cardenal señalando las tres copias del tratado de paz.

—¡Cómo! Alteza, ha costado muchas semanas negociar este acuerdo. No os echéis atrás ahora. Os lo ruego.

—No firmaré ningún tratado en el que se reconozca que Alicante, Orihuela y Elche son propiedad del rey de Aragón. Esos territorios se los apropió el rey don Jaime de manera injusta, aprovechando la minoría de edad de mi abuelo el rey don Fernando, al que llamaron el Emplazado. De ninguna manera voy a consentir que se pierdan unas tierras que deben ser castellanas. Además, el rey de Aragón protege y alienta a mis mayores enemigos, el infante don Fernando y el conde don Enrique. Si en verdad desea la paz, deberá devolver esas tierras y entregarme a esos hombres.

El cardenal Guido de Bolonia se sintió al borde de la desesperación. Tantos días de trabajo, tantos viajes, tantas renuncias, tanta diplomacia desplegada no habían servido para nada.

—Señor, si mantenéis esa postura, volveremos al principio de las negociaciones y no habremos avanzado nada en todo este tiempo; y lo que es mucho peor, la paz será imposible.

—Tengo aquí, en Almazán, a cuatro mil hombres a caballo dispuestos a entrar en Aragón, arrasar cuanto se encuentren en su camino y llegar hasta Zaragoza; y hay toda una flota dispuesta a zarpar de Sanlúcar y Sevilla para llegar hasta Valencia y Barcelona y acabar con todas las galeras del rey de Aragón.

—Pero ya se han acordado los términos del pacto; no podéis cambiarlos —protestó el cardenal.

—Por supuesto que puedo hacerlo. Si ese pequeño rey quiere la paz, deberá entregarme a aquel capitán, Francés de Perellós creo que se llamaba, que actuó como un pirata en mis puertos, tendrá que expulsar de Aragón al conde don Enrique, a don Tello, a don Sancho y a todos los caballeros que van con ellos y devolver a Castilla la posesión de Alicante, Elche y Orihuela.

—Pero, alteza...

—Esas son mis condiciones. O el rey de Aragón las acepta o continuará la guerra.

El aragonés no aceptó las demandas del castellano. Tan solo se comprometió a juzgar a Perellós ante un tribunal catalán y, si resultaba culpable, a entregarlo para que fuera ejecutado en Castilla, pero se negó a expulsar a los Trastámara y mucho más a su medio hermano el infante don Fernando, que, pese a haber sido su enemigo, ahora no solo era su mejor aliado, sino también su heredero al trono a falta de un hijo varón.

11

No lo pensó demasiado. Si el rey de Aragón y toda esa caterva de traidores a los que protegía no estaban dispuestos a transigir y a aceptar sus condiciones, sufrirían las consecuencias, y de qué modo.

Aquella mañana, Pedro I tomó una resolución drástica y terrible y dio la orden más feroz y despiadada jamás dispuesta por rey cristiano alguno.

—Matadlas a todas.

La orden del rey cogió por sorpresa a Hinestrosa, que acompañaba a don Pedro en una jornada de caza con halcones por los llanos de Gómara.

—Mi señor, ¿qué queréis decir? ¿A quiénes debemos matar?

—A todas esas mujerzuelas que han sido las principales causantes de esta guerra y de buena parte de las calamidades que se han desencadenado —asentó don Pedro.

—¿Las mujeres...?; ¿qué mujeres?

—Matad a doña Leonor, a doña Juana de Lara, a doña Isabel de Lara y a doña Blanca.

Juan de Hinestrosa conocía de sobra la crueldad del rey, pero incluso él no daba crédito a lo que estaba oyendo pese a escucharlo de los labios del propio don Pedro.

—Señor, ¿estáis ordenando que demos muerte a vuestra tía la reina de Aragón, a vuestra esposa la reina de Castilla, a la esposa de don Tello y a la viuda del infante don Juan?

—¿Estáis sordo o sois bobo de remate, Hinestrosa? Habéis escuchado claramente lo que os he ordenado. Doña Leonor y doña Juana deben ser ejecutadas inmediatamente.

—¿Y doña Blanca y doña Isabel?

—A esas dos mantenedlas con vida hasta que ordene su muerte; pero trasladadlas de donde ahora están recluidas a un lugar seguro y lejos de la frontera con Aragón. Sus amigos podrían tener la tentación de acudir a liberarlas.

—Podemos llevarlas a Sevilla o a Carmona...

—No, mejor al Puerto de Santa María; allí quedarán custodiadas hasta que les llegue su hora.

—¡Una reina de Aragón, una infanta aragonesa, la señora de Vizcaya y también la reina de Castilla! Señor, no sé si... —Hasta el propio camarero mayor, siempre tan obediente a las órdenes de su rey, estaba confundido y dudaba sobre qué hacer.

—Disponed inmediatamente las ejecuciones de doña Leonor y doña Juana. Deberán morir en el plazo de dos semanas, y que cada una de ellas sepa que las otras tres también van a morir.

—¿También deben saberlo doña Blanca y doña Isabel?

—Sí, pues aunque esas dos seguirán vivas, por el momento, quiero que sientan que su hora puede llegar en cualquier momento y que sufran por ello.

—¿Cómo... cómo deben ser ejecutadas?

—Eso lo dejo a vuestro criterio, pero antes de que se cumplan quince días, las dos primeras deben estar muertas y las otras dos, trasladadas al Puerto de Santa María.

Leonor de Castilla, hija del rey castellano Fernando IV y tía de Pedro I, segunda esposa del rey Alfonso IV de Aragón y madre de los infantes don Fernando y don Juan, supo lo que le iba a ocurrir en el momento en el que vio entrar en su prisión del castillo de Castrogeriz a tres escuderos que empuñaban sendos puñales.

Dos días antes la habían separado de su nuera doña Isabel de Lara, con la que compartía cautiverio en Castrogeriz y a la que no había vuelto a ver desde que la arrancaron de su lado.

—¿Vais a matarme? ¿Vais a manchar vuestras manos de sangre apuñalando a la hija del rey don Fernando de Castilla, a la reina de Aragón? —Doña Leonor se encaró con sus verdugos, que bajaron la mirada.

—No es ese nuestro deseo, señora, pero tenemos órdenes directas del rey nuestro señor. Debéis morir, igual que doña Juana y doña Isabel de Lara, y también doña Blanca.

—¡Dios santo! ¿Cómo es posible tanta brutalidad?

—Señora, os rogamos que no ofrezcáis resistencia; será mucho más fácil y rápido, y menos doloroso para vos.

—¿Cómo sois capaces de obedecer a un ser tan cruel, de cometer un crimen de lesa majestad, de asesinar a una mujer, a una reina...?

—Matémosla ya —terció otro de los escuderos, con voz titubeante y gestos nerviosos.

Fue ese escudero, algo tembloroso, quien sujetó a doña Leonor por el cuello y la silenció apretándole la garganta con todas sus fuerzas.

La reina de Aragón sacó la lengua al sentir la asfixia e intentó zafarse del estrangulamiento, pero aquel hombre era demasiado fuerte y estaba acostumbrado a matar con sus manos.

El cuerpo desmadejado y sin vida de doña Leonor se desplomó sobre las losas de caliza de la fortaleza de Castrogeriz cuando el escudero sintió que había dejado de respirar y dejó de apretar su cuello. Había sido hija, hermana y esposa de reyes, y reina de Aragón.

Unos días después de la muerte de doña Leonor, doña Juana de Lara rezaba en una celda del alcázar de Sevilla. Había sido trasladada a Almodóvar del Río y de allí, a Sevilla.

La puerta del cuarto se abrió y, al trasluz, la esposa de don Tello pudo ver las figuras recortadas de dos hombres fornidos. Era la hora de la comida, pero no traían ningún plato, ninguna escudilla ni jarra alguna en sus manos.

—¿Qué queréis? —preguntó asustada la señora de Vizcaya.

—Doña Leonor ha muerto. El rey don Pedro así lo ha dictado y también os ha sentenciado a vos, a vuestra hermana doña Isabel y a doña Blanca de Borbón.

—¿Vais a matarme?

—Tenemos esa orden.

—Entonces hacedlo rápido.

Uno de los hombres sujetó por la espalda a doña Juana y el otro le asestó una certera puñalada que le partió el corazón.

Pedro de Castilla, tras dejar asegurada la frontera en tierras de Soria y Almazán, se dirigió al castillo de Ureña, una formidable fortaleza que dominaba la extensa llanura que se extendía a media jornada a caballo al oeste de Valladolid. Allí lo esperaba María de Padilla.

—Siempre vuelves a mí.

María descansaba en los brazos del rey, que le acariciaba el cabello, como a ella tanto le gustaba.

—Nunca he dejado de estar contigo —repuso el rey.

—¿Te has olvidado de esa mujer..., Aldonza creo que se llamaba?

—Desde que te conocí, en mi corazón nunca ha habido otra mujer.

—¿Eso quiere decir que harías cualquier cosa por mí?

—Lo que fuera.

—¿Vender tu alma al diablo, incluso?

—Supongo que eso no será necesario; hace ya tiempo que el diablo me espera en el infierno, según aseguran mis enemigos.

—¿Por qué has ordenado la muerte de esas mujeres?

—Mi tía doña Leonor no dejó nunca de intrigar contra mí. Era una mujer llena de ambición. Solo quería que su hijo mayor, el infante don Fernando, fuera rey de Aragón, y como no pudo conseguirlo, pretendía que lo fuera de Castilla. Tuve que matarla; iban en ello mi vida y mi reino.

—¿Y doña Juana? ¿Por qué...?

—Su esposo tramó y planeó mi muerte. Tello, mi... hermano, me tendió una trampa de la cual pude librarme. Me prometió fidelidad, pero en cuanto tuvo la ocasión me traicionó pasándose al lado de Enrique, ese canalla...

—Don Enrique también es tu hermano —asentó María de Padilla.

—Mi padre cometió el error de dejar preñada de hasta diez bastardos a Leonor de Guzmán.

—Tú me has dejado preñada cuatro veces.

—¿Cuatro? ¡Oh!; ¿estás embarazada de nuevo?

—Sí, lo estoy, y presiento que nuestro cuarto hijo será un varón.

—Será un rey.

—¿Cómo?

—Voy a casarme contigo.

—Sigues casado con doña Blanca, la Iglesia no ha admitido tu petición de nulidad.

—Doña Blanca morirá y entonces nada ni nadie impedirá que seas mi esposa legítima.

—¿Morirá...?

—He ordenado que la trasladen del alcázar de Sigüenza al Puerto de Santa María. La juzgaré por alta traición y conjuración y la sentenciaré a muerte. Y con ella también morirá doña Isabel de Lara.

—¿Cuántas muertes vale un reino?

—Todas. Todas las muertes.

Don Pedro y María volvieron a Sevilla. Siempre Sevilla...

12

El rey de Castilla podía entender cómo se sentía el rey de Portugal. Ambos tenían el mismo nombre, Pedro, ambos eran los primeros monarcas en llevar ese nombre en su reino, ambos habían sufrido el rechazo de sus padres, ambos habían amado a mujeres a las que no podían hacer sus reinas.

Por eso, cuando Pedro I de Portugal le pidió a Pedro I de Castilla y León que le entregara a dos de los tres asesinos de su amada Inés de Castro, los que se habían refugiado en Castilla, el castellano no lo dudó y se los remitió presos.

En el alcázar de Sevilla, mientras revisaban las obras de embellecimiento encargadas a unos alarifes musulmanes, don Pedro y María comentaron lo ocurrido en Portugal.

—Esos dos sicarios ya han sido ejecutados. Al tal Pedro Coelho le han abierto el pecho y le han arrancado el corazón, y el otro, Álvaro Gonçálves, ha sido apuñalado por la espalda. Se ha hecho justicia —informó el rey a su amante.

—Cumplían órdenes —alegó María recordando que los asesinos de Inés de Castro habían sido enviados por el rey Alfonso IV para ejecutarla.

—Esos sicarios merecían la muerte. Esos dos hombres asesinaron a doña Inés de Castro en una quinta que algunas ya llaman De las Lágrimas. Lástima que no haya podido ejecutar al tercero, que logró encontrar refugio en Aviñón.

—¿Y qué hará ahora el rey de Portugal?

—Convulsionar a sus súbditos. Me dice mi embajador en Lisboa que el rey ha declarado que se casó en secreto con doña Inés y que, por tanto, es su esposa legítima y la verdadera reina de todos los portugueses.

—Pero si doña Inés está muerta...

—Muerta, sí, pero el reconocimiento de su realeza la convierte en reina de Portugal y a sus hijos en candidatos al trono en caso de que muriera el príncipe don Fernando, el hijo que tuvo con doña Constanza de Villena y que ahora es el heredero.

—¿En qué estás pensando?

—En hacer lo mismo que mi primo el rey de Portugal: declarar que me casé contigo en secreto antes de hacerlo con doña Blanca y que tú eres mi esposa legítima, y ese niño que llevas en tu vientre, mi heredero.

—El papa seguirá sin admitirlo, y si el papa no lo acepta, nadie dará por válido nuestro matrimonio.

—Soy el rey.

—Los reyes también están sujetos a las leyes de Dios.

—Cambiaré esas leyes.

—No puedes hacerlo.

—¿Sabes que el rey de Portugal ha construido en un lugar llamado Alcobaça un mausoleo para doña Isabel?

—Eso no cambia nada...

—Sí, sí lo cambia; sé que tiene la intención de que, antes de depositar el cadáver de su esposa en la tumba, todos los nobles portugueses deberán pasar ante el cuerpo de doña Isabel, besar su mano y jurarle fidelidad y reconocimiento como reina.

—¡Qué! ¿Eso pretende hacer? ¡Dios santo, considerarán que está loco!

—Loco de amor, sí, por doña Inés; loco de amor, como yo lo estoy por ti.

—Pero yo no estoy muerta... Mi corazón sigue latiendo. —María cogió la mano del rey y la colocó sobre su pecho.

Sobre sus cabezas, subidos a unos andamios, varios alarifes colocaban un delicado techo de filigranas de yeso y de madera en el alcázar real de Sevilla.

4

La guerra de los Dos Pedros
1359-1365

1

Asegurada la frontera en tierras de Almazán y de Molina, Pedro I puso en marcha su plan de guerra total. Se trataba de lanzar un ataque demoledor por el mar, bordeando las costas de Valencia hasta llegar a Barcelona, tomar esa ciudad y atrapar al rey de Aragón entre dos frentes, el de las sierras celtibéricas y el de la costa.

Mediado el mes de abril, cuarenta y una galeras, ochenta naos, tres galeotas y cuatro leños cruzaron el estrecho de Gibraltar, entraron en el Mediterráneo y navegaron de cabotaje por las costas de Almería y de Murcia. El rey de Castilla había logrado la alianza de Portugal, que proporcionó once galeras más, y del reino musulmán de Granada, que además de facilitar el tránsito por sus costas aportó otras tres galeras.

La formidable armada castellana la mandaba micer Gil Bocanegra, un corsario cuya familia había obtenido enormes riquezas dedicándose al corso y que había destacado en la guerra en el mar contra el imperio africano de los benimerines en tiempos de Alfonso XI. Era el primer genovés que ostentaba el cargo de almirante de Castilla.

Bajo su mando estaba el almirante, también genovés, Lanzaroto Pezaña, que mandaba la escuadra de galeras enviadas por el rey de Portugal. Ambos corsarios genoveses, además de cobrar una buena bolsa de doblas de oro, tenían ganas de venganza por lo que los hombres de Francés de Perellós habían hecho con los barcos de los comerciantes genoveses en Sanlúcar de Barrameda.

El rey viajaba a bordo de una galera gigantesca. Había sido apresada en Algeciras a los moros en tiempo del rey Alfonso XI y se decía que era la más grande jamás construida. Los castellanos la habían denominado con el nombre de Uxel. Era tan enorme que tenía tres castillos, uno a proa, otro a popa y un tercero en el centro; cargaba hasta cuarenta caballos, ciento setenta hombres de armas y ciento veinte ballesteros, además de cuatrocientos remeros distribuidos en treinta filas de pares de remos y otros cien tripulantes más.

Tras navegar de cabotaje por las costas de Valencia, la armada castellana arribó a la desembocadura del gran río Ebro. Hasta allí se había desplazado el cardenal de Bolonia, quien, pese a su fracaso como mediador para evitar la guerra entre los dos reinos cristianos, seguía empeñado en conseguir un acuerdo o al menos una tregua que detuviera las hostilidades.

El rey y el cardenal se encontraron en la desembocadura del río, aguas abajo de la ciudad de Tortosa, a bordo de una barcaza.

—Sed bienvenido, cardenal —lo saludó Pedro I ofreciéndole la mano.

—Señor, me alegra volver a veros.

—Supongo que traéis alguna propuesta nueva. ¿Ha cedido ese terco enano al fin? ¿Acepta que Alicante, Orihuela y Elche se reintegren en Castilla? ¿Me entregará a los traidores don Fernando y don Enrique y al pirata Perellós para que se haga justicia?

El cardenal se mordió los labios antes de hablar con gesto contrariado.

—El rey de Aragón se niega a aceptar vuestras exigencias. No cederá Alicante y esas otras plazas, reclama que le entreguéis el reino de Murcia y exige que perdonéis a don Enrique y al resto de su familia. Y en cuanto a lo que se refiere al infante don Fernando, os demanda que lo ratifiquéis como vuestro heredero hasta que tengáis un hijo legítimo de vuestra esposa doña Blanca.

—¿Nada más? ¿No quiere también el dominio de Burgos, Toledo y Sevilla, mi espada y mi corona? —ironizó don Pedro.

—Todavía hay algo más: os requiere que pidáis perdón y cumpláis penitencia por las muertes de la reina doña Leonor, vuestra tía y su madrastra —precisó el cardenal—, y por la de doña Juana de Lara. Alega que esas mujeres eran inocentes y que no merecían morir.

—¿Inocentes? ¿Qué sabrá ese enano sobre la inocencia de esas mujeres? ¡Y qué paradojas ofrece la vida, apreciado cardenal! Ese pequeño aragonés persiguió en otro tiempo con toda saña a mi tía doña Leonor y la quiso matar; ella tuvo que escapar de una muerte segura con sus dos hijos, medio hermanos del enanito —el rey de Castilla se mofaba constantemente de la baja estatura y del pequeño cuerpo del rey de Aragón—, y buscar refugio en la corte de mi padre don Alfonso; y ahora, ese hipócrita burlón, pretende que yo pida perdón por ejecutar a una traidora que no dejó de tramar una conjura tras otra contra mí, pese a ser su sobrino, y que intentó despojarme del trono aunque le ofrecí protección y acogida.

—Su santidad el papa Inocencio lamenta que se libre una guerra entre dos reinos cristianos y os pide que selléis la paz con Aragón.

—¿Me pide, decís? El papa, que justifica una guerra entre su protector el rey de Francia y el de Inglaterra, ¿me pide que haga la paz con Aragón? Decidle a su santidad, a toda su corte de Aviñón y al rey de Aragón que yo, Pedro, rey de Castilla y de León, reclamo todos mis derechos sobre mis reinos y que exijo que se cumpla cuanto he demandado. Decidles que o hay reparación o seguirá la guerra.

—El papa se sentirá muy disgustado con vuestra respuesta.

—Ofrecedle mis respetos al santo padre y pedidle que me bendiga —ironizó don Pedro.

La entrevista se saldó con un nuevo fracaso. Otro más. Ninguno de los dos reyes estaba dispuesto a ceder un ápice en sus posturas iniciales. La guerra continuó.

La armada castellana zarpó de la desembocadura del Ebro y puso rumbo a Barcelona, a donde ya había llegado el rey de Aragón para colocarse al frente de la defensa de la ciudad. Atardecía el 9 de junio cuando las naves castellanas avistaron las playas de Barcelona, cuya defensa había sido encomendada al conde de Osona y al vizconde de Cardona.

Aquel día amaneció despejado sobre Barcelona. Los habitantes de la ciudad se despertaron alertados por los repiques de las campanas de todas las parroquias y monasterios, que tocaban a arrebato ante la presencia de la flota castellana frente a sus playas.

Desde lo alto de la montaña de Montjuic, podía verse el despliegue en forma de media luna de las ciento veinte naves de la armada castellana, con sus estandartes de combate con los cuarteles de los castillos dorados y los leones carmesíes desplegados en las popas.

A bordo de la gigantesca galera Uxel, Pedro I había convocado a los dos almirantes genoveses para evaluar el plan de ataque a Barcelona.

—Los hemos cogidos desprevenidos. ¡Solo disponen de doce galeras para defender la playa! Serán presa fácil. Barcelona caerá en nuestro poder en un par de días. —Don Pedro sonrió al ver la disposición de las galeras del rey de Aragón, en cuyos mástiles y puentes de proa ondeaban los estandartes de las cuatro barras rojas sobre fondo amarillo.

—Me resulta sospechosa esa formación —receló el almirante Pezaña al contemplar el despliegue de las naves de la Corona de Aragón.

—¿Por qué decís eso? ¿Acaso pensáis que se trata de una estratagema, una trampa quizá?

—Alteza, los marinos catalanes son extraordinariamente hábiles y es obvio que conocen estas aguas como la palma de su mano. Es muy extraño que sabiendo que los superamos en diez a uno hayan colocado sus únicas doce galeras alineadas delante de la playa, desplegadas para hacernos frente con semejante inferioridad. Tal cual están colocados esos barcos, parece un suicidio. Tiene que haber oculto algo que no conocemos.

—¿Qué puede ser?

—Lo ignoro, pero, desde luego, detrás de esa formación se esconde una celada.

—¿Disponéis de algunos espías en Barcelona? —preguntó Bocanegra.

—Tal vez.

—Pues haced que alguien se entere de si han preparado una emboscada, porque a simple vista no lo parece.

—Fijaos en el mar. Todo está despejado. No hay más naves a la vista que esas doce galeras enemigas y nuestra flota. Nada se interpone para que ataquemos y las destruyamos; y una vez hundidas sus galeras, Barcelona será nuestra con absoluta facilidad. Mirad allá, hacia la ciudad —señaló el rey con el brazo—; mirad los nuevos barrios que se extienden hasta las playas; carecen de murallas; será tan fácil conquistar Barcelona como tumbar a un niño pequeño de un sopapo —sonrió don Pedro, seguro de su victoria.

—Señor, antes de atacar debemos sopesar todas las circunstancias —repuso Bocanegra, que recelaba ante la posibilidad tan grande de alcanzar la victoria.

—Probad enviando por delante a dos de nuestras galeras —le indicó el rey a los dos almirantes.

Bocanegra, a su pesar, dio la orden para que dos de las galeras del grupo de vanguardia se dirigieran hacia las doce del rey de Aragón, que los almirantes catalanes habían colocado delante de la playa alineadas a modo de muralla flotante.

Las dos galeras seleccionadas navegaron prestas a irrumpir en la línea enemiga, pero poco antes de alcanzarlas ambas quedaron frenadas, como detenidas por una gigantesca mano invisible.

—¿Qué ocurre? —preguntó don Pedro al observar cómo se paraban de repente las dos galeras de la avanzadilla.

—Lo que sospechaba, señor. Han colocado obstáculos ocultos bajo el agua, justo delante de sus naves —observó Pezaña.

—¿Obstáculos, qué obstáculos?

—No lo sé, alteza. Quizá hayan hundido algunos barcos cargados de lastre para que nuestras naves queden varadas y no puedan llegar a la playa.

Las dos galeras castellanas estaban como clavadas en el agua, sin poder avanzar ni retroceder.

En ese momento, una barca se acercó a la galera capitana del rey de Castilla. Varios marineros sujetaban a un hombre de aspecto descuidado.

—¡Avisad al rey! ¡Deprisa! —gritó el hombre que mandaba la barca.

—¿Qué ocurre? —preguntó uno de los oficiales a bordo de la Uxel.

—¡Traemos información muy relevante! ¡Detened el ataque! ¡Es una trampa!

Avisado el rey, este se presentó con Gil Bocanegra y Lanzaroto Pezaña en la borda de la galera capitana.

—¿Qué noticias traéis? —les preguntó Bocanegra a los de la barca.

—Este hombre —el comandante de la embarcación señaló al

tipo desaliñado— tiene información secreta que daros. Pide audiencia a su alteza don Pedro.

—Subidlo a bordo.

Los guardias del rey comprobaron meticulosamente que aquel individuo no llevaba oculta ningún arma entre sus ropas.

—¿Quién eres tú? —le preguntó Bocanegra.

—Un esclavo que ha huido de sus carceleros y de sus tormentos y busca el amparo del rey de Castilla.

—¡Un esclavo! ¿Pero qué clase de burla es esta? ¡Cortadle la cabeza y arrojad su cuerpo a los tiburones!

—¡Tengo información que le interesará al rey de Castilla! —gritó el esclavo.

—¡Un momento! —ordenó el rey cuando uno de los escuderos ya sacaba su cuchillo para degollar al esclavo—. Dejadle hablar.

—Conozco lo que han preparado los catalanes para detener vuestras naves.

—Habla.

—Solo ante el rey de Castilla.

—Yo soy el rey. Habla ya o dejaré que te corten el cuello y arrojen tus pedazos al fondo del mar como comida para los peces, lo que también te ocurrirá si lo que dices no me complace.

—Señor, no ataquéis esa playa. Han preparado una trampa. Delante de esas galeras del rey de Aragón se han clavado áncoras de hierro que destrozarán los cascos de vuestras embarcaciones si intentan pasar sobre ellas.

—¿Cómo sabes eso?

—Porque yo fui uno de los hombres a los que obligaron a colocarlas ahí mismo hace dos días, cuando se supo que vuestra armada venía rumbo a Barcelona.

El almirante genovés al servicio del rey de Portugal miró hacia las dos galeras que seguían detenidas ante las catalanas sin poder zafarse de las anclas que se habían clavado en sus quillas.

—Este esclavo tiene razón —dijo Pezaña.

—Entonces, ¿no podemos desembarcar en esa maldita playa? —preguntó don Pedro.

—No, alteza. Esas anclas son una barrera de hierro ante la cual nuestras naves quedarán varadas. Las olas las agitarán a su capricho hasta que los cascos queden destrozados y se vayan a pique.

—¿No podemos limpiar esos obstáculos?

—Para ello deberíamos acercarnos con nuestras naves hasta esa línea y quedar anclados mientras los desmontamos.

—Pues hagámoslo.

—Señor, esa operación nos llevaría dos o tres días, y durante todo ese tiempo seríamos fácil blanco para las catapultas e ingenios que los barceloneses han desplegado en la orilla de la playa —añadió Bocanegra.

—Nuestros enemigos solo disponen de una docena de galeras para defender Barcelona; no me digáis que no podemos vencerlos. Ordenad un ataque inmediato.

—Es una locura, señor —advirtió el almirante Bocanegra, con la ratificación de Pezaña.

—Los superamos en diez a uno; ordenad el ataque inmediato —se impuso el rey.

Las galeras del rey de Aragón se mantenían firmes a muy pocos pasos de la línea de playa, frente al monasterio de los monjes de San Francisco. En sus cubiertas se habían montado máquinas catapultas del tipo llamado brigola, capaces de arrojar piedras del peso de un hombre hasta un centenar de pasos de distancia. Habitualmente se usaban para abrir brechas en los muros de las fortalezas asediadas, pero un certero disparo de una de ellas podía hundir una galera o dejarla inservible para la navegación. Disponían de una base capaz de girar sobre su eje, de manera que podía modificarse la dirección del tiro para ajustarlo con toda precisión, por lo que resultaban muy eficaces en esas circunstancias.

Además de las brigolas, las galeras del rey de Aragón estaban defendidas por ballesteros expertos, capaces de acertar con sus virotes en un blanco situado a cien pasos. Los aragoneses y catalanes tenían además la ventaja de que sus galeras estaban bien ancladas, con las quillas varadas en la arena del fondo, de manera que en sus cubiertas apenas se producían oscilaciones a causa de las olas, como sí ocurría en las castellanas, que, mecidas por el oleaje, apenas podían fijar con precisión sus disparos.

Pese a las advertencias de los almirantes genoveses, las galeras castellanas cargaron contra las doce del rey de Aragón. La batalla duró todo el día. Las naves castellanas montaban unos trabucos en la popa desde los que los artilleros lanzaban proyectiles con nulo acierto ante las burlas y las risas de los aragoneses y catalanes, que se carcajearon ante la ineficacia de los disparos de sus enemigos, incapaces de acertar una sola vez en el blanco.

Al atardecer del primer día de combate, sin haber obtenido ningún resultado ante la firme defensa de Barcelona, el rey de Castilla ordenó la retirada. Desde la costa, los barceloneses, que se habían conjurado para defender su ciudad del ataque castellano, agitaron las banderas con las barras rojas y amarillas del rey de Aragón y exclamaron gritos de victoria.

Al día siguiente volvieron las naves castellanas al ataque y de nuevo fueron rechazadas por la eficaz artillería de los barceloneses y la precisión en el disparo de los ballesteros, que abatieron a varios soldados castellanos.

Ni siquiera una bombarda montada en la proa de la galera real castellana, la enorme Uxel, desde la que se disparaban pesados bolaños de piedra impulsados por pólvora, fue capaz de acertar una sola vez en los barcos de la Corona de Aragón, en tanto los proyectiles de las brigolas de los defensores acertaban de lleno en dos galeras castellanas, que quedaron inutilizadas. Con media docena de galeras fuera de combate y decenas de hombres muertos y heridos entre las tropas castellanas frente a apenas media docena de bajas entre los defensores de Barcelona, el rey de Castilla entendió que ya habían sufrido suficiente castigo y ordenó la retirada de su flota hasta el estuario del río Llobregat. Allí fondeó mientras se reparaban los destrozos provocados en sus naves e inmediatamente ordenó poner rumbo hacia el delta del Ebro.

La empresa de la conquista de Barcelona había terminado con un rotundo fracaso.

2

Don Pedro, pese a lo obvio de su derrota, se negaba a admitirla. Durante semanas había alardeado de su superioridad sobre la Corona de Aragón y de la facilidad con la que derrotaría a la flota catalana para después hacerse con el dominio de Barcelona, pero había tenido que retirarse rumiando su frustración y penando su amargura.

A la altura de la desembocadura del río Ebro, donde la flota castellana se detuvo para aprovisionarse de agua dulce, llamó a consultas al almirante Bocanegra.

—No podemos retirarnos de aquí derrotados. No puedo volver a Castilla de este modo. Proponed alguna solución —le pidió don Pedro, con gesto contrariado, al comandante genovés.

—Pongamos rumbo a Ibiza, señor. Esa isla estará desguarnecida. Podemos tomar su ciudad principal y apuntarnos un triunfo. Será una victoria fácil que podréis presentar como un notable éxito.

—Humm... De acuerdo, poned rumbo a esa isla —aceptó el rey.

Entre tanto, en Barcelona, libre ya de la presencia de la armada castellana, se estaba concentrando la flota de guerra del rey de Aragón.

El conde Osona había llegado con varias galeras desde Colliure y otros puertos de la Corona de Aragón. En muy poco tiempo había logrado reunir una flota de cincuenta galeras de guerra con las que salió en persecución de la armada castellana.

La superioridad había cambiado de bando.

A comienzos de julio, navegando a toda velocidad, las galeras del rey de Aragón llegaron a Mallorca. Allí se enteraron de que los castellanos habían puesto rumbo a Ibiza y de que lo más probable era que la estuvieran asediando, si es que no la habían conquistado ya. Debían darse mucha prisa si querían llegar a tiempo para socorrerla.

—Cuarenta galeras del rey de Aragón nos persiguen, alteza. Nos alcanzaran en menos de un día —comunicó Bocanegra al rey.

—¿Dónde está ahora?

—Desde una de nuestras galeras de vigía nos han comunicado mediante señales luminosas que acaban de zarpar de Mallorca y que vienen directas hacia aquí.

—¿Va a bordo de alguna de ellas el rey de Aragón?

—No, señor. Parece que se ha quedado en Barcelona. Quien manda la flota es don Bernardo de Cabrera, uno de sus mejores comandantes. Conoce estas aguas como nadie. Será un difícil rival.

—¿Qué proponéis?

—No hemos podido tomar Ibiza, de manera que si sus naves nos alcanzan, quedaremos atrapados entre el mar y la tierra. Propongo poner rumbo hacia Alicante, invitarlas a que nos sigan y librar allí el combate, en aguas favorables a nuestra flota.

—¡Almirante, almirante! —gritó el vigía ubicado en la cofa del mástil central de la nave capitana— ¡La flota aragonesa a estribor!

—¡Por todos los demonios, ya están aquí! —se sorprendió Bocanegra.

La flota aragonesa se detuvo a la vista de la castellana, y durante dos días ambas armadas se observaron sin realizar movimiento alguno.

Por fin, a propuesta de los dos almirantes genoveses, el rey de Castilla dio la orden a toda su flota para que se dirigiera a las costas de Alicante, en donde se harían fuertes y ofrecerían batalla. A la orden del genovés, las galeras castellanas largaron velas y pusieron rumbo a Alicante, perseguidas a cierta distancia por las del rey de Aragón.

A la altura de la costa de Denia las naves aragonesas alcanzaron a las castellanas. Bernardo de Cabrera ordenó a las cuarenta galeras de su flota calar las velas y empuñar los remos. Los capitanes de las naves transmitieron a sus tripulaciones la orden de su comandante, se desplegaron en línea de combate y se lanzaron al ataque.

Los castellanos rehuyeron el combate y se retiraron hasta Alicante, que estaba yermo y despoblado a causa de la guerra y los saqueos.

Durante seis días se libraron algunas escaramuzas en el mar y en tierra sin que las dos escuadras llegaran a enfrentarse en batalla abierta.

La flota castellana acabó retirándose a la seguridad del puerto de Cartagena, en tanto las galeras portuguesas que las acompañaban desde el inicio de aquella campaña pusieron rumbo a Portugal siguiendo la orden de su almirante, perseguidas por las aragonesas, que no pudieron darles alcance.

La gran flota integrada por ciento veinte naves que el rey de Castilla había armado para conquistar Barcelona se deshizo. Unas naves regresaron a Sevilla y otras volvieron a sus bases de amarre en los puertos del Cantábrico. Varias galeras catalanas y aragonesas las persiguieron sin llegar a abordarlas. El comandante catalán se conformó con verlas huir.

Frustrado por el fracaso, don Pedro ordenó que veinte de las galeras de su flota se dirigieran al estrecho de Gibraltar y esperaran allí para apresar a un convoy de doce galeras de Venecia que navegaban desde Flandes cargadas de ricas mercancías. Los venecianos, alertados por sus aliados aragoneses y catalanes, se enteraron de la trampa que les esperaba y pudieron escapar aprovechando la oscuridad de la noche. Cuando los castellanos se enteraron de que los venecianos habían pasado el Estrecho y los habían burlado, trataron de perseguirlos, pero les llevaban mucha ventaja y lograron ponerse a salvo.

El rey de Castilla, malhumorado y abatido, desembarcó en Cartagena y se dirigió a Tordesillas. Quería estar cuanto antes al lado de su amante para confortarse con ella y olvidar entre sus brazos el fracaso ante Barcelona. Amaba la guerra y las batallas, pero en esos días solo quería estar junto a María de Padilla y amarla, amarla, amarla...

Pero el destino es caprichoso y voluble, incluso para con los reyes, incluso para con don Pedro, que vio frustrado su deseo de permanecer algún tiempo junto a su amante.

—El médico judío ha recomendado que te quedes en Tordesillas hasta que des a luz a nuestro hijo. Yo tengo que ir a Sevilla. Ha estallado una guerra entre el rey Muhammad de Granada y su hermano el príncipe Ismail y debo intervenir en ella, pero volveré a conocer a ese niño y a llevarte conmigo. Nunca más volveré a dejarte sola.

Don Pedro acariciaba el vientre de María, a la que solo le faltaban unos días para parir.

—No debiste ejecutar a doña Leonor y a doña Juana.

—¿Todavía sigues obsesionada con ellos? Ya lo hablamos. Eran culpables de traición. Tenían que morir. Un rey debe saber imponer su autoridad y su justicia o no merece reinar.

—¿Y doña Blanca y doña Isabel de Lara? Me dijiste que...

—Están recluidas en la fortaleza de Jerez de la Frontera.

—¿También vas a matarlas?

—Por el momento he ordenado que las mantengan presas...

—¿Vas a matarlas? —insistió María.

El rey calló. Demasiados problemas tenía ya con la guerra contra Aragón, con el papado, con Portugal, con cuyo rey y tío se habían enfriado las relaciones al retirarse la flota portuguesa de la batalla frente a las costas de Alicante, y ahora con el reino de Granada, donde se había desencadenado una revuelta palaciega.

Mediado el verano una facción cortesana encabezada por el príncipe Ismail consiguió derrocar al rey Muhammad, que no tuvo otro remedio que huir apresuradamente de Granada para salvar la vida.

Los rebeldes, con la complicidad de buena parte de la guarnición de la Alhambra, a la que sobornaron, habían logrado apoderarse de la ciudadela y de sus palacios escalando los muros durante la noche. Muhammad V pudo escapar porque aquel día hacía un calor sofocante y se había retirado a dormir al pabellón del palacio del Generalife, a mil pasos de distancia de la Alhambra, en un altozano en el que el aire era más fresco. Esa decisión le salvó la vida.

Desde el pabellón de recreo pudo escuchar los gritos de los asaltantes y tuvo tiempo para montar en un caballo y con un puñado de leales caballeros escapar de la muerte. Muhammad V, vasallo de Castilla, le pidió ayuda a don Pedro, pero este no solo se la negó, sino que reconoció como rey de Granada a Ismail II. A Muhammad no le quedó más remedio que buscar refugio, primero en Guadix, desde donde pidió de nuevo ayuda a Pedro I, que se la volvió a negar. Luego se vio obligado a embarcar, cruzar el Estrecho y refugiarse en África, donde fue bien acogido. Mientras atravesaba el mar, miró a las costas de Granada y juró que volvería, que recuperaría su trono y se vengaría de la traición de su hermano Ismail.

Corría la primera semana del otoño, pero todavía hacía calor en Sevilla.

Don Pedro despachaba algunos asuntos de la cancillería cuando le llegó la noticia de la derrota.

—Señor, nuestras tropas han sido batidas por los aragoneses cerca de la villa de Ágreda —le informó el copero real.

—¡Qué! —El rostro del rey mostraba un absoluto estupor—. ¿Cómo ha podido ocurrir?

—Los aragoneses irrumpieron en la frontera del Moncayo, asolaron las tierras de Ágreda y quemaron la villa de Ólvega. Los nuestros reaccionaron y acudieron a su encuentro. La batalla se ha librado en un lugar llamado Campo de Araviana. Allí han caído muchos de los nuestros.

—¿Quién mandaba nuestro ejército? —El enfado de don Pedro iba en aumento.

—El canciller del sello y mayordomo real, don Juan de Hinestrosa.

—¿Ha sobrevivido?

—No, alteza, no. Don Juan ha muerto en el combate y con él también han caído el comendador de Santiago don Pedro Rodríguez de Soro, Íñigo López de Orozco y Juan Alonso de Haro, además de otros muchos caballeros, dicen que hasta trescientos, muchos de ellos miembros de la Orden de la Banda que instituyó vuestro padre el recordado rey don Alfonso.

—¡Trescientos caballeros! ¡Qué desastre! ¿Y nuestros enemigos...?

—El ejército aragonés lo dirigían, ejem... —el copero carraspeó nervioso—, el conde don Enrique y su hermano don Tello, y con ellos formaban don Pedro de Luna y don Juan Fernández de Heredia, dos de los principales señores del reino de Aragón.

Al escuchar los nombres de sus dos medio hermanos, un trallazo sacudió la cabeza del rey.

—Supongo que nuestros enemigos eran muy superiores en número —buscó don Pedro una justificación a la derrota.

—No, mi señor. Los nuestros eran mil cuatrocientos jinetes y tres mil peones y los aragoneses solo ochocientos caballeros y apenas mil quinientos hombres de a pie.

—¡Por los cuernos de Satanás!, ¿estáis diciendo que la mitad de los soldados aragoneses han vencido a un ejército en el que luchaban los mejores caballeros de Castilla que, además, los doblaban en número?

—Esa es la información que ha llegado a Sevilla, mi señor. No sé qué ha podido suceder para que haya ocurrido semejante calamidad. Tal vez hayan caído en una celada.

—Hinestrosa, mi principal consejero y mi hombre más leal, ¡muerto! —El rey se conmovió ante la noticia de la muerte en combate del tío de María de Padilla, el hombre al que tanto debía.

—Además, alteza, los aragoneses se han apoderado del pendón real de Castilla y León, que enarbolaban nuestras tropas en el combate. Lo protegía don Fernando de Castro...

—¿También ha caído?

—No. El de Castro huyó abandonando el estandarte real en el campo de batalla.

—Siempre supe que ese hombre era un cobarde.

—Don Diego Pérez Sarmiento y don Juan Alfonso no comparecieron en la batalla. Alegan que no pudieron llegar a tiempo.

—Ya me encargaré de que paguen su miedo. Entre tanto, disponed todo lo necesario. Salgo inmediatamente para la frontera. Esta derrota no puede quedar sin respuesta.

—Pero Granada...

—Granada puede esperar. Iré a Tordesillas y desde allí a la tierra de Soria. Necesito una victoria sobre Aragón y la quiero conseguir cueste lo que cueste. Vengaré a los muertos en...

—Araviana, mi señor, Araviana es el nombre de ese aciago lugar.

La victoria en Araviana no fue aprovechada por el rey de Aragón.

El conde don Enrique, nombrado capitán de las tropas aragonesas en la frontera, pretendía toda la gloria para él, pero el infante don Fernando, que definitivamente había optado por apoyar a su medio hermano el rey de Aragón y ganarse toda su confianza para ser nombrado heredero al trono a falta de un hijo varón de Pedro IV, también reclamaba la autoría del triunfo en Araviana. Cada uno de ellos alardeaba de haber sido el verdadero artífice de la victoria y en privado se criticaban el uno al otro, lo que provocó ciertas desavenencias en el ejército aragonés.

3

Estaba cómodo, se sentía a gusto y disfrutaba de sus palacios en el alcázar real, pero la derrota en Araviana y el inminente parto de María de Padilla, que seguía en Tordesillas, obligaron al rey a salir de Sevilla y regresar al norte. Además de conocer a su nuevo hijo, quería reorganizar cuanto antes su ejército con la idea de ofrecer una nueva batalla en la próxima primavera y librar la revancha por la derrota.

Había deseado presentarse en Tordesillas ante su amada María con una gran victoria, con su armada dueña de Barcelona, de Valencia y de Ibiza, con la ciudad de Alicante recuperada para Castilla, con su ejército triunfante en los campos de Araviana, sus enemigos derrotados y humillados, y con su medio hermano el conde de Trastámara preso y cargado de cadenas; pero llegaba frustrado por el fracaso, aunque con ganas de volver a la batalla y resarcirse de las derrotas.

El niño berreaba con la fuerza de un ternero. Había nacido sano, fuerte y rollizo, y, lo más importante para el rey de Castilla, su cuarto retoño con María de Padilla era un varón.

—Te lo prometí, te lo prometí, ¡es un varón!

María de Pardilla, aunque agotada tras el sufrido parto en el palacio de Tordesillas, sonreía a su amante, que le acariciaba el rostro, todavía marcado por el esfuerzo que había tenido que hacer para dar a luz a un niño tan grande. A sus veintiséis años conservaba la legendaria belleza que fascinó al rey desde el primer momento en que la vio. El brillo de sus ojos, la sedosidad de sus cabellos, la tersura de su piel y la rotundidad de su cuerpo seguían seduciendo a don Pedro, que, además, al fin había conseguido engendrar en el vientre de su amada un varón al que legarle su trono y su corona real.

—Mi hijo será rey de Castilla y de León cuando yo muera —asentó don Pedro, sonriente y feliz.

—Que Dios quiera que sea a mucho tardar —habló María.

—Espero que me queden muchos años por delante hasta que Nuestro Señor me convoque a su seno. Todavía tengo mucho que hacer: vencer al taimado aragonés en esta guerra, acabar con todos los traidores, someter a los nobles rebeldes, hacer justicia e imponer mi autoridad en estos reinos.

—Conseguirás todo eso, y yo estaré a tu lado.

—Desde que me convertí en rey de Castilla y de León hace ya diez años, no he dejado de combatir para mantener el orden y la ley en estas tierras, y lo he hecho contra cientos de traidores y a pesar de las decenas de intrigas y conjuras. Sabes, María, ¿qué es lo que más deseo?

—¿Derrotar a todos esos felones?

—Y pacificar mis dominios para vivir contigo en el alcázar de Sevilla, gobernando con justicia una tierra en paz.

—Mientras tus enemigos sean fuertes, no te dejarán gobernar con la tranquilidad y sosiego que deseas.

—Por eso tengo que acabar con ellos y con todos cuantos los ayudan.

—Nuevas guerras...

—Esas gentes, los bastardos de Leonor de Guzmán, los nobles que los apoyan, el rey de Aragón y tantos otros solo entienden el derecho de la espada y la razón de la fuerza. Mi padre impuso la ley en el ordenamiento que se hizo en las Cortes de Alcalá, hace ya más de una década. Yo era entonces un muchacho de catorce años cuando mi preceptor me explicó el contenido de esas leyes y cómo un rey tiene la obligación y el derecho de cumplirlas y hacerlas cumplir. Por eso a mi padre lo llamaron el Justiciero, y así, con ese mismo apelativo, deseo que se me recuerde en las crónicas que se escriban sobre mi reinado: Pedro el Justiciero, hijo de don Alfonso el Justiciero.

—Y así será —asentó María, a pesar de que ya sabía que algunos se referían a su real amante como Pedro el Cruel.

El niño lloró de nuevo y llamó la atención de sus padres.

—Alfonso ya demanda su trono —bromeó don Pedro.

—No. Lo que tiene mi niño es hambre y reclama su comida. Es un tragón. Avisaré a la nodriza para que lo amamante. ¿Alfonso has dicho...? —se preguntó María—. ¿Así es como vas a llamar a nuestro hijo?

—Sí, Alfonso, como mi padre, como mi tatarabuelo el rey Sabio y como aquel monarca antepasado mío que venció a los moros en las Navas de Tolosa. Alfonso es un buen nombre para quien será un gran rey. Hasta que llegue ese momento, lo nombraré mayordomo de palacio y le asignaré todas las rentas que le correspondan.

Demasiados traidores.

Un rey que merezca la majestad de la realeza no puede soportar tantas felonías. Ha de acabar con ellas, debe liquidar a los que conjuran e intrigan contra él, necesita imponer su autoridad y su fuerza. Es su derecho. Le va en ello la dignidad e incluso la vida.

La inquina de don Pedro hacia los rebeldes se desató de nuevo y, en esa ocasión, con una furia descomunal.

El conde Enrique de Trastámara constituía el principal blanco de su furia, aunque quedaba fuera de su alcance por el momento, pero mantenía bajo custodia y encarcelados a dos de sus hermanos, Juan Alfonso y Pedro, séptimo y décimo hijos de Leonor de Guzmán y de Alfonso XI, que tenían entonces diecinueve y catorce años respectivamente; contra ellos descargaría su cólera.

—Id a Carmona y matad a esos dos bastardos —ordenó don Pedro masticando cada una de sus palabras.

—¿Cómo queréis que los ejecute, mi señor? —le preguntó Garci Díaz de Albarracín, escudero de maza del rey y hombre despiadado y sanguinario, que ya había matado a Fadrique dos años antes con toda saña y perversidad.

—Sois el mejor en el manejo de la maza, de manera que usadla como sabéis. Aplastad las cabezas de esos dos, machacad sus huesos y hacedlo sin piedad.

—¿Y qué hacemos con sus cuerpos?

—Son traidores y bastardos, pero llevan sangre real en sus venas. Mi misma sangre... —mascullό don Pedro con rictus de asco—. Sus cadáveres deben ser conservados hasta que decida dónde enterrarlos.

—Así se hará.

Unos días después, el escudero de maza mató a los dos hermanos, que hasta entonces habían permanecido encarcelados en el alcázar de Carmona aguardando impotentes su trágico destino. Nadie había podido demostrar que aquellos dos jóvenes hubieran participado en conjura alguna contra el rey, pero, a pesar de su inocencia, sufrieron la muerte tan solo por ser hermanos del conde de Trastámara e hijos de Leonor de Guzmán.

La noticia de la violenta ejecución de los dos hijos de Alfonso XI, considerados inocentes de cualquier culpa, amedrentó a algunos de los que todavía confiaban en que el rey tendría un hueco en su corazón para el perdón y la misericordia. Se equivocaban.

El nerviosismo y el temor cundió entre muchos nobles. Algunos acudieron al rey mostrándole su absoluta sumisión. Pretendían disipar cualquier duda que don Pedro pudiera albergar sobre su lealtad y salvar así la hacienda y la vida.

Uno de ellos, Gómez Carrillo, que tiempo atrás había expresado ciertos recelos ante la brutalidad de don Pedro, se presentó ante él para prometerle lealtad eterna. El rey lo aceptó y le dijo que lo perdonaba de buen grado, pero era mentira. No había olvidado los anteriores devaneos de este caballero con sus enemigos. Lo engañó y se ganó su confianza atrayéndolo con la promesa de que lo nombraría señor de Algeciras, mas cuando lo tuvo al alcance desarmado e indefenso, ordenó que lo apresaran, que le cortaran la cabeza y que arrojaran su cuerpo al mar.

No sería la última víctima de la inquina y la violencia reales. En los próximos meses correría la sangre por todos los reinos de don Pedro como nunca antes se había visto en esa tierra, como si se hubieran liberado de repente todas las furias de las ancestrales deidades paganas.

4

Aquel invierno hubo grandes hielos y nieves en Castilla y León. Los caminos resultaron impracticables y los puertos intransitables durante varias semanas.

Los brazos y el cuerpo de María de Padilla calmaron la cólera real, pero solo por el tiempo de los fríos, porque a las puertas de la primavera se despertó con todo ímpetu el ansia de venganza y se desató el furor de don Pedro, todavía con mayor brutalidad si cabe que la ciega rabia que lo había excitado hasta entonces.

No tenía otra ambición ni otra meta que ver morir a todos y cada uno de sus enemigos, acabar con aquellos que se habían burlado de él cuando era un joven heredero encerrado como un perro rabioso junto a su madre doña María de Portugal, sufriendo los desprecios de Leonor de Guzmán y de sus bastardos, el menosprecio de los nobles rebeldes ufanos de su poder y sus riquezas y la desidia e indiferencia de su padre el rey Alfonso, que solo había tenido ojos para Leonor y oídos para sus bastardos.

Todos iban a pagar cara su insolencia. Todos.

Pero antes tenía que librar una batalla y ganar una guerra.

Tras su victoria en Araviana, Enrique de Trastámara se creía capaz de cualquier cosa. Confirmado por el rey Pedro IV de Aragón como capitán de las tropas de la frontera en las Cortes aragonesas que se estaban celebrando aquellos primeros meses de 1360 en Zaragoza, se sintió con fuerza e ímpetu para librar una nueva batalla en la que estaba convencido de que volvería a derrotar al ejército de su medio hermano el rey de Castilla. Ufano y crecido, le dijo al rey de Aragón que una segunda victoria en el campo de batalla acabaría hundiendo la moral de los caballeros que todavía permanecían fieles al rey Pedro I y que entonces lo abandonarían, como ya estaban haciendo los que consideraban que don Pedro se había vuelto loco o que lo había poseído el demonio y que solo lo guiaba en su sanguinaria demencia la sed de sangre y las incontenibles ansias de matar.

El rey de Aragón no mostraba tanta euforia como el conde Enrique, pero las victorias en la playa de Barcelona y en el Campo de Araviana le habían hecho creer que, pese a la superioridad numérica del ejército castellano y a las mayores riquezas de esos reinos, podría vencer por tercera vez y con ello acabar ganando la guerra.

En el alcázar de Sevilla, a donde se habían trasladado Pedro de Castilla y María de Padilla tras su parto en Tordesillas, la actividad era frenética en aquellos días de fines del invierno de 1360.

—Señor, nuestros espías informan de que el conde don Enrique y su hermano don Tello han recibido autorización del rey de Aragón para entrar en Castilla y presentar batalla —informó el copero real a don Pedro.

—Los venceremos. En esta ocasión no nos sorprenderán, como le ocurrió a don Juan de Hinestrosa en Araviana —dijo el rey.

—Sabemos, alteza, que entre el infante don Fernando y el conde don Enrique se han producido serias desavenencias. Esos dos hombres se envidian y no se soportan. Don Enrique le ha pedido al rey de Aragón ser él quien mande las tropas, a lo que el infante se ha negado y ha pedido para él el mando supremo del ejército. Al fin, se ha impuesto don Enrique, que cuenta con más soldados bajo sus banderas. Deberíamos aprovechar esa situación de desavenencias entre ellos para ahondar en sus diferencias y dividir sus fuerzas.

—¿Qué proponéis?

—Señor, el infante don Fernando es vuestro primo y, como hijo de doña Leonor, vuestra tía la reina de Aragón, sigue siendo el primero en el orden de sucesión a la corona de Castilla y León.

—¿Qué estáis pensando? —A don Pedro no le gustó nada escuchar aquello, pero el copero tenía razón—. Vamos, soltad vuestra propuesta.

—Enviad un correo para que se entreviste en secreto con don Fernando y proponedle que si abandona su alianza con el rey de

Aragón y con el conde de Trastámara y se aviene con vuestra merced, lo apoyaréis para que se convierta en rey de Aragón, como siempre ambicionó. Prometedle incluso que os sucederá y que también será heredero vuestro en Castilla y León. Engañadlos y sembrad la discordia entre vuestros enemigos.

Don Pedro meditó durante unos momentos la propuesta de su copero. Sí, concluyó al fin, eso haría, enviaría a Pero González de Agüero, su más convincente y hábil embajador, para tratar de ganarse al infante don Fernando de Aragón y así romper la coalición que se había formado contra él. Dividir a sus enemigos sería la manera más fácil de vencerlos.

El embajador Agüero viajó hasta Aragón y logró entrevistarse en secreto con el infante don Fernando, pero este ya no era el joven iluso e inexperto de años atrás. Había aprendido mucho y se dio cuenta de que la propuesta de su primo el rey de Castilla era una añagaza en la que se negó a caer.

El cardenal de Bolonia, inasequible al esfuerzo de lograr un acuerdo de paz, pese a que cosechaba fracaso tras fracaso en sus varios intentos de mediación entre los combatientes, lo intentó una vez más. Enterado de la campaña que se preparaba desde Aragón para invadir el norte de Castilla, citó en la ciudad navarra de Tudela, con autorización de su rey, a los embajadores de Aragón y de Castilla. Una vez más, el legado pontificio trató de que ambas partes acordaran una tregua y sellaran la paz, pero de nuevo todas sus tentativas se demostraron inútiles. Ni aragoneses ni castellanos estaban dispuestos a ceder un ápice en sus posturas de partida, de manera que las vistas se saldaron con un enésimo fracaso y la guerra continuó su curso.

Rotas las negociaciones de Tudela, el rey de Aragón otorgó permiso a Enrique de Trastámara y a su hermano Tello para que entraran con sus huestes en Castilla y libraran esa nueva batalla que tanto anhelaban.

Todavía andaba Pedro I en Sevilla cuando le llegó la noticia de la irrupción del ejército mandado por sus dos medio hermanos en sus dominios del noreste. Los destrozos que estaban provocando en varios lugares de La Rioja eran enormes. Habían saqueado la próspera villa de Haro, habían arrasado la ciudad de Nájera, célebre porque allí había sido proclamado rey de Castila Fernando III, y habían masacrado a la mayoría de los judíos de aquella aljama.

Sin tiempo que perder, Pedro I salió de Sevilla y se dirigió a León atravesando las dehesas de Extremadura y los puertos de las montañas a uña de caballo, a la vez que convocaba a la hueste a los nobles que todavía permanecían fieles y a los concejos de todas las ciudades de sus reinos.

Las circunstancias no le eran nada propicias. Varios nobles, amedrentados por los asesinatos que el rey estaba ordenando, lo abandonaron, entre ellos Diego Pérez Sarmiento, al que despojó de su cargo de Adelantado de Castilla, y Pedro Fernández de Velasco; ambos temían por sus vidas al no haber acudido a tiempo a la batalla de Araviana, lo que don Pedro no les había perdonado.

5

No se fiaba de nadie. El rey de Castilla veía conjuras por todas partes y consideraba traidor a cualquiera que le despertara la menor sospecha, apenas con una mera intuición o recelo y sin tener prueba alguna.

Por tierras de León persiguió a Pero Núñez de Guzmán, Adelantado de León y de Asturias, del que desconfiaba tan solo por ser pariente de Leonor de Guzmán. No pudo darle caza, por el momento, pero se vengó matando a Pedro Álvarez de Osorio, al que engañó invitándolo a comer en Villanubla. Mientras el noble comía confiado, dos escuderos del rey lo mataron a mazazos y luego le cortaron la cabeza. También fueron ejecutados a golpes de maza dos caballeros de Valladolid y el arcediano de Deza, acusado de haber recibido una carta del conde Enrique de Trastámara.

Hasta Burgos, donde se había desplazado el rey para concentrar el ejército y salir al encuentro de los invasores, llegaron nuevas de las correrías de don Enrique por tierras de La Rioja, los saqueos que seguía realizando en esa tierra y las nuevas matanzas de judíos.

Además, el capitán que gobernaba la ciudad aragonesa de Tarazona, que seguía en poder del rey de Castilla, se había pasado al rey de Aragón y le había entregado la ciudad a cambio de cuarenta mil florines y de casarse con la noble aragonesa Violante Ximénez de Urrea, miembro de una de las más poderosas familias de ese reino.

Los dos ejércitos se aproximaban listos para la batalla. El de don Enrique llegó hasta el desfiladero de Pancorvo, donde se atrincheró, en tanto el de don Pedro avanzó hasta la villa de Miranda de Ebro.

En el campamento real de Miranda se recibió una visita inesperada. Se trataba de un mensajero que decía venir en nombre de don Tello y que portaba un importante mensaje.

Tras cachearlo, lo dejaron pasar y don Pedro aceptó escucharlo.

—Alteza —se inclinó el mensajero—, mi señor don Tello me ha ordenado que os comunique que estaría dispuesto a abandonar a don Enrique y a volver a vuestro lado si así lo aceptaseis.

El rey de Castilla no podía creer las palabras que estaba escuchando. Tello, su medio hermano, siempre tan fútil, voluble e indeciso, le ofrecía traicionar a su hermano Enrique y volver a la obediencia de don Pedro.

Dudó.

—Mi hermano —el rey usó el calificativo familiar al referirse a Tello— ha mudado de opinión y de criterio demasiadas veces. ¿Cómo sé que esto que me propone no se trata de un engaño, otro más?

—La oferta de don Tello es sincera. Si lo aceptáis como vasallo, se pondría a vuestro servicio y con él toda su hueste —dijo el mensajero.

—¿Cuántos soldados tiene mi hermano bajo su mando?

—Ochocientos caballeros y mil peones, alteza.

—Eso supone la mitad de los hombres que manda ahora el conde don Enrique.

—La mitad, sí.

El rey se levantó de la silla de tijera en la que permanecía sentado mientras el mensajero, en pie, le ofrecía el vasallaje de Tello, y se dio la vuelta para pensar su respuesta.

—Dile a mi hermano que rechazo su oferta. Y tú agradece a Santa María que no ordene que te corten ahora mismo el cuello.

—Pero...

—Vuelve por donde has venido y no me hagas perder la paciencia.

Mientras el mensajero salía aterrado de su entrevista, en el campamento de don Enrique en Pancorvo se producía otra reunión. El conde de Trastámara se había enterado de las dudas de su hermano Tello y acababa de ordenarle que regresara a Aragón con un puñado de hombres con la excusa de ir a ver a su rey para demandarle el envío de ayuda para la batalla que se aproximaba.

Nadie se fiaba de nadie, ni en Castilla ni en Aragón. Todos se comportaban como verdaderos tahúres, mintiendo y engañándose unos a otros en todo momento. La verdad era una virtud que ninguno de aquellos señores practicaba.

La desproporción de fuerzas era notable. El conde don Enrique contaba con mil quinientos caballeros y dos mil peones, en tanto el rey don Pedro había logrado reunir cinco mil jinetes y diez mil soldados de a pie.

Con la superioridad de efectivos de su parte, el rey ordenó avanzar hacia las posiciones del conde de Trastámara, que buscó un lugar más favorable para la pelea y se retiró hasta Nájera, donde se dispuso a ofrecer batalla.

Don Pedro sometió a la villa de Miranda de Ebro, que había apoyado a don Enrique, mató allí a varios rebeldes, se dirigió a Santo Domingo de la Calzada y levantó el campamento en Azofra, una pequeña localidad a mitad de camino entre Nájera y Santo Domingo. Ese era el punto indicado para la concentración de las tropas, a poco más de una hora de camino de Nájera.

—Alteza —el comandante de la guardia real interrumpió a don Pedro, quien, sobre un mapa dibujado en un pliego de papel, planeaba con algunos de los capitanes de su ejército la estrategia a seguir en la batalla que se avecinaba—, un clérigo insiste en hablar con vuestra merced.

—¿Qué quiere? —se molestó el rey.

—Acaba de llegar de Santo Domingo de la Calzada. Asegura que ha tenido un sueño esta pasada noche y quiere contároslo. Asegura que escucharlo es crucial para vuestra merced.

—¡Maldita sea! ¿Es que no hay un solo hombre cuerdo en todos mis reinos? Un clérigo sueña, a saber qué, y se presenta ante mi tienda para contármelo. ¿De qué clase de orate se trata?

—Parece como iluminado, mi señor. He intentado disuadirlo para que se marchara, pero ha amenazado con quemarse vivo y maldecir a todo bicho viviente si no lo recibís.

—¿Te ha dicho qué clase de sueño ha tenido?

—No. Solamente que concernía a vuestra alteza y que era muy grave; y que solo os lo contará en privado.

El rey don Pedro no era especialmente supersticioso, pero sintió cierta curiosidad y aceptó recibir al clérigo.

—Está bien, hacedlo pasar; y vosotros, dejadnos solos —se dirigió a sus capitanes, que se miraron asombrados y salieron del pabellón.

—Aquí está —le dijo el comandante de la guardia, que traía del brazo al clérigo.

—Puedes retirarte.

—¿Señor...?

—Deseo hablar a solas con este hombre.

—Lo hemos registrado. No lleva encima ningún arma. —El comandante frunció el ceño, inclinó la cabeza y se retiró.

—Y bien, ¿qué sueño es ese tan importante como para interrumpir a tu rey?

—Alteza, esta pasada noche me he despertado mediada la madrugada en medio de espasmos y sudores. Santo Domingo se me ha aparecido para decirme que tenía que venir a veros y avisaros de que el conde don Enrique, vuestro hermano, os había de matar con sus propias manos y que os previniera para que pusierais remedio.

—¿Santo Domingo se te ha aparecido? ¿Estás seguro de que era el santo y no un diablo camuflado?

—Sí, alteza. Ha sido nuestro santo fundador quien me ha hablado y quien me ha ordenado que os advirtiera de lo que os he dicho.

—¿Alguien os ha inducido a que vinierais a verme?

—No, mi señor. Solo cumplo lo que santo Domingo me ha indicado con su propia voz que os transmita.

—¿Le habéis contado este sueño a alguien más?

—A nadie. El santo me ha precisado que no debía saberlo nadie antes que vuestra merced.

—¡Caballeros! —El rey gritó llamando a sus hombres, que irrumpieron en el pabellón con las espadas en las manos creyendo que don Pedro estaba siendo atacado por el clérigo—. ¡Envainad esas espadas! —ordenó tajante.

—Creíamos que estabais en peligro —alegó uno de los capitanes.

—Diles a estos caballeros lo que me acabas de contar.

—Señores —habló el clérigo—, esta madrugada se me ha aparecido santo Domingo en un sueño y me ha revelado que su alteza don Pedro sería asesinado por su hermano don Enrique con sus propias manos. Me indicó que viniera hasta aquí para prevenirle de ello y así pusiera remedio a este augurio.

—Ya lo habéis oído, caballeros. Yo creo que este clérigo ha sido enviado por mis enemigos para que me atemorice y me espante. Considero que es un agente al servicio de los traidores a la corona.

—¿Cómo...? ¡No, mi señor, no! Ha sido el mismísimo santo Domingo el que me ha ordenado que os avise. Creedme, mi señor, creedme.

—Levantad una pira de leña delante de estas tiendas y quemadlo —ordenó don Pedro con una mirada tan inhumana que heló la sangre de los que la contemplaron.

—¡No, no, piedad, señor, piedad! ¡Es santo Domingo quien me envía! ¡No soy un traidor ni un sicario de vuestros enemigos! ¡Creedme, alteza, creedme!

El clérigo suplicó en vano. Dos ballesteros lo inmovilizaron y lo golpearon en la cabeza hasta que perdió el sentido. Poco después el cuerpo de aquel desdichado ardía en una hoguera frente al pabellón de campaña del rey levantado en la villa de Azofra.

La batalla se libraría en la ciudad de Nájera.

El rey estaba tan seguro de la victoria que aquel jueves, 24 de abril de 1360, esperó hasta acabar de comer en su pabellón de Azofra para ordenar a su ejército que se dirigiera al combate.

El conde don Enrique había ordenado levantar una tienda en un otero a las afueras de Nájera, en la cual ondeaba su enseña señorial y la de su hermano Tello, que ya estaba en Aragón como se le había ordenado.

La vanguardia castellana, dirigida por el propio don Pedro, atacó esa tienda, dispersó a los defensores y se apoderó de los estandartes de los dos hermanos Trastámara.

Viéndose superado en el primer envite, el conde retrocedió hacia Nájera, pero las tropas de don Pedro habían cortado la retirada ante las puertas, de manera que tuvo que dirigirse hacia el que llamaban castillo de los Judíos, donde se habían hecho fuertes varios de sus hombres.

A los pies de las murallas se libraron algunas peleas en las que cayeron caballeros de ambos bandos, hasta que la noche obligó a cesar los combates.

El rey se retiró entonces a su campamento de Azofra, pero regresó al día siguiente con las primeras luces del alba. Los de don Enrique, reforzados con ochocientos caballeros y dos mil peones al mando del conde de Osona, rechazaron el ataque, en el que murió el tío de un escudero de Jaén, fiel vasallo de don Pedro.

Aquella muerte y el desconsolado llanto del escudero le hicieron recordar el sueño que le había contado el clérigo de Santo Domingo. El rey consideró que aquel era un signo de mal agüero y ordenó dar media vuelta y retirarse a Azofra y a Santo Domingo, a donde llevó a los heridos de su ejército. Había perdido la ventaja inicial, lo que aprovecharon las huestes de don Enrique para salir de Nájera y retirarse hacia Aragón.

Enterado de la huida de sus enemigos, el rey de Castilla dio orden de volver sobre sus pasos y perseguirlos, pero al llegar a Logroño se detuvo y ordenó el cese de la persecución, lo que permitió que sus enemigos pudieran llegar a territorio de Aragón y ponerse a salvo.

El insistente cardenal de Bolonia apareció de nuevo para volver a rogar a ambos contendientes que detuvieran las hostilidades. El enviado del papa era incansable en sus intentos de mediación y se reunió con don Enrique y con el conde de Osona para que trataran de acordar la paz, o al menos firmaran una tregua que frenara la guerra.

Tras reorganizar el mando de las fortalezas de la frontera, Pedro I regresó a Sevilla. Siempre Sevilla.

Pasó unos días con María de Padilla, que no acababa de recuperarse del todo del parto de su hijo Alfonso. Los médicos judíos trataban de devolverle la salud con pócimas y jarabes, pero su fortaleza parecía resquebrajarse por días.

Ambos amaban Sevilla y les gustaba pasar los días entre las paredes del alcázar real, disfrutar juntos de la comida y de la música, con sus cuatro hijos, salir a cazar por las cuestas de la orilla derecha del Guadalquivir y pasar la noche abrazados al frescor de sus patios, sus estanques y sus jardines.

—Cuando acabe con todos esos traidores y pacifique mis reinos, viviremos para siempre en este alcázar —le dijo don Pedro a

María mientras acariciaba su cabello junto al estanque central del nuevo palacio que se estaba construyendo al lado de los jardines de la zona de levante.

—¿Y cuándo acabará toda esta pesadilla? Hace ya diez años que reinas en estas tierras y no ha habido un solo día de paz.

—No habrá paz hasta que no sean liquidados todos los intrigantes que anhelan mi muerte. Deseo dejar a nuestro hijo una tierra en la que se respete la autoridad de sus reyes y se impongan las leyes y la justicia.

—Ha habido demasiadas muertes, demasiada sangre derramada, demasiado odio...

—Era necesario. La nobleza rebelde no entiende otra lengua que la de la fuerza.

—... demasiado sufrimiento, demasiado...

El rey puso su mano en los labios de María, la silenció y le impidió seguir lamentando lo que estaba ocurriendo.

—Solo por ti; solo renunciaría a mis reinos por ti.

La miró a los ojos, levantó su mano de sus labios y la besó.

—Te vuelves a marchar —afirmó María, que entendió la mirada y los gestos de su amante.

—Debo volver a la frontera. Mis embajadores están negociando con los de Aragón y no me fío de ellos.

—¿No confías en nadie?

—En ti, María, solo en ti.

Antes de volver al norte, don Pedro ordenó que se armaran cinco galeras para perseguir a las cuatro que comandaba el corsario catalán Mateo Mercer, que con licencia del rey de Aragón estaba causando muchos daños en las costas de Murcia.

Para ello puso al frente de esa flota a un capitán llamado Zorzo, un tipo despiadado que había sido capturado como esclavo en Tartaria por mercaderes de Génova y que se había formado con los mejores marinos de aquella república. Zorzo persiguió a Mercer hasta vencerlo cerca de las costas de África. Tras darle muerte, arrojó el cadáver a las aguas del Mediterráneo, pero antes le cortó la cabeza que envió embalsamada y dentro de una bolsa de cuero a Sevilla.

Castilla y León también podían vencer a la Corona de Aragón en el mar.

6

No se trataba tan solo de reorganizar la defensa de la frontera para evitar y para responder de la manera más adecuada y contundente a un nuevo posible intento de invasión desde Aragón, sino también de seguir eliminando a enemigos internos.

Tras nombrar nuevos alcaides para algunos castillos y reunirse en Almazán, cerca de Soria, con los maestres de las grandes órdenes de Santiago, Calatrava y Alcántara, nombrados entre sus más fieles vasallos y algunos familiares de María de Padilla, ordenó la muerte de algunos caballeros y nobles cuyos nombres figuraban en la lista de enemigos a ejecutar.

Fueron detenidos y asesinados varios hombres en Alfaro, León y Toledo, entre ellos Pero Núñez de Guzmán, pariente de Leonor, que había logrado escapar a principios de ese año a Portugal, pero que fue devuelto a Castilla por el trueque que se hizo con el rey portugués, al cambiarlo por los asesinos de Inés de Castro. De nuevo volvió a correr la sangre. A Pero Núñez lo llevaron a Sevilla, donde sufrió tormentos horribles hasta que falleció desangrado, con la piel desollada a tiras tras recibir decenas de latigazos.

De vuelta a Sevilla desde Almazán, el rey pasó por Guadalajara y Toledo. Se detuvo en esta ciudad para expulsar de su sede al arzobispo Vasco Fernández, del que hacía tiempo que desconfiaba y al que envió al exilio a Portugal sin permitir que recogiera ni siquiera algo de ropa para el camino. La primera intención fue la de ejecutarlo, como había hecho con su hermano Gutier Fernández, pero algunos de sus consejeros convencieron al rey de que matar al arzobispo toledano supondría las represalias del papa, una nueva excomunión para don Pedro y, sin duda, su puesta en entredicho, lo que implicaría que no podría recibir los sacramentos de la Iglesia y, por tanto, que sufriría la condena a las penas del infierno.

El exilio del arzobispo conllevaba además la pérdida de todos sus bienes, que pasaron a engrosar la hacienda real.

—Proceded al embargo de todas las propiedades del arzobispo don Vasco y preparad un informe completo de a cuánto asciende su fortuna.

Pedro I conversaba con el judío Samuel Ha Leví en el lujoso palacio que el tesorero real y hombre de su máxima confianza se había construido en Toledo.

—Ya lo están haciendo mis ayudantes, alteza. Todo cuanto poseía don Vasco será minuciosamente anotado en un inventario y se expedirá el correspondiente documento de la nueva propiedad a nombre de vuestra merced.

—Tenéis una casa magnífica, digna de un rey. No en vano algunos os llaman «rey de los judíos» —dijo don Pedro mientras observaba la magnífica estancia del palacio de don Samuel, en cuyas paredes colgaban tapices de seda bordados con hilos de plata y de oro y en cuyas mesas y estantes se mostraban jarras, copas y bandejas de oro y de plata.

—Ya sabéis que la mía es la más rica de todas las familias de judíos toledanos —se justificó Samuel Ha Leví.

—Sí, lo sé. Y también sé que ya se ha acabado la sinagoga que os autoricé a levantar en la judería mayor de esta ciudad, pese a que las leyes de las *Siete Partidas* de mi antepasado el rey Sabio y el ordenamiento de Alcalá que aprobó mi padre el rey don Alfonso impiden que los judíos puedan construir nuevos templos para rezar a su dios.

—Señor, esa sinagoga ha sido edificada con mis rentas y no es sino un oratorio privado, para uso propio y de mi familia —alegó el judío.

—Pues vuestra familia debe de ser enorme, pues dicen que esa sinagoga tiene el tamaño de una de nuestras catedrales y puede albergar en sus naves a cientos de personas —ironizó el rey.

—Mi señor, en mi oratorio privado —insistió el tesorero en llamar así a la gran sinagoga recién terminada— he ordenado que se destaquen en las paredes inscripciones dedicadas a ensalzar vuestra egregia figura y a loar vuestro venturoso reinado: «Al gran monarca, señor y dueño nuestro, el rey don Pedro. ¡Ayúdelo Dios, acreciente su fuerza, aumente su gloria y la conserve como un pastor a su rebaño!». Esa es una de esas leyendas que recorren las paredes; y otras como esta: «El rey de Castilla engrandeció y honró a Samuel Leví. Ha alzado su trono por encima de los demás príncipes. Nadie alza una mano ni levanta un pie sin su autorización».

—No le he visto todavía, pero me dicen que el palacio que habéis construido en Sevilla es todavía más espléndido que este de Toledo; y que sois el mayor propietario de inmuebles en estas dos ciudades.

—¡Oh!, muchas de ellas pertenecen a mi familia. Los Abu-l-Afiyat, que es el nombre de nuestro linaje, uno de los más célebres de todos los judíos de occidente. Hay memoria entre mis parientes de que fuimos los primeros hebreos que se instalaron en tierras de Túnez tras la destrucción del Templo de Jerusalén por los romanos. Allí hicieron fortuna mis antepasados antes de instalarse en Sefarad.

—¿Sefarad...? —preguntó extrañado don Pedro.

—Es el nombre que según algunos dio Abdías, uno de nuestros profetas menores, a esta península que los romanos llamaron Hispania en el extremo occidental del mundo; aunque según otros se refiere a una ciudad de Babilonia, o quizá de Siria; solo el Señor lo sabe.

—Sefarad..., bonito nombre. Bien, no olvidéis enviarme ese inventario de bienes.

—En cuanto esté acabado, mi señor.

—Y, por cierto, cuidaos de la maledicencia de algunos. Hay demasiados envidiosos que se consumen de celos al saber la fortuna de la que disponéis.

—«El corazón apacible es la vida de la carne, pero la envidia es la carcoma de los huesos», reza un dicho en los Proverbios de nuestra Biblia común y que también se recogen en nuestro libro del Tanaj.

—Sí, lo recuerdo, y también cómo san Pablo nos recuerda en la Carta a los gálatas que la envidia es una de las obras de la carne y que quienes la practican no heredarán el reino de los cielos; pero recordad también que el evangelista san Mateo nos enseña que es muy difícil que un rico entre en el reino de los cielos y que es más fácil incluso que un camello pase por el ojo de una aguja —ironizó el rey.

—Según vuestro evangelista, el cielo debe de estar lleno de pobres, pero ya sabéis, alteza, que los judíos no creemos en las enseñanzas de esas nuevas escrituras. En cierto modo, estamos más de acuerdo con los seguidores de Mahoma, que aseguran que las riquezas son un don de Dios, con el que señala y premia a los afortunados —ironizó el tesorero, quizá el hombre más rico de Castilla y León.

Ya estaba don Pedro de vuelta en Sevilla cuando recibió el listado de propiedades y bienes incautados al arzobispo de Toledo que habían pasado a pertenecer a la corona.

Mientras lo repasaba con uno de sus secretarios en una estancia del alcázar, ciertas dudas se instalaron en su cabeza.

—¿Cómo ha podido acumular tantas riquezas don Samuel? —comentó en voz alta a la vista del inventario.

—¿Me preguntáis a mí, señor? —repuso Martín Yáñez, un escribano de Sevilla a quien había confiado la revisión del inventario remitido por Samuel Ha Leví.

—No veo a nadie más en esta sala.

—Se dice, ejem... —carraspeó el escribano—, que don Samuel..., bueno, que el tesorero no, no...

—Habla claro —le ordenó tajante.

—Corren rumores de que el tesorero real se queda con una parte de las rentas que recauda en nombre de vuestra merced.

—¿Tienes alguna prueba de eso o conoces a alguien que la tenga?

—Mi señor, ¿necesitáis una prueba mayor que sus inmensas riquezas?

—Continúa.

—Sumad lo que ha gastado en edificar sus dos palacios, el de Toledo y el que se ha hecho construir aquí en Sevilla, y lo que le ha costado levantar la sinagoga en la judería mayor toledana, y comparadlo con los emolumentos que don Samuel recibe como tesorero real...

—¿Supones que no cuadran las cuentas? —demandó don Pedro haciendo un rápido cálculo.

—No, mi señor, no cuadran. Y, además, el inventario de los bienes del arzobispo no contiene todas las propiedades incautadas. Creo, mi señor, que don Samuel ha ocultado algunas de ellas. Comprobadlo, vuestra merced.

El escribano le mostró un listado de propiedades del arzobispo que no coincidían con las del inventario remitido por el tesorero real.

La orden del rey sorprendió al alguacil.

Nadie esperaba que don Pedro mandara apresar a su tesorero y llevarlo atado de manos ante su presencia al alcázar de Sevilla.

Catorce años mayor que el rey, hasta ese momento había sido su principal consejero, el hombre al que había confiado la hacienda y la administración de todas las rentas, la recaudación de los tributos y la custodia del dinero y los bienes de la corona.

El poderoso potentado Samuel Ha Leví no comprendía por qué había sido detenido por los oficiales del rey. De pie en un lado del patio de las Naranjas del alcázar sevillano, aguardaba en silencio su destino.

Tras un buen rato de espera, don Samuel se conmovió al ver aparecer a dos ballesteros de maza que precedían al rey, quien vestía una lujosa túnica de seda carmesí con brocados de hilo de oro y plata; en su cabeza portaba la corona real y al cinto de marroquín, un puñal decorado con piedras preciosas engastadas en la empuñadura de oro.

El tesorero conocía de sobra qué significaba la presencia de aquellos dos maceros, con sus cachiporras al hombro, sus rostros acerados y su mirada de hielo. Uno de ellos era Garci de Albarracín, el más mortífero de los ballesteros del rey, cuyo solo nombre se identificaba con la muerte.

—¡Alteza!, ¿qué significa esto? —demandó don Samuel mostrando sus manos atadas.

—¿Dónde escondéis el dinero? —preguntó el rey sin mover otros músculos de su cara que los de los labios.

—¿A qué dinero os referís, mi señor?

—Al que habéis ido robado durante todos los años en los que habéis estado al frente del tesoro.

—Yo no he robado nada.

—No mintáis. ¿Cómo habéis podido acumular tantas riquezas y tantas propiedades sin haber detraído dinero del tesoro real?

—Señor, todo cuanto poseo lo he ganado con mis negocios.

—Vuestro negocio ha consistido en la rapiña de los bienes de la corona.

—¿Quién me ha denunciado?

—Decidme cuánto me habéis robado y dónde lo tenéis escondido y tal vez os perdone la vida.

—No he ocultado nada a vuestra merced, nada, nada, nada... Samuel Ha Leví inclinó la cabeza compungido.

—¿Dónde lo ocultáis? —insistió don Pedro.

—Nada, nada, nada... —repetía el tesorero, abatido y lloroso.

—Llevadlo a las atarazanas. Interrogadlo hasta que revele dónde guarda el dinero —indicó el rey a los dos ballesteros.

—¿Y si no quiere hablar? —preguntó Garci de Albarracín, que ya saboreaba el placer que le suponía matar a un judío.

—Supongo que sabrás cómo hacerlo —le insinuó don Pedro ante la sonrisa maléfica del ballestero de maza.

Durante varios días el tesorero judío sufrió terribles tormentos en una estancia de las Atarazanas de Sevilla. Algunos dijeron que sus gritos de dolor y sus lamentos se escuchaban por toda la ciudad en el silencio de la madrugada; otros aseguraban que su declaración de inocencia y sus súplicas en demanda del perdón real eran tan nítidas que se oían desde el exterior.

Tras dos semanas de torturas y sufrimientos, los gritos de Samuel Ha Leví dejaron de escucharse. El hombre más rico de Castilla, el que más había influido en el rey, el que había controlado el tesoro real, el que más confianza había despertado en don Pedro, no pudo soportar el castigo y murió una madrugada tras volver a proclamar por última vez que era inocente del robo del que se le acusaba.

Varios alguaciles se presentaron en las casas que el tesorero real poseía en Toledo y en Sevilla. Se incautaron de ciento sesenta mil doblas de oro, cuarenta mil marcos de plata, ciento veinticinco arcones repletos de paños de seda y oro, joyas y piedras preciosas, y ochenta esclavos moros, entre ellos varias mujeres y niños. También fueron requisadas trescientas mil doblas en varias casas de los parientes de don Samuel. De todo ello tomó buena cuenta el escribano Martín Yáñez, nombrado nuevo tesorero real.

7

Había algunos nobles que, en secreto, acusaban al rey de Castilla de preocuparse más de hacer la guerra a los cristianos que de combatir a los moros de Granada; e incluso criticaban su gusto por el arte y las costumbres morunas, como se ponía de manifiesto en las obras que se estaban realizando en el alcázar de Sevilla y en otros palacios reales, cuyos trabajos se encomendaban a alarifes musulmanes que trabajaban el yeso y la madera, diseñaban arcos, ventanas y puertas, labraban jardines y decoraban las estancias al estilo de los palacios nazaríes de la Alhambra de Granada.

Aquellas críticas llegaron a oídos de don Pedro, que volvió sus ojos hacia el reino de Granada, donde la lucha por el poder en el seno de la familia real de los nazaríes estaba provocando disturbios sociales e inestabilidad política.

El año anterior había sido depuesto el rey Muhammad V, que había logrado escapar de la muerte y se había refugiado primero en Guadix y luego en el norte de África, tras ser rechazada su petición de ayuda por Pedro I. Desde entonces reinaba en la Alhambra Ismail II, medio hermano de Muhammad V, que había ganado el trono tras una conspiración palaciega.

Pero su reinado ni siquiera duró un año. Otro Muhammad, el sexto, dio un golpe de Estado en junio de 1360, depuso a Ismail II, que además era su cuñado, lo asesinó y se proclamó sultán de Granada, como les gustaba denominarse a estos monarcas desde el reinado de Ismail I.

—Señor, el nuevo rey moro de Granada se niega a pagar el tributo —le anunció el tesorero real.

Al escuchar la noticia, el rey de Castilla estalló de ira.

—¡Maldito traidor! Debí impedir que ese bastardo usurpara el trono de su cuñado.

—Nuestros agentes en Granada aseguran que «el Bermejo» ha acordado una alianza secreta con el rey de Aragón.

—¿El Bermejo?

—Así es como lo apodan en Granada. Se debe al color rojizo de su pelo y de su barba. Es hijo de Maryam, una cristiana del norte que le ha transmitido el color del cabello.

—Escribidle una carta a ese Bermejo: si no paga, tendrá guerra.

—No creo que quiera pagar los tributos, alteza. Ese hombre es un presuntuoso; se hace llamar «el Victorioso por Dios» y «el que confía en Dios» —precisó Martín Yáñez.

—Entonces, iremos a la guerra contra Granada.

—Mi señor, en ese caso tendremos dos frentes abiertos: la guerra en la frontera con Aragón y la nueva guerra contra Granada. Demasiados gastos...

—El tesoro se ha nutrido con los bienes incautados al arzobispo de Toledo, con las riquezas de don Samuel y de su familia y con las rentas que me ha transmitido doña Blanca al hacerme su heredero en el señorío de Villena. ¿Cuánto suma todo eso?

—Lo estamos calculando en la tesorería, pero yo creo que puede superar un cuento de doblas de oro.

—¡Un cuento!

—Sí, alteza, mil veces mil. Nuestro cuento, la misma cantidad a la que los mercaderes italianos denominan «millón».

—Un millón... Esa nueva palabra suena más contundente que un cuento: un millón —repitió don Pedro recalcando cada sílaba.

Como había supuesto el tesorero, el nuevo rey nazarí ignoró la demanda del de Castilla y se negó a pagar los tributos que le correspondían como reino feudatario. Corría el sagrado mes de ramadán del año 761 del calendario de la Hégira, julio del año del Señor de 1360.

Granada merecía luchar y morir por ella. Los nazaríes, la familia que reinaba desde los tiempos del rey Fernando el Santo en el único territorio bajo dominio musulmán de toda Hispania, consideraban que la capital de su sultanato era la mejor ciudad del mundo y habían construido en la colina de la Alhambra, «la Roja», un conjunto de palacios que consideraban como el espacio más parecido al paraíso que podía verse en la tierra.

Enclavada en los pies de la Sierra Nevada, la colosal montaña que protegía como un dios dormido a la ciudad y a su vega, a las que nutría de agua abundante y fresca, Granada y la Alhambra eran como una ensoñación devenida en realidad. Su horizonte de colinas y montañas recortadas en un azul purísimo, Sierra Nevada tendida bajo un manto albo limpio y refulgente, sus vivificadoras aguas fecundadoras de las cosechas de su vega y sus campiñas y suministradoras de los caudales que alimentaban sus deliciosos baños, su aire dador de vida y de energía, el frescor de sus noches estivales... Granada, la ciudad de todos los sueños; la Alhambra, el paraíso en la tierra. ¿Quién en su sano juicio renunciaría a luchar y a morir por ellas?

—La alianza entre Granada y Aragón ya ha sido acordada —lamentó don Pedro entre los brazos de María de Padilla, bajo la nueva techumbre policromada de su palacio de Sevilla.

—Supongo que eso es lo que te preocupaba estos días —comentó la amante real.

—Esa alianza ha alterado todos mis planes. A pesar del dinero que ha entrado en el tesoro procedente de los bienes del arzobispo don Vasco y de don Samuel, me asegura don Martín que no podemos atender a una guerra en Aragón y, a la vez, a otra en Granada.

—Firma la paz con ambos, olvídate de tanta lucha y tanta muerte y gobierna tus reinos con la idea de la justicia que siempre has buscado. Has pasado, hemos pasado, los diez años de tu reinado de castillo en castillo, de ciudad en ciudad, siempre de un sitio para otro, sin tiempo para sentir que tenemos un hogar donde vivir, salvo este alcázar, que es el único lugar en el que te he sentido pleno y feliz. Quedémonos aquí, en Sevilla, para siempre, con nuestros hijos.

—No puedo, amada mía, no puedo renunciar a imponer mi autoridad. Granada es un reino feudatario de Castilla desde que así se acordó en tiempos de mi antepasado el rey don Fernando y de ese modo debe seguir siendo. Renunciar a las parias que nos pagan los granadinos no significaría tan solo renunciar a esos tributos, supondría perder nuestro prestigio y nuestra autoridad.

—Pero ganarías la paz y evitarías muchas muertes...

—Paz, guerra, muerte, vida..., no son sino palabras que carecen de sentido por sí solas. La paz y la vida, la guerra y la muerte son consustanciales a los hombres, es algo inevitable, como el amor, como mi amor por ti.

El rey besó a María en los labios y acarició sus mejillas.

—¿Volverás a la guerra?

—No tengo más remedio. —La mirada de don Pedro se detuvo por un momento en las pupilas de la mujer a la que tanto amaba y, por primera vez, vio en ellas un atisbo de tristeza—. ¿Te encuentras bien?

—Sí, ¿por qué me preguntas eso?

—He visto en tus ojos... No sé, como un destello..., he tenido una extraña sensación.

—Descuida, me encuentro bien.

María de Padilla mintió. Desde el parto de su último hijo, la amante real no tenía buenas sensaciones. Se lo había ocultado a don Pedro para evitar que tuviera otra preocupación más que añadir a las muchas que lo acuciaban. Ya había cumplido veinticinco años y había dado cuatro veces a luz, pero todavía era una mujer sana y plena, aunque en ocasiones, con mayor frecuencia conforme pasaban las semanas, sentía una extraña sensación como de agobio y dolor en el vientre, que calmaba con jarabes y pócimas que le proporcionaban los médicos judíos al servicio de la corte.

8

El otoño discurrió entre dudas. ¿Luchar en la frontera de Aragón o en la de Granada? ¿Someter a los nobles rebeldes o conquistar Granada?

Pedro I, aconsejado por algunos nobles leales, decidió acudir a la frontera de Aragón en enero de 1361. Lo acompañaba María de Padilla, que se sintió indispuesta en el camino. Los médicos le aconsejaron que descansara y que se dirigiera a su palacio de Astudillo, donde esperaría a que el rey acabara su campaña. Entre sus damas de compañía estaba doña Isabel de Sandoval, que cuidaba del infante don Alfonso, una mujer de cuerpo voluptuoso y caderas y senos rotundos. El rey se fijó en ella por primera vez. No sería la última.

Tras dejar a María en Astudillo, don Pedro continuó hasta Almazán, donde mostró un alarde de fuerza para que todos supieran que tenía la firme determinación de seguir en aquella guerra hasta ganarla, aunque se trataba de una estratagema, pues en realidad andaba deseoso de luchar en la frontera de Granada.

Desde Almazán entró en tierras aragonesas y tomó algunos castillos de la comarca de Calatayud, amenazando con conquistar esta gran villa, una de las más populosas y ricas del reino de Aragón.

Ambos monarcas, a pesar de sus alardes y bravuconadas, deseaban acabar, al menos de momento, con la guerra. El de Castilla lo necesitaba para centrar todo su esfuerzo guerrero en Granada, volver a someter a su sultán y recuperar el pago de los tributos; y el de Aragón porque andaba en tratos con el sultán nazarí y pretendía que fueran los propios granadinos los que desgastaran a los castellanos para alejarlos de sus tierras y recuperar lo perdido.

Pedro I sabía que no podía mantener los dos frentes abiertos a la vez y Pedro IV era consciente de que su ejército, ni siquiera con la ayuda de las huestes de Enrique de Trastámara, podría volver a derrotar en campo abierto a los castellanos, a pesar de que en Araviana había logrado una gran victoria que difícilmente se repetiría.

En el mes de abril los dos ejércitos se encontraban entre Ariza y Calatayud, apenas a una hora de distancia. Pedro I mandaba su propio ejército, compuesto por seis mil jinetes y diez mil infantes, reforzados por seiscientos caballeros recién llegados desde Portugal por el acuerdo alcanzado con su rey; la hueste aragonesa estaba dirigida por Enrique de Trastámara y era muy inferior en número.

La batalla parecía inevitable e inminente, hasta que intervino el cardenal de Bolonia. Una vez más apareció el incansable Guido de Bolonia, que desde la villa castellana de Deza, la más cercana a Aragón, tanto que estaba apenas a media hora de camino de la raya fronteriza, instó a los contendientes a entablar negociaciones de paz.

Tras intensas conversaciones, en las que el mediador papal usó toda su capacidad diplomática, castellanos y aragoneses acordaron sellar la paz. En el mes de mayo se firmó una tregua por dos meses, que se avaló con la firma de varios obispos y con la entrega mutua de castillos y rehenes como garantía del acuerdo, y estableció una pena de cien mil marcos de plata que debería pagar quien rompiera la tregua. Por su parte, el infante y heredero don Alfonso, se casaría con doña Leonor, una de las hijas del rey de Aragón, sellando así el pacto.

Enrique de Trastámara y el infante Fernando de Aragón, que seguían rivalizando por encabezar el ejército aragonés, cedieron a regañadientes. Ambos ambicionaban el reino de Castilla, ambos pretendían relevar en el trono a su hermano y primo don Pedro y ambos sabían que para que eso ocurriera debían conseguir la victoria.

La ambición de los dos pretendientes se desvaneció cuando el rey Pedro IV de Aragón aceptó que entre las condiciones del pacto se incluyera que tanto el conde don Enrique como su hermano don Tello deberían abandonar Aragón; a cambio de esa concesión, el rey de Castilla devolvería todas las fortalezas capturadas el pasado invierno.

Mediado mayo y con el tratado de tregua firmado, Pedro I visitó a María de Padilla en Astudillo, donde seguía recuperándose en compañía de sus hijos. Todavía no se encontraba en condiciones de viajar, de modo que se quedó en su palacio, en tanto don Pedro regresó a Sevilla para reemprender la campaña contra Granada.

Don Enrique y don Tello, cumpliendo lo pactado, tuvieron que marcharse a Francia. La esperanza de Enrique de Trastámara de convertirse en rey de Castilla se desvanecía.

Al fin tenía las manos libres para actuar contra Granada... y para desatar el maléfico plan que tanto tiempo llevaba maquinando.

Había pensado en pedir al papa una bula para convertir la guerra contra Granada en una cruzada en la que se involucrara la Iglesia y con ella toda la cristiandad, pero el papa le había respondido solicitándole que antes pusiera en libertad a doña Blanca y la repusiera a su lado como reina legítima de Castilla y León, a lo que don Pedro se negó.

El encierro de la reina era muy criticado, tanto por nobles como por plebeyos. Por todas las tabernas de las ciudades y villas se escuchaban canciones y se recitaban romances en los cuales se lamentaba la situación de reclusión de doña Blanca y se demandaba su puesta en libertad.

Un día, mientras el rey cazaba en la campiña de Jerez de la Frontera, se aproximó un hombre que vestía como un pastor. Los guardias reales lo detuvieron antes de que se acercara demasiado. Lo registraron y comprobaron que en un zurrón llevaba un queso de aspecto delicioso. Decía que quería entregárselo a su alteza como muestra de gratitud. Como aquel hombre parecía inofensivo, el jefe de la guardia real se lo comunicó a don Pedro, que admitió recibirlo en su pabellón de caza. Una vez en su presencia, el que parecía un pastor descubrió ser un enviado de la reina doña Blanca, que le había pedido que se presentara ante el rey para rogarle que la dejara libre y decirle que, si así lo hacía, ella le daría un heredero legítimo para el trono de Castilla y León.

Al escucharlo, el rey se malhumoró y ordenó que apresaran a aquel hombre y que se iniciaran las pesquisas para averiguar si lo que decía era cierto o se trataba de un impostor. Dos mensajeros reales se presentaron en Medina Sidonia. Allí seguía encerrada doña Blanca, que estaba rezando en la torre que hacía de prisión cuando llegaron los dos enviados reales.

Al verlos con rostros circunspectos y serios, pensó que la iban a matar. Los enviados del rey le preguntaron si lo que aquel pastor le había dicho al rey era verdadero o se trataba de una invención. Doña Blanca, algo más tranquila, negó cualquier relación con ese hombre y dijo que no le había ordenado semejante cosa. Don Íñigo de Estúñiga, alcaide de Medina Sidonia y responsable de la custodia de la reina, corroboró que nadie que respondiera a la descripción que habían hecho del pastor había hablado con la reina en las últimas semanas.

Varios miembros de la corte supusieron que aquel pastor era un enviado de Dios y se mostraron compungidos y corridos por ello; pero el rey reaccionó de una manera inesperada y decidió que ya era hora de poner fin a aquella pantomima que duraba desde el mismo día en que se casó con Blanca de Borbón.

Pedro I le había prometido en varias ocasiones a su amante María de Padilla que se casaría con ella y que la convertiría en la reina legítima de Castilla y León. Para cumplir su palabra, necesitaba que se anulara su boda con Blanca de Borbón, pero como esa nulidad no se producía y el papa Inocencio VI, que gobernaba la Iglesia desde Aviñón, obedecía órdenes e instrucciones directas del rey de Francia, la solución no era otra que la muerte de doña Blanca. Sí, la reina legítima de Castilla debía morir para que María de Padilla se convirtiera en la nueva soberana.

Era doña Blanca una mujer de piel muy clara y cabello rubio. Desde que con catorce años de edad llegó a Castilla para casarse con su rey, había sido despreciada y ultrajada y había vivido presa y encerrada en castillos y fortalezas. Tras cuatro años en el alcázar de Sigüenza y ante la posibilidad de que los aragoneses enviaran una hueste para liberarla, dada la cercanía de esta ciudad a su frontera, don Pedro decidió trasladarla lejos de allí. Después de pasar unos meses en Sanlúcar, en el Puerto de Santa María y en Jerez de la Frontera, doña Blanca acabó encerrada en el alcázar de Medina Sidonia.

Aquella tarde de finales de junio los rayos del sol caían como plomo fundido. El agua de la fuente y del estanque del patio de las Naranjas apenas mitigaba el tórrido calor que abrasaba las calles de Sevilla, por las que en aquellas horas de bochorno no transitaba un alma.

Solo un hombre, cubierta su cabeza con un sombrero de paja

de ala ancha, caminaba con pasos lentos y pesados hacia el alcázar, donde lo había citado el rey. Su nombre era Alfonso Martínez de Ureña, criado de maese Pablo de Perosa, físico real y experto hacedor de todo tipo de pócimas y bebedizos. En una bolsa de cuero que colgaba del hombro, portaba un frasco de vidrio que contenía un líquido verdoso extraído de varias plantas venenosas.

—Alteza. —Alfonso de Ureña, sudoroso todavía, inclinó la cabeza ante la presencia del rey.

—¿Lo traes contigo?

—Sí, mi señor, aquí está.

Ureña sacó de la bolsa con todo cuidado el frasco de vidrio.

—¿Será efectivo?

—Es el bebedizo más letal que existe. Mi señor don Pablo lo ha elaborado con una mezcla de belladona y de arsénico. El arsénico hace que este brebaje sea inodoro e insípido y, además, es incoloro, aunque la belladona le confiere ese tono verde.

Pedro de Castilla cogió el frasco y lo observó a contraluz. Contenía veneno suficiente como para matar a un par de bueyes.

—Mañana, en cuanto amanezca, partirás con una escolta hacia Medina Sidonia. Ya sabes lo que tienes que hacer. No falles, porque te juegas el cuello.

En Medina Sidonia, el alcaide Íñigo Ortiz de Estúñiga repasaba los víveres que unos acemileros acababan de descargar en el patio del alcázar.

Uno de los dos guardias de la puerta se presentó para informarle que acababa de llegar el enviado del rey tras tres días de viaje desde Sevilla. El alcaide ya conocía su venida, pues dos días antes se había recibido el anuncio de esa visita mediante señales luminosas a través de la red de atalayas.

—Sed bienvenido —saludó don Íñigo a Alfonso de Ureña—. Estábamos informados de vuestra visita y sabemos que el rey os envía por un asunto importante, espero que sea para bien.

—¿Podemos hablar a solas en un lugar discreto? —preguntó el enviado del rey.

—Venid, vayamos a lo alto de ese muro.

—Os sigo.

Los dos ascendieron unas escaleras de madera que conducían

al camino de ronda de la muralla del alcázar de Medina Sidonia y se situaron lejos de oídos curiosos.

—Y bien, ¿para qué os ha enviado nuestro señor don Pedro?

—El rey os aprecia mucho y os considera uno de sus más leales servidores.

—Lo soy.

—Por eso os encomienda una misión delicada e importantísima.

—Siempre he cumplido sus órdenes.

—En ese caso, supongo que no tendréis reparos en obedecer.

—Espero que así sea.

—Mirad. —El criado del físico real sacó de su bolsa de cuero el frasco con el bebedizo de arsénico y belladona.

—¿Qué es eso?

—Una bebida que deberéis hacerle ingerir a doña Blanca.

—La reina no está enferma; no necesita ningún brebaje para...

—No se trata de ninguna medicina.

—¿No? Entonces, ¿qué clase de bebida contiene ese frasco?

—¿No lo habéis supuesto todavía?

—Decídmelo vos.

—El rey os pide que le prestéis un gran servicio.

—Soy su más leal servidor.

—Por el cual os recompensará con generosidad.

—Hablad ya.

—Doña Blanca debe dejar de sufrir este encierro y... abandonar este mundo.

—¿Me estáis diciendo que el rey me ordena que envenene a su esposa, a la reina de Castilla, con esa ponzoña?

—Os estoy transmitiendo una orden de su alteza...

—Para que yo cometa un crimen...

—Para que Castilla recupere la paz y el rey asiente su linaje y transmita la legitimidad de su sangre —dijo con absoluta frialdad Alfonso de Ureña a la vez que le ofrecía el frasco a don Íñigo—. Bastará con que le administréis, mezclada con las comidas y las bebidas, la mitad del contenido de este frasco distribuida en tres o cuatro tomas. Será suficiente para que doña María descanse en paz sin necesidad de sufrimiento alguno.

—No soy un asesino. Di mi palabra de proteger y custodiar a la reina y mientras doña Blanca esté a mi cuidado, nadie le causará el menor daño —asentó el de Estúñiga.

—Supongo que sois consciente de a qué os enfrentáis si desobedecéis la orden del rey.

—¿Orden? Creí que se trataba de una petición.

—Un ruego del rey es un mandato imperativo.

—No voy a cometer semejante villanía. Estoy dispuesto a perder mi cargo, y mi propia vida, antes que asesinar a una mujer inocente.

—Dejad entonces que...

—¡No!

—Don Íñigo, arriesgáis mucho con esta actitud.

—Si el rey quiere matar a la reina, será bajo su exclusiva responsabilidad, pero yo no voy a colaborar con semejante infamia.

Bramaba como un toro enfurecido.

—¿Don Íñigo se ha negado a cumplir mis instrucciones?

—Eso me dijo, señor. Alegó a su honra y a su deber. He tenido que regresar inmediatamente a Sevilla para comunicároslo de viva voz —informó Alfonso de Ureña temblando de miedo por si al rey se le ocurría descargar sobre él su ira.

—Llamad a Juan Pérez de Rebolledo.

Pedro I no podía creer que el alcaide de Medina Sidonia, hombre de su confianza, se hubiera negado a suministrar el veneno que había preparado su físico para asesinar a la reina doña Blanca, y menos todavía que lo hiciera alegando a su sentido del honor.

El honor. El principal honor de un súbdito del rey de Castilla debía ser obedecer a su rey y cumplir sus instrucciones sin cuestionarlas; pero Íñigo Ortiz de Estúñiga entendía el honor de una manera bien distinta y no le importaba arriesgar su hacienda, su cargo y su vida si con ello mantenía incólume su honra; así se lo habían enseñado sus padres y así entendía su manera de transitar por este mundo.

El escudero llamado Juan Pérez de Rebolledo se presentó enseguida. Era uno de los ballesteros que más estimaba el rey. Hombre duro, insensible y sin escrúpulos, obedecía ciegamente las órdenes que se le daban, sin cuestionarlas, sin preguntar, sin pensar y sin el menor remordimiento, aunque esa orden significara que debía cometer el más execrable de los crímenes.

—Mi señor, aquí estoy —dijo Rebolledo inclinando su cabeza ante don Pedro.

—Mi leal Rebolledo, escuchad con atención lo que voy a deciros; y sabed que confío plenamente en vos.

Íñigo de Estúñiga, al que algunos también llamaban con el nombre de Diego, sospechó que su suerte estaba echada cuando vio acercarse al alcázar de Medina Sidonia al escuadrón de caballería que portaba el estandarte real de Castilla y León.

—Don Íñigo —habló el escudero Juan Pérez de Rebolledo tras descender con agilidad de la silla de su caballo—, en nombre de su alteza el rey don Pedro quedáis relevado de vuestro cargo de alcaide de Medina Sidonia. Aquí está la orden por la que se os cesa y se os ordena que me entreguéis la tenencia del alcázar y pongáis a la reina bajo mi custodia.

Rebolledo le mostró el diploma con el sello real.

—Si esa es la voluntad del rey, vuestra es esta tenencia —acató Íñigo de Estúñiga, que indicó a uno de sus guardias que le entregara las llaves del alcázar al escudero.

—Conducidme ante la reina —dijo Rebolledo.

—Supongo que estoy preso.

—No. El rey no me ha dado esa orden, pero deberéis presentaros ante su alteza en Sevilla a la mayor brevedad posible.

—¿Me permitís una pregunta?

—Decidme.

—¿Traéis con vos el veneno?

—No lo necesito —bisbisó Rebolledo a la vez que se dibujaba una maléfica sonrisa en sus gruesos labios.

El escudero jamás pudo imaginar que un hombre de su condición pudiera llegar a ocupar el puesto de alcaide de Medina Sidonia.

Desde lo alto de la torre del alcázar vislumbró cómo el escuadrón de caballería con el que había venido desde Sevilla se alejaba hacia el norte llevando consigo a don Íñigo de Estúñiga, que debería rendir cuentas de su negativa a cumplir una orden real, aunque esa orden conllevara la comisión de un asesinato.

Contempló el horizonte, sonrió, abrió y estiró sus manos y

descendió hacia la cámara de la torre donde estaba encerrada doña Blanca.

El guardia que vigilaba la puerta de gruesos tablones la abrió y le franqueó el paso.

—Que no entre nadie en esta sala hasta que yo lo diga —le ordenó Rebolledo.

Doña Blanca, que estaba arrodillada y rezando ante un pequeño crucifijo, giró la cabeza al escuchar el chirrido del cerrojo. Recortada bajo el umbral, atisbó la figura enorme y perversa de Rebolledo, que entró cerrando la puerta tras él.

—¿Quién sois? —preguntó la reina con rostro sereno. Tras tantos años de prisión se había acostumbrado a no tener miedo de ningún extraño.

—El nuevo alcaide de este castillo.

—¿Qué ha sido de don Íñigo?

—El rey ha reclamado su presencia en Sevilla.

—Quiero verlo.

—Ahora soy yo quien os guarda, señora.

Rebolledo se acercó unos pasos y doña Blanca pudo ver con claridad su rostro; entonces no le cupo duda alguna.

—Vais a matarme —afirmó—. Hace ya algún tiempo que lo esperaba. Hacedlo rápido, don...

—Mi nombre no importa, señora.

Rebolledo entrecruzó los dedos de sus manos para desentumecerlos y apretó los puños varias veces.

—¿Vais a usar vuestras manos para estrangularme? Supuse que mi muerte se iba a producir mediante la ingesta de algún veneno, pero...

Con un rápido movimiento las manazas del escudero rodearon el cuello de la reina. Los ojos del verdugo destellaban un brillo gélido como la escarcha y parecían ausentes de vida y carentes de cualquier emoción.

—No tengo nada contra vos, señora, tan solo obedezco a mi señor el rey.

—¿Dime, Castilla, qué te he hecho yo...?

Esas fueron las últimas palabras que salieron de la boca de Blanca de Borbón antes de que sus ojos se cerraran y sobre ella cayera una pesada cortina negra, como boca de lobo.

Hacía ya dos años que doña Isabel de Lara permanecía encerrada en el castillo de Jerez, a donde la habían llevado desde Castrogeriz. La viuda del infante don Juan de Aragón, asesinado en Bilbao, ya había conocido los asesinatos de su hermana doña Isabel y de su suegra la reina Leonor de Aragón dos años atrás, y había sufrido por ello. Ese día acababa de ser informada de la muerte de doña Blanca de Borbón y no le cabía duda de que la próxima víctima de la maldad de don Pedro sería ella.

El guardia de su prisión entró en la estancia del castillo de Jerez con una bandeja en la que había un plato de guiso de carnero con cebollas y nabos, un pedazo de pan y otro de queso y una jarrita de vino rebajado con agua y aromado con hierbas y miel.

—Señora, vuestra comida.

—¿Carnero y vino? ¿Se celebra alguna fiesta? —se extrañó doña Isabel, acostumbrada a comidas mucho más frugales y escasas.

—Lo ha ordenado el nuevo jefe de la guardia.

—¿Quién es?

—Un hombre del rey, recién llegado de Sevilla. Debe de ser alguien importante en la corte, porque nos han dado orden de obedecer todas sus indicaciones.

Doña Isabel comió con deleite el guiso y el queso y se bebió casi toda la jarra de vino, que le supo dulce y delicioso.

Tras un buen rato, la puerta de la celda se abrió y tras ella apareció Ureña.

—¿Dónde está mi guardián? —receló doña Isabel.

—Yo soy ahora vuestro guardián.

—Vuestro nombre...

—Me llamo Alfonso Martínez de Ureña y estoy al servicio de su alteza el rey don Pedro y del físico real don Pablo de Perosa.

El lacayo miró la bandeja con los restos de la comida y sonrió al ver que apenas quedaba vino en la jarra.

Doña Isabel se dio cuenta enseguida y se echó las manos al pecho horrorizada.

—¿Me... habéis... en-ve-ne-na-do? —demandó con palabras entrecortadas y la voz queda de puro miedo.

—No os dolerá, señora. Ese veneno actúa de manera muy rápida y contundente. No sufriréis. Don Pablo sabe elaborar bebedizos muy eficaces; no le gusta que nadie sufra; su labor es sanar las enfermedades y curar todo tipo de males. Será como un sueño, señora, solo como un sueño.

9

Por fin estaba soltero. El asesinato de doña Blanca, que ante el arzobispo de Sevilla fue justificado y explicado como un repentino ataque al corazón, acababa con el impedimento legal para que el rey tomara como esposa a María de Padilla. Ahora ya nada le impedía casarse con ella, hacerla su reina y proclamar a su hijo Alfonso como su heredero legítimo.

Iría a buscarla a Astudillo, la traería a Sevilla y, ahora sí, se casarían en la catedral, a la vista de todo el pueblo sevillano. Todo parecía ir bien, pero el papa había decretado algo muy distinto. Inocencio VI, informado de los asesinatos cometidos por el rey de Castilla, incluido el de su propia esposa, envió al prelado hispalense un decreto por el que don Pedro quedaba excomulgado, lo que le impedía recibir cualquiera de los siete sacramentos, incluido el del matrimonio.

El documento de excomunión llegó al alcázar poco antes de que el rey enviara a una comitiva a Astudillo para traer a María para celebrar la ceremonia nupcial, pero nadie se atrevió a comunicárselo al rey, pues todos temían que en uno de sus frecuentes ataques de furia mandara asesinar al mensajero.

Solo un arcipreste de la catedral, llamado don Marcos, reunió el valor suficiente para dar un paso adelante y presentarse voluntario para leerle al rey el decreto de excomunión. El arcipreste se enteró de que aquel día don Pedro iba a salir de caza por el soto de Tablada, apenas a una hora al sur de Sevilla, y allí se dirigió, siguiendo a la comitiva real a cierta distancia desde la otra orilla del Guadalquivir.

En una zona donde el río se estrechaba un poco, don Marcos desplegó el documento papal y se puso a gritar hacia donde estaba el rey, que, montado en su caballo, inspeccionaba la orilla izquierda del río en busca de presas que abatir.

—¡Alteza, alteza! —gritó con todas sus fuerzas mostrando el pergamino.

Don Pedro, al oír la llamada, se volvió hacia la otra orilla donde el arcipreste agitaba el documento como si se tratase de una banderola.

—¿Qué quiere ese clérigo? —preguntó don Pedro a los que lo acompañaban al identificar la profesión del vociferante por la ropa talar que llevaba.

—Lo ignoro, señor. Le preguntaré. —El camarero mayor se encogió de hombros—. ¿Qué deseas, buen hombre?

—El rey ha sido excomulgado por el papa —gritó el arcipreste colocando sus manos a modo de bocina—. Su santidad desaprueba la conducta y lo ha expulsado de la Iglesia. Nadie se ha atrevido a comunicarlo a vuestra merced, pero yo debo cumplir con esta obligación como cristiano que soy y por obediencia al papa, y os voy a leer el decreto: «Inocencio, siervo de los siervos de Dios, enterado de los malos tratos que el rey don Pedro de Castilla y de León...».

—¡Maldito entrometido! —clamó lleno de ira el rey al escuchar las primeras palabras de la bula de excomunión.

Don Pedro espoleó a su caballo en los ijares y se metió en el agua en dirección hacia el arcipreste a la vez que cargaba su ballesta y disparaba intentando alcanzar al clérigo.

Al ver venir la primera saeta en su dirección, don Marcos enrolló el pergamino, se remangó la ropa talar y salió corriendo hacia Sevilla, en tanto el rey seguía avanzando corriente adentro y disparando virotes contra el arcipreste, que corría como alma que persigue el diablo intentando esquivar las saetas de los que iban con el rey, que también comenzaron a dispararle siguiendo las órdenes del monarca.

Sin dejar de correr, el arcipreste se giró y gritó...

—Que sepáis, señor rey excomulgado, que os he de leer el decreto de su santidad, y si no puedo hacerlo en vida, os juro que vendré después de mi muerte a leéroslo.

Una saeta cayó apenas a un par de pasos del clérigo, que aceleró la carrera y se pudo poner a salvo gracias a que el curso del Guadalquivir mediaba entre él y el rey.

Al regreso de aquella batida de caza, el rey recibió la más terrible de las noticias.

—Señor —balbuceó el médico de la corte sin apenas poder pronunciar palabra—, doña María, vuestra...

—Mi esposa, la reina —indicó el rey.

—Vuestra esposa la reina doña María —corrigió el médico— parecía responder bien al tratamiento, pero... de repente se sintió muy enferma. Se dolía de una fuerte opresión en el pecho e intensos dolores en el costado izquierdo, como si le faltara el aire para respirar. Su corazón... dejó de latir hace tres días.

—¡Qué!

—No se pudo hacer nada, alteza, no...

—Retiraos —le ordenó el rey, que no pudo disimular su extremo dolor.

Abatido, sumido en la más profunda desesperación, se tumbó en el suelo, se ovilló como un cachorro y gimió como un niño.

La muerte de María de Padilla parecía un castigo divino.

Don Pedro se recuperó pronto del dolor y ordenó que se prepararan unos funerales propios de una reina, como nunca antes se habían visto en Castilla.

Declaró solemnemente que se había desposado con doña María en secreto y que su boda había sido legal, de manera que tenía que ser reconocida por la Iglesia como su esposa legítima. A la vez, ordenó que un escuadrón de guardias de honor trasladara el cuerpo de doña María desde Astudillo a Sevilla para ser enterrada en su ciudad con los honores debidos a la que era reina de Castilla y León.

A don Nuño de Fuentes, arzobispo de Sevilla, le castañeaban los dientes como si se estuviera congelando de frío. El rey lo había convocado en el alcázar real y el prelado se temía lo peor, pues sabía bien cómo se las gastaba don Pedro. Lo recibió en el patio de las Naranjas.

—Señor arzobispo, los funerales por el alma de la reina doña María, mi legítima esposa, han de ser los más grandiosos jamás celebrados en esta ciudad. Donaré una buena bolsa de doblas para que no se repare en gastos.

—Será como vuestra merced ordene —asintió el arzobispo algo más calmado al comprobar que, al menos por el momento, su vida no parecía correr peligro.

—Doña María de Padilla y yo nos desposamos antes de que me obligaran a hacerlo con doña Blanca de Borbón, de manera que este segundo matrimonio nunca fue válido. Se lo hice saber una y otra vez al papa Clemente y luego a su sucesor el papa Inocencio, pero ninguno de los dos, influidos por los reyes de Aragón y de Francia, quisieron reconocer su error y me conminaron a que abandonara a mi legítima esposa, doña María. Supongo que vos, señor arzobispo, no tendréis ningún impedimento en reconocer a doña María como mi verdadera esposa y reina. —Don Pedro miró al prelado con unos ojos impasibles y fríos como el cristal.

—En absoluto, mi señor, en absoluto.

—Presentaré a varios testigos que certificarán, sin la menor duda ni vacilación, que me casé con doña María de Padilla por palabras de presente y que lo hice antes de que se celebraran mis esponsales con doña Blanca, lo que significa que el matrimonio con la francesa no ha sido válido en ningún momento.

—Se corroborará como decís, alteza.

—Veo que me entendéis, señor arzobispo.

—Perfectamente, mi señor.

En ese momento el mayordomo real entró en el patio de las Naranjas del alcázar de Sevilla tras recibir el permiso del rey.

—Señor, acaba de llegar a Sevilla... —se interrumpió el mayordomo con aire de cierto secretismo al ver al arzobispo.

—Descuidad. Don Nuño es de los nuestros. Podéis hablar sin reticencias.

El arzobispo asintió con una sonrisa.

—El rey Muhammad de Granada ha llegado y espera ser recibido en audiencia por vuestra merced.

—Lo veré pasado mañana. Ese hombre tiene que hacerme un gran servicio, un gran servicio, señores.

La sonrisa de don Pedro era tan enigmática como escalofriante.

10

Se había equivocado. El rey de Castilla no lo reconoció en público, pero sabía que había errado al retirar su apoyo y dejar abandonado a Muhammad V y apostar por su hermano Ismail II como rey de Granada. Era hora de solventar ese error.

Ismail II no había durado ni un año como rey de Granada. A finales de junio de 1360 fue asesinado por su primo Muhammad VI, quien a su vez lo había ayudado derrocar a Muhammad V. Este último había vuelto de su exilio africano y se había instalado en la ciudad de Ronda, donde seguía teniendo partidarios y desde donde pretendía recuperar su trono.

El depuesto rey de Granada entró en el alcázar de Sevilla acompañado por sus dos arráeces, a los que no se les permitió llegar a presencia de don Pedro y tuvieron que esperar en uno de los patios del alcázar de Sevilla mientras se entrevistaban los dos reyes.

—Me congratula veros de nuevo —sonrió don Pedro a la vez que adelantaba los brazos para abrazar al granadino.

—Os agradezco que hayáis mudado de opinión sobre mi fidelidad. Nunca debisteis dudar de mi palabra —replicó Muhammad V, que había pensado cada una de esas palabras.

—Me equivoqué. Admitid mis excusas. Lo importante es que hemos recuperado nuestra antigua amistad y que somos aliados de nuevo.

—¿Me ayudaréis a recuperar mi trono?

—Vaya, ya veo que habláis sin circunloquios.

—Si Granada vuelve a ser mía, recibiréis las rentas habituales. Es un buen negocio para ambos.

—Lo es, lo es.

Tras el golpe de Estado en el que había sido asesinado Ismail II y encumbrado Muhammad VI con la ayuda, o al menos la neutralidad, de Castilla, Muhammad VI había decidido dejar de pagar parias a Pedro I y había acordado una alianza con el sultán de Marruecos, a quien se había encomendado, y un acuerdo con el rey de Aragón.

—¿Me ayudaréis a derrocar a mi pariente? —insistió Muhammad V.

—¿Conocéis la profecía de Merlín? —le preguntó don Pedro.

—Ni siquiera sé quién es Merlín. ¿Uno de vuestros augures?

—Es un mago que vivió hace tiempo en Bretaña. Fue el principal consejero de un rey llamado Arturo, uno de los más relevantes monarcas de la cristiandad, que fundó una orden de caballería con la misión de buscar el cáliz de la última cena en el que Jesucristo transformó el vino en su propia sangre.

—Ya sabéis, alteza, que los musulmanes no creemos en esos cuentos de cristianos viejos.

—No ofendáis a Dios.

Muhammad calló. Para un buen musulmán, como él creía serlo, los cristianos habían tergiversado el verdadero mensaje del profeta Jesús, al que habían convertido en hijo de Dios y en Dios mismo, una auténtica aberración para un fiel seguidor del profeta Mahoma.

—¿Qué profecía es esa? —Muhammad volvió al inicio para evitar una discusión doctrinal con don Pedro.

—Merlín predijo que pasarían la mar unas bestias encabezadas por un puercoespín y un dragón, y que se enfrentarían a dos leones, los cuales saldrían victoriosos en un combate.

—Curiosa profecía.

—Que ya se ha cumplido.

—¿Es eso cierto?

—Lo es. El puercoespín es el sultán de Marruecos y el dragón, vuestro padre el rey Yusuf de Granada; los dos leones, mi padre el rey Alfonso, el león coronado como podéis ver en mi escudo; y mi abuelo, el rey de Portugal, el león durmiente. Esos dos leones vencieron al puercoespín y al dragón en la célebre batalla del Salado. Yo solo tenía entonces seis años de edad, pero todavía recuerdo las alegrías que se festejaron en Castilla por aquella gran victoria.

—¿Me ayudaréis? —reiteró su pregunta Muhammad V.

—Lo haré. Lucharemos juntos y venceremos a vuestro pariente, y os sentaréis de nuevo en el trono de la Alhambra. A cambio de esa ayuda, seréis mi vasallo, Granada pagará parias a Castilla y jamás prestará ayuda a mis enemigos, sean el rey de Aragón o los bastardos de mi padre.

—Sea.

Los dos se dieron la mano y se abrazaron, cerrando así el pacto.

Enterado de la entrevista celebrada en Sevilla, Muhammad VI comprobó que Pedro I, como le habían informado una y otra vez, no era hombre de fiar. El rey de Castilla solo obraba en función de sus intereses, sin hacer caso ni a la palabra dada, ni a las cartas firmadas ni a los tratados acordados.

Sabía que aquella decisión implicaba la guerra, pero estaba convencido de que tarde o temprano el rey de Castilla iría a por él, de manera que Muhammad VI dejó de pagar las parias y tributos que le correspondían y se declaró aliado del sultán de Marruecos.

La reacción de don Pedro fue reconocer a Muhammad V como rey de Granada y declarar la guerra a Muhammad VI, al que calificó como usurpador.

Desde Ronda, donde se había hecho fuerte, Muhammad V atacó a su primo Muhammad VI, y el rey Pedro I lo hizo desde Sevilla. Los granadinos resultaron derrotados en Belillos y en su apresurada retirada fueron perseguidos hasta Pinos Puente. En pocas semanas las tropas de Castilla tomaron varias localidades importantes, como Iznájar y Loja, en tanto las de Muhammad V se hacían con otras, entre ellas la ciudad de Málaga. La campaña parecía ir bien, pero los soldados castellanos cometieron tales saqueos y tropelías en los territorios ocupados a los musulmanes que Muhammad V no lo pudo soportar y decidió romper su alianza con Pedro I y continuar la guerra por su cuenta.

El rey de Aragón, enterado de las dificultades que estaba atravesando su aliado granadino, escribió al rey de Castilla ofreciéndole una ayuda de cuatrocientos jinetes y seis galeras, a la vez que le manifestaba su deseo de romper su alianza con Muhammad VI. Pedro I no se fio del aragonés y lo engañó diciéndole que haría la paz con Granada.

El rey Bermejo, apodo con el que se conocía a Muhammad VI por el color pelirrojo de sus cabellos, reaccionó. En un contraataque sorpresivo derrotó a los castellanos cerca de Guadix en el mes de enero de 1362 y capturó a dos centenares de castellanos, entre ellos a Diego García de Padilla, maestre de Calatrava y hermano de María de Padilla. Aquella victoria solo fue un golpe de suerte, porque el destino estaba ya escrito.

A comienzos de marzo Muhammad V entró victorioso en Granada y ocupó los palacios y la fortaleza de la Alhambra, donde restauró su autoridad ante la euforia de los granadinos, que ansiaban acabar con el gobierno tiránico instaurado por Muhammad VI.

El rey Bermejo estaba desesperado; su primo lo había derrocado, los granadinos lo habían abandonado y el rey de Aragón se había desentendido de su alianza. Había logrado escapar de Granada tres días antes de que llegara Muhammad V, pero no tenía dónde ir ni dónde refugiarse.

Una opción era dirigirse a África y solicitar asilo al sultán de Marruecos, pero los puertos estaban controlados por sus enemigos y la mayoría de la población le era hostil.

Entonces, agobiado y preso del pánico, optó por dirigirse a tierras cristianas. Se encaminó a Sevilla, donde pretendía ser acogido tras manifestar que quería entregarse al rey de Castilla y ponerse a su servicio.

—Alteza, el rey Bermejo solicita vuestro asilo.

—¡Qué! —Hasta un monarca como don Pedro, tan acostumbrado a la traición y al cambio repentino de aliados, se sorprendió por el anuncio que le acababa de hacer su mayordomo.

—Se dirige a Sevilla con trescientos jinetes y doscientos infantes, los únicos soldados leales que le quedan. Dice que lleva consigo varias cajas llenas de monedas de oro y plata, diamantes, esmeraldas, zafiros, rubíes y muchas joyas como anillos, pulseras, collares, piezas de seda y ricos brocados. Pide entrar a vuestro servicio como caballero y desea entregaros parte de esos tesoros. Alega para demostrar su buena voluntad que, tras capturarlo en la batalla de Guadix, puso en libertad al maestre de Calatrava, y que desea ser vuestro leal vasallo.

Pedro de Castilla apretó los dientes. El hermano de María de Padilla había sido recompensado, a petición de la amante real, con el importante cargo de maestre de Calatrava, pero desde la muerte de María ya no gozaba de los favores del rey, al que apenas le importó la puesta en libertad de don Diego García de Padilla.

—Decidle a don Muhammad que mi deseo como soberano es imponer la justicia, de manera que atenderé su demanda y lo acogeré en Sevilla.

La entrada al alcázar real de Sevilla estaba engalanada con banderas y estandartes de Castilla y León, adornada con guirnaldas y cubierta de enramadas. Al observarla, Muhammad VI se sintió confortado, pues era recibido como un verdadero monarca.

Iba acompañado por su principal caballero, un verdadero gigante llamado Idrís ibn Abdalá, hijo del legendario general Ozmín, el adalid granadino que había derrotado a los infantes don

Juan y don Pedro de Castilla en la batalla de la Vega de Granada, en los tiempos de la minoría de don Alfonso XI.

Don Pedro estaba sentado en el trono del salón de los Azulejos, rodeado de varios de sus caballeros, media docena de nobles y un nutrido grupo de ballesteros y escuderos.

Al llegar ante el trono, los granadinos se inclinaron. El rey Bermejo estaba flanqueado por el coloso Idrís y por un intérprete, que pidió permiso al camarero real para hablar en nombre su señor, ya que Muhammad VI apenas conocía algunas palabras de la lengua castellana.

—Señor rey de Castilla, mi señor el rey de Granada, reconoce que los monarcas de Granada fueron siempre vasallos de los reyes de Castilla y que les pagaron parias y tributos como corresponde a los fieles vasallos cumplir con sus señores. Mi señor el rey de Granada se presenta ante vos para manifestaros que su pariente Muhammad ibn Yusuf ha usurpado el trono y se comporta con ruindad hacia los granadinos, que lo quieren mal y no desean que ocupe los palacios de la Alhambra; y con consejo de los grandes caballeros y del señor Idrís ibn Abdalá, aquí presente y de noble linaje —el intérprete señaló al gigantón—, os ruega que lo ayudéis en su guerra contra el usurpador Muhammad y solicita de vuestra misericordia y de vuestra justicia que lo auxiliéis en su derecho y en sus justas demandas.

—Señor —habló Idrís ibn Abdalá en árabe—, si aceptáis tomar parte en este pleito, obraréis como el gran rey y piadoso soberano que sois; y yo y mis caballeros nos pondremos a vuestro servicio.

El trujamán tradujo las palabras del imponente soldado.

Don Pedro escuchó atento y alzó la mano para indicar que iba a hablar.

—Me alegra mucho vuestra visita y la de vuestros caballeros, y acepto vuestro vasallaje. Por lo que respecta a vuestro pleito con el rey Muhammad, os aseguro que obraré con justicia y procuraré que se resuelva como conviene.

Al escuchar la traducción, tanto el rey Bermejo como Idrís sonrieron satisfechos.

—Señor, ruego a Dios que mantenga en vos el sentido de la justicia, pues por eso hemos venido a visitaros, a solicitar vuestra defensa y a ponernos bajo vuestra merced —dijo Muhammad VI, que hablaba con torpeza y dibujaba su característico tic nervioso, producto de la ingesta de hachís, que consumía con fruición.

—Por el momento quedaréis acogidos en esta mi ciudad de Sevilla, en unas casas de la judería.

Los musulmanes se sintieron aliviados. Creían que estaban a salvo y que el rey de Castilla ayudaría al rey Bermejo a recuperar su trono en la Alhambra.

Se equivocaban.

Pocos días después de la visita Muhammad VI al alcázar real, las joyas y el dinero prometido seguían sin llegar a manos del rey de Castilla

Don Pedro pretendía apoderarse de toda esa fortuna, no solo de una parte. Encargó al maestre de Santiago que fuera a visitar al rey Bermejo, que le transmitiera una invitación para cenar en el alcázar y que hiciera extensión de ese agasajo a los cincuenta caballeros más relevantes de su séquito, incluido Idrís ibn Abdalá.

Muhammad VI no sospechó que se trataba de una encerrona y acudió confiado con sus caballeros al convite.

Antes de entrar en el patio donde se habían dispuesto las mesas para la cena, los granadinos tuvieron que dejar sus armas en una dependencia del palacio con la promesa de que se las devolverían una vez acabado el ágape. Solo Idrís receló y mostró ciertas reticencias a desprenderse de su puñal, pero las instrucciones eran tajantes: o entraba desarmado al banquete o ya podía dar la vuelta y regresar a su posada. A regañadientes, el gigantesco Ibn Abdalá accedió, pero tuvo un mal presentimiento.

Una vez ubicados todos los comensales en los asientos asignados, hizo su entrada el rey don Pedro, que llevaba al cinto un puñal y lucía sobre su cabeza la corona real. Los invitados se levantaron y se inclinaron hasta que el rey se sentó en el lugar más destacado y con un gesto indicó a todos los presentes que podían tomar asiento.

Los criados comenzaron a servir los platos: verduras en salsa y en crema, guisado de carnero, pasteles de pichón, huevos cocidos y un surtido de dulces de miel y de almendra, muy al gusto de los moros. Para cumplir con el ritual islámico, en la cena no se sirvió ni carne de cerdo ni viandas con sangre frita, aunque sí vino rebajado con agua y especiado.

Idrís ibn Abdalá se mantenía tenso y preocupado. No se encontraba a gusto sin tener su puñal a mano. Entre bocado y bocado miraba a su alrededor con desconfianza, pero conforme avanzaba la velada fue olvidando sus dudas, se tranquilizó y pensó que su recelo era infundado. Se equivocó de nuevo.

Se acababa de servir el último plato cuando el rey don Pedro hizo una señal al camarero mayor y al repostero real, que salieron del patio para regresar inmediatamente acompañados por un centenar de soldados, escuderos y ballesteros bien armados que se colocaron por parejas detrás de cada uno de los invitados musulmanes.

—¿Qué es esto, alteza? —preguntó sorprendido el rey Bermejo, cuyo tic nervioso desdibujó su rostro.

—Daos por presos —dijo el mayordomo real, que tenía sujeto por los hombros a Idrís, cuyo rostro reflejaba la frustración por haberse confiado y haber caído en el engaño.

—¿Por qué? —demandó con gesto compungido Muhammad VI.

No hizo falta traducir sus palabras.

—Prometisteis que me cederíais parte del tesoro que os llevasteis del palacio de la Alhambra y no habéis cumplido.

—Señor, el dinero y las joyas están en los aposentos que nos habéis proporcionado en la judería; iba a enviároslos mañana mismo —se justificó el rey Bermejo.

—Os acuso del destronamiento del rey Muhammad y del asesinato del rey Ismail, de haber usurpado el trono de Granada, de incumplir vuestras obligaciones al no pagar los tributos que os correspondían como vasallo de Castilla y de traición por haber pactado sendas alianzas con el rey de Aragón y con el sultán de Marruecos en mi contra. Yo, Pedro, rey de Castilla y de León, he de garantizar la defensa de mis vasallos, impartir la justicia e imponer la legalidad que vos habéis conculcado. Ordeno que quedéis preso con todos vuestros caballeros.

El intérprete apenas daba abasto para traducir al árabe las palabras de don Pedro, que surgían de su boca como una cascada desbordada.

—Cacheadlos a todos; veamos qué llevan en sus bolsas y en sus cintos; también a esos dos pajes —ordenó el camarero mayor señalando a dos muchachos que siempre acompañaban al rey Bermejo.

Sobre la mesa a la que se sentaba don Pedro fueron depositadas decenas de piedras preciosas y perlas, cadenas y pulseras de oro y cientos de monedas de oro y de plata que los comensales musulmanes portaban entre sus ropas.

Los ojos de los cristianos se abrieron como platos cuando el propio rey Bermejo sacó de su ropaje tres rubíes balaxes procedentes de Persia, cada uno de ellos del tamaño de un huevo de paloma.

Si esas riquezas eran las que llevaban encima, cuántas más guardarían en sus posadas, pensó don Pedro.

Encerrados los cincuenta caballeros moros en las mazmorras de las Atarazanas, don Pedro dio orden a sus soldados para que fueran a las casas de la judería donde se habían instalado las gentes del rey Bermejo, se incautaran de todas sus posesiones y las llevaran presas también.

Dos docenas de cofres y baúles cargados con joyas y monedas de oro y plata, ropajes de seda y brocados fueron requisados y depositados en el tesoro real en el alcázar, y numerosas espadas, ballestas, lanzas y escudos y tres centenares de caballos y acémilas fueron incautados y guardados en los establos reales aquella misma noche.

En el fragante aire de Sevilla flotaba un dulce aroma a azahar. Aquel 25 de abril ya habían florecido los naranjos y los limoneros. El campo de Tablada, que se extendía desde detrás del alcázar real hasta el río Guadalquivir, estaba salpicado de flores, como una alfombra de manchas blancas, rojas y amarillas.

Desde las Atarazanas llegó una esperpéntica comitiva encabezada por el rey Bermejo, vestido con un sayo escarlata y atado a un burro que avanzaba cansino e indolente guiado por un acemilero. Tras él, escoltados por guardias armados con lanzas y ballestas, caminaban treinta y siete caballeros moros, todos atados por las manos y los pies, sucios y desnutridos tras dos días encerrados en prisión y sin haberse llevado a la boca ni un pedazo de pan.

Los prisioneros fueron atados a unos postes y quedaron expuestos durante un buen rato al sol de la mañana, que ya comenzaba a calentar.

El rey don Pedro apareció montado en su caballo. Portaba una lanza, espada al cinto y de la silla colgaba un escudo con las armas heráldicas de los reinos de Castilla y de León.

Se situó frente al rey Bermejo y lo observó con ojos fríos y mirada asesina.

—Esto por la traición que me hicisteis acordando un pacto con el rey de Aragón y por hacerme perder el castillo de Ariza y otros más en aquella frontera.

Sujetó con fuerza la lanza entre sus manos y con un golpe seco y contundente la clavó en el estómago de Muhammad VI.

El granadino emitió un rugido de dolor, pero aún tuvo fuerzas suficientes para balbucir algunas palabras:

—No es digno... de un caballero... lo que habéis hecho —barbotó el rey Bermejo en lengua árabe, intentado soportar el dolor de la lanzada.

Tras escuchar al traductor, don Pedro exclamó:

—¡Quién sois vos para hablar de dignidad? Vos, un tipo altanero y ufano, que, siendo un usurpador, se ha hecho intitular *Galib billah*, «el Victorioso por Dios». Vos, un vil impostor.

La sangre comenzó a salir del vientre rajado de Muhammad VI, que sintió cómo la vida se le escapaba a borbotones.

Los escuderos, ballesteros y guardias reales fueron degollando uno a uno a los otros treinta y siete caballeros del rey Bermejo, que mientras se desangraba y le llegaba la muerte aún pudo ver con sus propios ojos la ejecución de sus fieles vasallos.

Conforme los granadinos iban muriendo en el campo de Tablada, un heraldo del rey, subido a una mula con gualdrapas con los colores y escudos de Castilla y de León, leía en voz alta el contenido de un pergamino:

—«Esta es la justicia que manda hacer nuestro señor el rey don Pedro, que ordena ejecutar a Muhammad, conocido como el Bermejo, porque asesinó a su señor el rey Ismail y pactó con el rey de Aragón, y por ello se perdieron los castillos de Ariza...».

El heraldo siguió leyendo en tanto continuaba la degollina y la sangre de los caballeros granadinos teñía de oscuro las hierbas y las flores del campo de Tablada.

Las cabezas de los moros ejecutados fueron seccionadas y colgadas de los muros de Sevilla, donde se expusieron durante unos días para que los sevillanos pudieran contemplar la determinación de su rey a la hora de impartir justicia, incluso con los extranjeros infieles.

Pasadas tres semanas, se recogieron las cabezas, se metieron en unos sacos y se enviaron al rey de Granada, que hacía ya dos meses que había tomado posesión de los palacios de la Alhambra y había sido reconocido por Castilla como soberano legítimo.

Muhammad V ordenó colocar las cabezas de sus enemigos en el lugar preciso de los muros de la Alhambra por donde el rey Bermejo y sus partidarios habían escalado aquella noche en la que asaltaron la Alhambra y derrocaron y mataron a Ismail II. El pueblo de Granada respiró aliviado. El corto reinado del usurpador había resultado un desastre. Ambicioso y sin escrúpulos, el rey Bermejo había gobernado con crueldad y sadismo. Además, se había mostrado como un tipo soez y burdo, con muy malos modos y con ademanes zafios impropios de la dignidad que se requería de un soberano, producto quizá del abuso de consumo de hachís. Por fin, el tirano había muerto y el rey Muhammad V, repuesto en el trono, prometía un largo periodo de paz y prosperidad.

11

La ejecución del rey Bermejo y de sus treinta y siete caballeros provocó un considerable malestar entre la alta nobleza castellana y leonesa, pero don Pedro no se arrepintió de su atrocidad. Estaba seguro de que provocar el miedo, aun en cabeza ajena, era su mejor arma para mantener sometidos y sumisos a los nobles.

Cerrado el conflicto con Granada, se reanudó la guerra con Aragón. Pedro I necesitaba aliados, o al menos que no se abrieran nuevos frentes de batalla. Acordó sendos tratados con el rey de Portugal y con el de Navarra, y llegó a acuerdos con los señores de Fox, Armañac y Gascuña, procurando cerrar un cerco sobre la Corona de Aragón que le otorgara ventaja en la guerra.

Doce años ya al frente de Castilla y León le habían dado la experiencia suficiente como para saber que no podía fiarse de nadie y que incluso los que aparentaban ser sus más fieles y leales vasallos podían traicionarlo sin la menor vacilación si convenía a sus intereses.

El poder conlleva privilegios, fortuna, riquezas y, en ocasiones, también fama y gloria. Sin embargo, una vez que se alcanza, nadie tiene garantizado poseerlo para siempre. Hay que pugnar día a día por conservarlo, estar atento a las conjuras y vigilar a cuantos desean arrebatarlo, que suelen ser muchos.

Ser rey de Castilla y de León, sentarse en el trono de los reyes don Fernando, el conquistador de Córdoba y Sevilla, y de don Alfonso, el monarca Sabio, era un extraordinario privilegio que muchos ambicionaban, y serían capaces de hacer cualquier cosa por conseguirlo.

Don Pedro lo sabía.

Tumbado en un diván, observó el artesonado del techo y las inscripciones en letras árabes que proclamaban «Gloria a Dios. Dios es eterno. Dios es soberano. El poder pertenece a Dios»; «La fortuna pertenece y proviene de Dios»; «No hay vencedor sino Dios»; «Gloria a nuestro sultán don Pedro. Ayúdele Dios». Eran textos, con algunas adaptaciones, que copiaban versículos del Corán, el libro sagrado de los musulmanes, que los alarifes, carpinteros y pintores moros habían escrito en techos y paredes del alcázar de Sevilla a imitación de las inscripciones de los palacios de la Alhambra. Por ello, había quien murmuraba que el rey don Pedro no era un buen cristiano y que favorecía tanto a los musulmanes y a los judíos que bien podía considerarse uno más de ellos.

Aquellos días habló con algunos de sus principales consejeros sobre la manera de seleccionar a los oficiales de la corte. No se fiaba de los nobles, que habían acaparado los cargos hasta entonces, y tampoco de los familiares de María de Padilla, que habían obrado en su exclusivo beneficio, de manera que optó por una solución sorprendente: promulgó un bando por el cual se convocaba a realizar una prueba de selección a cuantos reunieran ciertas condiciones y capacidades para optar al cargo de escribano mayor del reino.

Se presentaron varios aspirantes, a los cuales el rey entrevistó personalmente. Todos los candidatos creían que su alteza les preguntaría por sus conocimientos de letras y de números, pero el examen que tuvieron que superar resultó muy extraño. Don Pedro los llevaba uno a uno a la sala de las Naranjas y les mostraba una alberca en la que flotaban varias de estas frutas. A continuación les preguntaba por el número de naranjas que había en el estanque, a lo que todos respondían con una cifra concreta tras contarlas. Sorprendentemente, nadie acertaba.

Solo uno de los aspirantes, tras pensar la respuesta durante unos instantes, le pidió al rey que le permitiera usar un palo. El rey se lo concedió y aquel hombre utilizó la vara para dar la vuelta a las naranjas, y entonces descubrió que todas estaban cortadas por la mitad. La solución era la mitad de las que aparentaban ser a primera vista. Don Pedro le concedió el puesto de escribano a ese hombre debido a su sagacidad.

Aquel sistema de elección del escribano le pareció estrambótico a la mayoría de los consejeros, pero ninguno se atrevió a contravenir al rey.

En realidad, aquella decisión no era trascendental para el gobierno de sus dominios, todo lo contrario que la resolución que don Pedro adoptó poco después, que socavaría los cimientos de sus reinos y los arrastraría a una convulsión colosal.

La ausencia de su amada María de Padilla lo atormentaba. En la alcoba del alcázar de Sevilla, donde tantas veces se habían amado, echaba de menos el cuerpo cálido, la piel delicada y suave y el cabello sedoso de su amante, cuyo cadáver seguía depositado en el palacio de Astudillo.

María ya no estaba allí, ya no podía abrazarla, no podía besarla, no podía entrar en su cuerpo y sentirse dentro de ella, pero podía resarcir y lavar su memoria para toda la eternidad.

Don Pedro ordenó que, con toda urgencia, se convocaran Cortes en la ciudad de Sevilla, donde iba a hacer público un anuncio trascendental.

En sus doce años de reinado, solo se habían celebrado unas Cortes, las de Valladolid, en 1351. El rey era reticente a reunir a las universidades, nobles y clero, pues entendía que su autoridad no podía ser cuestionada ni sus decisiones controladas por las Cortes.

En realidad, aquellas de Sevilla de finales de mayo de 1362 no eran unas Cortes al uso, aunque se presentaron como tales para darles imagen de legalidad.

Los escasos nuncios que acudieron se reunieron en la catedral, ubicada en la antigua mequita de los musulmanes, que apenas había modificado su aspecto. El viejo edificio, al que solo se le había añadido la Capilla Real, donde estaban enterrados los reyes Fernando III y Alfonso X, amenazaba ruina, sobre todo tras el terremoto que sacudió Sevilla seis años antes, durante el cual se habían producido algunos derrumbes que habían obligado a apuntalar varios muros y a entibar numerosas arcadas.

El rey hizo su entrada solemne en el templo, escoltado por seis heraldos que vestían ropajes y gorros con los castillos y los leones bordados, y portaban espadas, mazas y azagayas. Uno de ellos mostraba una almohada de terciopelo rojo sobre la que estaban depositados el cetro y el sello reales.

—Señores, tomad asiento —el mayordomo real invitó a los nuncios a sentarse.

Desde luego, aquellas no eran unas Cortes que se hubieran convocado con la solemnidad y el boato requeridos; muchos nobles y altos eclesiásticos ni siquiera habían contestado a la llamada real, y de las universidades solo habían acudido nuncios de media docena de ciudades.

Para don Pedro, el fracaso de su convocatoria era lo de menos. Lo que tenía que decir era lo trascendente, y le importaba muy poco la menguada asistencia de representantes. Algunos de los delegados comentaban entre dientes que aquellas Cortes no eran legales, pero no se atrevían a denunciarlo, pues sabían lo que les ocurriría si contrariaban la voluntad del rey. Miró a los procuradores, sentados en las tres secciones o brazos: la nobleza a su izquierda, el clero a su derecha y las universidades en el centro. Eran muy pocos, apenas una docena de nobles, otros tantos eclesiásticos y solo seis ciudades. Escasos..., pero suficientes.

—Señores nuncios y procuradores —habló el rey—: os he convocado a estas Cortes para declarar solemnemente que yo, Pedro, rey de Castilla y de León, hijo del rey don Fernando y de la reina doña María, habiendo cumplido los dieciséis años y siendo mayor de edad según prescriben nuestras leyes y estando en la ciudad de Valladolid, tomé como mujer legítima por palabras de presente a doña María de Padilla, muerta hace poco tiempo, y la hice mi esposa. De aquella ceremonia fueron testigos don Diego García de Padilla, maestre de la Orden de Calatrava, el fenecido don Juan de Hinestrosa, quien fuera mi más leal caballero, don Juan Alfonso de Mayorga, canciller y portador del sello real, y don Juan Pérez de Orduña, abad de Santander y capellán real. Estos cuatro señores juraron como testigos presenciales de mi matrimonio con doña María de Padilla ante los cuatro evangelios. —Todos lo sabían, pero el rey calló que don Diego e Hinestrosa eran hermano y tío de María—.

»Manifiesto además, para conocimiento de estas Cortes, que

mi matrimonio con doña Blanca de Borbón, ya fallecida, es nulo de derecho, pues se produjo cuando yo ya estaba casado con doña María de Padilla, con la cual consumé el matrimonio, como es preceptivo para que sea plenamente válido. Si accedí a celebrar esa falsa unión con doña Blanca, fue porque algunos no veían bien a los parientes de doña María y amenazaban con desatar una guerra y sembrar la discordia en estos reinos si no me casaba con doña Blanca, lo que hice para evitar enfrentamientos y salvar de la calamidad a las buenas gentes de mis dominios; por eso mantuve en secreto mi matrimonio con doña María.

»Reconozco como hijos legítimos a doña Beatriz, doña Constanza y doña Isabel, que engendré con doña María, las cuales recibirán desde ahora el título de infantas como hijas mías que son. Proclamo que mi hijo don Alfonso, a quien también tuve con doña María, es mi heredero en todos mis reinos, dominios y posesiones y como tal deberá ser jurado y aceptado por los nuncios de estas Cortes.

»Aquí está presente don Gómez Manrique, quien, como arzobispo de Toledo y primado de la Iglesia, ratificará mis palabras.

El rey indicó al arzobispo, que estaba sentado en el primero de los estrados de los nuncios de la Iglesia, que podía dirigirse a las Cortes. Gómez Manrique se levantó y habló:

—Señores prelados, nobles de Castilla y de León, procuradores de las ciudades, sabed que todo cuando ha manifestado su alteza don Pedro, nuestro amado rey y señor, es cierto. El matrimonio con doña María de Padilla por palabras de presente se celebró antes de la boda con doña Blanca de Borbón y así lo han ratificado los testigos indicados, salvo don Juan de Hinestrosa, que, como bien es sabido, perdió la vida en defensa de estos reinos en la batalla de Araviana, peleando con bravura contra el ejército del rey de Aragón; y también lo han jurado los obispos de León y de Astorga, que guardaron el secreto por lealtad al rey. Así pues, es justo que a partir de ahora doña María de Padilla, de feliz memoria, sea llamada reina de Castilla y de León, sus hijas reciban el tratamiento de infantas, el infante don Alfonso sea proclamado sucesor de su padre el rey don Pedro y jurado como heredero de la Corona de Castilla y de León. Y que si el infante don Alfonso, Dios no lo quiera, falleciera sin hijos antes que nuestro señor el rey don Pedro, sean herederas sus hermanas las infantas doña Beatriz, doña

Constanza y doña Isabel, según el orden que por su edad les corresponde.

—¡Juradlo! —exclamó el rey.

Uno a uno, todos los delegados presentes en aquellas singulares Cortes juraron a don Alfonso como heredero y futuro rey y aceptaron que doña María de Padilla había sido en vida la legítima reina de Castilla, como también lo era en la muerte.

—Habiendo sido jurado conforme al derecho y a la ley, estas Cortes proclaman solemnemente al infante don Alfonso, hijo del rey don Pedro y de la reina doña María, heredero de Castilla y de León, y así se comunicará a todas las autoridades y concejos de estos reinos.

La amplia sonrisa del rey dejaba claro que había logrado sus propósitos: ya tenía heredero legítimo, ya había cumplido la promesa que le hiciera a su amante de convertirla en su esposa legítima y en su reina..., aunque fuera después de muerta.

María de Padilla reinaba al fin.

Se levantó aquella sesión de las Cortes, pero don Pedro todavía quería mayores reconocimientos para la mujer que había sido el gran amor de su vida.

Le pidió al arzobispo Gómez Manrique que lo acompañara y ambos se dirigieron a la Capilla Real. Allí, ante las tumbas del rey Fernando III, de su esposa la reina Beatriz de Suabia y del hijo de ambos, el rey Alfonso X, le dijo:

—Señor arzobispo, agradezco vuestras palabras; habéis estado muy convincente.

—Os lo debía, alteza. —Gómez Manrique, que pocos meses antes había sido nombrado arzobispo de Toledo tras haber sido obispo de Tuy y de Compostela, se refería a su proclamación como primado de España gracias a la ayuda del rey.

—Os recompensaré por lo que habéis hecho.

—Gracias de nuevo, alteza.

—Queda todavía algo más.

—Decidme en qué puedo ser útil a vuestra merced.

—El arzobispado de Sevilla está vacante, de manera que os pido que vos, como primado de España, aprobéis el traslado del cadáver de mi esposa doña María desde Astudillo a Sevilla para que sea enterrada en esta Capilla Real junto a mis ilustres antepasados.

—Haré como gustéis.

—Los restos de mi esposa reposan en el palacio que tenemos en Astudillo, donde murió. Ordenaré que los trasladen hasta Sevilla inmediatamente. Y vos, encargaos de que la ceremonia de inhumación en la Capilla Real se celebre con el boato que es debido a una reina de Castilla.

—Serán unos funerales solemnes, como nunca antes se han visto otros en esta ciudad.

—Y no os preocupéis por el futuro de vuestra hija. Le procuraré a doña Teresa Manrique un marido como corresponde a la hija de un príncipe de la Iglesia.

—¡Oh!, señor, ¿cómo sabéis que yo...?

—Vamos, vamos, no os atoréis. Hace días que estoy al tanto de que tenéis una hija a la que amáis profundamente. No sois el primer obispo que ha cometido un pecadillo de lujuria. Dios os perdonará por ello; es misericordioso y clemente.

El arzobispo enrojeció. Pocos eran los que sabían que siendo obispo de Tuy había dejado embarazada a una dama gallega con la que había tenido a esa hija tan querida.

12

Había logrado su propósito. María de Padilla era reina, aun después de muerta, y su hijo Alfonso sería el futuro rey. Con su sucesión resuelta, había llegado la hora de darle una lección al monarca aragonés, que se las había prometido muy felices tras sus victorias en Araviana y en Barcelona.

Pedro de Castilla reunió a sus consejeros en el alcázar de Sevilla. Ninguno de ellos sospechaba lo que tenía preparado.

—Señores, vamos a darle un escarmiento al rey de Aragón. Nuestros agentes en Barcelona informan de que ese pequeño monarca está holgando en su ciudad de Perpiñán y que ha descuidado la defensa de la frontera. Las derrotas en Araviana y Barcelona no pueden quedar impunes. He acordado un pacto con mi tío el rey de Portugal y he cerrado una entrevista con el rey de Navarra, que celebraremos en unos días en la ciudad de Soria. Atacaremos la villa de Calatayud por sorpresa, nos haremos con ella y con los castillos de su frontera y, si es posible, llegaremos hasta Zaragoza.

El plan del rey sorprendió a sus consejeros.

—Mi señor, ¿vais a atacar a los aragoneses sin declaración previa de guerra y sin romper la tregua pactada con su monarca? —preguntó el maestre de Calatrava.

—Querido cuñado —don Pedro se dirigió al hermano de María con trato familiar—, en Francia se han formado unas huestes a las que llaman «Compañías Blancas». Sé que sus capitanes andan en tratos con el rey de Aragón con el propósito de invadir Castilla y causar todo el daño posible en nuestras tierras. Lo que pretendo es adelantarme a las intenciones de ese enano malicioso y golpearlo antes de que sea él quien nos ataque.

»Con las alianzas de Navarra y de Portugal y pacificada la frontera de Granada con nuestro vasallo el rey Muhammad, la Corona de Aragón no es rival para Castilla, pero debemos ser los primeros en golpear, y hacerlo muy duro.

Los consejeros no parecían estar de acuerdo con la decisión de su rey, pero sabían bien cómo se las gastaba don Pedro con quien cuestionaba sus órdenes, así que aceptaron su plan.

—Tomaremos Calatayud y luego Zaragoza, Valencia y Barcelona. En los muros de todas esas ciudades ondeará el estandarte de los castillos y los leones —dijo el maestre de Calatrava.

—Eso es lo que quería escuchar de vuestros labios, querido Diego.

Los demás consejeros asintieron. ¡Qué otra cosa podían hacer!

La hueste real salió de Sevilla camino de Soria, donde se había pactado celebrar la entrevista con el rey de Navarra.

Reunidos en un palacio de la ciudad fundada por el rey aragonés Alfonso el Batallador, que también lo fue de Castilla y de Pamplona, los reyes de Castilla y de Navarra acordaron una alianza de defensa y ayuda mutua en la guerra. El monarca navarro necesitaba imperiosamente cerrar ese acuerdo, pues, aunque no deseaba la guerra con Aragón, tenía que protegerse de la ambición del rey de Francia de apoderarse de Navarra.

En Soria se firmó el tratado y se acordó que Carlos de Navarra atacaría la frontera aragonesa en tierras de Sos y retaría a su rey para distraer a los aragoneses y facilitar la conquista castellana de Calatayud. Pedro I envió además una embajada al rey de Inglaterra para proponerle una alianza contra Francia, de manera que Castilla entraba formalmente como beligerante en la guerra que mantenían esos dos poderosos reinos.

El ejército castellano irrumpió como un vendaval en el valle del Jalón, ya dentro de territorio aragonés. En unos pocos días de finales del mes de junio de 1362 se ocuparon varios de los castillos que defendían el curso del río y a los que Pedro I había tenido que renunciar cuando el rey Muhammad VI de Granada decidió romper su vasallaje con Castilla y dejar de pagar tributos.

Ariza, Cetina, Alhama, Terrer y otras fortalezas menores fueron cayendo en manos castellanas, cuyas tropas se presentaron ante los muros de Calatayud sin previa declaración de guerra.

Desde la atalaya del castillo mayor, los defensores de Calatayud observaban asustados el despliegue del ejército castellano entre el río Jalón y los muros de la zona baja de la ciudad. Era una fuerza formidable compuesta por doce mil jinetes, treinta mil infantes y treinta y seis máquinas de asedio, entre catapultas, trabucos, fonéboles y fundíbulos.

En cuanto estuvieron dispuestos los primeros ingenios, y sin aviso previo alguno, comenzaron a disparar los primeros proyectiles en la zona de muralla del monasterio de San Francisco, cuya iglesia fue el primer edificio en ser derribado.

Bolaños del peso de un hombre golpeaban sin cesar los muros, provocando pequeños derrumbes que los sorprendidos sitiados trataban de reparar con urgencia.

La noticia del asedio de Calatayud se conoció ese mismo día en Zaragoza y dos días después en Perpiñán, donde Pedro IV de Aragón asistía al nacimiento de su primer hijo varón, al que bautizaron con el nombre de Juan.

Los aragoneses reaccionaron y enviaron en ayuda de los de Calatayud a un pequeño contingente de soldados al mando del conde de Osona y de don Pedro de Luna, pero estos quedaron cercados en la localidad de Miedes por fuerzas muy superiores y tuvieron que rendirse. Los prisioneros fueron enviados inmediatamente a Toledo y desde allí, a Sevilla, donde algunos murieron y otros permanecieron presos varios años.

Desbaratado ese pequeño contingente, los de Calatayud, que

seguían resistiendo el bombardeo constante y cuyos edificios sufrían graves daños por los numerosos impactos de los proyectiles, solicitaron al rey de Castilla que les concediera una tregua de cuarenta días y les permitiera el envío de un mensajero al rey de Aragón. Le prometieron que si pasados esos cuarenta días no recibían ayuda alguna, rendirían la plaza, lo jurarían como señor y Calatayud sería suyo.

Pedro I no quería ganar una villa tan importante si para ello tenía que derruirla por completo y despoblarla, de modo que accedió y permitió que dos nuncios del concejo de Calatayud viajaran hasta Perpiñán para entrevistarse con el rey de Aragón.

El monarca aragonés nada podía hacer por salvar una de las villas más populosas y ricas de su reino. Al escuchar los lamentos de los de Calatayud y ante la imposibilidad de enviarles auxilio, les dijo que les levantaba el juramento como vasallos suyos y los autorizó a jurar fidelidad al rey de Castilla como nuevo señor si con ello salvaban sus vidas y sus haciendas.

Pedro IV se tragó su orgullo, pero se puso de inmediato a buscar apoyos para devolverle el golpe a su tocayo castellano. Envió cartas al rey de Francia ofreciéndole un pacto y a Enrique, Tello y Sancho, los tres hermanos Trastámara, que andaban con algunos caballeros buscándose la vida por la región de Provenza, para que regresaran a Aragón. Les prometió en secreto que si lo ayudaban contra su medio hermano el rey de Castilla, los reconocería como los legítimos herederos de Alfonso XI, procuraría el derrocamiento de Pedro I y los apoyaría para que ganaran el reino de su padre.

Enrique de Trastámara y sus hermanos dudaron, pero al fin aceptaron la propuesta del monarca aragonés. Le prometieron que enviarían a diez mil soldados a la guerra contra Castilla; sin embargo, la ayuda prometida por el conde llegó tarde.

Tras entrevistarse con Pedro IV en Perpiñán, los nuncios regresaron a Calatayud y les contaron a los oficiales del concejo que no recibirían auxilio alguno y que el rey de Aragón los eximía del juramento de vasallaje y de seguir sacrificándose en una resistencia inútil.

—Calatayud se rinde —comunicó el maestre de Santiago al rey de Castilla.

—¿Aceptan nuestra oferta?

—En todos sus términos, mi señor. La villa de Calatayud y todos los castillos de su comunidad de aldeas pasan a ser dominios y feudos de vuestra merced.

Pedro I sonrió. La derrota de Araviana había sido vengada y el honor de sus armas repuesto en el campo de batalla.

El 29 de agosto de 1362 el rey de Castilla y de León entró triunfante en Calatayud. Los muros de la zona baja estaban casi derruidos y los monasterios de San Francisco, San Pedro y Santa Clara, ubicados junto a esa zona de la muralla, no eran sino un montón de ruinas y escombros.

Desde lo alto del castillo mayor, don Pedro contempló el caserío que se extendía a sus pies. Calatayud era su primera gran conquista y soñó con que pronto vendrían otras muchas: Zaragoza, Valencia, Barcelona y después... Granada. Sí, él, el niño que fue despreciado y apartado de la corte, el hijo al que su padre el rey don Alfonso nunca quiso y apenas conocido, él, el apestado que tuvo que vivir encerrado en castillos lúgubres y fortalezas sombrías al lado de su madre, la amargada, vilipendiada y humillada reina doña María, era ahora un conquistador, un guerrero victorioso, un monarca triunfante.

Alzó la vista y sonrió al ver el estandarte real de Castilla y León ondeando en todo lo alto del torreón occidental del castillo mayor. Recordó a su amada María de Padilla y pensó en su hijo Alfonso, que algún día lo sucedería en el trono, y en sus medio hermanos los Trastámara, a los que aplastaría como a insectos en cuanto los tuviera al alcance de su mano.

«Yo, Pedro, el rey», musitó apretando los puños y sintiéndose invencible.

En la cabeza de don Pedro, María de Padilla era ya un recuerdo, dulce y amable, pero solo un recuerdo.

Durante su estancia en Almazán había pasado todas las noches en brazos de doña Isabel de Sandoval, una burgalesa que había sido dama de compañía de María de Padilla y aya de su hijo don Alfonso. Mientras vivía María apenas había reparado en ella, aunque era hermosa, de grandes pechos y contundentes caderas. La convirtió en su concubina y trató de consolarse con ella. En Isabel se reencontró con el placer y la pasión del sexo, y lo hizo con tanta intensidad que cada noche, tras hacerle el amor, le prometía que, como era viudo y no tenía esposa, se casaría con ella.

En los primeros días de septiembre, tras declararse algunos casos de peste en Calatayud y en algunos lugares de su comunidad de aldeas, decidió regresar a Sevilla. Dejó la defensa de la frontera con Aragón en manos de los maestres de las grandes órdenes: al maestre de Santiago le encomendó la comandancia de Calatayud, con mil jinetes y dos mil peones, y la villa de Aranda de Moncayo; y al de Calatrava, la de Molina, con cuatrocientos caballeros.

Se llevó con él a Isabel. Quería enseñarle sus palacios del alcázar real, mostrarle la enorme extensión de sus dominios, su poder, su grandeza y prometerle cada noche que la haría su nueva reina.

En el camino se enteró de la muerte del papa Inocencio VI, fallecido a mediados de septiembre, y del nombramiento del nuevo papa Urbano V tan solo dos semanas después; pero fue al llegar a Sevilla cuando le dieron la peor de las noticias:

—Alteza, hace días que vuestro hijo el infante don Alfonso tiene fiebres...

—¿Cómo no se me ha avisado antes?

—Estimamos que era mejor esperar a que llegarais a Sevilla —se excusó el médico judío que atendía al infante y heredero.

—¿Se trata de la peste?

—No, alteza, no tiene sus síntomas. Creemos que el infante padece una neumonía, pero...

—Don Alfonso es mi heredero. Haced cuanto sea posible para que se recupere. Mi hijo no puede morir.

—Lo hemos intentado de todas las maneras, como explica Ibn Sina en su *Canon*, pero la fiebre no remite y don Alfonso no responde ni a los baños de agua fría, ni a los apósitos de hierbas, ni...

—Aplicadle sanguijuelas —dijo el rey.

—Alteza, ese es un remedio tradicional que suelen usar médicos cristianos, pero es perjudicial, pues la pérdida de sangre debilita todavía más al enfermo y, además, don Alfonso es un niño, no lo soportará.

—Sangrad a mi hijo para que se libre de los malos humores —ordenó tajante el rey.

—Así lo haré —cedió el judío.

La sangría no hizo otra cosa que acelerar la muerte del infante. El 18 de octubre murió don Alfonso, hijo de Pedro I de Castilla y León y de María de Padilla. Solo tenía tres años de edad. Su muerte se penó en todos los reinos con grandes funerales y llantos.

Acabados los funerales que se organizaron en Sevilla, don Pedro le prometió a su amante Isabel que, además de hacerla su reina, proclamaría como su sucesor al primer hijo varón que le diera. La tierra no podía estar sin rey, y el reino no podía estar sin heredero.

Un mes después, todavía abatido y contrito por la muerte de su hijo Alfonso, el rey don Pedro dictó testamento. Su cuerpo sería enterrado con el hábito de San Francisco en Sevilla, en la capilla que estaba construyendo en la catedral; a su derecha, se colocaría el féretro de su esposa María de Padilla y a su izquierda, el de su hijo don Alfonso, ambos ya fallecidos. Nombraba herederas a sus hijas Beatriz, Constanza e Isabel, por ese orden según sus edades. Disponía que Beatriz, la mayor, se casara con el príncipe Fernando, hijo del rey Pedro de Portugal, si así se acordaba. Prohibía expresamente que sus tres hijas se casaran con el conde Enrique de Trastámara, con sus hermanos Tello y Sancho y con el infante don Fernando de Aragón, a los que calificaba de traidores, añadiendo que si alguna de ellas lo hacía, sería desheredada y maldita. Si las tres hijas morían sin descendencia, la corona pasaría a su hijo don Juan, el que tuvo con doña Juana de Castro, que en ese momento tenía siete años de edad. Repartía entre sus tres hijas las coronas de oro y piedras preciosas que fueron del rey don Alfonso, su padre, de su tía Leonor, que fuera reina de Aragón, y de doña Blanca de Borbón, además de las rentas, joyas y dinero que poseía el tesoro real. Dotaba a varios monasterios para que se hicieran obras y se celebraran misas por su alma. Por fin, ordenaba que se pagara el rescate de mil cautivos cristianos en tierras de moros.

El resto del otoño discurrió sombrío y húmedo. Solo el calor de Isabel lo confortó de su pena y su desdicha.

13

En cuanto pasaron las fiestas de la Navidad y de la Epifanía, don Pedro retomó la guerra contra Aragón.

Antes de salir de nuevo hacia la frontera, envió una embajada al rey de Inglaterra ofreciéndole una alianza contra los reyes de Aragón y de Francia, con el que ya estaban rotas todas las relaciones por el asesinato de la reina doña Blanca. El monarca inglés respondió aceptando el acuerdo. Eduardo III de Inglaterra había logrado recuperar la reputación perdida de sus antecesores y estaba ganando la guerra contra Francia, cuyo rey Juan II, había permanecido preso varios años en Londres.

El rey don Pedro atravesó Castilla y se dirigió a Almazán, donde se quedó su amante Isabel, a la que había dejado embarazada las pasadas navidades en Sevilla. Ya en Calatayud y con las espaldas a resguardo por su pacto con Inglaterra, Pedro I preparó el ataque a Tarazona, que asedió y conquistó; ordenó apresar a su obispo, el noble Pedro Pérez Calvillo, del cual desconfiaba; ocupó sin apenas resistencia las villas de Borja y Magallón; y tomó al asalto la villa de Cariñena, cuyos pobladores se resistieron a entregarse, por lo que fueron masacrados y torturados; a algunos varones les cortaron las narices y las orejas antes de ser asesinados.

Entre tanto, el rey de Navarra acosaba la frontera de las Cinco Villas, retaba a un duelo personal al rey de Aragón y amenazaba con conquistar las tierras de Sos, siempre codiciadas por los reyes de Pamplona.

Temiendo que podía morir en aquella campaña, don Pedro citó a los nobles y a los delegados de las ciudades de Castilla y León en la aldea aragonesa de Bubierca, ocupada por su ejército. A falta de un heredero varón tras la muerte del infante don Alfonso, hizo jurar a los que no asistieron a las Cortes de Sevilla como herederas de sus dominios a sus tres hijas, Beatriz, Constanza e Isabel, que reinarían por ese orden en caso de que ninguna de ellas tuviera un hijo. Así se hizo constar en un libro en el que se anotaron los nombres de todos los que juraron a las infantas.

En esa misma localidad emitió una terrible condena a todos los caballeros castellanos y leoneses que estaban en Aragón y se habían puesto al servicio y prestado lealtad a su hermano el conde don Enrique; juró que él mismo los mataría en cuanto cayeran en sus manos, lo que no hizo sino incrementar el odio de la mayoría de la nobleza hacia el rey.

La conquista y mantenimiento de las villas y castillos de la frontera de Aragón estaba ocupando a muchos soldados y consumiendo enormes recursos del tesoro real. Para mantener las conquistas, a don Pedro no le quedó otro remedio que pedir ayuda al rey de Portugal, que le envió a trescientos jinetes capitaneados por el maestre Gil Fernández de Carvallo, maestre de la Orden de Santiago de la Espada, la segunda más poderosa de Portugal después de la de Avis. También acudieron en su auxilio varios caballeros de la Guyena, vasallos del rey de Inglaterra, el hermano del rey de Navarra con una compañía de a caballo y otros seiscientos jinetes granadinos enviados por su rey Muhammad V como vasallo de Castilla.

Gracias al refuerzo de esas tropas, pudo conquistar la ciudad de Tarazona y las demás localidades de su entorno, aplastar a los de Cariñena y avanzar hacia el sur hasta conquistar Teruel, Ademuz, Segorbe, Jérica, Murviedro, que los antiguos llamaban Sagunto, Buñol, Chiva y Liria. La destrucción de las localidades conquistadas se llevó a cabo sin piedad. En Báguena se quemó el castillo con su alcaide, que se había negado a entregarlo, dentro.

Las victorias de los castellanos parecían abocar a un derrumbe total del reino de Aragón. Incluso recuperaron los pendones de Castilla y León capturados por los aragoneses en Araviana, que se guardaban en la iglesia de Santa María de Teruel.

A mediados de mayo de 1363 todas las principales villas de la frontera de Aragón estaban en poder de Castilla. Solo Daroca, amparada por sus fortísimas murallas, resistía el ataque castellano; la villa estaba bien defendida por sus vecinos, organizados por grupos familiares a los que se les había asignado la protección de los diversos tramos de la muralla, y reforzados por quinientos ballesteros llegados de todo el reino. Si caía Daroca, la siguiente conquista sería Zaragoza, y entonces sí que se perdería todo el reino de Aragón.

A fines de mayo Pedro I conquistó Murviedro y asedió Valencia. Durante el sitio se instaló en un palacio a las afueras de la ciudad. El edificio, una antigua casa construida para recreo de los reyes musulmanes de la taifa valenciana, tenía un patio con unas magníficas columnas de jaspe; le gustaron tanto a don Pedro que ordenó desmontarlas y llevarlas a Sevilla para embellecer uno de los patios de su real alcázar.

Desde lo alto de los muros de la fortaleza de Murviedro, Pedro de Castilla oteaba la huerta valenciana, que se extendía a lo largo de varias decenas de millas hacia el sur.

—Valencia, la ciudad del Cid, caerá pronto en mis manos y volverá a ser de Castilla —comentaba con sus consejeros, ignorando que Valencia nunca fue una ciudad castellana, pues Rodrigo Díaz de Vivar la conquistó para sí y la ocupó y gobernó como su señor privativo, no como vasallo del rey Alfonso VI.

—Es una ciudad muy grande y está protegida por sólidos muros y amplios fosos, señor, será muy difícil tomarla.

—Conquistaré Valencia, luego Barcelona y, por fin, Zaragoza, donde se coronan los reyes de Aragón. Ese enanito aragonés caerá humillado a mis pies, y entonces tal vez me corone como rey en su catedral, le perdone la vida y lo haga bufón de mi corte —sonrió malicioso don Pedro.

Durante la última semana de mayo el ejército castellano acosó a los valencianos, con los que se libraron algunas escaramuzas en las afueras de la ciudad.

El rey de Aragón tardó en reaccionar. Durante cuatro meses había permanecido pasivo, dejando que sus súbditos defendieran la frontera por sí mismos. En febrero había convocado Cortes Generales en la villa de Monzón, donde pronunció un fogoso discurso en el que se había encomendado a la providencia divina.

En Monzón había recibido casi en secreto a Enrique de Trastámara, al que prometió ayudar en su pretensión de convertirse en rey de Castilla y de León a cambio de que, una vez sentado en el trono, Enrique le entregara todos los territorios conquistados por Alfonso el Batallador, especificando que se trataba de las villas y ciudades de Soria, Medinaceli, Molina, Sigüenza y todas las tierras contenidas en los términos de sus fueros.

Pedro IV, con los refuerzos del infante don Fernando, el conde de Trastámara y sus hermanos Tello y Sancho, se presentó a mediados de junio ante Valencia al frente de un ejército de tres mil jinetes. Pocos días antes, seis galeras catalanas habían atacado y apresado en las costas de Almería a cuatro galeras fletadas en Sevilla que traían suministros para el ejército castellano. Pedro de Castilla, desalentado por la captura de esas naves y la pérdida de los suministros que transportaban, optó por no presentar batalla al ofrecimiento de combatir que le hizo el rey de Aragón. Sorprendido por la inesperada y contundente reacción del monarca aragonés, decidió ser prudente y se retiró a la seguridad de los muros de Murviedro, donde juró que mataría a su primo el infante don Fernando y a sus hermanos el conde don Enrique, don Tello y don Sancho.

La tensión era máxima. Los castellanos, apostados en Sagunto, aguardaban expectantes al siguiente movimiento del rey de Aragón y este, con nervios de acero, confiaba en que el de Castilla cometiera un error o se precipitara.

Al fin, tras varios días observándose en la distancia, Pedro I dio un paso y envió a un mensajero ante Pedro IV con la propuesta de acordar una tregua, sellar el fin de las hostilidades bélicas e incluso firmar un ambicioso tratado entre ambas Coronas.

—Acepto esas condiciones —asintió el rey de Aragón tras escuchar las palabras del embajador castellano—. Preparad las cartas con mi canciller.

—¿No... no ponéis ninguna objeción, señor? —El enviado del rey de Castilla estaba atónito. Esperaba una contrapropuesta y se había preparado para una larga y dura negociación.

—Acepto que don Pedro de Castilla se case con mi hija doña Juana; acepto entregarle como dote por esa boda mi villa de Calatayud con sus castillos, la villa de Ariza, la ciudad de Tarazona y las villas de Borja y Magallón; acepto que Alicante, Orihuela, Elche y toda la tierra que ganó a Castilla mi abuelo el rey Jaime el Justo sean devueltas a ese reino; acepto que si nacen hijos del matrimonio de mi hija doña Juana con el rey don Pedro, el segundo sea nombrado duque de Calatayud; acepto casarme con la infanta doña Beatriz de Castilla, hija de don Pedro, y entregarle como dote las villas de Murviedro y Chiva, en mi reino de Valencia, y Teruel, a la que di el título de ciudad, en mi reino de Aragón; acepto que el hijo que nazca de este matrimonio sea duque de Jérica; acepto las condiciones que mi primo —el rey de Aragón usó ese apelativo familiar entre monarcas— propone para sellar la paz definitiva entre nuestros reinos.

Desde su atalaya de Murviedro, Pedro de Castilla parecía desorientado. No esperaba que el rey de Aragón aceptara sus propuestas para la paz sin debatir alguna alternativa.

—¿Acepta? ¿Ese enano acepta todas mis condiciones?

—Eso me ha dicho en persona, señor —ratificó el embajador.

—¿Lo habéis escuchado bien?

—De los propios labios del monarca aragonés. Don Pedro propone firmar el acuerdo en Mallén, a orillas del Ebro, en la frontera con Navarra, una villa que está ahora en vuestro poder.

—Volved a Valencia y añadir una nueva condición.

—¡Otra más! El de Aragón ya ha cedido demasiado. Señor, si proponéis nuevas condiciones, tal vez no sea posible la paz.

—El acuerdo de paz deberá contener una cláusula por la que don Pedro de Aragón deberá prender a mis... hermanos —titubeó el rey de Castilla al definir a los Trastámara— don Enrique, don Tello y don Sancho, o, en su caso, ejecutarlos y enviarme sus cabezas.

—Pero..., alteza, el aragonés no aceptará eso, no...

—Id a ver a ese enanito y proponedle esta nueva condición: o me entrega a esos traidores, o los mata, o seguirá la guerra hasta que mi caballo hunda sus cascos en las playas de Barcelona y de Valencia y mis botas huellen su palacio de Zaragoza.

—Haré como decís, señor, pero creo que no aceptará.

—En ese caso, continuará la guerra, y será mucho más dura y terrible, hasta que no quede en ese reino piedra sobre piedra y ni un hombre vivo. Esperaré la respuesta en Almazán.

El rey de Castilla ordenó a los comandantes de sus huestes que se mantuviera la calma y que no se produjeran más ataques hasta que se conociera la respuesta del rey de Aragón.

En Almazán lo esperaba Isabel, que dio a luz a un niño a comienzos de septiembre.

El rey bautizó a su nuevo hijo con el nombre de Sancho y le volvió a prometer a su amante que se casaría con ella, que la haría reina y que proclamaría a su hijo como heredero. Isabel de Sandoval sonrió: su hijo sería rey; se lo había prometido.

Las nuevas exigencias del rey de Castilla no fueron aceptadas por el rey de Aragón, que además veía cómo sus aliados Enrique de Trastámara y el infante don Fernando aumentaban sus discrepancias y estaban a punto de enfrentarse entre ellos.

Don Fernando reclamaba para sí el trono de Castilla alegando que, a falta de un heredero legítimo de Pedro I, era él el primero en la lista de sucesores, como hijo de Leonor y nieto del rey Fernando IV.

Por su parte, el conde don Enrique también aspiraba al trono de Castilla; justificaba sus derechos señalando que él era el hijo mayor de cuantos quedaban vivos del rey Alfonso XI y, aunque era bastardo, aseguraba que su madre Leonor de Guzmán se había casado por palabras de presente con su padre el rey. Además, algunos de sus agentes propalaban que Pedro I no era en realidad hijo del rey Alfonso XI, sino de un judío que fue amante de su madre doña María de Portugal, que se había acostado con él por despecho contra don Alfonso, en venganza por su relación con Leonor de Guzmán.

El enfrentamiento entre Fernando y Enrique, que se incrementaba día a día, también estaba dividiendo a sus partidarios. El rey Pedro IV de Aragón se vio en la tesitura de decantarse por uno de los dos y decidió apoyar a Enrique, pues no olvidaba que su medio hermano el infante Fernando le había disputado años atrás el trono de Aragón, en tanto Tello y Sancho se inclinaron por apoyar al infante, abandonando a su propio hermano.

A mediados de julio la confusión, las intrigas y los recelos eran absolutos.

Enterado por boca del propio rey de Aragón de que su preferido para suceder a Pedro I en Castilla era Enrique de Trastámara, el infante don Fernando decidió retirarse a Francia y llevarse con él a sus mil caballeros.

Cuando se lo comunicó a Pedro IV, el rey de Aragón consideró que lo que estaba haciendo su medio hermano era una traición. Si los mil soldados veteranos y bien entrenados de don Fernando se marchaban con él, y además los acompañaban Tello y Sancho con sus huestes, como así parecía que iba a suceder, el ejército aragonés quedaría enormemente debilitado y entonces estaría perdido ante el castellano.

Pedro IV reaccionó deprisa. Envió un mensaje al infante, que estaba en Almazora preparándose para irse a Francia, ofreciéndole una comida de despedida en la localidad de Castellón, en un palacio donde moraba aquellos días. Don Fernando receló, pero acabó aceptando la invitación y acudió al banquete. No quería parecer un cobarde.

Durante la comida, el monarca aragonés se mostró muy amable con su medio hermano, pero acabado el banquete dio la orden de que lo apresaran y salió de la sala.

—¡Qué traición es esta! —clamó don Fernando al ver a los guardias que intentaban arrestarlo.

—Daos por preso en nombre del rey —le dijo un alguacil.

—¿Preso? Prefiero morir luchando que convertirme en el reo de un traidor.

Don Fernando echó mano a la espada y la desenvainó. Con ayuda de uno de sus consejeros logró empujar a los alguaciles, que retrocedieron hasta ser arrojados de la sala donde se encontraban, y cerrar la puerta por dentro.

Avisado de la reacción de su hermano, Pedro IV ordenó a sus escuderos que entraran como fuera en la sala donde don Fernando se había atrincherado. La puerta estaba hecha con gruesos tablones de madera y tenía sólidas bisagras y cerrojos de hierro, pero el techo era de madera, de manera que comenzaron a desmontarlo para atacarlo desde arriba.

Cuando se hizo un agujero en el techo, don Fernando decidió salir. Abrió la puerta, espada en mano, y se lanzó al otro lado, donde se encontró a Rodrigo de Montoya, escudero del conde don Enrique.

—¡Vaya!, esto está lleno de traidores —exclamó el infante de Aragón.

—Sirvo a mi señor —dijo Montoya, que desenvainó su espada.

Los dos hombres lucharon con ímpetu. Montoya era un buen espadachín, pero don Fernando era más rápido y, tras intercambiar varios golpes de espada, acabó matándolo.

Enseguida aparecieron unos caballeros catalanes al servicio de don Enrique que lograron reducir al infante, al que arrojaron al suelo y apuñalaron hasta matarlo.

Pedro IV miraba el cadáver de su hermano, cosido a cuchilladas.

—Me desobedeció. El infante don Fernando era culpable del crimen de lesa majestad. Con su ejecución se ha hecho justicia —le dijo al conde don Enrique, también presente.

—Trató de llevarse con él a parte de nuestras tropas, en vez de quedarse para defender esta tierra de sus agresores. Si lo hubiera conseguido, el tirano que gobierna en Castilla nos hubiera vencido fácilmente —añadió Enrique.

—Aquí está la prueba de su traición. —Pedro IV mostró a los presentes una carta que presuntamente se había encontrado entre las ropas de don Fernando y en la cual se ofrecía como aliado al rey de Castilla—. Se reunió en secreto en Nules con agentes de Castilla para traicionarme; allí se gestó su felonía.

—No hay duda de su traición —ratificó don Enrique, que con la muerte de don Fernando se quitaba de en medio a su principal rival para ganar el trono castellano y leonés.

—Don Fernando pretendía ser rey de Castilla, o de Aragón, o de ambos reinos a toda costa. Por eso tramó mi muerte y la vuestra, don Enrique. Este hombre —Pedro IV señaló el cadáver— se ofreció al rey de Castilla para asesinarnos a don Enrique y a mí. Preguntaréis que cómo lo sé —se dirigió el rey a los que allí se encontraban—, pues porque el tirano de Castilla envió a un espía llamado Juan Fernández de Oca a Zaragoza. Este agente castellano se entrevistó con don Fernando, quien le confesó su intención de matar a don Enrique.

—Lo sé —asintió el conde Trastámara—. El espía se lo contó a uno de mis caballeros y eso le costó que don Fernando lo ahogara en las aguas del Ebro.

—Y eso no es todo. Ese desgraciado robó cuanto pudo del tesoro real de Aragón.

Pedro IV incautó todos los bienes que don Fernando había poseído en Tortosa, Albarracín y Fraga. No dejó nada a su esposa, la infanta María de Portugal, con la que el infante de Aragón no había tenido hijos.

Don Tello y don Sancho aguardaban en Almazora noticias del encuentro de los dos hermanos en Castellón. Apenas tardaron un par de horas en enterarse de que don Fernando había sido abatido y pensaron que los siguientes en caer serían ellos. Tello tenía veintiséis años y Sancho tan solo veinte. Podían intentar huir, pero habían jurado fidelidad a don Fernando, de modo que enarbolaron los pendones del infante con los colores rojos y amarillos de Aragón y salieron a campo abierto dispuestos a luchar y a morir.

Las tropas de Pedro IV y de Enrique de Trastámara eran muy superiores y los tenían rodeados. Un heraldo real se adelantó para decirles a los dos hermanos Trastámara que no pelearan, que depusieran sus armas y que no tuvieran miedo alguno, que no serían represaliados. Ofrecía garantías del rey de Aragón y también del conde don Enrique, que perdonaba la infidelidad de sus dos hermanos y les ofrecía de nuevo su amistad. Lo hicieron.

Enrique de Trastámara ya era el único jefe de los castellanos exiliados, la única alternativa al rey Pedro I.

Pedro de Castilla ya había dejado Murviedro cuando se enteró de la muerte del infante don Fernando. Se alegró. Lo hubiera matado él mismo en cuanto hubiera caído en sus manos. El aragonés lo había hecho por él. Un rival y un problema menos.

14

El ejército aragonés, reunificado a la muerte de don Fernando, se dirigió hacia la frontera de Navarra.

Su rey Carlos II estaba más interesado en sus dominios feudales en el norte del reino de Francia que en sus tierras de Navarra, pero no renunciaba al viejo reino de los vascones.

Aliado hasta entonces con Castilla, no dudó en jugar en los dos bandos y se reunió con el rey de Aragón en la localidad de Uncastillo, donde ambos monarcas acordaron que se repartirían los reinos de Castilla y León en cuanto cayera su rey. Como también estaba presente el conde de Trastámara, pactaron que Navarra ganaría Vizcaya y Álava, hasta La Rioja y las tierras a diez millas al norte de Burgos, que hacía siglos ya habían sido dominios de los reyes de Pamplona; para Aragón serían todas las tierras conquistadas y repobladas por su rey don Alfonso el Batallador, es decir, Soria, Medinaceli, Sigüenza, Molina y sus términos; en tanto el resto, desde Palencia hasta León y Galicia, además de Toledo, Extremadura y Andalucía, y los derechos a la conquista de Granada serían para don Enrique con el título de rey de Castilla y de León.

—Es un buen acuerdo —le dijo Pedro IV a Enrique de Trastámara.

—Sí, pero dudo de la palabra del rey de Navarra. Creo que no la cumplirá

—Descuidad, don Enrique. En cuanto Castilla y León sean vuestros, también nos haremos con Navarra. Vizcaya, Álava y La Rioja serán para vos, y yo me quedaré con Pamplona.

Aquel era un mundo de traidores y tramposos, en el que la palabra dada o los documentos firmados no valían nada porque nadie los cumplía y nadie los respetaba. A la vez que pactaban en secreto los reyes de Aragón y de Navarra contra el de Castilla y acordaban casar al infante don Juan de Aragón con doña Juana, hermana del rey de Navarra, embajadores de Aragón y de Castilla se reunían, también en secreto, para sellar la paz.

Los embajadores castellanos propusieron a los aragoneses que Castilla devolvería todas las ciudades, villas, tierras y castillos conquistados en Aragón y en Valencia y que cesarían los combates si Pedro IV mataba al conde don Enrique; y, a la vez, ofrecían al rey de Navarra la ciudad de Logroño si este ayudaba a liquidar al de Trastámara.

Don Enrique logró enterarse de estas intrigas gracias a que se las contó Juan Ramírez de Avellano, camarero del rey de Aragón, que estaba muy indignado por el asesinato del infante don Fernando al que apreciaba mucho, y logró ponerse a salvo de esa conjura.

El acuerdo entre Castilla y Aragón no se concretó, se rompieron todos los contactos, se renunció a cuanto se había tratado en Murviedro y se reinició la guerra.

Don Pedro aseguró las conquistas en la frontera de Aragón y volvió a Sevilla. Tras varios meses de campaña necesitaba un reposo y, además, había estallado un rebrote de peste y quería aislarse para huir de un posible contagio.

Todavía no había cumplido los treinta años, se sentía fuerte y vital y amaba la guerra y la acción, pero, en ocasiones, echaba en falta la tranquilidad y el sosiego que se respiraba bajo los artesonados de las estancias palaciegas de su alcázar real de Sevilla, el único lugar que consideraba su verdadero hogar. Allí había pasado jornadas muy dulces en compañía de María de Padilla y ahora quería recrear aquellos momentos entre los brazos pasionales de Isabel de Sandoval.

Entre tanto, el inquieto rey de Aragón seguía con sus maniobras en la sombra.

El conde de Trastámara le había manifestado su deseo de retirarse a Francia, con la excusa de reclutar mercenarios entre los veteranos de las que ya se conocían como Compañías Blancas, grupos de soldados expertos y bien curtidos que participaban o habían participado en la guerra entre Francia e Inglaterra. Muerto el infante don Fernando, Enrique era el cabecilla indiscutible de los castellanos exiliados y, además, se había ganado de nuevo la confianza de sus hermanos Tello y Sancho.

Pedro de Aragón y Enrique de Trastámara se entrevistaron en la iglesia de Castejón del Puente, cerca de la villa de Monzón. Ambos recelaban el uno del otro, pero ambos se necesitaban el uno al otro.

—Señor —habló don Enrique—, marcho a Francia con mis hermanos y con nuestros ochocientos jinetes, pero os prometo que nuestra alianza sigue firme y que volveré con más tropas para ayudaros en la guerra contra mi hermano el tirano de Castilla.

—Esperaré vuestro regreso —dijo Pedro IV.

—Os quiero pedir algo importante.

—Decidme, don Enrique.

—Prometedme que no haréis una tregua con el rey de Castilla sin mi consentimiento.

—Os lo prometo.

El acuerdo, que además conllevaba la entrega mutua de rehenes y castillos, se pactó en presencia del arzobispo de Tarragona.

Pedro de Aragón reconoció a Enrique de Trastámara como legítimo rey de Castilla y de León y, a cambio, el conde le ofreció a su hijo Juan como rehén y se comprometió a que cuando fuera rey de Castilla, entregaría al rey de Aragón el reino de Murcia, Cuenca, Soria, Medinaceli, Molina y Sigüenza, y ofrecería La Rioja al rey de Navarra, como se había acordado unas semanas antes en Uncastillo, al menos hasta que pudieran repartirse también Navarra.

Eso no era todo. Enrique se comprometía a solicitar al papa que concediera a su empresa contra su hermano el carácter de cruzada, alegando las tendencias de Pedro I, al que calificaba de hereje por su acercamiento y gusto por todo lo musulmán y sus favores a los judíos.

El reposo en Sevilla apenas duró dos meses. A finales del otoño de 1363 don Pedro ya andaba por Valencia, metido de lleno en la guerra. Poco antes de partir, ordenó que en una de las fachadas del alcázar se colocará esta inscripción: «El muy alto y muy noble y muy poderoso y muy conquistador don Pedro, por la gracia de Dios rey de Castilla y León, mandó hacer estos alcázares y estos palacios y estas portadas, que fue hecho en la era de mil cuatrocientos y dos años», que en el año del Señor correspondía a 1364.

En el mes de febrero de ese año, y ante el recrudecimiento de la guerra, los reyes de Aragón y de Navarra volvieron a reunirse en Uncastillo y, de nuevo, acudió el conde don Enrique, que en los últimos dos meses había reclutado en Francia a varios cientos de soldados veteranos.

Carlos II reconoció al fin al conde de Trastámara como rey de Castilla, pero le pidió el reintegro de las tierras que habían sido del rey Sancho el Mayor de Pamplona, es decir, Vizcaya, Álava y La Rioja.

En esa misma entrevista, Enrique de Trastámara se comprometió a ceder en todo, con tal de ser reconocido como rey de Castilla. Incluso prometió que entregaría el señorío de Villena, que había sido del infante don Juan Manuel, al conde de Ribagorza y que casaría a su pequeña hija Leonor, de apenas dos años de edad, con Jaime, hijo del conde, a fin de estrechar los lazos de sangre con los aragoneses.

No había tiempo que perder. Pedro de Castilla estaba asolando el reino de Valencia. Había conquistado Alicante, Elche, Denia y Burriana, y había comenzado un segundo asedio a Valencia. Una vez más la Corona de Aragón parecía perdida.

Por si fueran pocos los problemas, varios nobles aragoneses y catalanes seguían muy molestos por la muerte del infante don Fernando. Los encabezaba Bernardo de Cabrera, que no cesaba de buscar apoyos para denunciar ese asesinato. Pedro IV se enteró de esas intrigas y declaró que el verdadero responsable de la muerte de su hermano don Fernando era el propio Cabrera, al que mandó capturar y matar.

Los nobles aragoneses y catalanes no creyeron a su rey, pero los agentes reales se encargaron de difundir que el culpable de la muerte de don Fernando había sido Cabrera y que se había cumplido con la justicia.

Con las aguas internas algo menos revueltas, Pedro IV se dirigió a la desesperada hacia el sur, con la idea de socorrer a los sitiados en Valencia. Su alianza con el conde don Enrique se ajustó aún más cuando ambos acordaron comprometer en matrimonio a Juan, hijo del conde, con Leonor, hija del rey de Aragón. La boda se celebraría cuando Juan cumpliera trece años.

El rey de Aragón se jugaba su corona y la apostó a una sola jugada. A finales de abril ofreció batalla y retó al rey de Castilla, pero este rehusó un combate directo. Esperaba la llegada de veinte galeras castellanas y diez portuguesas para ganar la superioridad en el mar, pero la flota no se presentó en el tiempo convenido y los castellanos se parapetaron tras los muros de Murviedro y de otras localidades ocupadas.

Pedro de Aragón pudo socorrer a los valencianos y el último día del mes de abril entró como libertador en Valencia, donde se hacinaban decenas de miles de refugiados.

Las galeras castellanas y portuguesas se presentaron al fin frente a las costas de Valencia a mediados de mayo, pero ya era tarde. Los valencianos habían recibido suministros para resistir varios meses más de asedio y, además, una tempestad desbarató frente a Cullera a la flota combinada castellana y portuguesa, que tuvo que retirarse hacia el sur, buscando refugio en puertos seguros.

Pedro I volvió a Murviedro y se encastilló en su fortaleza. Su plan para conquistar Valencia y dar un golpe decisivo en la guerra no había resultado; incluso algunos ballesteros mercenarios a sueldo de Castilla desconfiaron del resultado de la guerra y decidieron desertar.

Por su parte, el ejército del rey de Aragón también andaba sumido en problemas. Tello, siempre dubitativo, y Sancho habían vuelto a la obediencia de su hermano mayor Enrique, pero las relaciones entre ellos se habían deteriorado mucho tras la muerte del infante don Fernando de Aragón y podían volver a romperse en cualquier momento.

Muchos nobles, hartos y temerosos de las crueldades y arbitrariedades de don Pedro, consideraban que el linaje bastardo de los Trastámara debía ocupar ya el trono de Castilla y León. El conde don Enrique actuaba como si ya fuera el rey de Castilla y daba órdenes como si esa corona estuviera sobre su cabeza y en sus manos el ejercicio de la justicia real. Así lo hizo cuando mató con su propia lanza a Pedro Carrillo tras enterarse de que este noble cortejaba sin su permiso a su hermana Juana, la única hembra de los Trastámara, que a sus veinte años era viuda de Fernán Ruiz de Castro.

Necesitaba una excusa para volver a Sevilla, y la encontró en el nacimiento de su segundo hijo con Isabel de Sandoval.

Pedro I dejó Murviedro, reforzado con varios cientos de jinetes que llegaron desde Granada, y regresó a Sevilla. Antes de partir recorrió varios lugares de la frontera y dio instrucciones para que se mantuvieran las conquistas conseguidas y se fabricaran en Murcia y Cartagena muchos más ingenios bélicos para la nueva campaña militar que planeaba ejecutar pronto.

—Es un niño, alteza —anunció el médico judío que había asistido al segundo parto de Isabel de Sandoval en el alcázar de Sevilla.

—¿Está sano?

—He tenido que aplicarle un masaje para que respirara con normalidad, pero creo que sobrevivirá.

El rey entró en la sala donde había dado a luz Isabel. El niño ya estaba fajado y, aunque la madre tenía aspecto de estar muy fatigada, ambos parecían fuera de peligro.

—Me has dado otro varón; lo llamaré Juan. —Don Pedro besó a Isabel en la frente.

—Y aún te daré más.

—Y yo te haré muy pronto mi esposa.

—¿Te quedarás conmigo en Sevilla?

—Debo volver a la guerra. Ese maldito aragonés es pequeño de cuerpo, pero tiene la voluntad y la energía de un gigante. Cuando está a punto de caer, se levanta y resiste como gato enfurruñado. Ya lo ha hecho en dos ocasiones, pero no soportará una tercera. Este otoño le propinaré el golpe definitivo.

—No vayas a la guerra; que tus caballeros peleen por ti.

—Soy el rey y debo estar junto a mis hombres. Un soldado lucha con mucha más energía y derrocha más valor si al mirar al frente contempla el estandarte de los leones y castillos y a su rey al lado.

—Pero puedes morir y, entonces, ¿qué sería de mí?

Isabel de Sandoval recodó para sí, aunque no dijo nada, la terrible suerte de Leonor de Guzmán tras la muerte del rey Alfonso; temía que le ocurriera lo mismo.

—Tengo que conquistar Valencia. Si esa ciudad no cae en mis manos, no ganaré esta guerra y entonces, además de la vida, también perderé mis reinos.

—En ese caso, quiero ir contigo a esa guerra.

—Es peligroso.

—Quiero estar a tu lado, también en el peligro.

—Está bien. Yo me marcharé pronto a la guerra, pero enviaré a buscarte en cuanto te recuperes del parto.

—¿Es hermosa esa ciudad, Valencia?

—Muy hermosa. Se extiende sobre una deliciosa y fértil huerta y se abre como una flor hacia un mar azul y luminoso. En sus campos abundan los frutos, sus mercados están bien abastecidos y sus tiendas rebosan de productos y de mercancías de todas partes. Te gustará.

—¿Como Sevilla...?

—No existe ninguna ciudad como Sevilla. Ninguna.

A finales del verano de 1364 el rey de Castilla volvió a la guerra contra Aragón. Conquistó la fortaleza de Castielfabib y dio licencia para que los castellanos hicieran cabalgadas en tierras de Aragón, con la única condición de que entregaran al tesoro real una quinta parte del botín que consiguieran en sus algaradas.

Estaba decidido a acabar con aquella larga guerra cuanto antes, y ofreció un pacto al rey Carlos II de Navarra, que aceptó, traicionando su anterior acuerdo con Aragón. Además, Francia tenía un nuevo rey, Carlos V, con el quizá también pudiera acordar alguna alianza que dejara completamente sola a la Corona de Aragón.

De nuevo en el borde del precipicio, el rey de Aragón reaccionó con energía renovada. Pese a su notable inferioridad, en todo su ejército tan solo disponía de tres mil jinetes y diez mil infantes frente a los siete mil caballeros y cuarenta mil peones del castellano, Pedro IV concentró sus tropas en Villarreal y Burriana y, acompañado de Enrique, Tello y Sancho de Trastámara, preparó el encuentro con su enemigo.

Enterado de las intenciones del aragonés, Pedro I ordenó que cien jinetes y doscientos ballesteros fueran a Hellín, a donde había llegado Isabel de Sandoval, que estaba de nuevo embarazada, y la llevaran a Murcia, donde la amante real estaría más segura.

Mediado el mes de diciembre los dos ejércitos se plantaron cara a cara en las afueras de Orihuela. La batalla que se avecinaba parecía ser la decisiva para dirimir quién iba a resultar el vencedor en aquella guerra.

—Señor, ya son nuestros. Ahí están todos los efectivos de la Corona de Aragón. Los triplicamos en número. Serán presa fácil. Ya no hay nadie que se interponga entre nosotros y Valencia, Barcelona y Zaragoza. —Sonrió el mayordomo de Castilla a la vista de los dos ejércitos—. ¿Ordenáis el ataque, alteza?

El rey oteaba el campo y dudaba. Parecía fácil, sí. Tres a uno era una ventaja decisiva. Los aragoneses no podrían resistir el envite de la caballería pesada castellana, sucumbirían en el combate y la guerra estaría ganada. Sí, parecía fácil, demasiado fácil.

—Hoy no habrá batalla. Volvemos a Murviedro.

—Pero están ahí mismo, señor, los podemos vencer...

—No habrá batalla —sentenció.

La retirada de los castellanos fue desordenada. Seguidos de cerca por el ejército aragonés, un grupo castellano dirigido por el maestre de Alcántara ofreció combate cerca de Murviedro. La victoria cayó en manos aragonesas y, además, en el combate murió el maestre. Hacía mucho tiempo, desde Araviana, que los aragoneses no conseguían una victoria.

Pedro I se enojó mucho cuando supo de lo ocurrido. La venganza regia se desató. Ordenó que, como represalia, fueran ejecutados en Cartagena todos los tripulantes, salvo los remeros, cuyo trabajo necesitaba para sus propias naves, de cinco galeras del rey de Aragón apresadas en las costas de Denia, y se preparó para dar, ahora sí, el golpe definitivo.

El amanecer del día de año nuevo de 1365 despuntó en la playa como un tornasol amarillo y azul sobre las aguas agitadas del Mediterráneo.

Desde lo alto de la fortaleza de Alicante, los ojos del rey de Castilla oteaban el horizonte. Su mirada estaba como perdida, más allá de la difusa línea que separaba el cielo del mar.

«Jerusalén», pensó, la ciudad santa, la tierra en la que dejaron su vida tantos miles de cristianos en las cruzadas contra los musulmanes, el lugar donde está el sepulcro del Señor, ahora perdido para la cristiandad.

—¿Sabéis que uno de los reyes de Aragón, el afamado Jaime el

Conquistador, partió hace casi cien años a la conquista de Jerusalén, pero que una tormenta desbarató su flota y tuvo que regresar a su tierra y renunciar a su cruzada? —le preguntó el rey de Castilla a su mayordomo.

—Lo sabía, alteza; yo también he leído esas historias.

—Ese rey, del que dicen que era un gigante, conquistó Valencia y quiso ir a Jerusalén.

—¿Qué está pensando vuestra merced?

—Que cuando conquiste Valencia, quizá yo también vaya a Jerusalén.

—¿No podríais hacerlo sin antes conquistar Granada?

—¡Ah!, claro, esa absurda disposición del papa que impide que los reyes cristianos de España vayamos a ultramar antes de conquistar el último pedazo de tierra sarracena aquí.

—Solo el papa puede concederos una bula de cruzada, y no lo hará mientras Granada siga en poder de los moros.

—Vuelvo a Sevilla —dijo de pronto el rey para sorpresa del mayordomo.

—Señor, anoche, durante la cena, dijisteis que era hora de dar el golpe de gracia en esta guerra. —El mayordomo estaba confuso con los cambios de opinión de su soberano.

—Necesitamos galeras para conquistar Valencia, las galeras se mueven con remos y Castilla tiene graves carencias de remeros. Solucionaré esas carencias y volveré con más fuerzas.

A comienzos de año Isabel de Sandoval volvía a estar embarazada. Había creído en la promesa que le hiciera don Pedro de tomarla como esposa legítima y proclamar como heredero de Castilla y León a su hijo Sancho.

Los fantasmas, los miedos y los recuerdos comenzaban a atormentar la cabeza del rey de Castilla.

—¡Limpiad esa maldita mancha! —ordenó don Pedro como un poseso.

—Lo hemos intentado muchas veces, mi señor, pero no hay manera de que desaparezca —dijo el mayoral de los criados de palacio.

La mancha a la que se refería era una sombra rojiza en el pavimento de la sala de los Azulejos del alcázar de Sevilla. Estaba justo en el lugar donde había caído el cuerpo de don Fadrique, asesinado allí mismo por su medio hermano el rey.

—¡No quiero volver a ver esa mancha! ¡Limpiadla de una vez!

—No se va, mi señor; la hemos frotado incluso con un cepillo de púas de hierro, pero no desaparece. Está ahí, como si hubiera sido grabada en la losa de piedra —suplicó el criado, que ya se veía preso o, peor, descabezado.

—Pues arrancad esas losas y cambiadlas por otras. ¡No quiero volver a ver esa mancha!

Entre los criados del alcázar corría el rumor de que aquella marca en el suelo de la sala de los Azulejos era la sangre derramada del infante don Fadrique, que permanecía allí de manera perenne para recordar a todos que en ese preciso lugar había sido asesinado de una manera vil por orden de su medio hermano el rey.

Don Pedro seguía sumiéndose en un océano de dudas y de contradicciones. No se encontraba bien en ningún sitio, ni siquiera en su palacio del alcázar de Sevilla, donde antaño había sido tan feliz al lado de María de Padilla; amaba a Isabel de Sandoval y le complacía mucho hacerle el amor, pero seguía añorando las noches con María; quería vengarse de las traiciones de Enrique y Tello, pero, a la vez, sentía hacia ellos una extraña atracción, pues no en vano eran hermanos de padre; odiaba al rey de Aragón, al que deseaba derrotar y humillar, pero admiraba su fortaleza de carácter, su firme voluntad, su férrea determinación y su inagotable energía, todo un verdadero milagro en un cuerpo tan pequeño y débil como el del monarca aragonés; amaba sus reinos y se sentía heredero de un linaje de reyes conquistadores, valerosos, santos, sabios y justos, que habían hecho de Castilla y de León los reinos más poderosos y ricos de España, pero no podía evitar tantos torbellinos de crueldad.

Era el rey, pero vivía en un constante tormento, en una sensación lacerante y dolorosa que arrastraba su alma al borde de un abismo oscuro y sin fin. Quería ejercer el poder como un soberano justo, aplicar la ley y gobernar para beneficio de sus súbditos, pero el destino lo empujaba de manera irremediable a una vorágine de crímenes, violencia y muerte, a una tempestad de tragedias de la que nadie podía escapar.

Vivía en un mundo en el que no era posible la paz, no era posible la tranquilidad, no era posible la armonía. Las enseñanzas sobre la educación de los príncipes que le habían explicado sus preceptores y los libros que había leído y estudiado durante su infancia y juventud no reflejaban la realidad de aquel mundo cruel, sangriento y terrible, en el que el odio, la envidia y la venganza se imponían a la clemencia, la fama y la misericordia.

En el mundo real se imponía la fuerza a la razón y él, Pedro de Castilla y de León, lo sabía mejor que nadie, porque lo había vivido y sufrido en sus propias carnes.

No podía seguir viviendo en el alcázar con aquella mancha en el suelo de la sala de los Azulejos que le hacía acordarse de la sangre derramada de su hermano don Fadrique, porque aquella sombra indeleble anunciaba una y otra vez que todos sus fantasmas y todos sus miedos seguían sueltos.

Mediada la primavera regresó a la guerra en Valencia, tal vez con la esperanza de morir combatiendo en una batalla, como un héroe antiguo, defendiendo los pendones reales con los leones dorados y los castillos carmesíes, y de volver a Sevilla, custodiado su cadáver por cientos de caballeros con sus cascos de plumas de vivos colores, loado por sus súbditos y llorado en las canciones de los juglares y en los llantos de las plañideras; y así descansar para siempre y, quizá, encontrarse en el más allá con su amada María de Padilla y vivir junto a ella por toda la eternidad en la paz que nunca había disfrutado en este mundo.

En abril, don Pedro inspeccionó en las Atarazanas de Sevilla y en el puerto de Sanlúcar la construcción de las nuevas galeras para la guerra en Valencia, y partió a la que creía la campaña definitiva.

A finales de mayo asedió y conquistó la ciudad de Orihuela. Lo hizo utilizando una sucia estratagema. Envió un mensajero para que le dijera al alcaide de su formidable castillo que quería tener una entrevista con él, y le dio su palabra de que no sufriría daño alguno. El confiado gobernador salió del castillo y fue asaeteado en cuanto se puso al alcance de los ballesteros castellanos. Con graves heridas pero vivo, fue trasladado al campamento de Pedro I, que ordenó a sus médicos que le echaran veneno en las heridas y lo remataran.

Orihuela se rindió de inmediato.

Estaba feliz por la toma de Orihuela y volvió a reclamar que esa ciudad, Elche y Alicante habían sido ganadas a los moros por los castellanos y que debían volver a Castilla, pero su sorpresa y su enfado fueron enormes cuando le anunciaron que el rey de Aragón había conquistado Murviedro. ¡Qué suerte de arrestos tenía aquel pequeño rey que lo aupaban una y otra vez a resistir, a no cejar, a no rendirse ante nadie! Jamás.

—¿Qué ha ocurrido en Murviedro? ¿Cómo es posible que nuestros enemigos hayan podido recuperar esa fortaleza? Estaba defendida por cientos de jinetes y miles de peones. Ocupábamos las posiciones más favorables. ¿Cómo ha sido posible?

Las preguntas del rey don Pedro tenían fácil respuesta, pero ninguno de sus consejeros se atrevía a confesarle la verdad.

La toma de Murviedro se había producido porque Enrique de Trastámara había logrado convencer a sus defensores para que se rindieran. El conde conocía las desavenencias que se estaban abriendo entre los partidarios de Pedro I, y aprovechó esas divergencias para ahondar en ellas. Arengó a los castellanos que defendían Murviedro diciéndoles que su rey los había abandonado a su suerte para irse a folgar a Sevilla con su barragana, que los mataría a todos en cuanto no sirvieran a sus intereses, que era un ser depravado y malvado capaz de asesinar a sus propios parientes por una simple sombra de sospecha; les dijo que él, Enrique, hijo del rey Alfonso y de Leonor de Guzmán, era el verdadero rey de Castilla y de León y que con él, los vecinos de esos reinos vivirían en paz y en armonía, sin miedo ni opresión; les prometió que les perdonaría la vida, que los trataría con decoro y que, los que quisieran, podrían ponerse a su servicio y que recibirían grandes compensaciones, mercedes y privilegios por ello.

Los defensores castellanos de Murviedro aceptaron las condiciones de don Enrique y se entregaron. Muchos de ellos se enrolaron en su hueste.

En aquella decisión habían pesado mucho las promesas del conde de Trastámara, pero no menos la noticia que hicieron correr agentes y espías de don Enrique que decía que cientos de feroces mercenarios de la guerra en Francia se dirigían hacia Murviedro con la intención de asaltar la fortaleza y pasar a cuchillo a sus defensores.

La pérdida de Murviedro alteró los planes de Pedro I, que regresó a Sevilla, una vez más, y allí ordenó que se envenenara con hierbas al señor de Alburquerque. En la espiral de muerte que había arrastrado su locura, cualquier mínima sospecha de traición o de duda hacia el rey implicaba la muerte.

A finales de 1365 las tornas estaban cambiando. La victoria en Murviedro, a la que algunos ya comenzaban a llamar por su nombre antiguo de Sagunto, hizo pensar al rey de Aragón en una victoria en la guerra y sopesó contraatacar e invadir Castilla, pese a que muchas grandes villas y ciudades aragonesas y valencianas seguían bajo dominio castellano.

Para ello contaba con el refuerzo de las compañías francesas dirigidas por los capitanes Beltrán Duguesclín, sir Hugo Calveley y el mariscal Arnould de Andrehem, que ofrecían sus servicios al rey de Aragón para ganar la guerra y al conde don Enrique para conseguir la corona de Castilla. El conflicto hispano ya era parte de la gran guerra que se libraba en la cristiandad occidental. El propio papa intervino directamente y, en esa ocasión, no lo hizo enviando a un mediador, como había hecho hasta entonces, sino ofreciendo cien mil florines de oro a las compañías de mercenarios dispuestos a luchar contra el rey de Castilla. Pedro IV de Aragón sumó otros cien mil florines más para la misma causa.

En Sevilla, Pedro I comenzaba a desesperarse, y envió embajadores a los reyes de Francia e Inglaterra para que impidieran a sus súbditos participar en la guerra que libraba con Aragón.

La vida y la muerte, la victoria y la derrota, se decidirían en los próximos meses; y nadie quería perder, porque nadie quería morir; pero la muerte llega, muchas veces sin avisar, como un visitante inesperado que cambia el destino y la suerte de cada persona a la que se lleva para siempre al más allá.

Isabel de Sandoval no había conseguido recuperarse del difícil parto de su tercer hijo en Murcia y pese a que los médicos se lo desaconsejaron, por su delicado estado de salud, decidió trasladarse de Murcia a Sevilla para estar con su amante el rey. Seguía confiando en la promesa que le hiciera don Pedro de tomarla como esposa legítima y proclamar como heredero de Castilla y León a su hijo Sancho, y, sintiéndose cerca de la muerte, pretendía que esa boda prometida se celebrara cuanto antes.

No hubo tiempo para ello. La muerte de Isabel se produjo a los pocos días de llegar a Sevilla, acompañada por sus tres hijos, que apenas se llevaban entre cada uno de ellos un año de edad.

Los fantasmas, los miedos y las pesadillas volvieron a atormentar, con más fuerza si cabe, la cabeza del rey de Castilla, que acababa de perder a la mujer que le había dado cierta estabilidad y sosiego los últimos tres años. El recelo de que hubiera caído sobre él una maldición divina, o tal vez diabólica, quién sabe, se instaló en su corazón. Para siempre.

5

Ni quito ni pongo rey

1

La situación del rey don Pedro pintaba cada día peor.

No había logrado pacificar sus reinos, no había puesto fin a la guerra civil que los desangraba, no había conseguido ganarse el respeto de la mayoría de la nobleza y ni siquiera había alcanzado la confianza de las ciudades, a cuyos concejos necesitaba para imponerse ante las ambiciones de su hermano el conde don Enrique.

Entre tanto, el rey fracasaba; a cada paso que daba y con cada decisión que tomaba, se ahondaba más la grieta que estaba fragmentando en pedazos Castilla y León.

Frente a la torpeza de don Pedro, el conde de Trastámara maniobraba en aquellas aguas revueltas con suma habilidad. Había logrado ganar muchos apoyos entre los nobles, varios de los cuales se alinearon en sus filas con la esperanza de recibir grandes mercedes y donaciones si don Enrique vencía en la guerra contra su hermano y se convertía en rey. Además, a principios de febrero había sellado un pacto secreto con el rey de Aragón, al casar a su hermana doña Juana con Felipe de Castro, un descendiente bastardo del rey Jaime el Conquistador, en la villa aragonesa de Tamarite, ganándose así el apoyo de Aragón; y el 5 de marzo firmó en Zaragoza un acuerdo de esponsales por el cual su hijo don Juan se casaría con la infanta Leonor, una de las hijas de Pedro IV de Aragón, uniendo así a su familia con la sangre del linaje de los soberanos de la Corona de Aragón.

Desde comienzos del año 1366 se había estado congregando una gran hueste en Zaragoza, encabezada por don Enrique, al que acompañaban sus hermanos don Tello y don Sancho, varios grandes señores de Francia y de Inglaterra, las temibles Compañías Blancas de Beltrán Duguesclín y diversos caballeros y ballesteros de la Corona de Aragón. Aquella coalición era una abigarrada amalgama de nobles ambiciosos, segundones en busca de fortuna, mercenarios sin escrúpulos y aventureros de ocasión, poderosa y formidable pero poco cohesionada, que igual podía alcanzar un triunfo decisivo como disolverse al primer envite.

Desde Zaragoza, el ejército de los Trastámara y sus aliados partió aguas arriba del río Ebro hacia La Rioja, sin que encontrara resistencia alguna al entrar en los dominios del rey de Castilla.

Enterado de ello, Pedro I dejó Sevilla, donde permanecían la mayoría de los hijos del monarca, y con una menguada hueste, a la que se sumaron seiscientos jinetes enviados por el rey moro de Granada, se desplazó todo lo deprisa que pudo hasta Burgos, desde donde esperaba rechazar la invasión de su hermano y enemigo.

Desde la azotea del torreón más alto del castillo de Burgos el rey don Pedro y su alcaide oteaban el horizonte oriental, que se extendía a lo largo de la llanada del curso del río Arlanzón hasta la sierra de Atapuerca.

—Los rebeldes han ocupado Alfaro y han cercado Calahorra, donde resisten algunos valientes. Deberíamos enviar ayuda a esas poblaciones, alteza.

—¿Ayuda? Apenas dispongo aquí de dos mil hombres, incluidos los jinetes moros de Granada. Los traidores han reunido un ejército de doce mil caballeros, entre los que forman expertos soldados veteranos de la guerra que libran los reyes de Francia y de Inglaterra, sobre todo esas compañías de terribles mercenarios, y algunos ballesteros a sueldo llegados de la Corona de Aragón. Nos superan en cinco o seis a uno. ¿Qué ayuda le puedo ofrecer a Calahorra? —lamentó el rey.

—Señor, ya ha caído Alfaro, si capitula Calahorra, perderéis toda La Rioja, y vuestro... —el alcaide evitó pronunciar la palabra «hermano»—, ese felón de don Enrique tendrá el camino despejado hasta Burgos. Y si cae Burgos, arrastrará en su caída a toda Castilla y luego León y enseguida Andalucía, y perderéis todos vuestros reinos, y...

—¿Estáis sordo? Os acabo de decir que carezco de soldados y fuerzas con las que auxiliar a los defensores de Calahorra. No puedo socorrerlos. Si enviara en su auxilio a los pocos hombres de los que dispongo, serían derrotados con facilidad en campo abierto, y entonces sí que perdería mi trono. Calahorra debe defenderse por sí misma, por mí y por Castilla.

El 16 de marzo, tras un breve asedio y tras conocer sus autoridades que no llegaría ningún socorro, Calahorra se entregó a don Enrique. Ese mismo día el conde de Trastámara se autoproclamó rey de Castilla y de León.

—¡El bastardo se ha proclamado rey en Calahorra! —clamó don Pedro lleno de ira.

—Debéis hacer algo, señor —le dijo el alcaide, temeroso de la reacción que pudiera despertarse en el rey, siempre tan imprevisible.

—La mayoría de los actuales magnates de estos reinos son bastardos o segundones. Todos los monarcas de Castilla y León que me han precedido en este trono han gestado listas interminables de hijos ilegítimos, a los que han dotado con señoríos, castillos, villas y rentas que no han hecho sino debilitar el poder y la riqueza de esta corona mientras se incrementaba el patrimonio de esos bastardos.

Don Pedro obviaba que él también estaba dejando una notable retahíla de bastardos. De todos sus hijos, y ya eran una docena al menos, ni uno solo se consideraba legítimo por la Iglesia, ni siquiera los cuatro que había tenido con María de Padilla, a pesar de que una vez muerta la había proclamado como su esposa y reina, y había hecho jurar a sus hijos como legítimos.

En su permanente paranoia, que aumentaba con el paso de los años, Pedro I rechazaba ciertas prácticas aplicadas en el gobierno por otros monarcas, como hiciera su propio padre el rey don Alfonso, pero las justificaba cuando él hacía exactamente lo mismo, como si sus actos estuvieran al margen de la justicia, la ley y el derecho, y tuviera la capacidad para saltarse las leyes que él mismo debía aplicar y garantizar que se cumplieran.

—Se ha atrevido a llamarse rey, pero ni se ha coronado ni ha sido ungido con el santo óleo. Ese bastardo felón no es rey, y nunca lo será. Quizá haya sangre real en sus venas, sí, pero es impura y corrompida al estar mezclada con la de esa ramera, Leonor de

Guzmán, la arpía que desató todos los males que aquejan a esta tierra desde hace años. ¡Ojalá la carne y los huesos de esa mujer ardan eternamente en el infierno!

—Los de Calahorra han aceptado a don Enrique como rey, que ha desfilado en triunfo por sus calles, y lo han... —musitó el alcaide del castillo de Burgos sin atreverse a levantar demasiado la voz— reconocido y aclamado como a soberano y señor.

—Esos traidores... Acabaré con todos ellos cuando recupere Calahorra. Los colgaré por el cuello de los muros, quemaré sus cuerpos en una inmensa pira y dispersaré sus cenizas al viento. Y en cuanto a esos canallas bastardos... Enrique es un cabrón que sería capaz de vender, bueno ya lo hizo, a su propia madre con tal de conseguir mi trono. A saber qué les habrá prometido a todos esos mercenarios franceses, catalanes, ingleses y aragoneses que lo acompañan a cambio de ayuda militar. Supongo que ya habrá enajenado en su favor todos los bienes reales. Maldito sea ese hombre infame.

El rey apretó los puños. Sería implacable con los traidores. Implacable y terrible.

El triunfo del conde de Trastámara en Alfaro y Calahorra y la manifiesta debilidad del rey don Pedro desencadenaron un completo desastre en toda la frontera. Una a una, las villas y fortalezas conquistadas por los castellanos a los aragoneses fueron abandonadas en los últimos días de marzo. Los aragoneses recuperaron Borja y Magallón; Calatayud, cuyo concejo había prometido fidelidad a don Pedro y se había proclamado como una villa de obediencia castellana, fue desalojada a toda prisa por la guarnición de soldados castellanos; y en otros castillos, fortalezas y pequeñas localidades, la desbanda de las tropas de Pedro I resultó un caótico desastre. Entre todos aquellos desertores no faltaron los que se pasaron al bando de Enrique de Trastámara, que desde su entrada en Calahorra ya firmaba sus diplomas con el pomposo título de rey de Castilla y de León.

El conde de Trastámara creyó que aquel era el momento preciso para dar el golpe de gracia a su hermano y desbancarlo definitivamente del poder.

Desde Calahorra, donde había establecido la primera sede de

su reinado, decidió avanzar hacia Burgos. Sus espías le habían informado de que don Pedro apenas disponía de efectivos para hacerle frente y de que eran pocos los nobles que todavía seguían confiando en el rey; además, entre los escasos apoyos que le quedaban a don Pedro, varios de ellos comentaban en secreto que no dudarían en pasarse al lado de don Enrique, en plena batalla si llegaba a producirse, en cuanto este obtuviera una mínima ventaja.

Los nobles justificaban su falta de lealtad alegando que estaban hartos de cuán aleatorias eran las decisiones del rey, de la crueldad que demostraba una y otra vez, de la arbitrariedad con la que se comportaba, de los abusos con los que trataba a los nobles y, sobre todo, de su incapacidad para gobernar con justicia sus dominios.

—Don Pedro sigue encastillado en Burgos, señor —informó uno de los espías a don Enrique—. Tiene con él a un menguado número de efectivos, aunque dispone de los seiscientos jinetes granadinos, que todavía permanecen a su lado.

—¿Sabéis con precisión de qué fuerzas dispone?

—En total lo acompañan unos dos mil hombres. Están parapetados en Burgos, pero las murallas de esa ciudad son demasiado débiles y tienen una escasa altura. Si deciden resistir, podemos atacarlas con escalas y desbordar sus defensas con suma facilidad. Solo el castillo es un bastión formidable, pero si lo asediamos no creo que sus defensores resistieran más allá de dos meses.

Enrique ya se encontraba en Briviesca, a una jornada de camino al noreste de Burgos. Había tomado esa villa sin apenas esfuerzo y desde allí planeaba el ataque decisivo.

—Pasado mañana saldremos hacia Burgos y acabaremos de una vez con nuestro..., con ese monstruo. —Enrique se dirigió a sus hermanos Tello y Sancho, que lo acompañaban en cada momento.

—Don Pedro sigue siendo el rey —bisbisó Tello, siempre dubitativo.

—Por poco tiempo. Escuchad con atención los dos: hace algunos años alguien me reveló un asombroso secreto que, una vez difundido, provocará la caída de don Pedro y su absoluto desprestigio.

—¿Un secreto...? ¿De qué se trata? —demandó don Sancho.

—Ese canalla perturbado es un impostor y un bastardo —desveló Enrique.

—¡Qué!

Al escuchar a su hermano, Tello y Sancho mudaron sus rostros como si acabaran de presenciar la aparición de un fantasma.

—Ese demente es un usurpador. No es hijo de nuestro padre el rey don Alfonso.

—Pero ¿cómo puede ser eso cierto? —preguntó Tello—. Nuestro padre lo reconoció como heredero y las Cortes así lo juraron y lo proclamaron.

—Todo ha sido un engaño. La portuguesa doña María, la mujer que fue esposa de nuestro padre don Alfonso y reina de Castilla, quiso vengarse de su esposo. Al enterarse de que nuestro padre mantenía relaciones con Leonor de Guzmán, nuestra recordada madre, la portuguesa se acostó con otro hombre por despecho y como venganza, mantuvo relaciones carnales con él y quedó encinta.

—¿Con quién? ¿Sabes de quién se trata? —preguntó Tello con cara de asombro.

—Sí. Ese hombre era un médico judío que ejercía como tal en la corte de nuestro padre. Don Pedro ni es nuestro hermano ni es hijo de nuestro padre el rey Alfonso. Ese obseso impostor es un maldito bastardo judío nacido del pecado más infame y de la relación más impura que pueda imaginarse. Es un engendro del demonio, un miembro insano de esa raza de perros sarnosos que provocaron la muerte de Nuestro Señor Jesús, un componente de esa tribu corrompida de seres malditos que no merecen otra cosa que arder en las llamas del infierno.

—Pero eso es, es... —Sancho apenas podía creer lo que estaba escuchando.

—Es la mayor de las traiciones —terció Tello.

—Y el más colosal de los engaños —asentó Enrique.

—¡Un judío, rey de Castilla! —se escandalizó Sancho, quien a sus veintitrés años seguía manteniendo cierto aire de ingenuidad.

—Sí. El impostor que se ha hecho pasar durante todos estos años por hijo legítimo de nuestro padre el rey no es sino el fruto podrido de las abominables relaciones adúlteras que la ramera María de Portugal mantuvo con un cerdo judío.

—¿Puedes demostrar esa acusación? —demandó Tello.

—Claro que puedo. Dos testigos jurarán ante los santos Evangelios que la entonces reina doña María fornicó con ese judío y que fruto de esa relación adulterina y pecaminosa nació don Pedro.

—Pero ya te he dicho que nuestro padre lo reconoció como hijo legítimo, las Cortes lo juraron como rey, y nosotros...

—Nosotros, los hijos de la noble señora doña Leonor de Guzmán, somos los genuinos y verdaderos herederos de don Alfonso onceno, y yo, Enrique de Castilla, como su hijo vivo de más edad, soy el legítimo heredero al trono de Castilla y León. Pedro, el cerdo judío que se hace llamar injustamente rey, es un usurpador que debe ser derrocado inmediatamente.

Tello observó a su hermano mayor con cierta malicia, en tanto Sancho mantenía un gesto infantil trufado de un aire de candidez, como si estuviera escuchando una leyenda de ogros y hadas en un bosque encantado.

—¡Claro, por eso don Pedro atiende de una manera tan privilegiada a los judíos! Son calaña de su misma estirpe —exclamó Tello como si hubiera realizado un gran descubrimiento.

—En efecto, Tello, en efecto. Acabas de adivinar la causa de la atracción y defensa que don Pedro siempre ha mostrado hacia esa raza de alimañas sin alma.

—Pero los judíos son como nosotros —terció Sancho—. Si no llevaran en el hombro sobre sus capas o en el ala de sus sombreros esas rodelas de tela amarilla, no se distinguirían de los cristianos.

—Tienen la apariencia externa de seres humanos, pero son bestias salvajes, seres demoniacos carentes de alma que deberían ser exterminados.

—Los varones judíos tienen rabo, como los animales —masculló Tello.

—No. No tienen rabo —replicó Sancho.

—Sí lo tienen. Nacen con él, pero sus familiares se lo cortan enseguida para que no les siga creciendo. ¿No has oído hablar de eso? —añadió Tello.

—No —respondió Sancho, muy confuso.

—Pues así es. Les cortan el rabo, que es muy pequeño cuando nacen, en una ceremonia que llaman circuncisión, porque si no lo hicieran así, les crecería hasta formarse una cola como la de un toro o un caballo —explicó Tello, burlándose de su hermano menor sin que este se percatara de aquella chanza.

—Utilizaremos esta confesión sobre su filiación judía para crear todavía un mayor rechazo hacia don Pedro. Desde ahora, no lo llaméis nunca más hermano y, cada vez que tengáis la oportunidad, dejad caer que su madre, la portuguesa que fue reina de Castilla, era una adúltera que engañó a nuestro padre el rey Alfonso y fornicó con un judío, y que don Pedro, el que se hace llamar rey de Castilla y de León, no es sino el engendro de la asquerosa relación de una ramera portuguesa con un perro hebreo.

Siguiendo esas instrucciones, los agentes del conde Enrique comenzaron a difundir por tabernas, posadas y mercados de Castilla que el rey don Pedro era en realidad hijo adulterino y bastardo de un judío, y que por eso se comportaba con tanta crueldad con los cristianos y con tanta condescendencia con los individuos de su raza. Lo tildaron de impostor y animaron a todos, nobles y plebeyos, a rebelarse contra él, a denunciarlo como usurpador y a proclamar a don Enrique, al que presentaban como libertador de la opresión a que los estaba sometiendo el tirano, como su legítimo soberano.

Para que no quedara duda alguna del origen judío de don Pedro, el conde de Trastámara lo acusó de enriquecer a los de su ralea con enormes favores y privilegios y de asesinar a los cristianos; y como represalia y venganza ordenó destruir la judería de Briviesca y matar a todos los judíos que vivían en ella. Cientos de personas fueron brutalmente ejecutadas, sus casas incautadas y sus bienes muebles repartidos entre los seguidores de don Enrique.

Todavía olía a sangre y a carne quemada en Briviesca cuando el conde de Trastámara dio la orden de marchar hacia Burgos.

2

El pánico se extendió entre los judíos burgaleses tras enterarse del saqueo y de la masacre perpetrados por las tropas de Enrique de Trastámara entre los correligionarios hebreos de Briviesca. Ni uno solo de los miembros de las doscientas familias de judíos que habían sido apresados en esa villa había quedado con vida; solo unos pocos habían logrado escapar y refugiarse en Burgos.

—Han matado a todos los judíos de Briviesca que han encontrado y ahora se dirigen hacia el sur, hacia Covarrubias —anunció un correo al rey don Pedro.

—Ese bastardo pretende rodearnos y aislarnos.

Tras dejar Briviesca, el ejército del conde Enrique no marchó directamente a Burgos, sino que se desplazó al sur, con la intención de cercar la ciudad y cortar la retirada del rey.

—Si se lo proponen, mañana mismo estarán aquí, señor. Al frente del ejército rebelde viene Beltrán Duguesclín, un sanguinario capitán francés que disfruta viendo derramar la sangre de sus rivales —alertó el correo.

—¡Nos vamos! —gritó don Pedro, presa del pánico.

El rey estaba en su palacio con varios de sus caballeros, entre los que se encontraban el maestre de Alcántara y don Pero López de Ayala, que se sorprendieron por tan repentina decisión.

Mediada la mañana de aquel sábado 28 de marzo, víspera de Pascua, la actividad en el palacio burgalés donde habitaba el rey era frenética. Decenas de soldados, criados y acemileros se afanaban en cargar a toda prisa cuanto podían acarrear antes de abandonar la ciudad a su suerte.

Enterados de lo que estaba ocurriendo, varios miembros del concejo acudieron al palacio.

El rey estaba a la puerta, a punto de subir a su caballo para salir huyendo a toda prisa.

—¡Señor! —gritó el portavoz del concejo—, ¿abandonáis Burgos?

—Carezco de fuerzas para enfrentarme a los rebeldes. No me queda otra alternativa que salir de aquí.

—Alteza, os rogamos que no os marchéis. No nos dejéis solos. Ya sabemos la crueldad con que se ha comportado don Enrique con los judíos de Briviesca; si nos abandonáis, somos hombres muertos.

—Señores del concejo, me marcho a Sevilla; allí están mis hijos y en su alcázar guardo mi tesoro. Desde Sevilla recompondré el ejército y volveré en vuestro auxilio.

—Los enemigos están a ocho leguas de aquí y se acercan amenazantes. Si azuzan y espolean a sus caballos pueden presentarse ante nuestras puertas antes de que anochezca. Burgos siempre os ha sido fiel; no nos abandonéis ahora.

—No puedo hacer nada para defender esta ciudad. Si me quedo, perderé la vida.

—¿Qué podemos hacer nosotros, señor?

—Lo que mejor entendáis.

—No podemos defendernos solos, alteza. No somos soldados

y no sabemos luchar. Somos mercaderes, artesanos y labradores que no podemos ni sabemos combatir contra experimentados hombres de armas. Ni siquiera disponemos de sólidas murallas para resistir un asalto. Ayudadnos, señor, ayudadnos.

—Debo partir antes de que nos rodeen por completo y nos corten la retirada.

—Defended Burgos, alteza.

—No puedo.

—¿Os vais a retirar sin luchar?

—No puedo.

—¡Señor, os lo suplicamos...!

—Haced cuanto podáis. Yo rogaré por todos vosotros.

Pedro de Castilla y León subió a su caballo y alzó su mano derecha.

—¡Señor, deteneos!

Una voz tronó. Era la del alcaide del castillo de Burgos, que se había plantado delante de la montura del rey.

—¿Qué queréis? Ya conocéis mis órdenes. Guardad el castillo hasta que regrese con refuerzos.

—Ayudadme, señor, ayudadme a defender esta fortaleza.

Don Pedro ignoró la súplica del alcaide, dio la orden de partir y espoleó a su montura, que arrancó al galope y a punto estuvo de arrollar al alcaide si este no se hubiera apartado a tiempo de su trayectoria.

El ejército real salió de Burgos a toda prisa, abandonando a los burgaleses a su destino.

Sobre el suelo de una de las celdas del castillo quedó el cuerpo sin vida del caballero Juan Ferrández, al que el rey había mandado ejecutar justo antes de huir. Era su macabra forma de despedirse.

Al atravesar el curso del Arlanzón, don Pedro miró hacia atrás. Lo seguían muchos menos caballeros de lo que había supuesto.

—¿Dónde están los demás? —preguntó con preocupación al maestre de Alcántara.

—No vendrán con nosotros...

—¿Y los alcaides de las fortalezas de la frontera? Les ordené que las abandonaran, pero que se dirigieran a Burgos para unirse a nuestra hueste.

—La mayoría no se ha presentado. Muchos de ellos se han pasado al bando rebelde.

—Traidores... Este es un reino de traidores y cobardes. Los mataré, los mataré, los mataré... —mascullό el rey, que apenas contaba con la protección de un puñado de fieles y de los seiscientos jinetes granadinos.

Enrique de Trastámara esperó en Covarrubias a que Pedro de Castilla huyera de Burgos. Podía haber intentado capturarlo, pero no confiaba plenamente en los apoyos que iba recibiendo, y no quería verse sorprendido si en un momento dado varios de los que se habían pasado a su lado se arrepentían y regresaban de nuevo a la obediencia del rey.

El caserío de Burgos se perfiló en el valle del Arlanzón como un extraño animal tumbado a la sombra del cerro del castillo. Entre las casas de dos plantas destacaba la mole de piedra de la nueva catedral, comenzada a construir en tiempos del rey don Fernando.

—Desde esta distancia, esa catedral parece la de París —comentó Beltrán Duguesclín, que cabalgaba hacia la puerta de Santa María junto al conde de Trastámara.

—Tenéis razón —asintió don Enrique, que recordaba la silueta de Nuestra Señora cuando visitó aquella ciudad—, pero no me gustan esas torres tan achatadas. Cuando sea rey...

—Ya lo sois, señor, os habéis proclamado y os hemos jurado como tal en Calahorra.

—Cuando todos me acepten como rey —corrigió don Enrique—, ordenaré construir agujas para que culminen esas torres como si fueran coronas de piedra calada, como he visto que están haciendo en algunas catedrales de Francia.

El ejército de los Trastámara y sus aliados se detuvo a mil pasos de los muros de Burgos.

La puerta de Santa María se abrió y de la ciudad salieron dos jinetes; uno de ellos portaba el estandarte con las dos bandas parda y carmesí, los colores y el emblema de la ciudad.

Enrique se adelantó, escoltado por seis caballeros y por el propio Duguesclín, al encuentro de aquellos dos heraldos.

Cuando se situaron apenas a diez pasos de distancia, uno de los burgaleses descabalgó y le entregó las riendas de su caballo al que portaba la bandera.

Rápidamente, dos de los caballeros del conde se le echaron encima y lo registraron para comprobar que no iba armado.

—Señor —el burgalés inclinó la cabeza—, el concejo de la ciudad de Burgos ha decidido que os jurará como su rey y soberano si a cambio, como es costumbre inveterada, aceptáis guardar y respetar los fueros, ordenanzas y libertades de nuestra ciudad, y dais vuestra palabra de que salvaréis y guardaréis la vida de todos sus vecinos, incluidos los moros y los judíos.

—Jurasteis fidelidad y lealtad al rey don Pedro. ¿Dónde ha quedado ahora vuestra palabra? —le preguntó el conde.

—Juramos fidelidad a un monarca que nos ha abandonado de manera ominosa. Es él quien ha incumplido su juramento y quien se ha comportado como un felón; en consecuencia, y como dicta la ley, ya no le debemos lealtad ni fidelidad alguna.

—Volved a la ciudad y decid a los miembros del concejo que acepto vuestra propuesta. Un señor nunca abandona a sus vasallos.

—Alteza, desde hoy mismo, el concejo de Burgos os reconoce como rey legítimo de Castilla y como señor de esta noble ciudad.

Dos horas más tarde, el tiempo suficiente para quitarse las defensas corporales y vestirse con ropas ceremoniales, Enrique de Trastámara entraba triunfante por la puerta de Santa María.

Se dirigió a la catedral, a cuya puerta principal en la fachada occidental aguardaban los miembros del concejo, vestidos con sus ropajes talares y sus gorros cilíndricos, y el cabildo catedralicio con todos sus canónigos y dignidades.

En un flanco se había colocado un estrado levantado a toda prisa con tablas colocadas sobre dos carretas, bajo un palio colgado de cuatro tablones; a un lado ondeaba el estandarte con las bandas parda y carmesí de la ciudad y al otro el pendón con las armas reales de los dos leones y los dos castillos que ya usaba don Enrique desde que se autoproclamara rey en Calahorra.

—Señor don Enrique, hijo del rey don Alfonso, la noble ciudad de Burgos os reconoce como rey de Castilla, os jura lealtad y os ruega que confirméis nuestros fueros y libertades —habló el representante del concejo.

—Como alcaide del castillo de Burgos —intervino este oficial—, os hago entrega de la fortaleza y de todo cuanto en ella se contiene y os juro lealtad como mi señor.

Los dos besaron la mano de don Enrique, que sonreía triunfante y que enseguida se levantó de la silla de tijera para dirigirse a los burgaleses.

—Vecinos de la noble e ilustre ciudad de Burgos, hace ya quince años que el tirano Pedro, enemigo de Dios y de la Iglesia, viene usurpando ilegítimamente el trono de Castilla y de León. Ese hombre, cruel y sanguinario, ha arrastrado a estos reinos a la miseria y a la guerra, y ha asesinado a hombres y a mujeres inocentes. Lo ha hecho por el mero placer que le provoca presenciar la muerte y el sufrimiento ajenos. Ese tirano no es hijo del rey don Alfonso, de manera que se arroga un puesto y un linaje que no le corresponde.

»Yo, Enrique de Castilla y de León, soy el hijo y heredero del rey don Alfonso el Justiciero, nacido de su mujer la noble dama doña Leonor de Guzmán, a la que reconoció como esposa, señora y reina. Mi linaje es el de los altos y esclarecidos monarcas que han gobernado estos reinos desde tiempos inmemoriales.

»Como vuestro rey, juro guardar las leyes, fueros y privilegios de la ciudad de Burgos, y prometo proteger y auxiliar a sus vecinos como su señor. ¡Por Burgos, por Castilla!

La proclama de don Enrique fue vitoreada por los burgaleses que asistían a la ceremonia.

A continuación, uno a uno, los miembros del concejo, los nobles presentes y los representantes de los burgueses y de los gremios pasaron ante el estrado para besar su mano y jurarle fidelidad.

Acabada la ceremonia y oída misa en la catedral, el conde de Trastámara se retiró al palacio donde pocos días antes había morado el rey don Pedro.

Sonrió eufórico. Al día siguiente sería coronado en la iglesia del monasterio de Las Huelgas, en las afueras de Burgos, como rey de Castilla y de León.

Apenas había dado tiempo a engalanar la iglesia de Las Huelgas con banderas y escudos reales, pero a don Enrique le bastaba con que lo coronaran y reconocieran como rey.

La comitiva real se desplazó mediada la mañana de aquel 5 de abril hasta el monasterio, apenas a media hora de camino del centro de la ciudad. Ante la puerta aguardaban la abadesa y una docena de monjas, además de varios nobles, los miembros del concejo y cientos de curiosos que querían presenciar la llegada del nuevo rey.

Los agentes de don Enrique habían realizado bien su trabajo. Por toda la ciudad se comentaba la revelación de que el rey don Pedro era un bastardo, hijo adulterino de la reina María, a la que algunos se referían como «la ramera portuguesa», y de un judío.

La figura de don Pedro se presentaba como la de un asesino sin escrúpulos, capaz de matar a cualquiera por el puro placer de ver derramada la sangre de sus amigos o enemigos, qué más le daba en su enajenación, en tanto la de don Enrique se ensalzaba como si se tratara del libertador que iba a echar del trono a un tirano usurpador y devolver así la justicia y la ley a Castilla y la dignidad y el decoro al trono.

En Las Huelgas, ante el altar de la iglesia, Enrique de Trastámara recibió la corona de Castilla y de León. En los días siguientes decenas de nobles, hasta entonces indecisos, se pasaron a su lado, y también varias de las ciudades y villas más importante de ambos reinos, abandonando al rey don Pedro, que parecía abocado a perder su trono.

—¡Tenemos en nuestro poder todo el tesoro que se guardaba en el castillo de Burgos, y los judíos de la aljama burgalesa han entregado un cuento de maravedíes a cambio de sus vidas! Un millón, como dicen ahora los mercaderes que comercian con lana con los italianos.

Tello estaba eufórico. Su hermano mayor acababa de ser proclamado rey y, aunque don Enrique tenía un hijo varón, el infante don Juan, que se había convertido en el heredero, Tello era ahora el segundo en la línea de sucesión; la vida daba tantos giros inesperados que quién sabía si algún día podría aspirar a ocupar el trono.

—Querido hermano, no confíes todavía en nuestro triunfo definitivo. Don Pedro sigue teniendo apoyos y conserva en Sevilla la mayor parte del tesoro real. Todavía es un enemigo formidable. No lo olvides.

—Pero lo hemos derrotado, ha escapado como un conejo de un zorro; ya es nuestro.

—Aún no. Recuerda cuando lo tuvimos encerrado en Toro. Pese a que no parecía en condiciones de escapar, lo hizo aprovechando aquel día de niebla, y luego estuvo a punto de acabar con nosotros. Sé prudente. La prudencia es la mejor cualidad del buen guerrero y la mejor virtud del recto gobernante.

Tras la coronación en Las Huelgas, Enrique, que ya era considerado y admitido como rey por la mayoría de los nobles y ciudades de Castilla y León, se presentó como el defensor de las libertades castellanas y leonesas, el libertador que había llegado para acabar con las injusticias y la tiranía de don Pedro, que pasó de ser llamado el Justiciero a ser apodado como el Cruel.

Antes de partir hacia el sur en persecución del rey fugado, don Enrique convocó unas Cortes en Burgos. Quería manifestar y hacer ver a todos que ya era el verdadero soberano, como dejaba claro en la carta de convocatoria:

> Hacemos saber que nos, sintiendo la destrucción de los reinos y las tierras que aquel tirano malo, enemigo de Dios y de su Santa Madre Iglesia, hizo y hace, acrecentando siempre en maldad y en crueldad continuamente, destruyendo las iglesias, matando a los hidalgos, pecheros, ciudadanos y labradores, y enriqueciendo a los moros y a los judíos, y rebajando la fe católica de Nuestro Señor Jesucristo, hemos de sacar y liberar a estos reinos de tanta sujeción, tanto desafuero y tanta cautividad y poner a todos y a cada uno en su grado, en su estado y en sus libertades, porque Dios sea servido y su santa fe acrecentada.

En la solemne sesión de Cortes, celebrada en la catedral de Burgos, la mayoría del patrimonio real fue enajenado a favor de los grandes nobles que le habían ayudado a conseguir la corona, entre los que repartió mercedes, privilegios, títulos y rentas.

—Yo, Enrique, rey de Castilla, de León, de Toledo, de Sevilla... —en su discurso inaugural fue desgranando todos sus títulos—, por los muchos y buenos servicios que me habéis prestado, concedo el marquesado de Villena y su título, que fue del infante don Juan Manuel, a don Alfonso de Aragón, conde de Ribagorza; otorgo el señorío de Molina y, además, el condado de Trastámara, que me otorgara mi padre el recordado e ilustre rey don Alfonso, a don

Beltrán Duguesclín, para que usen este título él y sus sucesores conforme a la ley y al derecho; entrego el condado de Carrión a mi noble vasallo el caballero inglés don Hugo Calveley, que me ha servido con fidelidad y honor; dono el ducado de Alburquerque y el condado de Haro a mi amado hermano don Sancho, para que me sirva con fidelidad; doy el señorío de Vizcaya a mi querido hermano don Tello, leal compañero en el combate, en recompensa y consuelo además por la muerte de su esposa doña Juana y de su cuñada doña Isabel de Lara, a las que asesinó el cobarde tirano; y nombro maestre de la Orden de Santiago a don Gonzalo Mejía y maestre de la de Calatrava a don Pedro Muñiz.

Tras escuchar las generosas donaciones de don Enrique, los nobles sonrieron satisfechos. Habían estado a punto de perder sus privilegios, su poder, sus fortunas e incluso sus vidas si don Pedro hubiera vencido en la guerra, pero el triunfo de don Enrique devolvía a la alta nobleza el papel que consideraba que le correspondía por la historia y por el derecho. Los magnates se mostraban felices porque se había restañado el mal provocado, porque se les habían devuelto su honor y su influencia y porque parecía llegar el fin de la época de humillaciones y perjuicios provocados por el hombre que, según ellos, había llevado a la ruina a Castilla y León: el tirano Pedro.

—Celebramos el fin de la época de desgobierno de ese impostor que se atrevió a llamarse rey —decían unos nobles.

—La nobleza recupera el sitio que nunca debió perder —se alegraban otros.

—Dios y el rey don Enrique han devuelto el honor a nuestros linajes; ha llegado el fin del autoritarismo y de la tiranía —celebraban unos terceros.

Por toda la tierra se extendió la sensación de que la nobleza había recuperado el poder perdido y de que los buenos viejos tiempos regresaban con fuerza.

Solo algunos hombres libres de los grandes concejos recelaron de la nueva época que se alumbraba; entre tanto los campesinos y los siervos, que habían sufrido la opresión y los abusos de los nobles, se sintieron desalentados y humillados; ante sus ojos se vislumbraba un futuro nada halagüeño.

—Nuestro hermano es dadivoso —comentó Sancho tras escuchar el generoso reparto de privilegios.

—Demasiado espléndido. ¿Sabes cómo comienzan a llamarlo algunos? —le preguntó Tello.

—No.

—Enrique «el de las Mercedes».

—¿Y eso es malo?

—Para nosotros, los magnates del reino, no.

—¿Entonces?

—Sancho, Sancho, ¿cuándo madurarás?

—No te entiendo.

—Nuestro hermano el rey Enrique no ha tenido más remedio que recompensar a quienes le hemos ayudado en la guerra contra don Pedro, pero lo ha hecho enajenando la mayoría de los mejores bienes reales y, por tanto, empobreciendo a la corona. Un rey débil implica una nobleza fuerte. ¿Lo entiendes ahora?

Sancho asintió, pero no parecía muy seguro de haber comprendido lo que quería decirle Tello.

3

Mientras los dos hermanos dirimían la propiedad del trono de Castilla y León, el rey de Aragón aprovechó para ocuparse de reforzar la frontera, concediendo privilegios y honores a algunas localidades, como hizo con la villa de Daroca, a la que otorgó el título de ciudad por haber sido la única gran fortaleza de la frontera occidental que había resistido el ataque castellano, pues la guerra entre las dos Coronas, aunque lentificada por el conflicto en Castilla, seguía declarada.

Don Enrique se sentía con la fuerza suficiente como para acabar de una vez con don Pedro. Tras la coronación en Burgos envió un escuadrón de caballería a Zaragoza, donde se encontraban su esposa doña Juana Manuel, nieta del infante don Juan Manuel, y sus hijos Juan y Leonor.

Entre tanto, el ejército de don Enrique avanzó por Castilla hasta llegar ante los muros de Toledo. Los toledanos discutían acaloradamente qué hacer, si mantenerse fieles a don Pedro y resistir o si entregarse a don Enrique y reconocerlo como soberano.

Tras dos días de tensa espera, los partidarios de aceptar a don Enrique ganaron el pulso. El de Trastámara entró victorioso y fue aclamado como monarca en la ciudad del Tajo, sin que se derramara una sola gota de sangre.

En la puerta de Bisagra fue recibido por Diego García de Padilla, maestre de Calatrava y hermano de María de Padilla, hasta entonces uno de los principales pilares de don Pedro, quien tanto lo había favorecido. Junto al maestre formaban otros nobles y señores que habían sido leales al rey, pero que ese mismo día, el 11 de mayo, se cambiaron al bando de don Enrique, como Garci Lasso de la Vega, Pedro González de Mendoza y García Álvarez de Toledo, el maestre de Santiago.

—Señor —habló el maestre de Calatrava, que había sido nombrado por don Pedro gobernador de Toledo—, esta antigua y noble ciudad, sede primada de las Españas, os reconoce como su rey y señor y os promete fidelidad.

—Y yo, Enrique de Castilla y de León, acepto el señorío de Toledo y de todo su reino, y proclamo y juro defender sus fueros y sus libertades.

—Alteza, los cristianos de Toledo tienen algunas deudas contraídas con los judíos de esta aljama, que les prestaron dinero de manera abusiva. Los judíos han recibido enormes privilegios del tirano don Pedro, lo que ha resultado ser un enorme perjuicio para los cristianos de esta ciudad. Os rogamos que dictéis un decreto para que todas esas deudas queden condonadas y para que los deudores cristianos no tengan la obligación de hacer frente a la devolución de unos préstamos tan abusivos e injustos.

—Sea —proclamó don Enrique, según se había pactado antes de su entrada en la ciudad—; los cristianos que deban dinero a los prestamistas judíos quedan exentos de devolverlos. Ordeno que todas esas deudas resulten anuladas.

Los presentes aclamaron la decisión y vitorearon al rey don Enrique.

Ahí no quedó todo. Los judíos de la aljama toledana, temerosos por sus vidas, siguieron el ejemplo de sus correligionarios de Burgos y entregaron a don Enrique un millón de maravedíes a cambio de seguir vivos.

—¿Qué vas a hacer con tanto dinero, hermano? —le preguntó Tello a Enrique.

—Pagar a los mercenarios franceses para que regresen de inmediato a su tierra. Ya no los necesitamos. Además, están causando demasiados problemas. Asaltan las propiedades de nuestros súbditos y no respetan ni siquiera los monasterios; mantenerlos aquí supone un gasto enorme. Se están dedicando al robo y al saqueo. Deben marcharse.

—¿Crees que podremos vencer a don Pedro sin el apoyo de esos soldados? Me dijiste hace unas semanas que fuera prudente. ¿Lo eres tú desprendiéndote de esa fuerza de combate?

—Nuestro... —Enrique evitó la palabra «hermano»—, el tirano está vencido. Sin el apoyo de los maestres de las órdenes de Calatrava y de Santiago, sin la ayuda de la mayoría de la nobleza y sin el concurso de las grandes ciudades, carece de tropas, de recursos y de medios para hacernos frente. No tiene otro remedio que huir o... morir.

En Sevilla, el desesperado don Pedro se preparaba para lo peor.

La pérdida de las ciudades de Burgos y de Toledo no solo suponía abandonar el dominio de dos de los grandes concejos del reino, significaba perder los símbolos del poder y de la imagen de la monarquía que representaban esas ciudades.

Bajo los rutilantes techos y entre los lujosos salones del palacio del alcázar de Sevilla, don Pedro rumiaba qué decisión tomar.

Ya sabía que el ejército de su medio hermano avanzaba hacía Andalucía sin que nadie pudiera detenerlo y que en el plazo de diez o doce días se plantaría a las puertas de Sevilla. Solo disponía de doscientos caballeros para enfrentarse a los diez mil soldados que venían con su enemigo; carente de recursos y de hombres, no tenía más salida que huir y buscar refugio en Portugal, antes de que los partidarios de don Enrique controlaran el camino hacia Extremadura y le cerraran la escapatoria.

—Traed aquí la parte del tesoro que se guarda en el castillo de Almodóvar de Río, reunid todo lo que haya de valor en este alcázar y cargadlo en una galera —ordenó el rey a su tesorero.

—¿Abandonamos Sevilla, mi señor?

—Sí. Carezco de fuerzas para defender esta ciudad. Nos vamos. Disponed todo para la marcha.

—Enseguida, señor.

—Cumplid deprisa cuanto os he ordenado y redactad un inventario de todos esos bienes. En cuanto estén preparados, cargadlos en una galera y que parta rumbo a Lisboa. Yo iré con mis hijos por el camino de Badajoz. Espero que el rey de Portugal nos acoja y nos ofrezca refugio en su reino.

El tesorero cumplió con diligencia su cometido. Dos días después, treinta y seis quintales de oro se amontonaban en la bodega de la galera, además de varias cajas con piedras preciosas y otras joyas y enseres valiosos.

El peligro estaba muy próximo; la muerte se acercaba deprisa.

—Señor, las huestes del bastardo ya están en Córdoba. Debéis apresuraros en partir de Sevilla, antes de que cierren el camino de Badajoz —informó el tesorero.

—Partiremos hoy mismo.

—La galera está dispuesta en el Arenal y el tesoro está a bordo, quizá sea mejor que embarquéis en ella...

—No. Iré con mis hijas por el camino de Extremadura, hasta Alburquerque. Allí esperaremos a que el rey de Portugal nos permita entrar en su reino.

—Los doscientos jinetes están preparados para partir con vuestra merced.

—Doscientos hombres... No hace mucho capitaneaba un formidable ejército de diez mil jinetes y veinte mil infantes, equipado con decenas de máquinas e ingenios de guerra. Doscientos, solo doscientos... —lamentó don Pedro.

El rey se estaba quedando solo. Apenas contaba con los apoyos de Martín López de Córdoba, Mateo Fernández, Men Rodríguez de Sanabria y Martín Yáñez, su fiel tesorero.

El camino desde Sevilla hasta Alburquerque se solía hacer habitualmente en ocho etapas, siempre que el tiempo acompañara, pero la hueste de don Pedro lo culminó en seis. Hasta las tres hijas del rey y de María de Padilla, Beatriz de trece años, Constanza de doce e Isabel de once, tuvieron que montar a caballo para ir más deprisa y acortar el tiempo del viaje todo lo posible.

El castillo de Alburquerque se enriscaba en lo alto de unas peñas sobre la llanura de dehesas y campos de cereales que se extendía a lo largo de decenas de millas al norte de Badajoz. Era una fortaleza casi inexpugnable si se defendía con una guarnición suficiente que estuviera bien pertrechada de víveres y armas.

—Señor, el alcaide del castillo se niega a abriros las puertas y no permite vuestra entrada en la fortaleza.

—¡Qué! ¡Maldito felón!

—Dice que no os reconoce como rey, que solo obedece a don Enrique.

—Nos prometió que nos acogería en la fortaleza. Le cortaré la lengua y la echaré a los perros en cuanto esté en mi poder.

—No debimos confiar en ese cobarde. ¡Maldito sea por siempre! —El tesorero real, que era uno de los pocos hombres de confianza que le quedaban a don Pedro, se mostraba compungido y a la vez rabioso.

—Iremos a Lisboa; allí recogeremos la galera con el tesoro real y recompondremos nuestras fuerzas. Espero que el mensajero que enviamos desde Sevilla tenga ya una respuesta del rey de Portugal a nuestra petición de ayuda y cobijo.

El mensajero llegó a Alburquerque un día después. Venía desde Lisboa reventando caballos, sin detenerse, salvo apenas unos instantes para echar una cabezada, cambiar de montura y seguir cabalgando.

Las noticias que traía eran malas, muy malas, las peores.

—Mi señor —el heraldo hincó la rodilla ante don Pedro, que lo esperaba ansioso a la entrada de su pabellón de campaña—, el rey de Portugal os niega la entrada en sus tierras. He intentado convencerlo, incluso le he prometido que le entregarías una considerable suma de oro, como me indicasteis, pero se ha negado en redondo a recibiros y avisa que si entráis en su reino os capturará y os entregará a vuestros enemigos.

—¿Y mi propuesta de que su hijo y heredero el infante don Fernando se case con mi hija doña Beatriz?

—También la ha rechazado. Alega que don Fernando no desea esa boda, y don Pedro no quiere enemistarse con su hijo, pues en caso de obligarlo a celebrar ese enlace contra su voluntad, podría desatarse una guerra entre el rey y el príncipe.

—¡Cómo puede rechazar mi oferta! Le prometí que si se casaba con Beatriz, don Fernando se convertiría en mi sucesor. La boda de nuestros hijos supondría la unión de nuestras dos coronas, algo que siempre han soñado los portugueses. ¡Cómo puede rechazar un príncipe portugués convertirse en rey de Castilla y de León!

El heraldo calló. En Lisboa le habían dicho que don Pedro carecía de apoyos y se mostraban convencidos de que no tardaría en perder su trono en favor de su medio hermano don Enrique.

—¿Qué hacemos ahora, alteza? —preguntó angustiado el tesorero Yáñez.

Sin poder buscar refugio en Portugal y con don Enrique pisándoles los talones, el futuro de don Pedro y su puñado de seguidores parecía abocado al desastre.

—Iremos a Galicia. En esa tierra no tiene ninguna fuerza ese bastardo de Enrique; allí mandan los Castro, que son mis aliados. Nos haremos fuertes en sus fortalezas y comenzaremos a recuperar lo perdido desde esas bases.

Don Pedro, que ignoraba que los Castro andaban negociando un acuerdo secreto con don Enrique, ordenó levantar el campamento plantado ante Alburquerque y salir a toda prisa hacia el norte, por la vieja calzada romana que algunos todavía conocían por su antiguo nombre de vía de la Plata y que discurría paralela a la frontera con Portugal.

Entre tanto don Pedro huía a la desesperada hacia Galicia, Enrique de Trastámara disfrutaba de su triunfo en Sevilla, donde había sido aclamado a su llegada. Su primera intención había sido perseguir a su medio hermano y capturarlo antes de que alcanzara las tierras de Portugal, pero al conocer que su rey no iba a protegerlo ni a concederle hospitalidad, decidió no precipitarse y esperar a que se le presentara la mejor oportunidad para liquidarlo de una vez por todas.

Por si tantas desgracias juntas no fueran suficientes, la galera fletada desde el Arenal sevillano con el tesoro de don Pedro a bordo fue capturada en Sanlúcar de Barrameda, poco antes de que enfilara las aguas del océano para poner rumbo a Portugal. Un agente de don Enrique, camuflado entre los hombres del rey don Pedro, había informado de la ruta que iba a seguir la galera y de las riquezas que transportaba.

La pérdida del tesoro fue un golpe durísimo para don Pedro, que pretendía recomponer su ejército con ese dinero; ya no sería posible, pues esa fortuna, treinta y seis quintales de oro y varias cajas con joyas y piedras preciosas, estaba ahora en manos de su mayor enemigo.

En los salones del alcázar de Sevilla se sentía bien, como le ocurriera a su padre el rey Alfonso y a su medio hermano el rey don Pedro.

En el patio de los Azulejos, al frescor de la fuente cuyas aguas mitigaban el calor de la primera semana del verano, Enrique de Trastámara recodó los días que había pasado allí en su niñez y en su juventud, al lado de su padre el rey Alfonso y de su madre Leonor de Guzmán, como si fuera el hijo legítimo y no un bastardo; recordó el rostro hermosísimo de su madre; recordó las caricias y la suavidad de sus cuidadas manos; recordó los juegos con sus hermanos pequeños; recordó aquel día en que su padre le habló de que tenía un hermano, de su misma edad, nacido de otra mujer, que poseía más derecho que él para ser el heredero al trono; recordó el terrible desencanto que sufrió en aquel instante al saber que no sería rey; recordó aquellos días angustiosos, tras quedar huérfano de padre a la muerte de don Alfonso en el sitio de Gibraltar; recordó el rostro compungido de su madre, en cuyos ojos contempló la mirada de la mujer que sabe que va a ser asesinada; recordó aquella espera interminable hasta saber qué decidiría sobre sus vidas su medio hermano el ya rey Pedro de Castilla; recordó, recordó, recordó...

—Se nos está escapando. Vayamos tras él antes de que su rastro se diluya como una sombra.

Tello se mostraba nervioso. Hacía ya casi un mes que habían llegado a Sevilla, y no parecía que don Enrique tuviera intención alguna de salir en persecución de don Pedro.

—No tiene ningún lugar a donde ir —dijo don Enrique.

—Vayamos a por él y acabemos con ese tirano. Si lo dejamos escapar, tal vez consiga atraerse a nuevos aliados y vuelva a plantarnos cara y a causarnos problemas. Captúralo y ejecútalo cuanto antes; no permitas que se rehaga.

—El rey de Portugal no lo ha acogido; solo queda media docena de nobles a su lado; todas las villas de la frontera nos han prestado juramento de fidelidad; apenas le quedan soldados y solo dispone de doscientos caballeros fieles, y quizá por muy poco tiempo. Ni siquiera su antiguo aliado el sultán de Granada lo reconoce como soberano.

—¿Granada?

—El sultán nazarí me ha enviado una carta con un mensajero en la que me considera como rey de Castilla y como su señor. Solicita que seamos aliados y me ofrece un pacto de amistad.

—¿Te fías de ese moro?

—Por supuesto que no.

—Pero has aceptado su propuesta.

—Por el momento. Necesitamos el oro de las parias de Granada para seguir manteniendo el ejército. En cuanto caiga el tirano, iremos a por Granada.

—Sí, deberíamos conquistar Granada, como pretendió nuestro padre.

—Y lo haremos, pero a su tiempo, Tello, cada cosa a su debido tiempo.

No quería parecer un déspota, como su hermano el rey Pedro, de manera que Enrique trataba de comportarse con maneras más sutiles y, sobre todo, procuraba ganarse la confianza y la lealtad de la alta nobleza, a la que no dejaba de agasajar con más riquezas, más títulos y más privilegios.

En Sevilla volvió a colmar de mercedes a los señores que más le habían ayudado; con ello dejaba claro que todos los que estuvieran a su lado serían generosamente recompensados. Incluso se mostró magnánimo con aquellos que en su día se decantaron por su enemigo y hermano don Pedro, a los que perdonó e integró en su bando.

A mediados del año 1366 la mayoría de la nobleza, de los altos eclesiásticos y de los consejos de las grandes villas y ciudades de Castilla y de León se habían decantado por don Enrique, al que habían jurado como rey. A don Pedro apenas le quedaban un puñado de fieles caballeros, media docena de nobles de cierta alcurnia y otra media docena de concejos urbanos.

En Sevilla, al abrigo de los gruesos muros de su alcázar, don Enrique se mostraba seguro y convencido de la inminencia de su triunfo.

—Hemos capturado a Juan Pérez, el ballestero que tan cobardemente asesinó a la reina doña Blanca. ¿Qué hacemos con él, hermano? —le preguntó don Tello a don Enrique.

—Doña Blanca le plantó cara con valentía a su esposo el rey don Pedro, y lo pagó con su vida. La reina era francesa, de modo que creo que es justo que sean los de su nación quienes se ocupen de ese cobarde sanguinario. Entrégaselo a don Beltrán; que sea él quien decida cómo debe morir ese villano.

—Si me lo permites, lo mataré yo con mi propio cuchillo.

—No, hermano, no te manches las manos con la sangre de semejante asesino. Deja que lo haga nuestro aliado.

El verdugo Juan Pérez fue entregado a Beltrán Duguesclín, que mandó que lo colgaran por el cuello hasta morir y que su cuerpo quedara expuesto a las aves carroñeras hasta que no quedara sobre sus huesos un solo jirón de carne o de piel.

Tras la ejecución de Pérez, don Enrique manifestó su deseo de ser un rey ecuánime y justo, como lo había sido su padre don Alfonso, y acusó al rey don Pedro de haberse comportado como un tirano cruel, sanguinario y sacrílego, amigo de los judíos y de los moros y enemigo de los cristianos.

Reconocido ya como rey por muchos, Enrique se alegró cuando recibió una carta del rey Pedro IV de Aragón en la que le ratificaba su reconocimiento como soberano y en la que se refería a doña Juana Manuel, esposa de don Enrique, como reina de Castilla y de León.

Ni podía entrar en Portugal, ni podía regresar a Sevilla, ni podía dirigirse hacia Toledo. Don Pedro estaba atrapado en la frontera de Extremadura, y no tenía otra vía de escape que dirigirse hacia Galicia y buscar allí refugio entre los miembros del linaje de los Castro, que mantenían el control de algunos fortísimos castillos y continuaban manifestándole su lealtad.

Siguiendo la antigua vía de la Plata llegó hasta la villa extremeña de Hervás, donde recibió ayuda de la aljama de los judíos, y logró atravesar la Sierra Central por el puerto de Béjar. Alguno de sus caballeros le propuso ir a Zamora, cuyo concejo era uno de los pocos que le restaban fieles, y donde podría defenderse tras sus gruesas murallas, pero rechazó acudir a esa ciudad y se dirigió a toda prisa a Galicia.

Mediado el verano, el rey don Pedro y su pequeño séquito se instalaron en Monterrey, en la poderosísima fortaleza desde la que se dominaba todo el valle de Támega hasta la frontera con Portugal.

En Monterrey estaba bloqueado y no sabía qué hacer. En la cima del monte donde se levantaba el castillo de Monterrey se sentía seguro; su ubicación en altura, sus gruesos muros, sus formidables torreones y sus sólidos bastiones conferían a aquella fortaleza la sensación de ser inexpugnable, pero incluso aquel castillo podía ser asediado y rendidos sus defensores por hambre si un ejército bien pertrechado y con suficientes efectivos como para cerrar un cerco, como el que disponía don Enrique, se lo proponía.

El calor apretaba de firme la última semana de julio en el valle del Támega.

—Hace diez días que estamos parados en esta fortaleza. No podemos quedarnos a esperar a que aparezca don Enrique con sus huestes y nos corte la retirada. Tenéis qué decidir qué hacemos, alteza —le dijo el tesorero a don Pedro.

—Este castillo parece inexpugnable.

—Lo es ante un ataque directo, pero no en caso de que nos asedien. No resistiríamos un cerco de varios meses.

—¿Qué fuerzas me quedan? —preguntó don Pedro, desmoralizado.

—Los doscientos caballeros que nos acompañan desde Sevilla, los quinientos jinetes y los dos mil peones gallegos que os ha ofrecido el señor de Castro y las milicias de los concejos de las ciudades de Soria, Zamora y Astorga, además de algunas villas de Galicia, y los señoríos de Guipúzcoa y de Vizcaya, pero algunos de estos bien podrían mudar de bando en cualquier momento, como han hecho los consejos de Burgos, Toledo y Sevilla.

—¿Y a los rebeldes?

—El conde don Enrique manda una hueste de más de diez mil jinetes, el doble de peones, y las milicias de las demás ciudades de vuestros reinos, con Burgos, León, Toledo y Sevilla a la cabeza. Además, tiene en su poder el tesoro que se custodiaba en Sevilla y en Almodóvar del Río y que capturaron en Sanlúcar.

—No puedo ir a Soria, está demasiado lejos. Podría volver hacia Zamora, como me aconseja don Fernando de Castro, o dirigirme a Astorga; ambas ciudades poseen sólidos muros, pero dudo que sus pobladores se mantuvieran fieles a mí en caso de un asedio prolongado y ante la escasez de suministros. El hambre y la desesperación quiebran cualquier fidelidad.

—Señor, si me permitís mi opinión...

—Hablad sin tapujos, don Mateo.

—Yo no me fiaría de don Fernando de Castro.

—¿Lo consideráis un traidor?

—No sé, no sé...; recordad el precedente del alcaide de Alburquerque.

—¿Qué me aconsejáis?

—Queda una salida, señor, pero quizá la consideréis vergonzante...

—Decidme.

—El puerto de La Coruña se encuentra a una semana de camino hacia el norte. Allí podréis embarcar en una nave y circunnavegar las costas de Galicia y Asturias hasta llegar a las de Vizcaya.

—¿Y si los traidores se han hecho ya con el dominio de Vizcaya? El bastardo Tello conserva allí a muchos vasallos.

—En ese caso podríais continuar hasta Bayona, la ciudad del rey de Inglaterra fronteriza con Guipúzcoa, y acordar un tratado con el rey inglés y con su hijo el príncipe de Gales. Los ingleses libran una cruenta guerra con Francia, y Francia apoya a don Enrique. Os será fácil encontrar ayuda en Inglaterra para recuperar lo perdido.

Don Pedro dudó, pero sabía que esa era su única salida a ser capturado y, quizá, a una muerte segura.

—Sí, iremos a La Coruña y embarcaremos rumbo a Vizcaya, o a Bayona, si es posible. Allí negociaré un acuerdo con el príncipe de Gales, y también con el rey Carlos de Navarra, y recompondremos el ejército. Voy a luchar contra esos bastardos mientras me quede un hálito de vida.

4

Hacía ya dos semanas que los consejeros del rey debatían sobre a dónde dirigirse. Por fin, el rey había tomado la decisión de embarcar en La Coruña, lo que no sentó nada bien a don Fernando de Castro.

El belicoso señor gallego, hijo de Pedro Fernández de Castro, al que llamaran «señor de la Guerra», y hermano de doña Inés de Castro, la que fuera esposa póstuma del príncipe Pedro de Portugal, también negociaba con agentes de don Enrique, a la vez que le prometía lealtad a don Pedro. Lo que el de Castro pretendía era convertirse en el dueño de toda aquella tierra, el señor que recuperara el sueño de convertir a Galicia en un reino propio, como ya lo fuera siglos atrás en tiempos del malogrado don García, el hijo menor de don Fernando de León, que reinara en Galicia durante siete años, hasta que sus hermanos Sancho de Castilla y Alfonso de León lo apresaron, se apoderaron de su reino y se lo repartieron.

Desde entonces, Galicia había sido parte del reino de León y luego de la Corona de Castilla y León, pero algunos de sus magnates habían mantenido viva la esperanza de que algún día uno de ellos podría convertirse en soberano de un reino privativo, como ya había ocurrido en el caso de Portugal, que de ser un condado del reino de León acabó siendo un reino independiente.

La comitiva real salió de Monterrey y se dirigió a Compostela. Su arzobispo, engañado por agentes del señor de Castro, le había pedido una reunión a don Pedro.

Suero de Toledo, arzobispo de Santiago, estaba enemistado con Fernando de Castro, quien tenía la intención de que nadie le disputara la supremacía en Galicia, y el arzobispo compostelano lo estaba haciendo.

—Señor —le dijo Fernando de Castro al rey don Pedro cuando llegaron al castillo de La Rocha, cerca ya de Compostela—, el arzobispo es un traidor y está aliado con los rebeldes. Debéis acabar con él.

—¿Estáis seguro de ello?

—Es un felón. Anda en tratos con don Enrique porque ambiciona que este lo nombre arzobispo de Toledo, donde su familia posee muchas propiedades. Debéis matarlo.

—De acuerdo, ordenaré su ejecución.

—Habréis de hacerlo con discreción y habilidad. Haced que salga de Compostela. Enviadle un mensaje citándolo a una reunión aquí, en este castillo de La Rocha; una vez fuera de la ciudad, será presa fácil.

Don Pedro aceptó el plan.

Aquel día de San Pedro, el 29 de junio de 1366, el arzobispo de Compostela salió de su palacio junto a la catedral de Santiago para acudir a su cita con el rey. Era la onomástica del monarca, y el prelado había sido engañado con la añagaza de que el rey quería celebrarla y ser bendecido por la máxima autoridad eclesiástica de Galicia.

La noche anterior veinte caballeros mandados por Alvar Pérez de Castro, hermano menor de don Fernando, se habían apostado en un bosquecillo a las afueras de la puerta de Santiago, en el sur del recinto amurallado de la ciudad, por donde sabían que iba a salir el arzobispo poco después de amanecer.

Tenían orden directa del rey de cargar contra el prelado y matarlo allí mismo.

Los veinte jinetes, pertrechados con lanzas, escudos y espadas, aguardaban la orden del comandante del escuadrón.

El arzobispo, al que acompañaba un pequeño séquito de monjes y media docena de guardias, salió de Compostela por la puerta de Santiago. Desde el bosquecillo, los soldados del rey contemplaban y esperaban la orden de atacar.

Cuando la comitiva arzobispal se encontraba a unos trescientos pasos de la puerta, en campo abierto, uno de los seis guardias de su escolta alzó la mano, y los otros cinco, como un solo hombre, tiraron de las riendas de sus monturas, dieron un cuarto de vuelta y salieron al galope hacia el oeste.

—Ruego que me perdonéis, monseñor —le dijo el que había alzado la mano, y, sin más palabras, espoleó a su caballo y salió al galope tras los otros cinco.

Esa era la señal convenida.

—¡Ahora! —ordenó Alvar Pérez de Castro a los jinetes, que arrancaron a toda velocidad hacia el arzobispo don Suero, quien, montado en su mula, miraba alrededor desorientado y sin entender lo que estaba ocurriendo.

Al ver llegar a la veintena de jinetes con las lanzas bajo el brazo y en orden de carga, adivinó que se trataba de una trampa. Los monjes que lo acompañaban apenas tardaron unos instantes en sospechar lo que estaba ocurriendo, y se dejaron caer de rodillas suplicando por sus vidas.

El arzobispo, que no calzaba espuelas, arreó a su mula con los tacones de sus botas e intentó regresar al refugio de los muros de Compostela, pero su montura era demasiado lenta con respecto a los caballos de sus atacantes y apenas pudo recorrer la mitad del camino antes de que Alvar lo alcanzara y le atravesara la espalda con su lanza.

Don Suero sintió un golpe brutal en las costillas y un dolor punzante y ardiente en su torso. Bajó los ojos y vio una punta de hierro ensangrentada asomando en el centro de su pecho.

Apenas vivió unos instantes para comprender que le habían partido el corazón.

Poco después apareció el rey, al que acompañaba don Fernando de Castro.

—Ese traidor ya ha muerto, señor, pero no es el único felón.

—¿Todavía quedan más? —preguntó don Pedro.

—El deán de la catedral. Se llama Pedro Álvarez y está conchabado con el arzobispo.

—Vayamos a por él.

Las tropas de don Pedro entraron en Compostela y se dirigieron a la catedral.

Buscaron por todas las dependencias hasta que dieron con el deán, al que arrastraron hasta el altar del apóstol Santiago.

Desde lo alto de la tribuna que recorría toda la catedral, el rey don Pedro y don Fernando de Castro contemplaban al deán, retenido en el suelo por dos hombres.

A su lado estaba Alvar, que empuñaba la espada en espera de una señal.

—Ese es el traidor —le dijo Fernando de Castro al rey.

—Matadlo —sentenció don Pedro.

Desde la tribuna, Fernando de Castro le hizo una clara indicación a su hermano, que alzó la espada y atravesó el pecho del deán de una estocada contundente y letal.

Entre estertores y echando sangre por la boca y por la herida del pecho, Pedro Álvarez cayó sobre las losas delante del altar de Santiago.

—Se ha hecho justicia —comentó don Fernando.

—Vos, don Fernando, conforme a lo acordado, recibiréis las tierras y las rentas que fueron del arzobispo.

El de Castro sonrió. Además de donarle tantos bienes, don Pedro lo nombró Adelantado de Galicia, con mando extraordinario sobre toda esa región, y conde de Lemos. Ya era el señor más rico y poderoso de aquella tierra, y tal vez no estaba muy lejano el día en que podría incluso ser su soberano.

En el puerto de La Coruña esperaban al rey una carraca y veintidós naos, listas para zarpar hacia Vizcaya.

Don Pedro embarcó en la carraca con sus tres hijas, las de María de Padilla, y ordenó levar anclas y salir de puerto. En la bodega transportaban las treinta y seis mil doblas de oro y otras joyas y piedras preciosas, todo cuanto se había podido salvar de tesoro real.

La navegación de cabotaje por la costa del Cantábrico se desarrolló sin contratiempos. Corría el mes de agosto y no se vislumbraban galernas ni tempestades en el océano.

Pero al llegar a las costas de Vizcaya las naves del rey recibieron algunas señales desde la costa y entendieron que no era seguro fondear en ninguno de los puertos vizcaínos, de modo que pasaron de largo y se dirigieron a San Sebastián, una pequeña localidad de Guipúzcoa enclavada en una bahía bien protegida de las olas y los vientos.

—Esta villa carece de defensas para resistir un ataque del ejército de esos bastardos; zarparemos de inmediato e iremos a Bayona. Allí nos veremos con los ingleses —le dijo el rey a su tesorero.

—¿Y vuestras hijas, señor? Este viaje es muy duro para ellas.

—Beatriz, Constanza e Isabel vendrán conmigo. Son mis herederas y deben aprender cómo gobernar un reino en la peor de las circunstancias.

En Bayona esperaba el príncipe Eduardo de Gales, que siempre protegía su cuerpo con una coraza de acero negro, incluso en las situaciones de mayor tranquilidad.

Durante varios días de principios de septiembre el rey de Castilla, el príncipe de Inglaterra y el rey Carlos de Navarra se entrevistaron en Bayona asesorados por sus consejeros.

Pedro I solicitó la ayuda de Inglaterra y Navarra para recuperar sus tierras perdidas a cambio de una buena cantidad de dinero, a entregar en ese mismo momento, y otra mayor cuando consiguiera hacerse de nuevo con el control de Castilla y León.

Tras arduas conversaciones, en la última semana de septiembre se acordó en la villa de Libourne, entre Bayona y Burdeos, un tratado por el cual don Pedro pagaría doscientos mil florines a Carlos de Navarra y le entregaría el dominio de Álava y Guipúzcoa, además del señorío de las villas y ciudades de Logroño, Calahorra y Navarrete; por su parte, el príncipe de Gales recibiría el señorío de Vizcaya y el puerto de Castro Urdiales; a cambio de esas donaciones y del dinero, el navarro y el inglés ayudarían a don Pedro suministrándole mil jinetes, y el propio príncipe de Gales acudiría a combatir a Castilla al frente de sus tropas. Las infantas quedarían custodiadas en Burdeos como garantía y aval del pacto.

Entre tanto, don Enrique continuaba en Sevilla a la espera de acontecimientos.

Una tarde de finales de septiembre, mientras se dirigía a sestear tras haber pasado toda la mañana cazando por los sotos del Guadalquivir, aguas abajo de Sevilla, observó una inscripción en letras árabes en el exterior de la puerta del salón de la Media Naranja.

—¿Qué dice esa leyenda? —preguntó.

—«Nuestro señor el sultán magnífico, el noble rey don Pedro de Castilla y de León, que Dios perpetúe su felicidad y prolongue sus días, ordena esta construcción. Gloria a nuestro señor el sultán don Pedro, al que Dios ayude» —tradujo uno de sus acompañantes.

—¿Ordeno que las borren? —terció Tello.

—No —dijo don Enrique.

—¿No? ¿Vas a consentir que el nombre de ese impostor se perpetúe en esa puerta para siempre, y en la lengua de los infieles?

—¿Sabes, hermano, que me he enterado de más cosas sobre la bastardía de don Pedro?

—¿De su padre judío...?

—Peor aún: me han asegurado que ese canalla ni siquiera es hijo de la reina María de Portugal.

—Pero... entonces, ¿quién parió a ese engendro?

—Don Pedro es hijo de una judía de Toledo.

—¡Qué! —El rostro de Tello reflejaba una sorpresa monumental—. En ese caso, la reina doña María no engañó a nuestro padre...

—Sí que lo engañó y de una forma más horrenda si cabe. Escucha, nuestro padre tuvo relaciones con una bella joven judía toledana, a la que dejó embarazada. Doña María también lo estaba, pero de una niña. Lo que hizo la portuguesa fue cambiar al niño de la judía por su niña, y presentó a nuestro padre como si fuera su hijo a quien en realidad era el fruto del podrido vientre de una judía. Así fue cómo lo engañó y cómo perpetró su venganza.

—¡Santo cielo! ¿Cómo sabes todo eso? —clamó Tello.

—Me lo confesó don Pedro Gil, que fue quien hizo el cambio de los recién nacidos.

—Esto no hará sino provocar mayor enfado en las gentes de estos reinos hacia don Pedro.

—El hijo de una judía, la raza culpable de propagar la peste.

—Pero también el hijo de un rey, de nuestro padre don Alfonso.

—Bueno, ya haremos que sobre esa paternidad planee la duda —sonrió don Enrique.

—Señor, don Pedro ha...

—El bastardo —precisó el jefe de los Trastámara.

—El bastardo ha asesinado al arzobispo y al deán de Compostela y ha conseguido llegar hasta La Coruña, donde embarcó y escapó rumbo a las costas de Gascuña. Nuestros agentes informan de que ha firmado sendos tratados con el rey de Navarra y con el de Inglaterra para que lo ayuden a hacer la guerra contra vuestra merced —le informó el canciller.

—Ese usurpador es más arrojado de lo que pensaba. Dejadme dormir, la jornada de caza me ha agotado, pero preparad al ejército, saldremos en unos días hacia Galicia.

—Pero el usurpador está en Bayona, en territorio inglés; vayamos allí a por él —dijo Tello.

—Primero he de ganarme el favor de los comerciantes y apaciguar el pánico que nos tienen los judíos, pues, aunque son hijos de Satanás, su dinero sigue siendo necesario para sufragar nuestros gastos y pagar a los mercenarios franceses. Una vez arreglado esto, iremos a Galicia para someter a los seguidores de don Pedro y luego acabaremos de una vez por todas con él.

Don Enrique calló, incluso se lo estaba ocultando a sus hermanos Tello y Sancho, que estaba tratando de cerrar un acuerdo secreto con don Fernando de Castro.

A comienzos del otoño, el ejército de los Trastámara entró en Galicia.

Fernando de Castro, que recelaba del plan secreto que le había propuesto don Enrique, se atrincheró tras las murallas de la ciudad de Lugo, la mejor fortificada de Galicia.

Durante seis semanas se mantuvieron las posiciones de sitiados y sitiadores, sin que se produjera ningún enfrentamiento. Ambos esperaban la llegada de noticias de Francia para hacer el siguiente movimiento.

—Señor, el acuerdo del bastardo con el príncipe de Gales y el rey de Navarra es firme —le informó a Enrique un mensajero.

—Es lo que estaba esperando. Enviad una carta a don Fernando de Castro conminándolo a que se rinda y entregue Lugo.

El de Castro, que recapacitó sobre a cuál de los dos hermanos ofrecer su lealtad, respondió solicitando una tregua por cinco meses; si en ese plazo no recibía ayuda, entregaría Galicia con Lugo y todas sus fortalezas a don Enrique.

El día de Todos los Santos, poco después de amanecer, los Trastámara levantaron el campamento ante los muros de Lugo y se dirigieron hacia Burgos. Esperaban que el ejército formado por la nueva coalición de don Pedro con navarros e ingleses entrara en la península por alguno de los valles navarros de los Pirineos, y pretendían detenerlo antes de que llegara a tierras de Castilla e hiciera cualquier daño.

5

Ni siquiera había llegado don Enrique a Burgos cuando se enteró de que don Fernando de Castro volvía a hacer de las suyas. Ya no tenía ninguna duda de que el hijo del señor de la Guerra no firmaría ninguna alianza con él, y de que se había decantado por seguir apoyando a don Pedro.

Poco después de que se levantara el asedio de Lugo y los Trastámara abandonaran Galicia, el señor de Castro organizó su hueste y se dirigió hacia Zamora, manifestando así todo su apoyo a don Pedro. Aquel movimiento de Fernando de Castro desconcertó a algunos seguidores de los Trastámara en Galicia y en León, que, temerosos del conde de Lemos, se pasaron de bando y se decantaron por apoyar al rey don Pedro, entre ellos algunos mercenarios ingleses que habían acompañado a don Enrique en sus victorias en Burgos, Toledo y Sevilla.

Muerto el arzobispo, el señor de Castro dominaba casi toda Galicia; solo se oponía a su poder el noble Fernán Pérez de Andrade, que mantenía bajo su control algunos castillos y defendía la causa de los Trastámara.

La confusión entre los nobles gallegos era absoluta. Nadie se fiaba de nadie, ni aunque mediara un tratado o un acuerdo firmado con sangre y avalado por el mismísimo papa. Los pactos se violaban sin la menor sensación de culpa, la palabra dada no valía una figa y no se consideraban un deshonor ni la traición ni el engaño. Comportarse con felonía era algo tan habitual que ya no constituía una deshonra, sino que se consideraba una estrategia política. Ya no se trataba de ser ni incluso de parecer y comportarse como un caballero, sino de conseguir el mayor beneficio propio, aunque para ello hubiera que mentir, matar o robar. Todo valía en aquel mundo violento, confuso y brutal, en el que un hermano podía asesinar a otro por la espalda, un vasallo acuchillar a su señor a traición y un rey vender a sus súbditos más fieles por un puñado de monedas.

La difamación del rival y el odio al enemigo componían tácticas habituales en el ejercicio de la política. Los agentes de Enrique de Trastámara eran maestros en ello, tanto que estaban consiguiendo que la mayoría de la población de Castilla y León considerara al rey don Pedro como un ser brutal y diabólico, un impostor, hijo de una judía, que se regocijaba ante el crimen y la tiranía.

A la historia de su filiación judía, que se justificaba aludiendo como prueba a los privilegios que concedía a esa «raza de víboras», como algunos denominaban a los judíos, se sumaba su brutalidad y crueldad.

Uno de sus más fieles seguidores, el noble Pero López de Ayala, se sumó a la campaña de desprestigio y de infamia. A finales del año 1366, considerando que el triunfo de Enrique de Trastámara era inminente, abandonó las filas de don Pedro y se pasó a las de don Enrique. Ayala alegó para justificar su radical giro político que el rey don Pedro había violado a su sobrina Teresa López de

Ayala, a la que además había maltratado y dejado preñada. Juró que se vengaría y adujo que había llegado el momento de restituir el honor de su sobrina y de hacer justicia.

En aquellos primeros días de enero de 1367 todo se precipitó.

A la alianza de don Pedro con el príncipe de Gales y con el rey de Navarra, los franceses respondieron acordando un pacto entre Beltrán Duguesclín, un noble de baja cuna que encabezaba una poderosísima compañía de dieciséis mil mercenarios que se ofrecía al mejor postor, y don Enrique de Trastámara.

Duguesclín, que carecía de cualquier escrúpulo, acaba de saquear al frente de sus tropas la región del valle medio del río Ródano y el bajo de su afluente el Saona. Ese hombre, que aunque vasallo del rey de Francia combatía bajo la bandera del dinero, se comprometió a ayudar a don Enrique, a cambio de oro, plata, títulos y rentas.

En Burgos, desde donde los Trastámara estaban organizando la guerra que se avecinaba contra su medio hermano, don Enrique convocó Cortes de Castilla y León.

Pese al frío de aquel mes de enero, juglares y trovadores a sueldo de don Enrique cantaban canciones por calles, plazas y mercados de la ciudad y declamaban poemas en los que se criticaba con dureza a don Pedro. En la puerta de Santa María, la más cercana a la catedral, un juglar que se acompañaba de un laúd cantaba estos versos:

«Pues al rey, que mata a todos, no lo llaman "justiciero",
pues sería un nombre falso; más propio es "carnicero"».

Otros, a modo de pliegos de cordel y romances de ciego, explicaban en calles y plazas que don Pedro era un ser vengativo y criminal, que había mandado asesinar a nobles y damas, plebeyos y criadas, simplemente a su capricho y por su veleidad.

El propio Pero López de Ayala, presente ya en Burgos en las filas de los Trastámara, gustaba de explicar a cuantos querían oírlo cómo don Pedro había violado a su sobrina, cometiendo el peor de los pecados y la más atroz de las cobardías, por lo cual su alma ardería eternamente en el fuego del infierno.

A cambio de su deserción, Ayala acababa de recibir el título de alférez mayor de don Enrique y el título de segundo teniente de la Orden de la Banda.

—Los traidores han atravesado los Pirineos y se acercan hacia Castilla —informó don Pero López de Ayala.

—Los venceremos —asentó don Enrique.

—Además, tenemos al papa Urbano de nuestro lado. Duguesclín lo ha convencido en Aviñón para que consagre esta guerra como una cruzada.

—¿Cómo lo ha logrado?

—Ha sido fácil. Se ha presentado en Aviñón con su ejército y le ha pedido al papa que bendiga a sus hombres, que han cosido cruces en sus capas, y que proclame esta guerra como una cruzada debido a que el usurpador don Pedro apoya a los judíos, porque es uno de ellos, y a los moros, en contra de los cristianos.

—Demasiado sencillo, sí.

—Señor, en estas Cortes debéis dictar disposiciones contra los judíos; así se contentará el papa; debéis dejar patente que sois un rey cristiano, que ayudáis a los creyentes en Dios Nuestro Señor y que perseguís a los malditos judíos.

Así fue. Las Cortes de Burgos aprobaron varias leyes que restringían los negocios de los judíos y les impusieron nuevas cargas y más impuestos. Muchos cristianos se alegraron, pero unos pocos criticaron en privado aquellas disposiciones, pues aseguraban que los judíos eran gentes laboriosas y pacíficas, que nunca se habían rebelado contra la corona y que contribuían al bienestar del reino. Fueron los menos. La mayoría los consideraba lobos cubiertos con piel de cordero, los responsabilizaba de todos los males que acuciaban a aquellas tierras y los señalaban como los culpables de transmitir enfermedades, plagas y pestes.

Aquellas Cortes también sirvieron para que los Trastámara tejieran nuevas alianzas. El linaje nacido del vientre de Leonor de Guzmán ambicionaba dominar todas aquellas tierras que algunos llamaban «España», la vieja provincia romana de Hispania, rota y deshecha desde hacía siglos por guerras, invasiones y disputas. Los Trastámara aspiraban a ser el único linaje en gobernar unos reinos unificados bajo la cruz de Cristo, desde los Pirineos hasta Gibraltar, un dominio que se extendiera por todo el territorio peninsular y aún más allá.

Se sentían fuertes y poderosos, y trabaron alianzas con los linajes de la nueva nobleza emergente: con sus familiares los Guzmán y los Ponce de León, con los Girón, los Osorio y los Alba, familias nobles que gracias al apoyo a don Enrique iban acumulando títulos, tierras, bienes y fortunas, y reemplazando como nuevo grupo dominante de los magnates de Castilla y León a la vieja estirpe nobiliaria de las familias de los Lara, los Haro, los Castro o los Cisneros. En aquellas Cortes se crearon y concedieron nuevos títulos, como el de conde de Niebla para Juan Alfonso de Guzmán, pariente de la fallecida Leonor de Guzmán, y se ratificaron otros como el del marqués de Villena para el infante don Juan de Aragón.

Todo valía para acrecentar el poder de los Trastámara, incluso mentir, falsificar documentos y fingir situaciones a conveniencia, como ocurrió con don Tello, que aquellos días falsificó y fingió su propia boda para apoderarse del señorío de Vizcaya.

Ocurrió que don Tello, a instancias de su hermano don Enrique, anunció que doña Juana de Lara, que había sido asesinada por orden de don Pedro ocho años atrás, no había muerto, sino que había sobrevivido oculta en Sevilla al intento de matarla. En realidad, doña Juana sí había sido ejecutada, pero como era heredera del señorío de Vizcaya, don Tello la «resucitó» para casarse con ella y hacerse con aquel dominio. Esa Juana revivida era una impostora, una mujer sevillana a la que pagaron para que se hiciera pasar por la fallecida señora de Vizcaya.

Cuando se hizo público el engaño y no hubo manera de ocultar esa falsedad, don Enrique se mostró muy ofendido, y en un ejercicio de cinismo ordenó matar a la falsa Juana de Lara, acusándola de haberse hecho pasar por la esposa de don Tello.

En las primeras semanas de 1367 todos se estaban preparando para la guerra.

Desde Gascuña, Pedro I de Castilla había logrado reunir un ejército en el que formaban los soldados del príncipe de Gales y, según lo acordado, también debían integrarse los hombres del rey Carlos II de Navarra.

Así se había acordado, pero el monarca navarro urdía otros planes.

Carlos de Navarra y Enrique de Trastámara se reunieron en secreto en Santa Cruz de Campezo, un municipio de Álava limítrofe con la frontera navarra.

—Querido primo —lo saludó don Carlos con la familiaridad

que usaban a veces entre ellos los monarcas que se reconocían mutuamente como tales—, me alegro mucho de que hayas aceptado esta reunión.

—Espero que en esta entrevista acordemos asuntos beneficiosos para ambos —dijo don Enrique tras darse un abrazo.

—Confío en ello.

—Como rey de Castilla y León, te ofrezco un trato. Si impides que ese bastardo de don Pedro y sus aliados ingleses atraviesen libremente tus tierras, te concederé el señorío de Guipúzcoa.

—Guipúzcoa... ¿Sabes que hace tiempo Álava, Vizcaya y Guipúzcoa, e incluso las tierras de Calahorra, Nájera y Logroño, fueron dominio de los reyes de Pamplona?

—Lo sé, lo he leído en las viejas crónicas; y también sé que mis antepasados los reyes de Castilla las ganaron en buena lid. Te ofrezco su señorío si me ayudas a detener a los invasores. Es una muy buena oferta.

—Lo haré.

Carlos de Navarra mentía. Pocas semanas antes había firmado una alianza con don Pedro y pocos días antes le había asegurado al príncipe de Gales que le facilitaría el paso por los Pirineos y le proporcionaría suministros a su ejército, con el que estaba preparando la inminente invasión de Castilla para reponer en el trono a don Pedro.

El rey navarro jugaba con los dos bandos. Sabía que su posición era muy delicada, y que el dominio de su reino, apetecido por los poderosos vecinos castellanos y franceses, pendía de un hilo. Si quería conservar su trono, no tenía otro remedio que actuar con habilidad y mentir, engañar y traicionar a quien hiciera falta.

Eduardo de Inglaterra, príncipe de Gales y su aliado Pedro de Castilla cruzaron los Pirineos navarros a finales de enero al frente de diez mil hombres, y avanzaron hasta entrar en Álava y acampar en la llanada de Vitoria, que aún se mantenía helada aquellos días de principios de febrero. Llevaban con ellos a las temibles compañías de mercenarios gascones, enemigos acérrimos de los franceses desde hacía siglos, a varios regimientos de arqueros ingleses y galeses y a la veterana hueste del conde de Armañac.

Por su parte, los franceses, aliados de Enrique de Trastámara y capitaneados por Beltrán Duguesclín, se dirigieron hacia La Rioja, observando los movimientos del enemigo desde cierta distancia.

Don Enrique y Beltrán Duguesclín evaluaron la situación en una entrevista que celebraron en Miranda de Ebro.

—Las tropas que manda el príncipe Eduardo son muy poderosas. Las forman diez mil soldados ingleses y galeses, arqueros y caballeros, las compañías de los aguerridos infantes gascones, la hueste de mercenarios que haya podido reunir don Pedro y los escuderos y ballesteros aragoneses y catalanes que quizá se sumen a este ejército —dijo Duguesclín.

—¿Qué me aconsejáis? —demandó don Enrique.

—Que, al menos por el momento, evitéis la confrontación directa y frontal en una batalla. Ya domináis la mayoría del territorio de Castilla y León, os apoya la mayor parte de la nobleza y os han reconocido como soberano los concejos de las principales ciudades. Tenéis todas las de ganar, de manera que no os conviene jugar todo en una sola batalla, cuyo resultado siempre es incierto.

—Hermano —intervino Tello—, don Beltrán es prudente, pero debemos acabar definitivamente con ese bastardo de don Pedro. Lo hemos tenido a nuestro alcance en un par de ocasiones, lo hemos dejado escapar y ha logrado rehacerse. Hay que aplastarlo y mandarlo al infierno de una vez por todas.

—Sois valiente e impetuoso, don Tello, pero las guerras no se ganan con impulsos, sino con planes y estrategia. Os aconsejo —Duguesclín se dirigió a don Enrique— que libréis una guerra de desgaste contra los ingleses. No podrán mantenerse durante mucho tiempo en estas tierras, y no les quedará más remedio que retroceder y regresar a sus casas.

—Tal vez, pero mientras permanezcan en Castilla cometerán todo tipo de crímenes y latrocinios.

—Sin duda, señor, sin duda, pero el trono de Castilla y León bien merece algunos sacrificios —ironizó Duguesclín, al cual la vida de las gentes de esos reinos le importaba un comino.

Enrique de Trastámara se retiró unos pasos y meditó por unos instantes. No le gustaba la idea de ver a los mercenarios ingleses y gascones asolando aldeas y villas, saqueando haciendas y violando a mujeres, y menos aún dejar que su medio hermano siguiera como rey y... vivo.

—Libraremos esa batalla —asentó al fin.

—Es un error, alteza, un error —dijo Duguesclín.

—Descuidad, don Beltrán, derrotaremos a esos invasores y acabaremos con este problema para siempre —sonrió Tello.

Duguesclín torció el gesto. Su estrategia se venía abajo. Tras entrar en Castilla había provocados grandes daños, sobre todo en las juderías de las localidades atracadas, y pretendía seguir con el saqueo y la destrucción, que era lo que le proporcionaba gran beneficio. Además, había logrado convencer al rey de Navarra para que traicionara a don Pedro y había pactado con él la representación de una farsa en la que Carlos II se dejaba prender en una presunta emboscada amañada con un primo de Duguesclín, para que pareciera que el navarro era un hombre de palabra y que no había podido evitar la invasión francesa. La decisión de los Trastámara de enfrentarse en batalla con don Pedro y con el príncipe de Gales le preocupaba, pues era jugar a cara o cruz una partida que estaba convencido de ganar si se hiciera caso a sus indicaciones.

Los dos ejércitos enemigos se aproximaban. La batalla se atisbaba cada día más próxima.

Los de don Enrique concentraron sus fuerzas en el bosque de Bañares y en Santo Domingo de la Calzada, en tanto los de don Pedro cruzaron el Ebro cerca de Logroño y avanzaron hacia el corazón de La Rioja.

Las avanzadillas de ambos ejércitos libraron un combate el 27 de marzo en Ariñez, al sur de Álava, en el que los de don Enrique obligaron a los ingleses a retirarse hacia el curso del Ebro. Todas las fuerzas confluyeron hacia Nájera, donde se libraría la batalla decisiva.

6

Entre los partidarios de don Pedro había sensación de victoria. Por algunos espías sabían que Duguesclín había desaconsejado la batalla, y dada la experiencia de don Beltrán, los Trastámara estaban seguros de que tenían ventaja. Así lo creía también el príncipe de Gales, que ardía en deseos de obtener un gran triunfo que ofrecer a su padre el rey Eduardo III, y demostrarle que sería su digno sucesor a la corona de Inglaterra.

Amaneció el sábado 3 de abril, víspera de San Lázaro. En el

campamento de don Pedro de Castilla se reunieron el propio rey, el príncipe de Gales y los reyes de Nápoles y de Mallorca. Jaime de Mallorca se hacía llamar rey, el cuarto con ese nombre, pero hacía ya varios años que ese título lo ostentaba el rey Pedro IV de Aragón. No obstante, don Jaime de Mallorca, que había permanecido preso en Játiva y en Barcelona durante trece años, seguía reivindicando ese título y la corona de ese reino, que don Pedro de Aragón le había arrebatado a Jaime III, su padre, tras vencerlo y darle muerte en la batalla de Lluchmayor.

—Señores, libraremos la batalla hoy mismo, a las afueras de Nájera —dijo don Pedro, tras haber recibido los informes de los oteadores sobre la disposición del enemigo.

Dos días antes había ordenado ejecutar a varios hombres de su ejército, acusados de ser traidores y de servir en secreto a don Enrique; entre los asesinados había algún miembro de la familia murciana de los Ayala, condenados por conspirar en favor de Enrique de Trastámara, al que don Pedro llamaba desde hacía algún tiempo «el conde» o «el bastardo».

—Estamos preparados —certificó el príncipe de Gales, que no necesitó traducción, pues hablaba correctamente francés y entendía en gran medida la lengua castellana.

—Esta tarde nadie te discutirá el derecho a portar esta corona, hermano —sonrió Tello.

—Vayamos a ocupar las posiciones que planeamos ayer, y que Dios nos guíe a la victoria. —Don Enrique se persignó y todos los caballeros presentes lo imitaron.

Los dos ejércitos estaban desplegados en un llano a ambas orillas del río Najerilla, que en aquellos días ya comenzaba a bajar algo más caudaloso por las lluvias de principios de abril y el deshielo de las laderas de la sierra de Cameros.

El terreno era perfecto para la carga de la caballería. A la vista de la composición de las tropas de que ambos contendientes disponían, Enrique creyó que había ganado la superioridad.

—Vamos a vencer —le dijo el de Trastámara a Duguesclín—; aunque estamos parejos en número de combatientes, nuestra caballería es superior a la del bastardo.

—No os confiéis, señor.

—Ordenad a la vanguardia de nuestra caballería pesada que cruce ese arroyo y que cargue contra el centro de las tropas enemigas. Han colocado a los peones en la vanguardia —sonrió satisfecho—; los desbarataremos y acabaremos con ellos.

Don Enrique había dispuesto a sus dieciocho mil hombres en tres líneas: en la primera formaban dos mil jinetes, cuyas filas estaban formadas por caballeros franceses y hombres de armas castellanos, apoyados por infantes y algunos ballesteros, a cuya vanguardia estaba Duguesclín, y tras ellos mil quinientos caballeros con don Enrique; en la segunda línea se agrupaban mil hombres de armas, con sus armaduras pesadas, y otros mil jinetes ligeros protegiendo los flancos, con el apoyo de dos regimientos de ballesteros; y en la tercera una amalgama de peones, las tropas menos preparadas, cuya misión consistía en desplegarse y rodear a la caballería enemiga y rematarla con una maniobra envolvente.

El ejército de los Trastámara cruzó el arroyo y se lanzó a la carga, obligando a su rival a presentar combate.

Al otro lado del riachuelo, don Pedro, que disponía de doce mil soldados, también había ordenado a sus tropas en tres líneas: la primera estaba integrada por tres mil arqueros ingleses y galeses, la mayoría mercenarios profesionales de la guerra, protegidos por dos mil hombres de armas bien asentados en varias filas con sus caballos y sus armaduras pesadas; en el centro formaban cuatro mil jinetes, los lanceros de Castilla, dirigidos por el propio rey, y a los flancos los hombres de armas del príncipe de Gales, que destacaba al frente de sus hombres equipado con su inconfundible armadura negra como ala de cuervo, apoyados por más arqueros galeses e ingleses; en retaguardia, el rey de Mallorca mandaba su propio escuadrón de caballería y a seis mil infantes gascones, aragoneses, catalanes y mercenarios de varias regiones.

—Ahí vienen. Manteneos firmes. ¡Por Santiago, por Castilla! —exclamó don Pedro.

La carga de la caballería de los Trastámara fue brutal. Los infantes de las primeras líneas fueron aplastados con facilidad. Para evitar que fueran envueltos, el príncipe de Gales ordenó retroceder de manera ordenada, a la vez que indicaba a sus arqueros que dispararan sin cesar, abatiendo con sus arcos largos a numerosos caballeros y hombres de armas de Castilla.

Don Enrique, pese a las advertencias que le hiciera Duguesclín, había obrado de manera precipitada, y había caído en la trampa.

Los arqueros ingleses y galeses, capaces de acertar con sus saetas a un blanco a trescientos pasos de distancia y de disparar cuatro flechas en el mismo tiempo que un ballestero lanzaba una sola, estaban abatiendo con suma facilidad a los jinetes que dirigía don Tello, que habían creído obtener una fácil victoria en el primer envite y se habían adentrado imprudentemente entre las filas del príncipe de Gales, sin esperar a la ayuda de la infantería y sin darse cuenta de que estaban siendo arrastrados a una celada.

Al observar su ventaja, Eduardo de Inglaterra, cuya armadura negra servía de referencia a sus hombres en el combate, dio a sus jinetes pesados la orden de cargar en línea y bien agrupados.

Los de don Enrique, viendo cómo se les complicaba la batalla, trataron de reagruparse y reaccionar, pero entonces apareció el rey de Mallorca con las divisiones de mercenarios gascones, que como una ola imparable barrieron primero el flanco izquierdo, luego el centro y por fin el derecho de los franceses de Duguesclín y los castellanos de don Enrique.

Los aguerridos gascones provocaron un efecto demoledor. Desbordados y sin apoyo de su caballería, que bastante tenía con escapar de la muerte, la inexperta infantería de don Enrique se deshizo y huyó despavorida. Los caballeros del príncipe de Gales y los infantes de Gascuña liquidaron a los infantes castellanos como los segadores cortando las mieses.

Tenía la suficiente experiencia para saber que habían sido derrotados y que no había esperanza alguna de recuperarse. Beltrán Duguesclín clavó en tierra su espada y se rindió. Todo estaba perdido.

—Señor, hemos sido vencidos en la batalla. Tomad mi caballo; es el más rápido que existe. Escapad antes de que os apresen y os maten.

El caballero Juan Ramírez de Arellano le ofreció a don Enrique las riendas de su montura; la del conde, aunque era un caballo imponente, estaba completamente acorazada y era magnífica para una carga de caballería, pero soportaba demasiado peso como para salir corriendo a toda prisa y librarse de una muerte segura.

—¡No! —gritó desesperado Enrique.

—Quitaos esa corona y huid, señor, o estáis muerto —insistió el caballero extendiendo las riendas—. ¡Huid, deprisa!

Don Enrique apretó los dientes, asió las riendas y al fin subió al caballo de Arellano con un ágil brinco; a sus treinta y tres años estaba en la plenitud de su vigor y de su fuerza.

Aprovechando la velocidad de aquel animal, se alejó a todo galope del campo de batalla, sin mirar atrás. Sus hombres seguían cayendo como ramas tronchadas bajo las espadas de los hombres del rey de Castilla, las saetas de los arqueros ingleses y los temibles machetes de los gascones.

Sonreía feliz. Pedro de Castilla había vencido en los campos de Nájera y había recuperado el trono.

Recorría el llano donde había discurrido la batalla, tratando de reconocer entre los muertos a su medio hermano Enrique, el bastardo de Leonor de Guzmán.

—¿Dónde está el conde, dónde está? —preguntaba ansioso a cada uno de los hombres que se aprestaban a rematar a los heridos y abatidos, para luego despojarlos de los bienes y enseres que llevaban encima.

—Todavía no hemos encontrado su cadáver, señor; los muertos son demasiados y algunos están irreconocibles, pero seguimos buscando —respondió uno de los caballeros ante la insistente demanda del rey.

—Tiene que estar ahí, entre los muertos. Seguid buscando. ¡Diez doblas de oro a quien encuentre el cuerpo del conde!

Los cadáveres de los vencidos se alineaban por miles. Tras la batalla, el recuento de bajas realizado por los notarios de los vencedores fue sorprendente. El conde de Trastámara y su aliado Duguesclín habían perdido a siete mil hombres, en tanto entre las filas de don Pedro y del príncipe de Gales solo se contabilizaban unas pocas decenas de caballeros caídos, veinte arqueros y unos centenares de infantes.

—Nuestra victoria es absoluta —proclamó el príncipe Eduardo cuando le anunciaron las cifras de la batalla—. Jamás en la historia de la guerra se había producido una victoria tan apabullante como la que hemos logrado hoy.

—Tal vez, pero no ha aparecido el cuerpo del conde, y lo quiero ver muerto —lamentó el rey.

—Varios hombres siguen intentado reconocerlo entre los cadáveres; pero son muchos y llevará uno o dos días más. Tal vez esté entre los que todavía no han sido identificados.

—Debí matarlo hace años, cuando lo tuve a mi merced en Sevilla, tras la muerte de mi padre. No lo hice porque, aunque bastardo, lo creía mi hermano, hijo de mi padre el rey Alfonso. Debí acabar con él y con toda esa ralea de bastardos que parió Leonor, esa zorra... Cuando descubrí la suerte de víboras que eran, pude acabar con tres de ellos, pero se me escaparon Enrique, Tello y Sancho. Recordad la fábula de ese hombre que encontró en el camino a una serpiente herida, casi muerta; la cuidó, la alimentó y le salvó la vida, pero la serpiente, como ordena su naturaleza, se volvió contra su salvador y le inoculó su veneno. Así, siempre hay quien se alegra cuando devuelve veneno por miel. No volveré a caer en ese error. Debí matarlos, matarlos, matarlos...

Por más que buscaron entre los muertos, los cadáveres de Enrique y de Tello no aparecieron. Ambos habían logrado escapar.

El conde de Trastámara rumiaba su derrota. Había logrado huir y se había librado de una muerte cierta, pero sopesaba que la vida le daba una nueva oportunidad para volver a intentar ganar la corona, que había tenido durante unos meses en sus manos.

Se había escapado en dirección a Soria, por cuya frontera había entrado en Aragón tras librar una escaramuza en la localidad de Borobia, donde unos hombres lo habían reconocido y habían pretendido apresarlo para entregarlo a don Pedro y conseguir con ello una buena recompensa.

Ya a salvo en tierras de Aragón, Enrique descansó en Illueca, donde fue recibido en su castillo palaciego por el noble don Pedro de Luna, un segundón que había hecho carrera militar pero que se había pasado a la eclesiástica, donde estaba destacando deprisa, tanto que algunos decían que no tardaría mucho tiempo en llegar a cardenal y quién sabe si incluso a papa.

—Lamento vuestra derrota, señor, pero Dios os ha salvado la vida y os ha concedido otra oportunidad —lo saludó el de Luna a la entrada de su palacio.

—Fue culpa de mi hermano Tello. Tenía encomendada la misión de romper el frente de nuestros enemigos, pero se amedrentó ante la lluvia de flechas de los arqueros ingleses, flojeó, descompuso sus líneas y desbarató la vanguardia de nuestra caballería. Hubiéramos ganado la batalla de Nájera si Tello hubiese cumplido su trabajo y se hubiera mantenido firme —se justificó don Enrique.

Tenía parte de razón. Tello había flaqueado y el frente se había roto en el sector que él capitaneaba, pero no era el único culpable del desastre.

—Vuestro hermano también ha logrado salvarse. Ha llegado a Zaragoza, y allí está con vuestra esposa doña Juana, vuestro hijo don Juan y otras damas e infantes que los arzobispos de Toledo y Zaragoza lograron poner a salvo tras sacarlos de Burgos.

—Loado sea Dios —respiró aliviado don Enrique.

—El viaje de Burgos a Zaragoza ha debido de ser una aventura muy peligrosa. Por lo que sé, hombres de don Pedro tenían órdenes de buscar a vuestra familia y... asesinarla. Los arzobispos viajaron de noche, escondiéndose en las horas centrales del día en la espesura de bosques y matorrales, y han logrado llegar con vuestra esposa e hijo, sanos y salvos, a Zaragoza.

—Allí estarán bien, por el momento.

—¿Y vos, también vais a Zaragoza?

—No. No quiero comprometer al rey de Aragón. —La realidad era que no se fiaba de Pedro IV.

—Os ayudaré a que lleguéis a la frontera a salvo. Dirigíos a Jaca y desde allí atravesad las montañas de los Pirineos.

—Solicitaré ayuda al papa Urbano y al rey de Francia. Quiero recuperarme de la derrota y hacerlo pronto.

—Tenéis una voluntad de hierro, según veo.

—Algunos de mis mejores caballeros se han salvado. Un pequeño grupo de ellos viene conmigo y otros han regresado a sus feudos, desde donde supongo que plantarán cara a ese tirano que se hace llamar rey.

—Andad con cuidado. La noticia de la victoria de don Pedro en Nájera se extiende por Aragón deprisa, y son muchos, sobre todo en estas comarcas linderas con Castilla, los que sienten pánico por lo que pueda hacer ese...

—Tirano —precisó don Enrique.

—Nadie ha olvidado el daño que causaron sus tropas cuando invadieron estas tierras, ni los robos y violaciones que cometieron sus hombres.

Acompañado por un puñado de fieles, entre los que se encontraba don Juan Alfonso Pérez de Guzmán, pariente de su madre doña Leonor de Guzmán, el conde don Enrique atravesó Aragón y cruzó el Pirineo. En la vertiente norte fue recibido por el conde de Foix; allí pasó unos días antes de viajar a Toulouse y luego a Aviñón para pedir ayuda al papa.

Estaba satisfecho con la victoria lograda en Nájera, pero su dicha no era completa. Pedro de Castilla rumiaba su malhumor por no haber podido apresar a su mortal enemigo el conde de Trastámara, que se le había escapado de entre las manos como el agua en una cesta.

—¡Malditos idiotas!, ¿es que no hay nadie capaz de encontrar a ese bastardo y traerlo a mi presencia? —gritaba don Enrique a la vez que apretaba los puños y miraba a sus consejeros con aire amenazador.

—Ya daremos con él, y pagará sus culpas —dijo el príncipe de Gales.

—Mataré a todos los que lo han ayudado —sentenció don Pedro.

—No deberíais hacerlo, alteza; debéis mostraros generoso en la victoria y ganaros a los que fueron hasta ayer vuestros enemigos. La magnanimidad es una virtud propia de los grandes soberanos.

Aquellas palabras del príncipe Eduardo sonaban bien, pero don Pedro no las escuchaba; ya había decidido que los traidores serían ejecutados. Todos.

Y lo hizo.

Sin consultar con su consejo real y sin dar cuenta a su aliado inglés, Pedro I dio orden de matar a numerosos nobles apresados en la batalla.

Cuando se enteró de la terrible venganza que estaba perpetrando su aliado, el príncipe de Gales se enojó mucho. Le aconsejó al rey que no cometiera más asesinatos, pero este seguía sin escuchar otra voz que la que le dictaban su ira y sus deseos de venganza.

Al ir a matar a Beltrán Duguesclín, se enteró de que estaba bajo la custodia del príncipe inglés, al que se lo reclamó.

—Ese francés es mío —le dijo Eduardo—, y lo voy a llevar conmigo a Burdeos.

—Matad a ese canalla o entregádmelo para que lo haga yo con mis propias manos.

—No, alteza, no. Don Beltrán se viene conmigo a Burdeos. Estará encerrado en una prisión hasta que decida qué hacer con él.

El inglés no lo confesó, pero lo que quería era cobrar un fortísimo rescate por Duguesclín, porque muerto no valía nada.

Don Pedro tuvo que ceder, pero citó a su aliado en Burgos; allí acordaría los términos de la victoria en Nájera.

El príncipe de Gales llegó a Burgos dos días más tarde que el rey don Pedro. Se instaló en unas dependencias del monasterio de Las Huelgas, donde don Enrique había sido coronado.

El encuentro se produjo en la catedral de Santa María, después de que sus consejeros hubieran pactado varios acuerdos, que ambos debían refrendar con sus firmas y sus sellos ante el altar de Nuestra Señora.

Eduardo no se fiaba de don Pedro. En absoluto. Lo había visto incumplir su palabra tantas veces que no dudaba de que volvería a hacerlo otras tantas más si ello convenía a sus intereses.

—No debéis desconfiar de mí —le dijo don Pedro a Eduardo tras recibirlo a la entrada de la catedral.

—Confío en vuestra merced —ironizó el príncipe de Gales, que había aceptado acudir a la catedral, pero que lo hizo dejando a mil soldados custodiando una de las puertas de la ciudad y con una escolta de otros quinientos hombres de armas que lo protegían de cualquier intento de atentado.

—A la vista de la escolta que traéis, nadie lo diría.

—Mis hombres solo pretenden acompañar a su señor. Nada más.

—Por supuesto —sonrió don Pedro con claro rictus de malicia—. Entremos y firmemos ante el altar de Santa María lo acordado por nuestros secretarios.

Delante del altar mayor de la catedral se habían dispuesto dos sillas de tijera. La del rey, a la derecha, tenía un grueso cojín de terciopelo rosa, para que pareciera más alto, en tanto la del príncipe solo mostraba el asiento de cuero.

Un notario leyó los documentos y los colocó encima del altar para que fueran firmados por el rey y el príncipe. En ese momento, don Pedro debía pagar la mitad de la enorme deuda, y en el plazo máximo de un año enviar la otra mitad a Bayona.

—Bien, cerrado ya nuestro acuerdo, solo os resta cumplir con vuestras obligaciones. Nos debéis mucho dinero por la ayuda que os prestamos para vencer al conde. ¿Dónde está la mitad estipulada en nuestro pacto?

—No dispongo ahora de ese dinero.

—Habéis firmado y sellado esa deuda. ¿Cuándo pensáis pagar? —El de Gales fue directo al asunto principal que los había reunido.

—Ya os di una gran cantidad de oro, plata y joyas en Bayona. ¿Lo habéis olvidado?

—Todavía falta mucho más. Y os recuerdo que nuestro pacto incluye también la entrega del señorío de Vizcaya, del puerto de Castro Urdiales y de la ciudad de Soria.

—Se os dará todo ello.

—¿Cuándo?

—No es tan sencillo.

—¿Cuándo? —insistió el príncipe inglés, que comenzaba a perder la paciencia ante las evasivas del rey.

—En unos días...

—Desembolsad ese dinero ya y pagad vuestras deudas; es lo acordado.

—Ya os he dicho que no dispongo aquí de tanto dinero.

—¿No?

—No.

—En ese caso, ¿de dónde pensáis sacarlo?

—Lo tendré en unas semanas.

—Señor, he de volver a Gascuña pronto; algunos señores de ese territorio se han levantado en armas, y debo pacificar ese territorio cuyo gobierno me encomendó mi padre el rey Eduardo.

—Bien, regresad, pero os pido que dejéis en Castilla a mil hombres de armas; los rebeldes no han sido completamente derrotados; algunos han logrado huir de Nájera y andan por ahí causando problemas...

—¡No! O pagáis lo que me debéis u olvidaos de recibir ayuda alguna de mi parte y de la de Inglaterra y Gascuña. Sin mis caballeros pesados, mis arqueros ingleses y mis peones gascones jamás hubierais podido vencer a don Enrique en batalla. O pagáis o me llevaré a todos mis hombres, y, en ese caso, olvidaos de recibir auxilio alguno de mi parte.

—Necesito tiempo para reunir ese dinero.

—Os concedo cuatro meses —asentó el de Gales—; o tal vez don Enrique pueda pagar y, quién sabe si querrá hacerlo, en la próxima batalla a los arqueros que disparen sus flechas contra vuestros caballeros, si es que para entonces os queda alguno leal.

—¿Es eso una amenaza, don Eduardo?

—Tomadlo como os parezca, señor.

—Os pagaré lo que os debo. Como prueba de que no os miento, tomad esto como adelanto y como prenda de que saldaré mis deudas con vos.

El rey buscó entre los pliegues de su túnica una bolsa que llevaba colgada al cinto. La abrió y extrajo un enorme rubí.

Los ojos de don Eduardo brillaron como la propia gema al contemplar el tamaño de aquella joya.

—¡Por san Jorge! —exclamó el príncipe, asombrado ante la magnífica gema.

—Quizá sea el rubí más grande del mundo. Me lo entregó el sultán Muhammad de Granada hace cinco años por haberlo ayudado a recuperar su trono. Me aseguró que esta joya perteneció al mismísimo rey Salomón.

En realidad aquella piedra preciosa era una espinela, pero nadie era capaz de diferenciar aquella piedra de un rubí.

El príncipe de Gales cogió la joya y la miró al trasluz.

—¿Qué valor tiene este rubí? —preguntó don Eduardo.

—¿Qué valor tiene la luz del sol? —repuso don Pedro.

—Esta joya lucirá como un corazón rojo en la corona de Inglaterra.

—Recordad que es un aval por lo que os debo.

—De acuerdo, este rubí se viene conmigo, pero me seguís debiendo mucho dinero.

—En el plazo de cuatro meses recibiréis todo.

—Cuatro meses, y con esta garantía: la entrega de veinte castillos como aval, la concesión del dominio sobre la ciudad de Soria y la posesión del señorío de Vizcaya y de la villa de Castro Urdiales.

—Sea.

Don Pedro aceptó la propuesta, que sonaba a ultimátum, del príncipe de Gales, pero no estaba dispuesto a cumplir su palabra. Lo que pretendía era ganar algo de tiempo, aunque para ello había tenido que desprenderse de la joya más valiosa de su tesoro.

Dos días después se volvieron a reunir en el monasterio de Las Huelgas. Allí, don Pedro firmó las condiciones exigidas, pero a la vez escribió cartas secretas a los oficiales reales en Vizcaya, Castro Urdiales y Soria para que de ninguna manera entregaran esos lugares a los hombres del príncipe Eduardo, aunque les mostraran cartas de propiedad firmadas por la mano del propio rey de Castilla y selladas con el cuño real; e hizo lo propio con los alcaides de los veinte castillos puestos en prenda; ni uno solo debería ser entregado a los ingleses.

Enterado de esa maniobra, el príncipe de Gales se lo recriminó y lo acusó de mentir, a lo que don Pedro, mostrando una falsa indignación propia de un farsante, le aseguró que no había dado tales instrucciones, y que todo aquello era una maniobra de sus enemigos para tratar de enemistarlos. El embuste y la traición eran prácticas tan habituales en el modo de comportarse del rey de Castilla que él mismo, sumido en una esquizofrenia paranoica, ya no era capaz de discernir cuándo decía la verdad y cuándo mentía.

Entre tanto, el rey Carlos de Navarra, que había sido enviado a Borja tras ser apresado en la pantomima que organizaron para que no se descubriera su traición, fue liberado y devuelto a su reino, y el rey de Aragón, al enterarse de la victoria de don Pedro y del giro que habían dado los acontecimientos en Castilla, escribió una carta a don Enrique quejándose de que no había cumplido su palabra de entregarle tierras y señoríos en La Rioja y en la frontera, y reunió a su consejo, dividido entre los partidarios de mantener la alianza con el de Trastámara y los inclinados a pactar con el rey don Pedro, que había recuperado el trono. El propio Pedro IV, siempre tan taimado, dudaba sobre a cuál de los dos medio hermanos y mortales enemigos apoyar en esa nueva situación.

La batalla de Nájera lo había trastocado todo; incluso el príncipe de Gales, sintiéndose engañado por don Pedro, envió unos mensajeros al rey de Aragón ofreciéndole una alianza, pese a la enemistad que se profesaban ambos.

Don Pedro había vencido en la batalla, pero la guerra civil continuaba.

Si pretendía ganarla de manera definitiva necesitaba dinero, mucho dinero. Las arcas de su tesoro estaban tan vacías, o al menos eso aseguraba, que ni siquiera podía hacer frente al pago de las enormes deudas que había contraído.

Pensó en el modo de obtener dinero: Granada. Sí, en el reino de los sultanes nazaríes podría encontrar los recursos que necesitaba para cubrir sus deudas y asentarse de manera definitiva en el trono.

Hacía más de un siglo que los reyes moros granadinos eran vasallos de los reyes de Castilla y León, a los que pagaban parias a cambio de que los dejaran en paz y les permitieran seguir disfrutando de sus palacios de la Alhambra.

Ordenó a su canciller que enviara una carta a Granada recordándole a su sultán Muhammad sus obligaciones como vasallo del rey de Castilla. El nazarí respondió enseguida. Felicitó a don Pedro por su triunfo, le dijo que se alegraba por haber conseguido que Castilla, de la que decía que había sigo «follada y despreciada por gentes extrañas», recuperara su gobierno legítimo y le ofrecía su lealtad.

Tras jurarle al príncipe de Gales que le pagaría el dinero adeudado y que le entregaría Vizcaya, Castro Urdiales y Soria, don Pedro se marchó de Burgos dejando tras él un rastro de sangre y de muerte, y dispuesto a seguir matando a todos cuantos en algún momento hubieran manifestado, siquiera mínimamente, su apoyo a don Enrique.

Siguió desencadenando su furia y su venganza: en Toledo ordenó que fueran ejecutados los dieciséis caballeros de la ciudad que habían recibido a don Enrique y lo habían agasajado como soberano en el mes de junio del año anterior; en Córdoba asesinó a una veintena de caballeros, cuyas casas fueron asaltadas de noche por escuderos del rey; y en Sevilla mató a todos los miembros que encontró de los linajes de Guzmán y de Ponce de León, las dos familias de Leonor de Guzmán.

La represión y las matanzas horrorizaron a muchos nobles que habían mantenido su fidelidad a don Pedro, creyendo que tras su victoria impondría la justicia y la paz. Se equivocaban. El propio maestre de Calatrava, don Martín López de Córdoba, que se había decantado sin duda alguna por apoyarlo, tuvo que huir de Sevilla y refugiarse en la fortaleza de Martos al negarse a cortarles las cabezas a los cadáveres de los asesinados, como le exigía don Pedro.

La sed de sangre del rey parecía que no se saciaba nunca.

Acababa de hacerle el amor a una de las damas de servicio en el palacio, a la que ni siquiera le preguntó por su nombre, cuando uno de sus ballesteros de confianza se presentó para darle cierta información.

—Señor, hemos capturado a doña Urraca Osorio —le dijo el ballestero tras recibir autorización para entrar en la alcoba.

—Bien hecho. Y tú, lárgate de aquí, ya hemos jugado suficiente. —El rey empujó con brusquedad fuera de la cama a su amante ocasional, que recogió sus ropas y salió de la estancia enrojecida de vergüenza.

—Doña Urraca había intentado ocultarse en las casas de un pariente, cerca del Arenal.

—¿Dónde está ahora?

—Presa en la cárcel de las Atarazanas del Arenal, en espera de que decidáis qué hacemos con ella.

Doña Urraca Osorio era la esposa de Juan Alfonso de Guzmán, tío de Leonor de Guzmán y uno de los hombres a los que más había beneficiado la amante del rey Alfonso XI.

—Llevadla presa a Carmona.

—¿Nada más?

—Haced que sufra todo lo que sea posible..., hasta la muerte.

—¿Qué tormento le aplicamos, alteza?

—Desolladla viva, pero hacedlo con lentitud, que sufra y sienta un punzante dolor en cada pulgada de su piel durante el mayor tiempo posible.

—También han traído a Sevilla a vuestro antiguo tesorero, como ordenasteis; está preso en la misma cárcel.

El ballestero se refería a Martín Yáñez, que había abandonado a don Pedro y se había pasado poco antes de la batalla de Nájera al bando de don Enrique. El tesorero había logrado huir tras la derrota, pero lo habían perseguido y alcanzado en la villa de Santillana, cuando intentaba llegar a la costa del Cantábrico para tratar de embarcar en alguna nave que lo sacara de Castilla y buscar refugio en Francia.

—A ese traidor mantenedlo en la prisión; yo mismo le cortaré el cuello con mi propio puñal.

Urraca Osorio murió en las mazmorras del alcázar de Carmona tras soportar varios días de torturas dolorosísimas, violaciones brutales y sufrimientos encarnizados; y Martín Yáñez fue degollado por la mano del rey, que sintió un especial placer al rebanar, con estudiada lentitud, la garganta del que había sido su fiel tesorero.

7

Había sido vencido en el campo de batalla, cientos de sus caballeros habían caído y la derrota lo había obligado a escapar de Castilla, pero don Enrique estaba vivo y seguía proclamando que él era el verdadero rey.

Las matanzas perpetradas por don Pedro amedrentaron a la nobleza y convencieron a muchos de que aquel hombre no era el monarca que necesitaban los castellanos y los leoneses para poner fin a tantos años de guerra, sufrimiento y dolor. En su corazón anidaba un odio visceral hacia cualquiera que se opusiera a sus veleidades, un deseo de venganza infinito hacia sus enemigos y unas ganas insaciables de matar a todos sus rivales.

Incluso los que habían esperado que tras recuperar el trono se comportaría con magnanimidad, se convencieron definitivamente de que la locura y la maldad estaban tan enraizadas en su ánimo que no perdonaría a nada ni a nadie y que seguiría cometiendo crímenes y asesinatos por el mero deleite de ver derramada la sangre de sus rivales. Sus detractores atribuían a don Pedro la comisión de los más nefandos pecados: la codicia al apoderarse sin ningún derecho de los bienes de sus súbditos, la gula al devorar los más exquisitos manjares, la envidia hacia cualquiera que tuviera mejores cualidades, la vanagloria de mostrarse superior a cualquier otro hombre aunque no lo fuera, la pereza al no trabajar por el bien de sus reinos, la ira que desataba contra sus enemigos y la mentira que siempre anidaba en su boca.

El papa Urbano V, hombre piadoso, diplomático avezado, sabio en derecho canónico y doctor en leyes, recibió al conde de Trastámara en su palacio de Aviñón.

Solo habían pasado tres meses de la derrota en Nájera, pero el conde de Trastámara parecía recuperado del desastre y con ganas de volver a intentar hacerse con el trono.

—Hijo mío, lamentamos que no lograras la victoria sobre don Pedro, pero te conminamos a que no desistas en tu empeño de devolver la paz y la justicia a nuestros amados reinos de Castilla y León. —El papa bendijo a don Enrique, que estaba postrado de rodillas ante el sumo pontífice.

—Santidad, recibid toda mi fidelidad como hijo de la Iglesia y rogad por mi alma.

—Hablemos.

—El tirano que se hace llamar rey de Castilla y de León sigue cometiendo gravísimos crímenes contra los cristianos que habitan en mis reinos. Es amigo y benefactor de los malvados judíos —don Enrique calló el rumor que él mismo había hecho correr de que don Pedro era un bastardo con sangre judía— y perseguidor y asesino de los buenos cristianos. Tengo el deber de acabar con su tiranía y poner fin a los terrores y crímenes que está cometiendo.

—Te apoyamos y te bendecimos, y te encomendamos que devuelvas la paz de Cristo a tus súbditos.

—Además de vuestra bendición, necesito ayuda material y dinero para derrocar al tirano.

—La tendrás.

—Le he pedido al rey de Francia que me conceda dinero para continuar la lucha.

—¿Cuánto necesitas?

—Al menos medio cuento de ducados para formar un nuevo ejército con el que vencer a ese canalla.

—¿Medio cuento?

—Un cuento es el nombre con el que denominamos en Castilla la cantidad que los mercaderes italianos llaman «millón».

—¡Medio millón de ducados! —se sorprendió el papa ante tan enorme cifra.

—Necesito formar un ejército de al menos veinte mil combatientes, y equiparlos con las armas necesarias para no ser derrotado de nuevo.

—Hablaré con don Carlos para que os ayude; es un monarca inteligente y sagaz, y muy buen administrador. Ha logrado reparar el tesoro de Francia y ahora dispone de mucho dinero, suficiente como para pagar cien mil francos de oro por liberar a don Beltrán Duguesclín, que está preso en Burdeos en poder del príncipe Eduardo, sin que se resienta el tesoro real.

—¿A cuánto equivale un franco?

—A un ducado, aproximadamente.

—¡Cien mil ducados va a pagar el rey de Francia por liberar a Duguesclín!

—Sí. Ese hombre es el mejor comandante de Francia, o al menos así lo considera don Carlos.

—No lo demostró en Nájera. Duguesclín dirigía mi caballería pesada, y aun así nos vencieron los arqueros ingleses.

—Francia e Inglaterra están negociando la paz, de modo que le pediré a don Carlos que te entregue cincuenta mil francos de oro.

—No será suficiente.

—Y al duque de Anjou, hermano del rey y a quien conoces bien, le pediré que te conceda otros cincuenta mil.

—Cien mil ducados... No es todo lo que necesitaría, pero me compondré con ese dinero.

—Además, procuraré que se pongan a tu disposición soldados y caballos en Foix y en el Languedoc, y que los talleres de Aviñón te suministren espadas, ballestas y armaduras.

—Gracias, santidad.

—Tienes una nueva oportunidad para derrotar a don Pedro, que cada día está más solo. ¿Sabes que ha discutido con el príncipe de Gales? Don Eduardo ha jurado que nunca más volverá a ayudar a don Pedro.

—Sí; sé que le debe mucho dinero, que nunca podrá pagar y, además, ha matado a muchos caballeros, a pesar de la opinión en contra de don Eduardo. De Castilla me llegan noticias de alcaides de fortalezas tan poderosas como Peñafiel, Gormaz o Atienza, de ciudades como Valladolid, Ávila, Palencia o Segovia, y de regiones enteras como Guipúzcoa o Vizcaya, que se han rebelado contra el tirano y han alzado sus pendones en mi favor.

»Incluso muchos de los que sufrieron la derrota en Nájera vuelven a confiar en mí; soy su única esperanza para librarse de la cólera de ese cruel impostor.

—Me conforta tu ánimo —dijo el papa.

—¿Y vuestra santidad no podría ayudarme con algo de dinero?

—Hijo, la Iglesia carece de medios para hacerlo; además, y esto es un secreto que compartimos contigo, es nuestro deseo que la sede de la Santa Madre Iglesia regrese enseguida a la ciudad de Roma, y eso costará bastante dinero.

—¿Dejaréis Aviñón?

—Solo el rey de Francia quiere que la sede de san Pedro siga en esta ciudad; pero la voluntad de la Iglesia de Cristo es regresar a Roma, y necesitaremos de todo nuestro dinero para cumplir ese deseo.

—Os agradezco la confidencia. Por lo que a mí respecta, regreso a Castilla; vuelvo a la guerra, y lo haré con mi esposa doña Juana y mi hijo, para que nadie albergue duda alguna de mi determinación; y en esta ocasión no cejaré hasta derrotar al tirano que usurpa el trono de mi padre. Mi trono.

—Te acompaña mi bendición.

Urbano V lo señaló con el signo de la cruz, lo abrazó y le deseó éxito en su empresa.

La noticia de que don Enrique retomaba la pelea por Castilla despertó nuevas esperanzas entre sus seguidores, que volvieron a confiar en él pese a la derrota en Nájera. El conde de Ampurias, el arzobispo de Zaragoza, el vizconde de Roda y otros muchos nobles castellanos, leones, catalanes y aragoneses le manifestaron su apoyo.

En apenas un mes recibió en Narbona los cien mil francos de oro prometidos por el rey de Francia y su hermano el duque de Anjou, varias carretas cargadas con armas e impedimenta para el combate, caballos y pertrechos; además, se fueron incorporando a su llamada seguidores incondicionales y soldados de fortuna.

Con Duguesclín preso en Burdeos, el príncipe Eduardo enfermo e impedido para ir a la guerra, nobles, ciudades y comarcas enteras rebeladas contra don Pedro y reclamando a don Enrique como rey, el conde de Trastámara creyó llegado el momento de volver.

Desde Narbona escribió una carta al rey de Aragón en la que le informaba de que retornaba a Castilla y a la guerra contra don Pedro, y que pasaría con su nuevo ejército por Aragón. El monarca aragonés le replicó que no lo hiciera, pues estaba negociando la paz con Castilla, pero don Enrique le contestó que no tenía otro remedio que cruzar tierra aragonesa, y que ya firmarían la paz cuando expulsara del trono al tirano usurpador.

Desde Sevilla el rey don Pedro negociaba la paz con el rey de Aragón cuando se enteró de que su medio hermano había atravesado los Pirineos con su nuevo ejército y entrado en ese reino sin que su monarca se opusiera.

—Ese bastardo se ha rehecho y va ganando apoyos conforme se acerca a Castilla. Los caballeros que sobrevivieron a la batalla de Nájera se están uniendo a él, y ya forma un ejército formidable —informó el canciller a don Pedro.

—¿Qué ha hecho el rey de Aragón? —se preocupó don Pedro.

—Es un cínico. Le dijo a don Enrique que no pasara por sus tierras, pero no solo se lo ha permitido, sino que además se han reunido para acordar un plan común.

—El pequeño aragonés siempre tan astuto.

—El rebelde ha logrado el apoyo del papa y ha recibido grandes sumas de dinero del rey de Francia, del duque de Anjou y de otros señores de Bretaña y Aquitania. Con ello ha formado ese ejército.

Pedro de Castilla apretó los dientes. Debía cientos de miles de ducados al príncipe de Gales y a numerosos señores, caballeros y mercaderes que le habían entregado ese dinero, que ya no podía devolver. Alegaba que el tesoro real estaba vacío y que no encontraba modo alguno de conseguir el dinero que necesitaba para formar un ejército con el que enfrentarse a su medio hermano.

Alzó la cabeza y miró los techos policromados y los azulejos de las paredes de su palacio de Sevilla.

—Debí matarlos a todos —masculló el rey.

Perdido y desorientado, don Pedro firmó la paz con el rey de Aragón, que libraba su propia guerra en la isla de Cerdeña, mediado el mes de agosto, aunque sabía bien que el aragonés rompería el acuerdo en cuanto le interesara o una vez que se solventara el conflicto sardo, pues también estaba negociando otro acuerdo con el príncipe de Gales.

En un intento desesperado de que Eduardo de Inglaterra no se enemistara con él y se convirtiera en su nuevo enemigo, don Pedro le escribió una carta en la que se ratificaba la entrega del señorío de Vizcaya, pero nada le decía sobre pagarle la enorme deuda contraída.

Atravesaba las tierras de Huesca, en el norte de Aragón, cuando don Enrique recibió la noticia del enorme malestar que los soldados del príncipe de Gales habían provocado en su retirada de Castilla.

Enojados por no haber recibido la paga prometida, bandas de mercenarios ingleses y gascones arrasaron cuantas aldeas y villas de las tierras de Palencia, Burgos y La Rioja se encontraron en su regreso hacia Gascuña, cebándose con especial saña en las juderías. La deuda que había contraído don Pedro con sus antiguos aliados ascendía a más de medio millón de ducados, una cantidad por la que de ningún modo podía responder, y que los enojados mercenarios trataron de cobrarse por su cuenta, desencadenando un mayor rechazo si cabe hacia el rey, al que consideraban culpable de aquella calamidad por no haberles pagado su salario a aquellos soldados.

Como ya hiciera tiempo atrás, cuando se autoproclamó rey de Castilla y de León en Calahorra, don Enrique entró en Castilla siguiendo el curso del río Ebro, aguas arriba hacia La Rioja.

Avanzaba por el camino de la ribera cuando alzó el brazo y tiró de las riendas para detener a su caballo.

—¿Ya estamos en tierra castellana? —preguntó a los miembros de su comitiva.

—Sí, mi señor, hace una milla que hemos salido de Navarra; esta tierra ya es de Castilla —confirmó uno de los caballeros que lo acompañaban.

—En ese caso, observad con atención.

El conde descendió del caballo en un arenal a escasos pasos de la corriente del Ebro, que venía menguado aquella primera semana del otoño, desenvainó su espada y con la punta trazó una cruz sobre la arena; se arrodilló, cogió un puñado de esa misma tierra y la besó.

—¿Señor...? —se sorprendió por ese gesto el caballero que había ratificado que aquella tierra que pisaban era castellana.

—Escuchad todos —don Enrique alzó con solemnidad la voz—: Yo, Enrique, rey de Castilla y de León, hijo del rey don Alfonso el Justiciero, juro solemnemente sobre esta cruz, sobre mi espada y sobre esta sagrada tierra que nunca volveré a salir de mis reinos, salvo muerto.

—¡Por don Enrique! —gritó uno de los caballeros.

—¡Por don Enrique y por Castilla! —exclamó otro.

De inmediato, todos los miembros de la comitiva alzaron sus voces, desenvainaron sus espadas y aclamaron a Enrique de Trastámara como soberano y señor.

Unas horas después, poco antes del atardecer, entraba en Calahorra triunfante y aclamado por buena parte los habitantes de la ciudad en la que hacía poco más de un año se había proclamado rey.

La noticia de la llegada y la acogida de don Enrique en Calahorra corrió como un rayo entre las nubes de tormenta. En los últimos días de septiembre y los primeros de octubre decenas y decenas de caballeros acudieron al reencuentro con el que consideraban su rey y señor, dispuestos a volver a enfrentarse de nuevo con don Pedro. En una sola semana se reunieron hasta seiscientas lanzas en Calahorra. Ya tenía fuerza suficiente como para seguir hacia Burgos.

Felices de tener una nueva oportunidad para acabar con un monarca al que temían por su crueldad y sus ansias de sangre y de muerte, muchos nobles estaban felices por volver a alinearse bajo la bandera de los Trastámara. Confiaban en que en esa ocasión no serían sorprendidos, como ocurriera en Nájera; ahora vencerían y provocarían la caída del tirano. Aquellos nobles estaban convencidos de que Dios y el destino, y con la bendición del papa a don Enrique, estaban de su parte.

El ejército recompuesto salió de Calahorra aguas arriba del Ebro y, aunque no pudo tomar Logroño, cuyos habitantes se encerraron tras sus muros y no entregaron la ciudad, siguió adelante hasta Burgos, donde don Enrique fue recibido por el obispo y por los miembros del concejo como un verdadero libertador.

—Señor, la ciudad de Burgos, cabeza de Castilla, y su iglesia os reciben como rey y os ofrecen su lealtad —habló el prelado ante la puerta de Santa María.

Don Enrique besó la mano del obispo y se persignó.

—Y yo juro, como ya hice en otro tiempo, defender vuestros fueros y libertades.

—Señor —habló el alcaide del castillo—, os entrego las llaves de la fortaleza y al rey de Nápoles, cuya custodia ha estado a mi cargo desde la batalla de Nájera, y a vuestro cuñado el esposo de vuestra hermana doña Juana.

—Y yo os confirmo como alcaide del castillo.

—Gracias, alteza. Hay un último problema.

—Decidme.

—Al enterarse de que llegabais con vuestra hueste, los judíos se han encerrado en su barrio y han clausurado los postigos de sus calles. No aceptan vuestra realeza y se niegan a entregarse.

—Dejad ese asunto en mis manos.

Los judíos sabían bien que don Enrique era un reconocido antisemita, que los odiaba y que quería acabar con todos ellos, pero también conocían sus necesidades de dinero, y los judíos tenían mucho.

Tras una larga conversación con los dirigentes de la aljama, los judíos se rindieron. Recibieron la garantía de que sus vidas y haciendas serían respetadas..., a cambio de la entrega de un millón de maravedíes.

Por toda Castilla, e incluso en tierras de León, se alzaban en fortalezas y castillos los pendones de los Trastámara. Cada semana un puñado de nobles, de villas y de ciudades renegaban de la obediencia a don Pedro y se declaraban a favor de don Enrique, al que juraban como rey.

La ola de adhesiones a don Enrique era arrolladora. La Orden de Santiago se decantó en su capítulo general por el Trastámara, y el arzobispo de Toledo se encargó de custodiar a doña Juana, esposa de don Enrique, y a sus hijos, en tanto este avanzaba hacia Sevilla con la intención de acabar, ahora sí, de manera definitiva con don Pedro.

Hasta el rey de Aragón, pese a haber firmado semanas atrás la paz con don Pedro, se inclinó por la causa de don Enrique, que envió una carta al monarca aragonés en la que lo llamaba «padre», le decía que tenía todo el apoyo del rey de Francia y le recordaba que nunca le había fallado y que siempre había sido fiel y leal a su palabra.

Las noticias que llegaban al alcázar de Sevilla parecían sacadas de la peor de las pesadillas.

—Señor, el bastardo Enrique ha ocupado la villa de Dueñas, donde los nuestros resistieron el asedio durante un mes, ha ocupado Valladolid y sigue avanzando hacia el sur —informó el canciller.

—¡Eso es mentira! —clamó don Pedro—. Son noticias falsas que los espías del conde difunden para que decaiga el ánimo de los nuestros. Ordeno que sean quemados en la hoguera todos aquellos que difundan esas mentiras. Son traidores, y como tales han de ser castigados.

La locura del rey lo estaba arrastrando a un estado en el que comenzaba a confundir la realidad con sus deseos.

Era cierto que las tropas de don Enrique avanzaban de manera incontenible. A comienzos de octubre entraron en Valladolid, cuyo concejo en pleno renegó de don Pedro y se declaró a favor del Trastámara; la judería fue asaltada y las ocho sinagogas resultaron destruidas; una a una las ciudades se pasaban al bando de don Enrique: Segovia, Ávila, Plasencia, Córdoba...; el ejército de los Trastámara crecía y crecía conforme se iban incorporando más y más caballeros y concejos.

Mediado el otoño de 1367 toda la región de Asturias y el corazón del reino de León se declararon partidarios de don Enrique, cuya victoria parecía inminente.

A don Pedro apenas le quedaban un puñado de nobles leales, los Castro en Galicia y la ciudad de Sevilla. Ni siquiera podía reunir a las Cortes del reino, pues sabía que los delegados de las ciudades, los nobles y los altos eclesiásticos no acudirían y, si lo hacían, sería para deponerlo como rey.

—Señor, además de las deudas contraídas con el príncipe de Gales, los nobles Fernando de Castro, Martín López de Córdoba y Mateo Fernández reclaman un débito de dos millones setecientos veinte mil florines. —El canciller, medio muerto de miedo, se lo comunicó a don Pedro.

—Todo eso es producto de los conjuros y los encantamientos... Todo es mentira —se limitó a mascullar don Pedro.

—No podemos hacer frente a esos pagos, alteza, pero tal vez haya una esperanza...

—¡Qué! ¿De qué esperanza habláis?

De repente, el rey parecía haber recuperado la cordura.

—De Granada.

—¿Granada?

—Es un reino rico y su sultán es vuestro vasallo. Exigidle el pago de más parias.

—No tengo un ejército para apoyar esa exigencia. No lo tengo.

—Amenazadlo con que si no paga, conquistaréis su tierra.

—¿Conquistar Granada? ¿Cómo?, ¿con doscientos caballeros y quinientos infantes? Esa es toda la fuerza que puedo reunir —se sinceró el rey.

—Los granadinos son grandes consumidores de hachís, una hierba que anula la voluntad y resquebraja el espíritu. Si conseguimos que...

—¿Hachís...? ¿Pretendéis que conquiste Granada con ayuda de un puñado de hierbas? ¿Acaso os habéis convertido en un hechicero, señor canciller?

—Se trata de dominar la voluntad de los granadinos con esa droga.

—La voluntad de los hombres se doblega con soldados, espadas y lanzas, y carecemos de ello.

—Entonces, procurad nuevas alianzas, señor, porque el bastardo ha llegado a Córdoba, a la que ha sometido, y se acerca a Sevilla.

Desesperado ante la que se le venía encima, Pedro de Castilla solicitó ayuda al sultán de Granada, que le envió tres mil hombres, al rey de Aragón, al que le prometió que le entregaría el reino de Murcia a cambio de su apoyo y como dote de su hija Constanza, a la que propuso como esposa del heredero del trono de Aragón, y al nuevo rey de Portugal, el joven don Fernando, que se había manifestado cuando tomó posesión del trono a comienzos de ese año por reconocer la legitimidad dinástica que encarnaba don Pedro de Castilla.

Todo estaba en contra de don Pedro: el papa Urbano, gran benefactor de don Enrique, se había salido al fin con la suya y había logrado devolver la sede de la Iglesia de Aviñón a Roma; el príncipe de Gales se había reunido con embajadores de los reyes de Aragón y de Navarra para repartirse Castilla en cuanto perdiera el trono; Beltrán Duguesclín había sido puesto en libertad tras abonar cien mil francos de oro, y andaba reclutando tropas en Francia para venir de nuevo a combatir a favor de don Enrique.

8

La ciudad de León había sido la antigua sede de los monarcas que fundaron el primer reino cristiano que se opuso a la conquista del islam.

Hacía ya tiempo que la mayoría de su concejo apostaba por decantarse por el bando de don Enrique, y si restaba alguna duda quedó claro cuando el de Trastámara se presentó a comienzos del año 1368 ante sus viejos muros reclamando su señorío. No fue necesaria ninguna pelea; las puertas se abrieron y los leoneses lo acogieron como señor y rey. Siguiendo la pauta de la ciudad de León, también se decantaron por don Enrique la mayoría de los concejos de Asturias.

Con todo el norte de su lado, salvo las zonas de Galicia controladas por los Castro, don Enrique se dirigió a la villa de Madrid, en donde lo esperaban sus seguidores, que se habían hecho con el control de aquella pequeña villa cuya centralidad la convertía en un lugar desde el que acudir con presteza a cualquier rincón de aquellos reinos.

Madrid carecía del encanto de Sevilla, pero disponía de varios cursos de agua fresca procedentes de la Sierra Central, de extensos bosques y de agradables dehesas en las que abundaba la caza de aves, venados y jabalíes.

—Si nos apoderamos de Toledo, al tirano solo le quedará Sevilla y un puñado de ciudades de Andalucía —comentó don Enrique desde la azotea del torreón más alto del alcázar de Madrid; al norte se recortaban las montañas, totalmente nevadas, y al sur se abría la amplia llanada que llamaban la Mancha.

—Señor, Toledo dispone de fuertes murallas y aunque entre los miembros de su concejo hay disputas, parece que de momento la mayoría se inclina por mantener la fidelidad al tirano. Tendremos que luchar para ganarla —dijo el maestre de Calatrava.

—Asediaremos Toledo si es preciso y la someteremos.

—Quizá no se rindan, y decidan resistir.

—Es mi deseo evitar una batalla en la medida en que sea posible. No voy a comportarme como don Pedro, de ninguna manera; no soy igual que él, no soy un asesino —asentó don Enrique.

Dos hombres se disputaban los reinos de Castilla y de León. Ambos usaban la fuerza cuando estaba de su lado, y la intriga, la traición y el engaño si tenían una posición de debilidad; ambos querían el poder, todo el poder; y ambos deseaban la muerte de su enemigo. No podía haber sino un solo vencedor, un solo rey, un solo dueño.

En Madrid, don Enrique aguardaba a que llegaran noticias de Francia; y las que llegaron fueron muy buenas. Con la orden escrita en pergamino y sellada por el canciller del rey de Francia, Beltrán Duguesclín había sido nombrado capitán de la compañía que debería acudir en ayuda de don Enrique.

Duguesclín no lo hizo de inmediato. No quería precipitarse, como ya le ocurriera un año antes, cuando no consiguió convencer a don Enrique para que no ofreciera batalla en Nájera a don Pedro y al príncipe de Gales. El resultado del exceso de confianza fue la terrible derrota que a punto estuvo de acabar con todas las esperanzas de victoria.

No, en esta segunda oportunidad tendría más cuidado y no se precipitaría. Esperaría a que se diera la ocasión más propicia, sin dejarse llevar por la euforia, y asestaría un golpe que tendría que ser colosal y definitivo.

Entre tanto llegaba Duguesclín con sus soldados, don Enrique tenía que demostrar que no solo poseía el valor guerrero para pelear por el trono, eso ya lo había acreditado, sino que también sabía gobernar esos reinos con prudencia y eficacia.

Aconsejado por sus hombres de confianza, don Enrique decidió que había llegado la hora de actuar como el verdadero rey. Así, dictó varios decretos por los que regulaba la acuñación de moneda y la recaudación de tributos. Ser rey no solo consistía en guerrear y someter a los rebeldes, aunque en este caso el rebelde era el propio don Enrique, sino también en dictar leyes, aprobar disposiciones y regular la vida de sus súbditos.

En Sevilla, don Pedro, que acababa de ser padre de una niña, la que parió Teresa López de Ayala, también esperaba acontecimientos. Gracias a sus espías y oteadores, estaba al tanto de todos los movimientos que realizaba su medio hermano y gran enemigo, y procuraba no perder la calma ante la ventaja que parecía ir ganándole don Enrique.

Ya había demostrado que podía burlarlo, como hizo cuando se

escapó del encierro al que estaba sometido en Toro, y que era capaz de derrotarlo en batalla en campo abierto, como ocurriera el año anterior en Nájera; pero también era consciente de que don Enrique había ganado en experiencia, y que ya no sería nada fácil engañarlo; y era conocedor de que no podría contar con la ayuda de los ingleses y de que tendría que luchar solo contra una coalición de enemigos formidables.

El sultán Muhammad de Granada era el único que estaba de su lado, pero la competencia de su ejército le despertaba muchas dudas. En algunas ocasiones en las que habían luchado a su lado, los granadinos habían demostrado muy poca capacidad de combate, sin duda porque la mayoría de esos hombres eran conscientes de que esa guerra no era la suya, e incluso de que don Pedro, si conseguía imponerse en la contienda contra su hermano, no tardaría mucho tiempo en volver sus ojos hacia Granada y en intentar apoderarse de ese sultanato. Esa había sido la ambición de todos los reyes de Castilla y León desde que don Fernando conquistara Córdoba y Sevilla y dejara bien claro que Granada era la última joya del islam en España, y que tarde o temprano caería en las manos de los reyes cristianos.

Durante la primavera de 1368 ambos rivales fueron agrupando sus fuerzas; don Pedro en Sevilla y en Carmona, y don Enrique en Madrid. El de Trastámara había planeado avanzar hacia Sevilla y aislar al rey en esa ciudad. Para lograr su objetivo necesitaba conquistar Toledo, donde sus partidarios libraban una enconada disputa con los de don Pedro para dirimir sobre a cuál de los dos apoyarían los toledanos.

Don Pedro necesitaba disponer de todas sus fuerzas para enfrentarse a don Enrique. Pese a las abundantes deserciones, en la frontera de Aragón todavía mantenía algunos comandantes fieles, pero no podía retirarlos de los castillos que defendían por miedo a que entonces se produjera una invasión aragonesa. Bien a su pesar, no le quedaba otro remedio que acordar unas treguas con el rey de Aragón, que se pactaron a mediados del mes de junio por un periodo de tres meses.

Gracias a esos refuerzos de la frontera y a las tropas del sultán de Granada, don Pedro equilibró las fuerzas con respecto a las de su hermano y enemigo.

—El tirano se está reforzando. Por primera vez en su vida ha utilizado la cabeza en vez de la impetuosidad. Tenemos que ganar Toledo cuanto antes o estará en condiciones de hacernos frente, como ya ocurrió en Nájera —le dijo don Enrique a su hermano Tello.

—La mayoría de los toledanos apoya a don Pedro.

—Entonces habrá que tomar Toledo al asalto.

—Sus murallas son sólidas y su posición facilita la defensa. Conquistar esa ciudad nos retrasará en el camino hacia Sevilla —dijo Tello.

—Sí, pero no podemos dejar a una ciudad hostil, tan poderosa y poblada como Toledo, en nuestra retaguardia. Sería un error. Además, conviene esperar a que Duguesclín se decida de una vez a cumplir el pacto que hemos firmado con su rey y acuda en nuestra ayuda con sus compañías francesas. Las necesitaremos para ganar la batalla decisiva.

—Los peones de Gascuña no resultaron eficaces en Nájera.

Tello había sido señalado por varios nobles como el principal culpable de aquella derrota, al no haber resistido ni sabido contrarrestar el ataque de los arqueros galeses e ingleses, y por haber sucumbido demasiado pronto a su ataque, aunque él seguía sosteniendo que había sido la desbandada de los infantes gascones, dirigidos por Duguesclín, la causa del desastre.

—Me aseguran que don Beltrán tiene instrucciones precisas del rey de Francia para que acuda con medio millar al menos de lanceros franceses, que constituyen la mejor caballería de la cristiandad.

—Pues han sido vencidos en varias ocasiones por los ingleses —replicó Tello.

—Tienes razón, pero en nuestra próxima batalla el príncipe de Gales y sus arqueros no formarán en las filas del tirano, que cada día pierde aliados.

Los partidarios de don Enrique, que ya asumían el poder en los concejos de la mayoría de las ciudades de Castilla y de León, no habían logrado imponerse en Toledo, que se mantenía fiel a don Pedro.

Ante sus muros acudió el Trastámara con parte de su ejército. Confiaba en que la ciudad se le entregara al ver llegar a su hueste, pero los toledanos optaron por cerrar puertas, sellar los postigos y resistir tras sus murallas.

—No disponemos de máquinas e ingenios adecuados para tomar Toledo —lamentó Tello.

—La rendiremos al asedio —dijo don Enrique.

—Eso nos puede llevar varias semanas, incluso meses. Observa esos muros, hermano, son fuerte y altos, tienen fosos profundos y están provistos de parapetos bien pertrechados. Además, el agua no les faltará nunca dada la abundancia de pozos por la proximidad del río Tajo.

—A veces, querido hermano, la paciencia y la prudencia son las principales armas de un soldado.

—Pero tú mismo has dicho que el tirano puede fortalecerse si le concedemos tiempo para hacerlo.

—Sí, lo he dicho, pero también nos fortaleceremos nosotros, y mucho más todavía, cuando llegue Duguesclín con sus tropas.

—Ese francés...; ya debería estar aquí.

—No tardará mucho en llegar. Sé que anda por tierras del Languedoc reclutando a los últimos soldados; pronto estará con nosotros, y entonces será el momento de acabar con el tirano.

—Espero que no te equivoques.

—Confía en mí, Tello. Confía en mí.

Don Enrique recordó entonces que Tello había tenido dudas hacía tiempo sobre el triunfo de los Trastámara sobre don Pedro de Castilla, y que incluso había llegado a calibrar la idea de aliarse con el rey en contra de su propio hermano. No en vano, fue Tello el único de todos sus medio hermanos, la larga sarta de hijos de Leonor de Guzmán, por el que en algún momento don Pedro tuvo algún aprecio.

A mediados de septiembre el cerco sobre Toledo se había cerrado. Pese a la insistencia y la impaciencia de Tello, don Enrique optó por esperar.

Desde Sevilla, entre amante y amante, don Pedro intentaba buscar aliados y recuperar apoyos. En vano.

Aquellos días recibió el consuelo de la lealtad del concejo de la ciudad de Murcia, que le comunicó que seguía siéndole fiel. Los murcianos habían rechazado la propuesta que les hizo Pero López de Ayala para que se pasaran al bando de don Enrique; aunque Ayala sí había logrado convencer al obispo de Cartagena para que también apoyara a los Trastámara.

—Señor —le dijo el canciller a don Pedro—, los toledanos no resistirán por mucho más tiempo el asedio a que los ha sometido el bastardo. Y si cae Toledo...

—Iría ahora mismo a ayudar a esos valientes, pero no me fío de los sevillanos. Mientras yo esté en esta ciudad, se mantendrán fieles, aunque solo sea por miedo, pero si me voy y llevo conmigo a la mayoría de los soldados, estoy seguro de que los partidarios del bastardo que habitan en esta ciudad se harán con su control y se posicionarán a favor del conde.

El canciller aspiró hondo y, a sabiendas de que podía desencadenar un ataque de ira del rey, se sinceró:

—Alteza, no os resta más apoyo que el de Toledo, Murcia, Sevilla, Carmona, Jerez y quizá un puñado de leales ocultos en Córdoba. No podéis perder Toledo; si esa ciudad cae, arrastrará con ella todo cuanto os queda.

En otras circunstancias el rey hubiera perdido la serenidad ante aquellas palabras y hubiera estallado en cólera, pero en esa ocasión calló. Sabía que lo que le estaba diciendo su canciller era la verdad, y que tarde o temprano debería acudir a socorrer a los toledanos y ofrecer a su medio hermano la batalla decisiva. Ya lo había vencido en Nájera, podía volver a hacerlo, aunque ya no estuvieran a su lado los arqueros ingleses.

El destino se acercaba inexorable: solo podía quedar vivo uno de los dos.

A finales de noviembre, estando en el real ante Toledo, don Enrique firmó su alianza definitiva con el rey de Francia, ratificó sus pactos con el rey de Aragón y consiguió que el rey de Inglaterra y el papa Urbano, ya desde Roma, lo reconocieran como rey de Castilla y León.

Don Pedro había perdido todos los apoyos en la cristiandad. Abandonado por los monarcas cristianos, el sultanato moro de Granada constituía su última esperanza. Don Pedro escribió al sultán Muhammad reclamando su ayuda, y el nazarí aceptó.

El hábil Muhammad V envió a su ejército a someter Córdoba,

que estaba por don Enrique, pero no pudo conquistar la ciudad; se dirigió entonces a Jaén y Úbeda, también en manos de los partidarios de los Trastámara. Los cristianos de esas dos ciudades vieron cómo los moros arrasaban sus haciendas y destruían sus propiedades, y cómo lo hacían en nombre del rey don Pedro.

La destrucción de esas dos ciudades cristianas por los moros no hizo sino ampliar el malestar y la animadversión de los cristianos de Andalucía hacia don Pedro, al que consideraban amigo y benefactor de musulmanes y judíos, a los que favorecía y alentaba en detrimento de los propios cristianos.

Los agentes al servicio de don Enrique no perdieron la ocasión para insistir en la crueldad de don Pedro. López de Ayala escribió algunos textos en los que resaltaba la maldad de don Pedro y la confrontaba con la bondad de don Enrique; poetas y trovadores compusieron versos y romances en los que se ensalzaba al rey don Alfonso XI y se destacaba que don Enrique era su digno sucesor, un rey justo y valiente, el único capaz de sacar a Castilla y León de las calamidades que había acarreado el reinado de Pedro I.

A finales de 1368 los partidarios de don Enrique recitaban por todas partes un romance sobre el cerco de Baeza: los moros asediaban esa ciudad con miles de soldados, sometiendo a graves daños a los cristianos; entre los sitiadores había un cristiano al que en el romance se le daba el nombre de «Pero Gil», un traidor que ayudaba a los musulmanes. Pero Gil era el apodo con que algunas veces, y de manera despectiva, don Enrique se había referido al rey don Pedro, y con el que hacía velada referencia a que este no era hijo del rey don Alfonso, sino de un judío, el tal Gil, mientras que él mismo se denominaba a sí mismo y a sus hermanos los hijos de Leonor de Guzmán como Enrique Alfonso, Tello Alfonso o Sancho Alfonso, para dejar bien claro que ellos sí eran hijos nacidos de la sangre del rey Alfonso XI.

Los tibios rayos del sol invernal apenas calentaban aquellos días de la Navidad los tejados del alcázar de Sevilla. Don Pedro meditaba a la vista del estanque del patio de las Naranjas qué decisión tomar. Se jugaba su corona... y su vida.

—Ese bastardo es capaz de entregar todos estos reinos con tal de que lo reconozcan como su rey, aunque no tenga un solo palmo de tierra sobre el que reinar —masculló don Pedro.

Acababa de ser informado de que el rey de Aragón le había reclamado a don Enrique la entrega de Murcia, Alcaraz, Uclés, Requena, Cañete, Cuenca, Zorita, Hita, Guadalajara, Sigüenza, Molina, Medinaceli, Atienza, Gormaz, Aranda de Duero, Osma, Almazán, Soria, Ágreda y Arnedo.

—Todo eso es la mitad de Castilla, alteza. ¡Don Enrique cedería a los aragoneses la mitad de ese reino y toda Murcia!

—Hace más de dos siglos que los reyes de Aragón reclaman la propiedad de todas esas tierras. Alegan que fueron conquistas de su rey don Alfonso, al que llamaron el Batallador. Olvidan que existen varios tratados firmados por nuestros antecesores en los que se confirma que esos territorios pertenecen a Castilla.

—Custodiamos esos tratados en la cancillería, alteza.

—Ordenad que se expidan copias fidedignas de todos los tratados sobre repartos fronterizos firmados con los reyes aragoneses. Que nadie pueda decir nunca que el rey de Castilla y León no cumple lo que signaron sus antecesores.

—Hay otro asunto más grave aún, señor.

—¿Qué puede haber peor que un bastardo que aspira a ser rey de Castilla pretenda entregar la mitad del reino a un monarca extranjero?

—El rey Carlos de Francia ha ordenado a Beltrán Duguesclín que se dirija sin más dilación hacia aquí, y que... que ayude al bastardo en la guerra contra vuestra merced.

—Vamos a Toledo; les demostraré al conde y al mercenario Duguesclín de qué materia está hecho el hijo del rey Alfonso. Los aplasté en Nájera y los volveré a aplastar en Toledo o donde quiera que los encuentre; y juro que esta vez ninguno de los dos escapará con vida.

9

Toledo continuaba bajo asedio, pero don Enrique no apretaba el cerco demasiado. Tenía la intuición y conservaba la esperanza de que los toledanos acabarían cediendo y entregándole la ciudad sin derramamiento de sangre. Pretendía demostrarles que él no era un sanguinario asesino como el rey don Pedro, sino un benefactor capaz de sacar a Castilla y León de sus miserias y de ser el rey que necesitaban esos reinos para salir de tantos años de guerras y calamidades.

A comienzos de 1369 los reyes de Francia e Inglaterra reanudaron las hostilidades que desde hacía tres décadas libraban con mayor o menor intensidad desde Normandía hasta Gascuña.

En esas circunstancias, Beltrán Duguesclín era más necesario en Francia que en España, pero el rey Carlos debía cumplir con su acuerdo con don Enrique y le ordenó que acudiera sin demora a ayudar a su aliado.

—Los franceses han atravesado los Pirineos por Arán, un valle en el centro de esas montañas, que es propiedad del rey de Aragón, en pleno invierno. Nuestros agentes informan que Duguesclín trae consigo a las mejores quinientas lanzas de Francia. En tres o cuatro semanas pueden reunirse en Toledo con el bastardo —informó el canciller a don Pedro.

—Ahora sí ha llegado el momento decisivo. Preparad lo necesario para que todos mis hijos sean trasladados a Carmona; en su alcázar estarán más seguros, pues sigo sin fiarme de lo que puedan hacer los sevillanos cuando yo deje esta ciudad.

—¿Todos vuestros hijos, alteza?

—Todos.

Don Pedro había engendrados hijos, aunque varios habían muerto ya, con muchas mujeres: las tres hijas reconocidas como legítimas de María de Padilla, el de Juana de Castro, los de Isabel de Sandoval y otros más de amantes como María de Hinestrosa; o la pequeña María, la que había tenido con Teresa López de Ayala, a la que había violado provocando la ira de su tío don Pero López de Ayala, e incluso algunos otros gestados con mujeres de las que ni siquiera recordaba sus rostros o sus nombres.

—¿Cuántos soldados destino para custodiar a vuestros hijos en Carmona?

—Ochocientos jinetes.

—¡Ochocientos! —se sorprendió el canciller—, pero, mi señor, creo que son demasiados. Necesitaréis a todos esos hombres en la batalla...

—La vida de mis hijos debe estar bien guardada. Ochocientos caballeros, he dicho, y que se queden también en Carmona los ballesteros y escuderos necesarios para cubrir la defensa de los muros de esa ciudad y de su alcázar. Encargaos además de que se lleve a Carmona todo el tesoro real que se guarda en este alcázar y en la Torre del Oro.

En el real que don Enrique había levantado como campamento ante los muros de Toledo se conoció enseguida que el rey don Pedro había salido de Sevilla y que se dirigía hacia allí con la intención de librar una batalla decisiva en la que se dirimiera de una vez por todas quién iba a ganar aquella guerra y quién se iba a sentar en el trono.

—El ejército del tirano ha salido de Sevilla y viene hacia nosotros. Si nada lo detiene, estará aquí en menos de un mes, y todavía no hemos tomado Toledo —dijo Tello.

—No podemos esperar a que llegue aquí mientras esta ciudad esté en manos de nuestros enemigos. Saldremos a su encuentro y nos enfrentaremos en campo abierto.

—Ordenaré que se prepare el ejército. Los hombres de Duguesclín están a punto de llegar y querrán entrar en acción cuanto antes.

—Hermano, lo que quieren esos franceses es el botín. Según sabemos, don Beltrán viene con hasta cuatro mil hombres entre caballeros y peones; con esa fuerza, más nuestra hueste, podemos derrotar al tirano, que, según informan nuestros agentes, ha dejado casi a la mitad de su ejército en Carmona, custodiando a sus hijos y su tesoro.

—¿No será una trampa? —preguntó Tello.

—Tal vez, pero si así fuera, estaremos atentos. Tenemos desplegados oteadores a lo largo del camino, desde los pasos de Sierra Morena hasta aquellos montes. —Don Enrique señaló unas colinas al sur de Toledo—. Estaremos al tanto de cualquier movimiento que haga en el mismo instante en que se produzca.

Don Enrique había desplegado decenas de oteadores que desde atalayas situadas estratégicamente controlaban el camino desde el Guadalquivir hasta Toledo. Con señales de humo por el día y luminarias de noche, transmitían mediante un sencillo código cualquier información relevante sobre el desplazamiento de las tropas de don Pedro: cuántos efectivos las integraban, cuál era su composición, a qué velocidad se movían, qué dirección seguían, cuánta impedimenta transportaban y otros datos necesarios para preparar la batalla que se avecinaba.

El rey don Pedro tenía prisa por acabar cuanto antes con aquella contienda. Sabía que esta vez se trataba del envite decisivo y quería que el desenlace se produjera cuanto antes.

Desde Sevilla, y una vez asentada su familia en Carmona, ordenó tomar el camino más recto y rápido a Toledo, el que atravesaba Sierra Morena por la Cañada de la Jara y San Nicolás del Puerto, hasta salir a la Puebla de Alcocer y de allí a los llanos de Calatrava.

Informado don Enrique de la ruta que seguía el ejército real, levantó el asedio de Toledo, cuya población comenzaba a sentir la falta de suministros y ya sufría de hambruna, y se dirigió hacia el sur al encuentro con su enemigo.

—¡Han girado hacia el este! —anunció un heraldo.

—¡Qué! ¿No siguen camino hacia Toledo? —se sorprendió don Enrique, que ya andaba preparando la batalla al norte de los campos de Calatrava.

—No, mi señor. Al llegar a Calatrava las tropas de don Pedro han cambiado su ruta y se dirigen hacia levante.

—¡Va a Murcia! Allí quedan todavía muchos hombres leales al tirano. Pretende reagrupar todos sus efectivos y atacarnos con todo lo que pueda reunir. Hay que cortarle el paso antes de que consiga llegar a Murcia y concentre todas sus fuerzas —dedujo don Enrique—. Enviad una orden a don Beltrán Duguesclín; indicadle que no vaya a Toledo, sino que continué hacia el sur hasta que se encuentre con nosotros.

—¿Estás seguro de que es eso lo que está haciendo el tirano? —preguntó Tello.

—Sí. Al pasar Sierra Morena, sus oteadores, pues él también los ha desplegado, le habrán dicho que vienen los franceses en nuestra ayuda, y que ahora somos superiores; de modo que necesita los refuerzos de Murcia para enfrentarse a nosotros.

Don Enrique envió mensajes a todos sus aliados para que acudieran a concentrarse en la villa de Orgaz, a una jornada de camino al sureste de Toledo. Desde allí seguirían todos juntos al encuentro con el ejército de don Pedro, hasta cortarle el paso hacia Murcia, tal cual parecía que era la intención del rey, según informaban los oteadores que seguían sus movimientos desde las atalayas.

A principios de marzo las tropas de don Enrique y de don Tello, la hueste de los Guzmán y sus demás partidarios y los franceses de Duguesclín se dirigieron hacia los llanos de Montiel. Allí se había detenido don Pedro, que contaba con su menguado ejército, la hueste gallega de Fernando de Castro, los mil quinientos jinetes del sultán de Granada y los regimientos de infantes de los concejos de Carmona, Sevilla, Écija y Jaén; estos dos últimos formados a regañadientes tras haber sido arrasadas sus ciudades por los nazaríes. En total, don Pedro mandaba unos cuatro mil caballeros y dos mil infantes.

Al llegar a los llanos de Montiel, don Enrique dio orden de instalar el campamento a dos millas del castillo, ubicado en un cerro redondo de escarpadas laderas, en cuya cima emergía un tocón de piedra sobre el que se levantaba el recinto interior, el más fuerte y de muros más sólidos, flanqueado en la ladera meridional por un segundo recinto que protegía un pequeño poblado, la iglesia de Santiago y un cementerio.

—Ese es el castillo de la Estrella —señaló el maestre de Santiago.

—Excelente fortaleza —comentó don Enrique.

—Es una de las mejores de nuestra orden: laderas muy empinadas y de difícil acceso, fosos, murallas macizas, torreones sólidos...

—Será difícil de tomar.

—Pero de fácil asedio, en caso de que fuera necesario.

La noche del 13 al 14 de marzo don Enrique ordenó encender fuegos en todos los campamentos que su ejército había desplegado en torno a Montiel.

Desde el colosal torreón del castillo de la Estrella, don Pedro contempló las hogueras de sus enemigos y ordenó a todos los miembros de su ejército que se concentraran esa misma noche en torno a la fortaleza, a cuyo pie al día siguiente presentaría batalla.

Al amanecer, los dos ejércitos se habían desplegado en el llano, apenas separados por una milla de distancia. Aprovechando la oscuridad de la noche, don Enrique había ordenado a sus tropas realizar unos movimientos tácticos que las habían colocado en clara ventaja, pues las fuerzas de don Pedro habían quedado partidas en dos, lo que provocó una tremenda confusión.

—Señores —se dirigió don Enrique a sus comandantes para indicarles el plan de combate—, don Beltrán mandará la caballería de nuestra vanguardia, con los maestres de Calatrava y Alcántara en el flanco derecho y las huestes del concejo de Córdoba y del linaje de los Guzmán en el izquierdo. Hemos logrado dividir sus líneas, de modo que hemos conseguido una superioridad manifiesta.

»Don Beltrán, vos dirigiréis la carga de caballería contra los granadinos; si actuamos con contundencia y sorpresa, quebraremos sus filas y los jinetes moros, carentes de apoyo de infantería, retrocederán. No dejéis a ninguno vivo. Nadie que ayude al tirano debe sobrevivir. Nadie. Ninguno.

—Arrollaremos a los infieles con nuestra caballería pesada —dijo Duguesclín.

—Que Dios y Santa María nos guíen a la victoria.

Como se había planeado, poco después de amanecer, la caballería pesada cristiana, encabezada por los seiscientos jinetes franceses y dirigida por Duguesclín, cargó en el llano de la Fuente, al oeste del cerro del castillo, y arrolló a los desorientados y confundidos jinetes ligeros granadinos, quienes, como bien había supuesto don Enrique, carecían de motivación en aquella guerra, que no consideraban que fuera la suya.

Apenas media hora después de la carga, los nazaríes huían en desbandada confiando en que sus caballos eran más ligeros y soportaban menos peso que los de sus enemigos cristianos; pero lo hicieron de manera atropellada, sin fijarse en que la caballería ligera desplegada en los flancos del ejército de don Enrique los envolvía para propinarles un tremendo castigo. Cientos de jinetes granadinos quedaron atrapados, y entonces cayeron sobre ellos los infantes gascones, que los acuchillaron propiciando una sangrienta carnicería; los que pudieron escapar de la matanza huyeron hacia el sur alejándose despavoridos.

Don Pedro se había colocado al frente de sus tropas. Esperaba, no le quedaba otra, que los granadinos resistieran la carga enemiga, para inmediatamente contraatacar y rodear a los caballeros franceses. No hubo oportunidad. Las fuerzas combinadas de Navarra, Aragón y Francia, junto a los caballeros de Santiago y Calatrava, dirigidas por Duguesclín, habían logrado una contundente victoria tras el primer encontronazo.

Los granadinos, en cuya velocidad, capacidad de maniobra y ligereza había confiado don Pedro, estaban muertos o huían hacia el sur en busca de guarecerse en las fronteras de su reino. Al contemplar la huida de los jinetes moros, varios de los nobles que formaban en las filas reales, desalentados por el desenlace del primer choque, se retiraron sin presentar siquiera resistencia, y las milicias concejiles de las pocas ciudades que aún formaban en las filas del ejército de don Pedro se replegaron sin siquiera plantearse participar en la lucha.

Sin plan alternativo de combate, con la mayoría de sus tropas en desbandada tras ser arrolladas en el llano de la Fuente, don Pedro no tuvo más remedio que retirarse del campo de batalla y volver al refugio de los muros del castillo de la Estrella.

Esa misma tarde, tras proclamar su victoria, don Enrique ordenó cerrar el cerco sobre el castillo y mandó construir un muro de piedra alrededor de la fortaleza, para que nadie pudiera salir de ella.

Por fin tenía a su medio hermano y gran enemigo cercado y sin posibilidad de escape; por fin se sentía, ahora sí, el vencedor de aquella contienda.

10

El asedio duraba ya ocho días.

En el interior del castillo de la Estrella, desde el enorme torreón del extremo occidental de la fortaleza, don Pedro contemplaba los llanos de Montiel. Sus ojos se fijaron en el muro de piedra levantado a toda prisa por sus enemigos, y comprendió que no tenía posibilidad alguna de escapar de aquella trampa.

Lamentó no haber seguido los consejos que le dieron para llevar consigo a los ochocientos jinetes y otros tantos cientos de ballesteros que había dejado en Carmona para custodiar a sus hijos, quizá con el refuerzo de esas tropas hubiera podido vencer en la batalla, y rumió haber confiado en los jinetes enviados por el sultán de Granada, que sucumbieron al primer encontronazo sin presentar el menor atisbo de resistencia.

Pensó y pensó en alguna salida a aquella situación tan difícil, y solo se le ocurrió recurrir a comprar a sus enemigos. Beltrán Duguesclín era un mercenario que se ofrecía al mejor postor. Sí, eso haría, le ofrecería oro, mucho oro, al comandante francés; le ofrecería dinero, mucho dinero, y compraría sus servicios provocando que traicionara a don Enrique y que se pasara a su bando.

Aquella era la única manera de salir de semejante atolladero. Sabía que Men Rodríguez de Sanabria, uno de los caballeros que aún le permanecían fieles, conocía a Beltrán Duguesclín, y lo llamó a su presencia para proponerle un plan sorprendente.

—Alteza —saludó Men Rodríguez inclinando la cabeza en presencia del rey—, aquí estoy para lo que gustéis.

—Don Men, ¿sabéis por qué os he hecho llamar? —Don Pedro lo recibió en lo alto del gran torreón cuadrangular.

—Lo ignoro, mi señor.

—Conocéis a Duguesclín.

—Sí, mi señor. Estuvo bajo mi custodia cuando lo apresamos en la victoria de Nájera. Lo traté con honor y decoro, y me agradeció que así lo hiciera.

—¿Hablaríais con él si yo os lo pidiera?

—Haré cuanto me ordenéis.

—Id a hablar con Duguesclín. Le llevaréis una propuesta de mi parte.

—Pero ¿cómo lo haré? Estamos cercados en este castillo; si salgo de sus muros, me abatirán sus ballesteros.

—Descuidad, don Men. Pagaremos a los guardias para que os dejen pasar. Será esta noche.

—¿Y qué debo hacer en vuestro servicio?

—Id a hablar con Duguesclín y trasladadle esta propuesta. Escuchad con atención.

Poco después de anochecer, cuando las sombras se diluían en la negrura de la noche, Men Rodríguez salió del castillo de la Estrella, descendió la empinada ladera del cerro y se dirigió hacia una zona convenida con los guardias convenientemente sobornados.

Tras identificarse con una seña, fue cacheado para comprobar que no portaba oculta arma alguna y lo llevaron en presencia de Beltrán Duguesclín, como se había pactado.

El comandante francés lo esperaba en su pabellón, sentado en un escabel y con una copa de vino en la mano.

—Me alegra veros sano, amigo. ¿Qué os trae por aquí? —le preguntó el francés con familiaridad.

—Me envía el rey don Pedro para haceros una propuesta.

—Cuando recibí vuestro mensaje dudé si sería una trampa y, aunque en un primer momento rehusé a responderos, recordé que me tratasteis con decoro, y cambié de opinión.

—Sí, os traté con caballerosidad cuando estuvisteis bajo mi custodia.

—Por eso os estoy escuchando ahora; os lo debía en justa compensación.

—Y yo os lo agradezco.

—Decidme, ¿de qué propuesta se trata?

—Os la hago en nombre del rey don Pedro y con su autorización expresa.

—Hablad de una vez —se impacientó Duguesclín.

—Don Pedro —Men Rodríguez bajó el volumen de su voz— me ha encargado que os ofrezca un acuerdo que resultará muy sustancioso para vos, don Beltrán.

—¿Queréis decirme ya de qué se trata?

—El rey os ofrece la propiedad y el señorío de la ciudad de Soria y de las villas de Almazán, Atienza, Monteagudo, Deza y Serón.

—¿A cambio de qué?

—Y una gran cantidad de dinero...

—Respondedme sin tanta dilación, ¿qué debo ofrecer de mi parte?

—La retirada de vuestra ayuda a don Enrique y que sirváis con vuestros caballeros al rey don Pedro.

—Ya lo has oído, Oliver —alzó la voz Duguesclín.

Un caballero tan fornido como don Beltrán y algo más joven apareció detrás de una cortina del pabellón donde estaban celebrando la entrevista.

—¿Quién es este hombre? —se sorprendió Men Rodríguez.

—Os presento a Oliver Duguesclín, mi hermano menor.

—¿No os habéis fiado de mí?

—Quería que hubiera un testigo de nuestra entrevista, de manera que le he pedido a mi hermano que escuchara lo que teníais que decirme. Ya sabes cuál es la propuesta que me hace el rey de Castilla, ¿qué opinas, hermano?

—Somos vasallos de su alteza el rey de Francia, que es aliado de don Enrique, al que nos ha ordenado auxiliar; si lo abandonamos y nos pasamos al bando de don Pedro sin autorización, seremos unos felones, y ese es el peor acto que puede cometer un caballero: traicionar a su señor —dijo Oliver.

—Ya lo habéis oído, estimado amigo; si aceptara lo que me estáis proponiendo, cometería un acto de felonía, y la felonía es la peor deslealtad que pueda ejercer un caballero; y vos, me estáis pidiendo que me convierta en un felón.

—Don Enrique es un bastardo...

—Eso yo no lo sé.

—Supongo que lo habéis oído...

—Se oyen muchas cosas por ahí. Incluso se dice que es vuestro rey don Pedro el que sí es en verdad fruto de la bastardía. ¿Quién sabe?

—Entonces, ¿no vais a aceptar esta propuesta?

—¿Qué me aconsejas que haga, hermano? —se dirigió Beltrán a Oliver.

—Nuestro señor el rey don Carlos ha acordado un tratado con don Enrique de Castilla; nosotros somos vasallos de don Carlos y debemos cumplir nuestras obligaciones con lealtad a nuestro señor; así es la ley.

—Lo habéis escuchado: no puedo aceptar el trato que me ofrecéis.

—Ayudad a don Pedro. Os colmará de títulos y de privilegios y os hará un hombre rico.

—Ya soy rico.

—Además de esos señoríos, don Pedro os entregará doscientas mil doblas de oro castellanas.

—Es una cantidad muy generosa.

—¿Aceptáis entonces?

—No soy un felón.

—¿Aceptáis? Doscientas mil doblas, la ciudad de Soria y todas esas otras villas.

—Volved al castillo. —Duguesclín miró a Men Rodríguez y sonrió.

—¿Aceptáis?

—Os contestaré mañana —zanjó Duguesclín la conversación.

Men Rodríguez regresó al castillo de la Estrella por el mismo lugar por donde había salido. Nadie le impidió volver.

—Y eso es cuanto me ha dicho Duguesclín, alteza.

—Vos lo conocéis: ¿aceptará mi propuesta?

—Creo que sí, aunque tal vez os pida más dinero y algunos otros feudos. La voracidad de ese hombre es insaciable.

—Puedo ofrecerle cien mil doblas más y algunos otros feudos; quizá el señorío de Vizcaya. Sí, eso es, Vizcaya. Tello, ese bastardo traidor al que un día aprecié, alardea de ser su señor; sería una dulce venganza entregar Vizcaya a Duguesclín.

—Es una oferta muy generosa, alteza. Si la acepta, don Beltrán se convertiría en el señor más poderoso de todos vuestros reinos.

Don Pedro dibujó una sonrisa lobuna; aunque Duguesclín aceptara, no tenía la menor intención de cumplir ese trato.

En el campamento de los sitiadores se producía al mismo tiempo otra conversación entre don Enrique y Beltrán Duguesclín.

—Y esta es la propuesta que me ha hecho ese caballero que decía hablar en nombre de don Pedro.

—Del tirano, don Beltrán, del tirano —lo corrigió don Enrique.

—Del tirano, sí.

—Bien, le prepararemos la trampa, tal como hemos acordado.

—¿Y qué gano yo, mi señor? Acabo de renunciar al dominio de una ciudad, de media docena de villas y de doscientas mil doblas de oro.

—Os daré lo mismo que os ha prometido el esbirro del tirano.

—Hecho.

—Bien. Debemos actuar con el máximo secreto. Enviad un mensaje a ese...

—Men, Men Rodríguez de Sanabria —precisó don Beltrán.

—A ese tal Men. Citadlo a una nueva entrevista y...

Por el sistema convenido, un mensajero transmitió a Men Rodríguez el recado de Beltrán Duguesclín. Quería volver a verlo para hablar de la propuesta.

—Señor —le comentó Men a don Pedro–, Duguesclín desea verme de nuevo, tal vez esté dispuesto a aceptar vuestra propuesta. ¿Qué deseáis que haga?

—Acudid a su encuentro —indicó don Pedro.

—¿Y si don Beltrán no aceptara vuestra propuesta?

—Espero que lo haga, porque no tengo otra esperanza. Cercados en este castillo, sin ejército, sin provisiones, sucumbiremos pronto al asedio y entonces... se acabará todo.

—¿Y si pidiera algo más? ¿Hasta dónde estaríais dispuesto a ceder?

—Además de lo ya dicho, ofrecedle esas otras cien mil doblas y el señorío de Vizcaya.

Men inclinó la cabeza ante el rey y se retiró consciente de que era el único hombre en el mundo capaz de convencer a Beltrán Duguesclín para que cambiara de bando, con el dinero y los privilegios que estaba dispuesto a concederle don Pedro, claro.

Atardecía el 22 de marzo cuando Duguesclín y Men Rodríguez se encontraron al pie del cerro del castillo de la Estrella, tras unas tapias en la villa de Montiel.

—¿Y bien, don Beltrán, qué habéis decidido? —le preguntó Men a Duguesclín.

—Decidle a vuestro señor el rey que acepto, pero exijo que me haga la oferta en persona.

—Eso no es posible.

—En ese caso, no hay trato.

—¿Acaso no os fiais de mí?

—Quiero escuchar esa propuesta de los labios del rey don Pedro.

—No sé —dudó Men—; debo hablar con su alteza y explicarle esta exigencia vuestra. Tal vez estéis tramando una trampa.

—Si don Pedro quiere salvar la vida, no tendrá otro remedio que atender mi demanda. Quiero verlo en persona y escuchar de sus propios labios esa propuesta que me habéis hecho en su nombre.

—Está bien —Men suspiró hondo—, así se lo haré saber a su alteza. Espero daros su respuesta en una hora.

—Hacedlo raudo. El tiempo discurre muy deprisa. No sé cuánto podré retener a don Enrique. Arde en deseos de ver cómo cuelga de un árbol la cabeza de don Pedro.

Men Rodríguez volvió al castillo. El rey lo esperaba ansioso.

—¿Qué ha ocurrido? ¿Qué os ha dicho don Beltrán?

—Acepta el trato, pero no se fía de mí. Quiere que vayáis a entrevistaros con él, en su tienda. Desea escuchar vuestra propuesta de vuestra propia voz.

—Iré.

—Señor, don Beltrán dice garantizar vuestra seguridad, pero tal vez sea una trampa; no estoy seguro de que ese hombre hable con absoluta sinceridad.

—No tengo otra salida. Decidle que iré a verlo esta noche.

El rey no tenía intención de salir de la fortaleza, pero los días de asedio estaban mermando la moral de los defensores, varios de los cuales estaban sopesando la posibilidad de rendirse y entregarse a don Pedro a cambio de la libertad.

A media noche, tras comunicárselo a Duguesclín, don Pedro salió del castillo de la Estrella, descendió la ladera del cerro y fue hasta la tienda del francés, que había dado la orden de que dejaran el camino desde el castillo completamente despejado.

Había acordado con Duguesclín que iría a caballo, con armas, y que lo acompañarían don Fernando de Castro, Men Rodríguez de Sanabria y cuatro caballeros más.

Al final del sendero que desde la puerta del castillo descendía hasta el pie del cerro, esperaba Oliver Duguesclín, que había recibido de su hermano el encargo de recibir al rey y llevarlo escoltado hasta su tienda.

—Señor, mi hermano os espera en su tienda; seguidme, os lo ruego —le dijo Oliver cuando la pequeña comitiva llegó a su altura.

La oscuridad de la noche apenas dejaba vislumbrar otra cosa que sombras.

—¿Quién sois vos? —preguntó don Pedro.

—Oliver, el hermano de don Beltrán. Vuestro caballero don Men Rodríguez me conoce y sabe que estoy al tanto de todo esto.

El rey se volvió hacia Men Rodríguez, que asintió.

Oliver Duguesclín arreó su caballo y atravesó por un portillo el muro de piedra que se había construido para el asedio del castillo. Tras él siguieron don Pedro y sus caballeros de confianza.

Cabalgaron durante una media milla, hasta que llegaron a un altozano en cuyo centro se alzaban unas tiendas.

—Señor, mi hermano os espera en su pabellón, pero debéis ir solo y desarmado. Vuestros caballeros esperarán aquí —dijo Oliver.

—Mis hombres vienen conmigo.

—Tengo órdenes de que vayáis solo al encuentro con mi hermano. No temáis nada. Dejad aquí vuestro caballo y vuestras armas y acompañadme a pie hasta aquel pabellón.

Oliver señaló una tienda hexagonal sobre la que ondeaba un estandarte, que el rey supuso que era el de los Duguesclín.

—No vayáis, señor; sospecho que os han tendido una celada —intervino don Fernando de Castro.

—Si no me creéis, dad media vuelta y regresad al castillo con vuestros hombres. Nadie os lo impedirá, pero si lo hacéis, olvidaos de cuanto hemos acordado —dijo Oliver.

El rey de Castilla dudó. Tenía varias alternativas: regresar al castillo de la Estrella, donde probablemente sería capturado y detenido por sus propios defensores, hartos ya de soportar el asedio, tratar de escapar al galope aprovechando la oscuridad de la noche, como ya hiciera en la niebla en la villa de Toro, o acudir al encuentro con Duguesclín y confiar en la palabra del francés.

Tras unos instantes de tensa espera, el rey descendió de su caballo, le entregó las riendas a Men Rodríguez, desenvainó su espada y se la ofreció a don Fernando de Castro.

—Guardad mi caballo y mi espada, y esperad aquí.

—Pero..., señor, no tenéis ninguna garantía sobre vuestra seguridad —protestó el de Castro.

—La suerte está echada —se limitó a comentar el rey—. Vayamos a ver a don Beltrán —le dijo a Oliver.

Los dos hombres caminaron una veintena de pasos hasta la

tienda que había señalado Oliver. El perfil del pabellón hexagonal se recortaba en el cielo nocturno como una sombra oscura.

Tal vez había sido un ingenuo al confiar en Duguesclín. Al llegar ante la entrada de la tienda, don Pedro se detuvo un instante. Pese la falta de luz, pudo entrever a un grupo de seis o siete hombres montados a caballo, situados a la derecha del pabellón.

—¿Y esos hombres? —le preguntó a Oliver.

—Son vuestra escolta. Entrad en la tienda; ahí os espera mi hermano.

Fue en ese momento cuando Pedro de Castilla se dio cuenta de que aquello podía ser una trampa.

—No. Decidle a don Beltrán que salga él.

—Como gustéis.

Un repentino resplandor a su izquierda alertó a don Pedro. Miró hacia la luz y contempló a varios hombres que portaban antorchas y que se acercaban amenazantes.

—¡Vámonos de aquí! —gritó don Pedro volviéndose hacia donde se habían quedado don Fernando de Castro, Men Rodríguez y sus otros cuatro caballeros, pero al girarse se dio cuenta de que más hombres con antorchas y espadas en las manos le habían cortado el paso.

Otros hombres se acercaron desde el grupo que iba a ser su escolta, en tanto Beltrán Duguesclín, alertado por Oliver, salió de su pabellón.

—No temáis, don Pedro —le dijo Beltrán.

El rey de Castilla reconoció de inmediato a Duguesclín; su enorme corpachón era inconfundible.

—Si esto no es una trampa, vayámonos de aquí enseguida.

Don Pedro intentó huir hacia uno de los caballos, pero un caballero fornido, alto y muy fuerte lo detuvo.

—Aguardad —le ordenó aquel hombre sujetándolo por el brazo.

Los de las antorchas se habían acercado hasta formar un círculo alrededor del rey.

—Vámonos de aquí —insistió don Pedro en vano, ante el silencio cómplice de los dos hermanos Duguesclín.

Sujeto por los fuertes brazos del caballero que lo había retenido, don Pedro forcejeó para intentar liberarse y alcanzar uno de los caballos, en vano.

—Entrad en la tienda, señor —habló al fin Beltrán.

Media docena de hombres armados rodeaban al rey, que cedió y entró en el pabellón.

En una tienda cercana esperaba don Enrique. Se había preparado para el que iba a ser el momento más importante de su vida. Llevaba puesta la cota de malla, bacinete sin visera en la cabeza y un puñal en la mano.

—Listo, señor; el tirano está en la tienda de don Beltrán, solo y desarmado —le avisó uno de sus caballeros.

Don Enrique salió de su tienda y se dirigió a la de Beltrán Duguesclín.

Nada más entrar se fijó en el hombre que centraba la atención y en el que convergían todas las miradas. Hacía años que no lo veía, y tuvo alguna duda de que aquel hombre fuera su medio hermano el rey don Pedro.

—Supongo que vos sois mi hermano el rey de Castilla —le dijo don Enrique a don Pedro, tratándolo con el título que tantas veces le había negado.

—Y vos, un sicario, supongo —replicó don Pedro tras señalar el cuchillo que empuñaba el de Trastámara—. Quizá pudiera reconoceros si os quitarais esa celada.

El yelmo que protegía su cabeza también cubría parte de los rasgos faciales de don Enrique.

Durante unos instantes los dos hermanos se miraron a los ojos; sus gestos denotaban el odio que ambos se habían profesado durante años.

Los caballeros presentes en la tienda, todos ellos afectos a don Enrique, mantenían un silencio tenso.

—Habéis cambiado mucho desde la última vez que os vi —habló al fin don Enrique.

—Quitaos la celada, y tal vez entonces recuerde vuestro rostro.

—No lo creo necesario. Sé de sobra que conocéis quién soy.

—Un bastardo y un traidor —asentó don Pedro.

—¡Ese es vuestro enemigo! —terció Oliver Duguesclín, que se

dirigía a don Enrique a la vez que señalaba con la mano a don Pedro.

En ese momento, don Enrique volvió a dudar. La tienda estaba iluminada con faroles y a pesar de los años transcurridos desde la última vez que lo vio, aquel hombre que tenía enfrente sí parecía su medio hermano el rey, pero tenía que estar seguro. Conocía las estratagemas que era capaz de idear don Pedro para escapar en el último instante, de modo que quiso asegurarse de que aquel hombre era él y no un doble.

Lo miró de arriba abajo, y sí, parecía el rey: gran cuerpo, de cabello rubio y ceceaba ligeramente al hablar. Era así tal y como lo recordaba. Ya no le cupo ninguna duda. Aun con todo, le preguntó:

—¿Sois vos don Pedro, el tirano que se hace llamar rey?

—Sí, yo soy Pedro, heredero del rey don Alfonso, rey legítimo de Castilla y de León. Y vos no sois sino un bastardo y un felón, el engendro de una ramera.

Airado por aquellas palabras, don Enrique se abalanzó sobre don Pedro y lo hirió en el rostro con el puñal.

El rey sintió el dolor del corte en la mejilla y trató de protegerse de una segunda estocada. Sujetó a don Enrique por los brazos y ambos forcejearon hasta caer al suelo. Duguesclín hizo un gesto para que ninguno de los presentes interviniera. El Trastámara tenía ventaja al estar armado y llevar cota de malla y casco, pero don Pedro era más fornido y algo más grande, y no llevaba encima el peso de la malla de anillas de hierro. En el forcejeo en el suelo, el rey logró colocarse encima de su medio hermano, al que intentó inmovilizar a la vez que procuraba arrebatarle el cuchillo.

Los caballeros presentes cruzaban miradas indecisos, sin atreverse a intervenir en la pelea entre los dos hermanos, tal cual había indicado Duguesclín. Todos era partidarios de don Enrique, pero quien luchaba con él era el rey de Castilla, lo que les provocaba cierto temor y respeto.

Gracias a su mayor fortaleza, la lucha se estaba decantando a favor de don Pedro, que estaba a punto de reducir a don Enrique. Si conseguía arrebatarle el puñal, habría vencido, y don Enrique sería hombre muerto.

Los caballeros castellanos no se atrevían a inmiscuirse en la disputa, pese a que todos eran conscientes de que si don Pedro ganaba aquella pelea, ellos serían los primeros en sufrir las represalias; pero ¿quién se atreve a matar a un rey?

La superior fuerza de don Pedro se impuso. Sentado sobre el vientre de don Enrique, estaba a punto de hacerse con el puñal, con el que, sin duda, le daría muerte de inmediato.

El rey sonrió al ver en los labios de don Enrique el amargo rictus de la derrota. Ya lo tenía, un esfuerzo más y el puñal sería suyo, y la vida de su medio hermano un desagradable recuerdo.

Presionó con todas sus fuerzas la muñeca de don Enrique y este abrió la mano soltando el puñal. Ya solo tenía que cogerlo y clavárselo en la boca o en los ojos, la única zona de la cabeza que quedaba desprotegida de la defensa del casco y de la cota de malla.

—Hoy mismo te encontrarás en el infierno con la puta de tu madre y con tus hermanos bastados, a los que también maté con gran deleite —dijo don Pedro, seguro ya de su victoria.

Colocó su rodilla izquierda sobre el brazo derecho de don Enrique y alargó la mano para coger el puñal y poner fin a la pelea, pero entonces el vizconde de Rocabertí, uno de los caballeros que allí se encontraban, se agachó y le propinó un golpe en las costillas con su daga, lo que le provocó un intenso dolor en el costado. Enseguida sintió que alguien lo sujetaba por los tobillos y tiraba con fuerza de él hacia atrás. Intentó hacerse con el puñal, pero el fuerte tirón lo alejó de su alcance. Tumbado sobre el pecho, entre los pies de su medio hermano, don Pedro había perdido toda la ventaja. Alzó el rostro del suelo y vio a Oliver Duguesclín que sonreía, y cómo don Enrique, liberado de su peso, se incorporaba y se hacía de nuevo con el puñal.

Don Pedro giró la cabeza hacia atrás y vio a Beltrán Duguesclín, que lo mantenía sujeto por los tobillos.

—¡Vos, perro traidor! —exclamó don Pedro mirando con odio a don Beltrán.

—Ni quito ni pongo rey, solo ayudo a mi señor —dijo el francés con absoluta frialdad, a la vez que volteaba con fuerza las piernas de don Pedro y le daba la vuelta colocándolo boca arriba, manteniéndolo inmovilizado en el suelo.

Don Enrique se levantó con el cuchillo en la mano y se lanzó sobre el rey. Logro sentarse a horcajadas sobre su pecho, inmovilizándole los brazos con las rodillas.

Ahora el horror de la inmediatez de la muerte se reflejaba en los ojos de don Pedro, que no podía zafarse, y el rictus de la victoria se dibujó en los labios de don Enrique.

El Trastámara colocó el puñal en la garganta del rey, a la vez que lo miraba a los ojos y le decía entre susurros:

—¿Sabías, her-ma-no —subrayó con ironía cada una de las sílabas de esa palabra—, que tu madre doña María, esa zorra portuguesa que se hacía llamar reina de Castilla, te engendró con un cerdo judío? ¿Sabes que no eres hijo de un rey, sino de un perro hebreo? ¿Sabes, canalla, que mi padre el rey don Alfonso reconoció a mi madre doña Leonor como su esposa legítima y su reina, y a mí, Enrique como su amado hijo y heredero legítimo? ¿Lo sabías? Penarás durante toda la eternidad con ello, mientras ardes en las llamas del infierno.

La punta del puñal penetró lentamente en el cuello de don Pedro, que intentaba zafarse en vano de la presa a la que don Enrique y Beltrán Duguesclín lo estaban sometiendo.

—Traidor, traidor... —Las palabras de don Pedro sonaban cada vez más débiles, apagándose a cada estocada que recibía en el cuello, en el pecho y en los costados, como su vida.

Cosido a puñaladas y empapado en su propia sangre, el rey de Castilla y León emitió su último estertor, sus músculos se distendieron y su corazón dejó de latir.

Lleno de sangre y de ira, don Enrique sujetó la cabeza de don Pedro por los cabellos y comenzó a rebanarle el cuello, hasta separar la cabeza del tronco.

Se puso en pie, alzó la cabeza del rey don Pedro con su mano y gritó:

—¡Este es el tirano que se hacía llamar rey! Al fin se ha hecho justicia, al fin estos reinos quedan liberados de la tiranía y el horror.

—¡Por Castilla y por León, viva el rey don Enrique! —gritó uno de los caballeros.

—¡Viva el rey don Enrique! —replicaron al unísono los demás.

Todos, salvo uno; Beltrán Duguesclín permaneció en silencio.

El nuevo rey comenzaba su reinado con su corona manchada de sangre.

FIN

Nota del autor

Tras ser asesinado, la cabeza de don Pedro fue arrojada a la orilla de un camino.

El cuerpo del rey fue colocado sobre unas tablas y expuesto en las almenas de los muros del castillo de la Estrella en Montiel, hasta que unos días después unos caballeros piadosos lo recogieron y lo enterraron en la iglesia de Santiago, en la villa de la Puebla de Alcocer. Alguien debió de recuperar su cabeza, pues en los meses siguientes fue paseada, clavada en la punta de una pica, por varias ciudades de Castilla y de León

Al morir, Pedro I tenía treinta y cinco años; había reinado justo diecinueve años, ni uno solo de ellos lo hizo en paz.

Pese a que don Pedro no pagó sus deudas y se creía que estaba arruinado, a su muerte se descubrió que lo que quedaba del tesoro real guardado en Sevilla, Carmona y Almodóvar del Río ascendía a treinta millones de maravedíes en piedras preciosas, joyas y vajillas de oro y de plata, setenta millones en monedas y treinta millones más en diversas rentas. Por qué no usó esa fortuna para pagar sus deudas y seguir recibiendo la ayuda de los ingleses en la guerra contra los Trastámara sigue siendo un misterio.

Enrique II se convirtió en rey único, rindió a los partidarios de don Pedro, perdonó a muchos de ellos, encerró a sus hijos e instauró la dinastía de los Trastámara, dos de cuyos descendientes, Fernando II de Aragón e Isabel I de Castilla y León, los Reyes Católicos, se casarían en 1469, unificando las dos ramas de su linaje y dando origen a la nueva monarquía hispana que heredó su nieto Carlos de Austria en 1516.

Corona de sangre aborda el tumultuoso y sangriento reinado de Pedro I el Cruel, rey de Castilla y de León (1350-1369). Esta es la segunda novela con la que se culmina la bilogía iniciada con *Matar al rey* (Ediciones B, 2022), en la que se relataron los acontecimientos de la vida y la época de su padre, Alfonso XI, fallecido en 1350 a causa de la peste negra.

En ambas novelas he procurado atenerme a los hechos históricos que se conocen a través de documentos y crónicas, pero teniendo en cuenta que la manipulación, las falsificaciones y las contradicciones son abundantísimas, lo que he tratado de resolver mediante criterios lógicos y recursos literarios.

El triunfo de Enrique II frente a su medio hermano propició que las crónicas e historias escritas a partir de 1369 se cebaran contra Pedro I, al que atribuyeron todo tipo de crueldades y perversidades, incluyendo venganzas personales como la del cronista Pedro López de Ayala, quien por razones de agravios a alguno de sus familiares muestra una especial animadversión hacia el rey don Pedro en sus escritos.

Las fuentes documentales más importantes que he utilizado son la *Crónica de Alfonso Onceno* (ed. de F. Cerdá y Rico, 1787, y Diego Catalán, 1976), las *Crónicas de los Reyes de Castilla. Tomo I, Don Pedro,* de Pedro López de Ayala (ed. de Eugenio Llaguno Amirola, Madrid, 1779), la *Colección documental de Pedro I de Castilla. 1350-1369* (en 4 vols., ed. de Luis Vicente Díaz Martín, Valladolid, 2021) y el *Itinerario de Pedro I de Castilla* (ed. de Luis Vicente Díaz Martín, Valladolid, 1975), además de numerosas referencias bibliográficas.

Pedro I es uno de los reyes más controvertidos de la Edad Media peninsular, hasta tal punto que unos lo denominaron «el Justiciero», como a su padre, y otros «el Cruel». Desde luego no fue ningún dechado de virtudes, pero tampoco lo fueron sus enemigos, que se comportaron con similar crueldad y parecida violencia.

Su recuerdo está lleno de leyendas; muchas de ellas todavía se cuentan en aquellos lugares por los que pasó, sobre todo en la ciudad de Sevilla, donde aún resuenan los ecos legendarios de aquel arcipreste que se atrevió a leerle el decreto de excomunión; algunos dicen que en las cercanías del alcázar sevillano, por el barrio de

Santa Cruz, se aparece de vez en cuando un espectro que viste ropas de clérigo y que susurra estas palabras al viento: «Rey don Pedro, ¿dónde estás para leerte tu excomunión?».

Agradezco de nuevo la confianza que la editorial Penguin Random House ha vuelto a depositar en mí, así como el trabajo de Carmen Romero y de Clara Rasero, cuyos consejos me han ayudado a mejorar esta novela, las atenciones de Marta Martínez y los ánimos de Lucía Luengo, que hizo posible mi presencia en Ediciones B. Y sobre todo a los lectores que han acogido esta bilogía entre sus manos y en su corazón. Si escribo novelas, es por ellos y para ellos.

REYES DE CASTILLA Y [illegible]

Alfonso XI el Justiciero ([illegible]
  1350)
Pedro I el Cruel (13[illegible]
Enrique II el de las Mercedes [illegible]
  (1369-1379)

REYES DE ARAGÓN

Pedro IV el Ceremonioso ([illegible]

REINAS E INFANTAS

Beatriz de Castilla (129[illegible]
  fonso IV de Portugal [illegible]
Blanca de Borbón (1339-1[illegible]
  y León (1353-1361)
Inés de Castro (1320-1355) [illegible]
  mada reina póstuma [illegible]
Leonor de Castilla (1307-[illegible]
  fonso IV de Aragón, [illegible]
Leonor de Guzmán (1310-[illegible]
  XI
María de Padilla (1334-136[illegible]
María de Portugal (1313-13[illegible]
  fonso IV, reina de Castilla [illegible]

Personajes

REYES DE CASTILLA Y DE LEÓN

Alfonso XI el Justiciero (1311-1350), rey de Castilla y León (1312-1350)
Pedro I el Cruel (1334-1369), rey de Castilla y León (1350-1369)
Enrique II el de las Mercedes (1334-1379), rey de Castilla y León (1369-1379)

REYES DE ARAGÓN

Pedro IV el Ceremonioso (1319-1387), rey de Aragón (1336-1387)

REINAS E INFANTAS

Beatriz de Castilla (1293-1357), hija de Fernando IV, esposa de Alfonso IV de Portugal, reina de Portugal (1325-1357)
Blanca de Borbón (1339-1361), esposa de Pedro I, reina de Castilla y León (1353-1361)
Inés de Castro (1320-1355), amante de Pedro I de Portugal, proclamada reina póstuma en 1357
Leonor de Castilla (1307-1359), hija de Fernando IV, esposa de Alfonso IV de Aragón, reina de Aragón (1329-1359)
Leonor de Guzmán (1310-1351), «la Favorita», amante de Alfonso XI
María de Padilla (1334-1361), amante de Pedro I
María de Portugal (1313-1357), esposa de Alfonso XI, hija de Alfonso IV, reina de Castilla y León (1328-1357)

INFANTES

Fernando de Aragón (1329-1363), hijo de Alfonso IV de Aragón y de Leonor de Castilla
Juan de Aragón (1330-1358), hijo de Alfonso IV de Aragón y de Leonor de Castilla

LOS TRASTÁMARA (HIJOS DE ALFONSO XI Y LEONOR DE GUZMÁN)

1. Pedro de Aguilar (1331-1338)
2. Sancho Alfonso el Mudo (1332-1342)
3. Enrique II (1334-1379), rey de Castilla y León (1369-1379)
4. Fadrique Alfonso (1334-1358)
5. Fernando Alfonso (1336-1350), maestre de Santiago (1342-1350)
6. Tello (1337-1370)
7. Juan Alfonso (1340-1359)
8. Juana Alfonso (1342-1376)
9. Sancho (1343-1376)
10. Pedro Alfonso (1345-1359)

REYES DE PORTUGAL

Alfonso IV (1291-1357), rey de Portugal (1325-1357)
Pedro I (1320-1367), rey de Portugal (1357-1367)
Fernando I (1345-1383), rey de Portugal (1367-1383)

REYES DE GRANADA

Yusuf I (1333-1354)
Muhammad V (primera vez, 1354-1359)
Ismail II (1359-1360)
Muhammad VI (1360-1362)
Muhammad V (segunda vez, 1362-1391)

SULTANES BENIMERINES

Abu Inan Faris (1348-1358)

PAPAS

Clemente VI (1342-1352)
Inocencio VI (1352-1362)
Urbano V (1362-1370)

Cronología*

1350, 26 de marzo: muere de peste Alfonso XI, rey de Castilla y León (1312-1350)
1351, verano: asesinato de Leonor de Guzmán; otoño: inicio de las Cortes de Valladolid
1352, julio: se firma el matrimonio de Pedro I con Blanca de Borbón
1354, abril: Pedro I se casa con Juana de Castro
1355, 7 de enero: Inés de Castro es asesinada en la Quinta de las Lágrimas
1356, enero: Pedro I huye de su cautiverio en la villa de Toro
1356, agosto: se declara la guerra de los Dos Pedros entre Castilla y León y la Corona de Aragón
1358, 29 de mayo: Fadrique, gemelo de Enrique II, es asesinado en Sevilla por el rey Pedro I
1359, 22 de septiembre: los aragoneses derrotan a los castellanos en la batalla de Araviana
1361, julio: Pedro I asesina a su esposa Blanca; muere María de Padilla, «reina póstuma» de Castilla y León
1362, abril: Muhammad V recupera el trono del sultanato de Granada con ayuda de Pedro I
1363, 16 de julio: el infante Fernando de Aragón es asesinado en Burriana
1364, primavera: el ejército castellano invade el reino de Valencia

* Algunas fechas pueden variar según las crónicas y las fuentes que se consulten.

1366, 6 de junio: Enrique de Trastámara se proclama rey de Castilla y León en Calahorra
1367, 3 de abril: Pedro I y el príncipe de Gales derrotan a Enrique de Trastámara en Nájera
1369, 23 de marzo: Pedro I es asesinado por Enrique II en Montiel

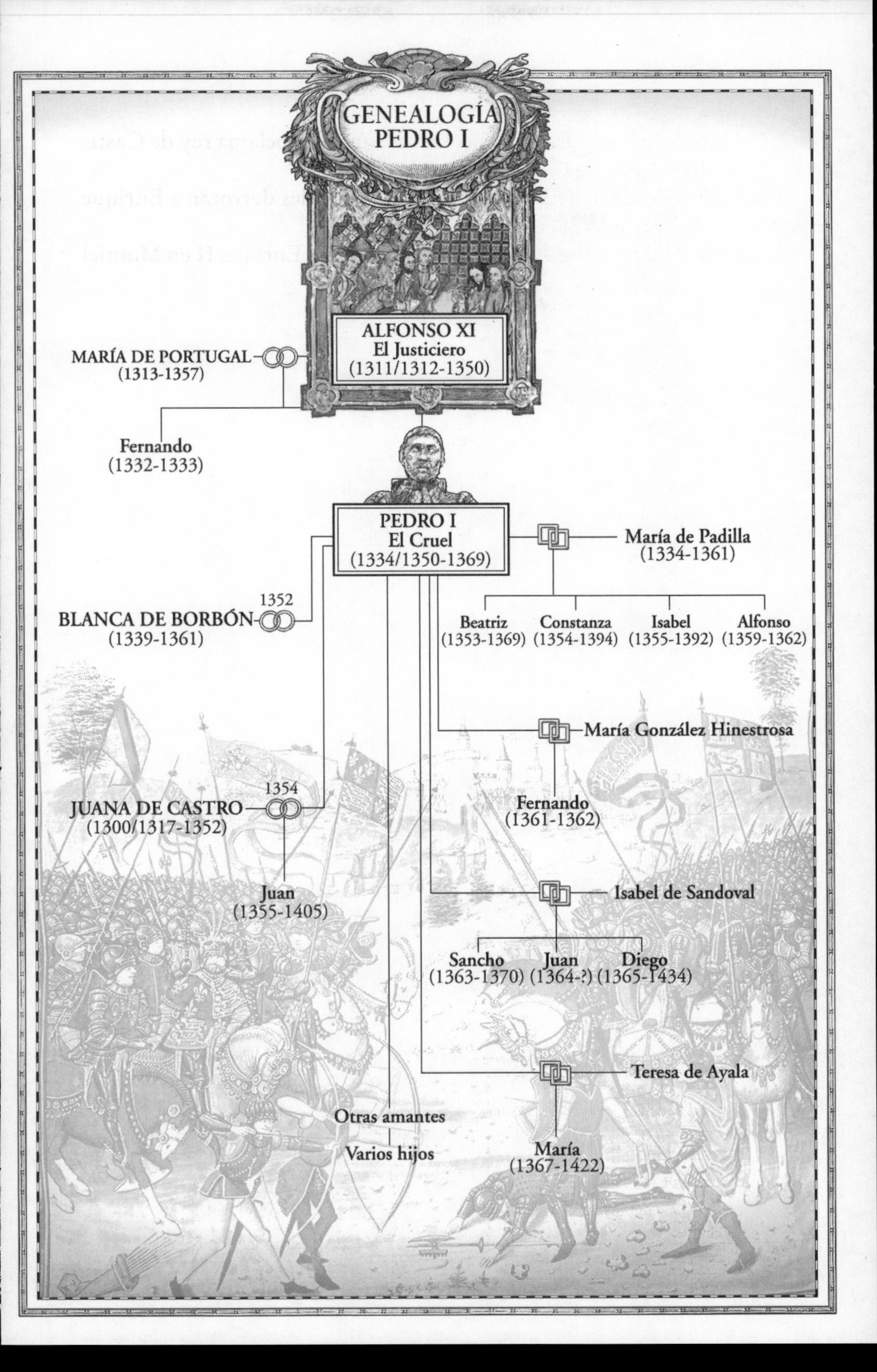
GENEALOGÍA
PEDRO I
ALFONSO XI
El Justiciero
(1311/1312-1350)
MARÍA DE PORTUGAL
(1313-1357)
Fernando
(1332-1333)
PEDRO I
El Cruel
(1334/1350-1369)
María de Padilla
(1334-1361)
1352
BLANCA DE BORBÓN
(1339-1361)
Beatriz
(1353-1369)
Constanza
(1354-1394)
Isabel
(1355-1392)
Alfonso
(1359-1362)
María González Hinestrosa
1354
JUANA DE CASTRO
(1300/1317-1352)
Fernando
(1361-1362)
Juan
(1355-1405)
Isabel de Sandoval
Sancho
(1363-1370)
Juan
(1364-?)
Diego
(1365-1434)
Teresa de Ayala
Otras amantes
Varios hijos
María
(1367-1422)

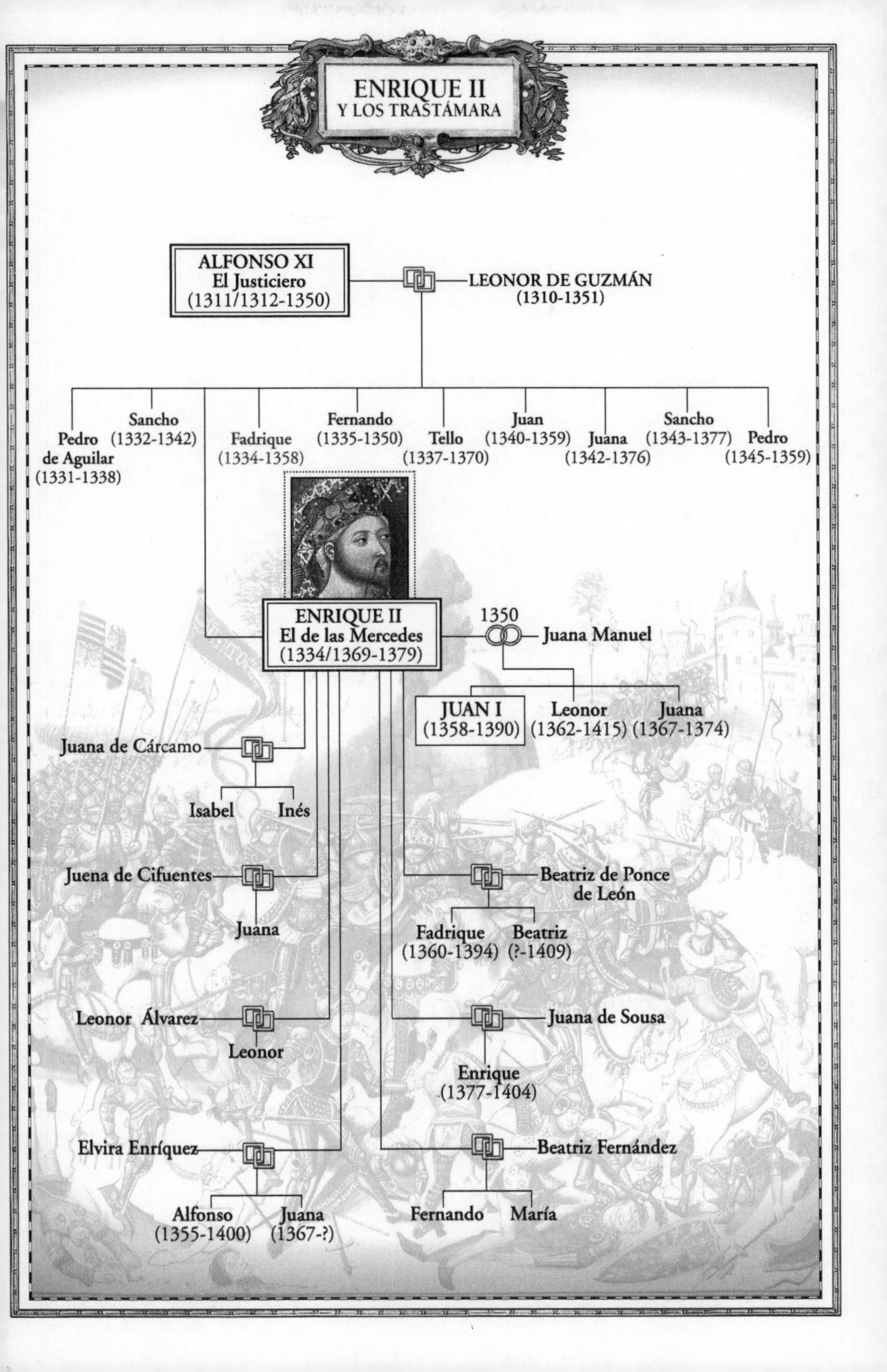
ENRIQUE II
Y LOS TRASTÁMARA
ALFONSO XI
El Justiciero
(1311/1312-1350)
LEONOR DE GUZMÁN
(1310-1351)
Pedro de Aguilar
(1331-1338)
Sancho
(1332-1342)
Fadrique
(1334-1358)
Fernando
(1335-1350)
Tello
(1337-1370)
Juan
(1340-1359)
Juana
(1342-1376)
Sancho
(1343-1377)
Pedro
(1345-1359)
ENRIQUE II
El de las Mercedes
(1334/1369-1379)
1350
Juana Manuel
JUAN I
(1358-1390)
Leonor
(1362-1415)
Juana
(1367-1374)
Juana de Cárcamo
Isabel
Inés
Juena de Cifuentes
Juana
Beatriz de Ponce de León
Fadrique
(1360-1394)
Beatriz
(?-1409)
Leonor Álvarez
Leonor
Juana de Sousa
Enrique
(1377-1404)
Elvira Enríquez
Beatriz Fernández
Alfonso
(1355-1400)
Juana
(1367-?)
Fernando
María

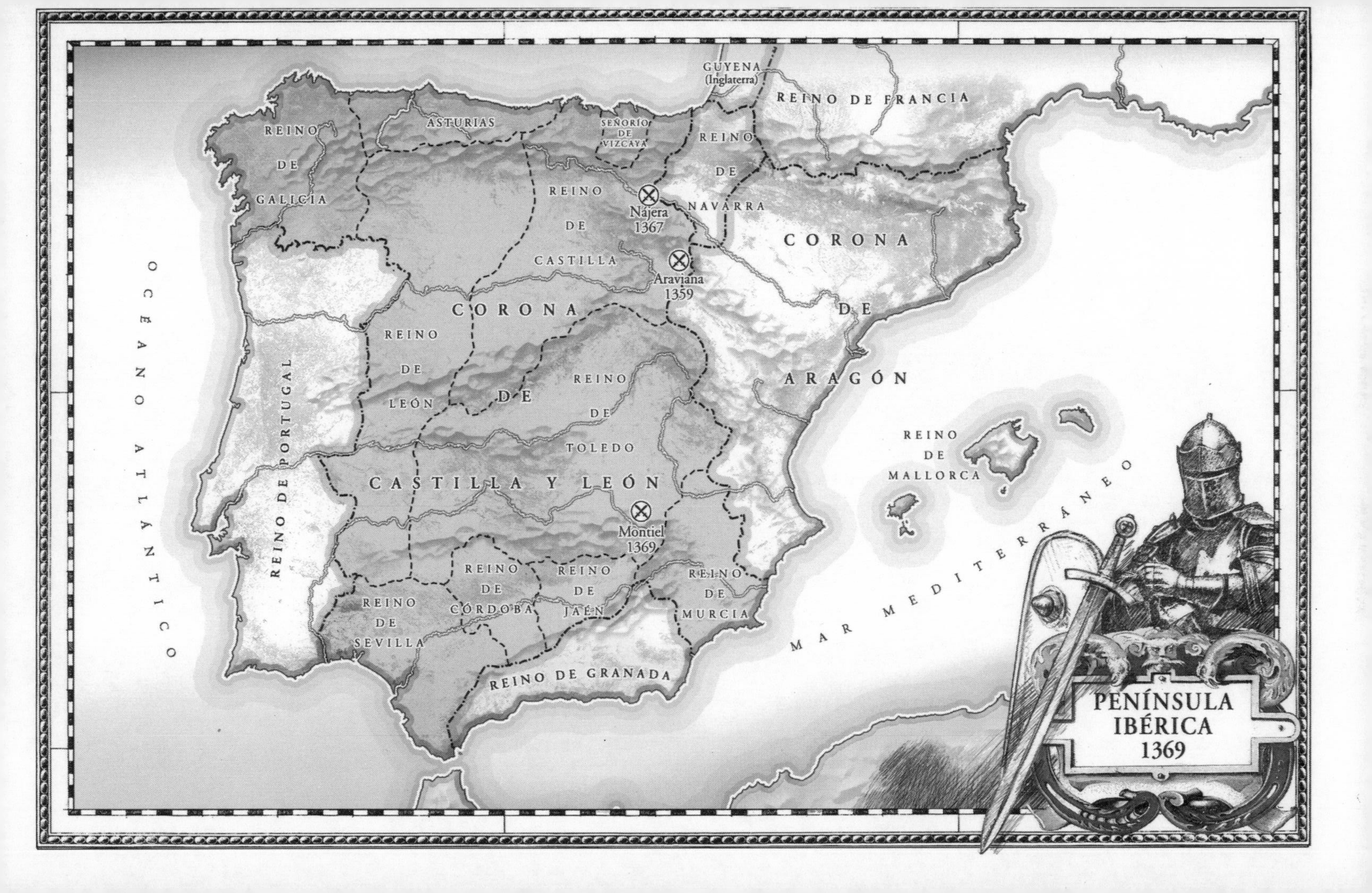
PENÍNSULA IBÉRICA 1369
REINO DE FRANCIA
GUYENA (Inglaterra)
REINO DE GALICIA
ASTURIAS
SEÑORÍO DE VIZCAYA
REINO DE NAVARRA
REINO DE CASTILLA
Nájera 1367
Araviana 1359
CORONA DE ARAGÓN
CORONA DE CASTILLA Y LEÓN
REINO DE LEÓN
REINO DE TOLEDO
Montiel 1369
REINO DE PORTUGAL
REINO DE CÓRDOBA
REINO DE JAÉN
REINO DE MURCIA
REINO DE SEVILLA
REINO DE GRANADA
REINO DE MALLORCA
MAR MEDITERRÁNEO
OCÉANO ATLÁNTICO

Índice

Impreso en septiembre de 2022
por Rotoprint by Domingo, S. L.